고전문학의 전통과 고소설의 세계

고전문학의 전통과 고소설의 세계

저자 소개

김 용 기(金鏞基)
중앙대 대학원 국어국문학과 박사과정 졸업
문학박사
열화당서숙 장재한 선생님에게 한문 수학
서울대학교 언어교육원 한국어교사 양성과정 수료
시온고등학교 교사
중앙대 국문과 강사

논저 : 〈인물 출생담을 통한 서사문학의 변모양상 연구〉, 〈조선후기 고소설에 나타난 여성상 연구〉,
〈고등학교 7차 개정 국어교과서의 時調文學敎育 실태〉, 〈설화문학교육의 실태와 개선방안〉,
〈만복사저포기의 서술기법과 인물 성격의 형상화 방식 연구〉 외 다수

고전문학의 전통과 고소설의 세계

초판 인쇄 2011년 8월 16일
초판 발행 2011년 8월 26일

지은이 김용기
펴낸이 이대현
편 집 이소희
펴낸곳 도서출판 역락
　　　　서울 서초구 반포4동 577-25 문창빌딩 2층
　　　　전화 02-3409-2058(영업부), 2060(편집부)
　　　　팩시밀리 02-3409-2059
　　　　이메일 youkrack@hanmail.net
　　　　등록 1999년 4월 19일 제303-2002-000014호

ISBN 978-89-5556-938-4 93810
정 가 25,000원

* 잘못된 책은 교환해 드립니다.

역락

고전문학의 전통과 고소설의 세계

김 용 기

역락

책머리에

어린 시절 조모로부터 참으로 많은 옛날이야기와 고전소설에 대해 들으며 자랐다. 할머니는 설화, 고전소설, 판소리 등에 두루 능통하셨고 민속 관련 분야에도 아주 해박한 지식을 가지고 계셨다. 필자가 지금처럼 고전문학을 전공할 줄 알았더라면 그 때 좀 더 열심히 들어두고 녹음이라도 해두었을 텐데 그러지 못한 것이 못내 아쉽다. 아마도 할머니가 지금까지 살아계셨더라면 일변으로는 무척 좋아하며 격려해 주었을 것이고, 또 한편으로는 엉터리로 고전문학 한다고 호통 치셨을 지도 모른다. 아무튼 내가 고전문학에 거리감을 두지 않고 좋아할 수 있었던 것은 그러한 할머니의 영향이 컸다고 생각된다. 공업고등학교에서 기술을 배우던 내가 대학에 들어가 처음으로 국문학을 접했을 때 가장 흥미로웠던 과목들이 모두 고전문학이었으니 말이다.

학부에서부터 필자가 특히 좋아한 분야는 고전문학이었고, 그 중에서도 영웅소설 쪽에 관심이 많았다. 그래서 그 시기까지 영웅소설 연구에 꽃을 피운 소동일 선생님이나 서대석 선생님, 김열규, 이상택 선생님 등의 글을 많이 읽은 기억이 난다. 그러면서 한편으로는 이런 분들을 내 생애에 한 번이나 뵐 수 있을까 하는 생각을 한 적도 있었다. 그로부터 17~8년이 지난 후 그 중 한 분으로부터 학위논문 심사를 받아 박사학위를 받았으니 꿈꾸었던 것 중 하나는 성취한 셈이다.

이후 필자는 설화와 고소설에 나타난 영웅의 출생담과 여성들에게 많은 관심을 두었다. 고소설을 읽으면서 그 속에 등장하는 영웅들과 여주인공들의 삶이 참으로 인상 깊었기 때문이었다. 영웅들과 여성에 대한 필자의 이러한 탐색은 특정 대상에 대한 기호가 아니라 인간과 사회에 대한 깊은 이해를 위한 것이었다고 자부한다. 문학, 특히 소설이라는 것이 '사람 사는 이야기'라고 할 때, 그 '사람이 사는 이야기'를 영웅의 출생담과 전체 서사를 연결시켜 살펴보고자 했고, 당대에 소외되었던 여성들에 대해 관심을 가지고자 했다. 그러나 여전히 영웅도 잘 모르겠고 여성의 삶에 대해서도 이해가 부족하다는 것이 솔직한 생각이다. 읽으면 읽을수록, 연구하면 할수록 대상 인물에 대한 생각이나 평가가 달라져서 여전히 영웅과 여성과 인간에 대한 연구는 진행형이라 할 수 있다. 인간에 대한 이해나 평가가 완료될 수 없다는 전제에서 보면 당연한 말일 테지만, 이러한 진행형을 위안 삼아 그간의 결과물을 감히 세상에 내놓고자 한다.

이 책에 실린 글들은 필자가 旣刊에 국어국문학, 고전문학과 교육, 어문연구, 동아시아고대학, 어문학, 우리문학연구 등에 발표했던 것 중에서 약간의 오탈자를 고쳐서 엮은 것들이다. 새로 교정을 보면서 보니 생각이 엉성하고 문장 또한 거친 것들이 많다. 이러한 부족한 점들은 문장을 교정하면서 내내 느꼈던 것들이고 이후에도 당면할 문제들이겠지만, 다음에는 좀 더 나은 걸작을 세상에 내놓겠다는 다짐과 함께 조심스럽게 세상을 향해 문을 두드려 본다.

그리고 이 책이 나오기까지 참으로 많은 분들의 가르침과 도움을 받았다. 필자가 고전문학을 연구하겠다고 마음을 먹은 학부과정부터 박사학위 취득까지 거의 20여 년에 가까운 세월동안 어리석은 제자에게 생명의 배움을 주신 중앙대 박대복 교수님께 무엇보다도 감사의 마음을 전하고 싶다. 그리고 박사과정과 이후 연구에 전념할 수 있도록 물리적,

행정적 지원을 아끼지 않으신 이찬욱 교수님께도 깊은 애정을 느끼며 고마운 마음을 표하고 싶다. 또 학위 취득 이후 여러 학회 활동을 통해 고마운 충고와 격려를 아끼지 않으시는 서울대 서대석 교수님과 단국대 강재철 교수님, 적극적으로 학술활동을 독려하시는 경기대 윤영수 교수님은 잊을 수 없는 은인이자 마음의 스승이다. 그리고 하나의 역할을 제대로 하기에도 부족한 저자를 대학에 출강할 수 있도록 배려해 주신, 지금은 고인이 되신 석세조 선생님에게도 깊은 감사의 말을 전하고 싶다. 아울러 김순기, 문동연 선생님과 여러 선후배 선생님들과 동학들에게도 많은 마음의 빚을 졌는데, 이 자리를 빌어 감사의 마음을 표한다. 또 늘 학문적 동지로서 학술대회와 학교 행정적인 일에 도움을 주신 이명현 박사와 김성문, 이채영, 강우규 동문들에게도 감사의 말을 전하고 싶다. 특히 논을 팔고 소를 팔아 두메산골 촌놈이 서울에서 대학원까지 할 수 있도록 뒷바라지 해 주신 부모님은 더없이 고마운 분들이다. 그리고 작년에 고인이 되신 아버님 영전에 이 졸작을 바쳐 그 마음의 빚을 조금이나마 갚고자 한다. 처음 만났던 때부터 지금까지 20여 년을 함께 하면서 삶의 방향을 이끌어준 아내 황인희와, 같이 했던 시간이 부족했지만 늘 명랑하고 반듯하게 자라 순 태호, 도향 두 아들에게도 갚을 수 없는 마음의 빚이 있다. 앞으로 빚진 이 세상의 많은 사람들에게 그 빚을 갚고 인정을 베풀면서 사는 사람이 되고 싶다.

끝으로 이 책이 출간될 수 있도록 허락해 주신 역락 출판사의 이대현 사장님과 박태훈 부장님, 그리고 거칠고 엉성한 글을 깔끔하게 편집해 주신 편집부 직원들과 이소희 선생님에게도 감사드린다.

2011년 8월 청룡 연못에서 승천을 꿈꾸며 김용기 삼가 쓰다

차 례

제 2 부 가정과 국가와 고소설 주인공

제 3 부 여성과 고소설의 세계

제1부 고전의 전통과 독해

· · ·

〈온달전〉의 인물 서사와 정서에 대한 탐색

1. 시작하기

　〈온달전〉은 일찍이 조선후기의 문장가인 김택영(金澤榮)에 의해 그 우수성을 인정받고 있는 작품이다. 김택영은 "고려 문장 중의 걸작으로 마땅히 김부식의 온달전을 제일로 삼아야 한다."[1]고 했다. 그리고 "삼국사기의 글은 능히 질박하고 풍부하면서도 시원스러워 살아 움직이는 기세가 있다. 〈온달선〉 같은 글을 『전국책』이나 『사기』 가운데 두더라도 거의 구별하지 못할 것이다."[2]라고 하여 이 작품이 명문인 이유를 밝힌 바 있다.

---

1) 高麗文之傑作 當以金文烈公溫達傳爲第一 : 金澤榮, 『韶濩堂集』 권8, 雜言3 ; 孫政仁, 「온달전의 가치체계와 의미구조」, 『大東漢文學』 第十二輯, 대동한문학회, 2000, 253면에서 재인용.

2) 三國史之文 能樸古 能豊厚 能疎宕 有活動之氣 如溫達一傳 置之戰國策史記之中 : 『金澤榮全集』陸, 「答李明集論 三國史校刊事書」 ; 정민, 「고전문장이론상의 篇章字句法으로 본 〈온달전〉의 텍스트 분석」, 『텍스트언어학』 9집, 한국텍스트언어학회, 2000, 16면에서 재인용.

그러한 구조적·수사적 뛰어남 때문인지는 모르겠지만, 이 작품은 『삼국사기』 「열전」에 수록되어 전한 이후 인구에 다양하게 회자되어 우리에게 아주 친숙한 작품이 되었다. 특히 이 작품 속에 등장하는 '바보 온달'이나 '울보 평강공주'로 각인된 이미지는 일반 독자로 하여금 이 작품을 더욱 가깝게 인식하게 하는 매개로 작용하였다고 본다. 소위 '바보'라고 불리던 미천한 온달이 일국의 공주와 만나 그녀의 후원을 받아 성공한 이야기는 남녀노소 모두에게 흥미로운 이야기가 될 수 있기 때문이다.

그래서일까? 우리 주변에서 흔히 목도할 수 있는 <온달전>에 대한 일반의 인식은 '바보 온달', '울보 평강공주' 쪽으로 편향되어 있는 것이 사실이다. 이것은 온달이나 평강공주가 이룬 업적보다도 그 업적을 이루었던 인물이 애초에 가진 '바보'와 '울보'에 대한 느낌이 우리를 더 지배하고 있기 때문에 나타난 현상이다. 그러나 온달이나 평강공주에 대한 이러한 인식은 인정적으로는 허용될 수 있겠지만 정당하고 객관적인 평가로 보기는 어렵다. 왜냐하면 '바보' 온달이나 '울보' 평강공주로 인식하는 태도는 인물의 성격을 뒤틀게 하는데 관여하게 됨으로써 인물의 실체가 독자에게 왜곡된 이미지로 각인될 수 있기 때문이다.

이러한 왜곡된 이미지는 <온달전>의 남녀 주인공에 대한 성격을 온당하게 평가하기 어렵도록 만든다. 그리고 온달과 평강공주에 대해서 '바보'와 '울보'라는 인식이 지배적으로 작용할 경우, 작품 중반 이후에 드러나는 온달과 평강공주의 행위를 통해 느낄 수 있는 情緒에도 악영향을 미치게 된다.

다행히도 일련의 연구에서 이러한 왜곡된 <온달전>의 인물 성격을 불식시킬 수 있는 논의가 있어서 주목된다.3) 정민은 서사 단락별로 평강공주와 온달의 성격을 분석하여 우리가 인상적으로 '바보 온달'이나 '울보 평강공주'로 기억하고 있던 이미지에 문제가 있음을 드러내었다. 또 〈온달전〉과 관련한 역사학적 관점이나 국문학적 연구는 이 작품에 대한 풍부한 해석을 가능하게 하였고, 인물의 성격을 확장하여 바라볼 수 있는 계기를 마련하였다.

필자는 기간의 이러한 선행 연구를 바탕으로 하여 〈온달전〉에 나타난 '평강공주'와 '온달'의 인물서사에서 추출되는 영웅성을 드러내는데 목적을 둔다. 아울러 그러한 영웅성이 획득되는 과정이나 결과에서 발생하는 情緖에도 관심을 가져, 이 작품의 연구 영역을 확대하고자 한다. 〈온달전〉에 나타난 인물서사나 情緖에 대한 탐색은 기존의 주제연구나 인물성격 연구에서 탈피하여, 이 작품의 또 다른 독해 요소를 제시하고 인물과 독자가 정서적으로 소통할 수 있게 하는데 기여할 것이다.

2. 평강공주와 온달 서사의 흐름과 인물 성격

동화가 아닌 〈온달전〉의 원 텍스트를 꼼꼼하게 읽어보면, 이 작품이 하나의 서사적 흐름 속에 평강공주와 온달이라는 두 인물 서사가 대등

---

3) 〈온달전〉에 대해서는 旣刊에 얼마간의 논의가 있었으나, 이 작품의 왜곡된 인물 성격에 대해서 구체적으로 언급한 것으로는 정민의 연구가 있다. 정민은 〈온달전〉을 고전문장 이론의 텍스트 분석 방법으로 독해하는 글에서, 〈온달전〉의 텍스트에 대한 학계와 일반 의 이해가 많이 왜곡되고 뒤틀려져 있다고 하고, 문단별로 나타난 인물의 성격적 분석을 통해 온달과 평강공주가 가진 이미지를 새롭게 해석하고 있다(정민, 上揭論文, 16면 및 34 ~36면). 이 외에도 〈온달전〉에 대한 다양한 연구물들이 있으나, 이 글과 직접적으로 관 련되는 연구물들은 논의 과정 중에 구체적으로 소개하기로 하고, 그 외의 연구사 정리는 생략하기로 한다.

하게 병치되어 있음을 알 수 있다. 또 두 인물은 하나의 서사구조 속에서 서로 유기적인 관계를 형성하고 있지만 인물의 성격적인 부분에서는 각기 뚜렷한 개성을 드러내고 있다는 점도 알 수 있다. 그리고 그 개성은 남녀 주인공의 영웅성과 연결됨으로써 <온달전>을 통해 초기 남녀 영웅의 일면을 목도할 수 있게 된다. 본 장에서는 평강공주와 온달의 서사에 나타나는 그들의 영웅적 성격을 살펴보고, 이러한 영웅적 성격이 영웅서사담에서 가지는 의미를 고찰해 보고자 한다.

1) 평강공주 서사의 흐름과 '지략적 내조형 여성영웅'

평강공주의 성격에 국한해서 본다면, 선행 연구는 평강공주의 여성영웅성과 후대 여성영웅소설과의 관계에서 주로 논의되었다. 이러한 논의에서 발견되는 생각은 대략 다음과 같은 세 가지로 유형화하여 정리할 수 있다.

> (A) 평강공주가 여성우위형의 인물이면서 동시에 후대 여성영웅소설에 영향을 주었다고 보는 견해.[4]
> (B) 평강공주의 영웅성은 인정하면서 후대 여성영웅소설과의 관계에서는 부정적인 입장을 취하는 견해.[5]

---

4) 김열규, 『한국민속과 문학연구』, 일조각, 1971(제4판 1998), 47~48면.
  정명기, 「여호결계 소설의 형성과정 연구」, 연세대학교 대학원 석사학위논문, 1980, 11~40면.
  김대숙, 「女人發福 說話의 硏究」, 이화여자대학교 대학원 박사학위논문, 1988, 131면.
  윤경수, 「온달전의 현대적 고찰-온달과 평강공주의 인간상을 중심으로-」, 『淵民學志』, 제1집, 연민학회, 1993, 18면.
  강화수, 「여성영웅소설의 존재양상과 소설사적 의의」, 경성대학교대학원 박사학위논문, 2004, 39면.
5) 余世柱, 「女將軍 登場의 古小說 硏究」, 영남대학교대학원 석사학위논문, 1981, 14면.

(C) 평강공주는 내조형의 인물로서 후대 서사문학에 일정부분 영향을
　　주었다는 견해.[6]

　물론 이 외에도 평강공주의 여성우위적 성격에 대한 구체적인 언급이
없이 서사의 갈등관계에 관심을 두거나[7] 〈온달전〉이 애정형 영웅소설
의 형성에 원천 구실을 했다[8]고 보는 것과 같이 필자의 문제의식과 거
리가 있는 몇몇 다른 견해들도 있다. 그러나 얼마간의 가감을 포함한다
면 평강공주의 성격과 관련해서는 위의 세 가지 분류 속에 대개 함의될
수 있다고 본다.
　그렇다면 위에 제시한 이러한 논의의 장점은 무엇일까? (A)의 견해를
취하고 있는 연구들은 대개 평강공주가 보여주고 있는 여성우위적 성격
이 후대 여성영웅소설의 인물 형성화에 일정부분 기여를 했다고 보는
입장을 취하고 있다는 점에서 의미가 있다. 이것은 평강공주에게서 발견
되는 주체적이고 여성 주도적인 면이 후대 여성영웅소설의 주인공과 많
이 닮았다고 생각한 것에서 기인한 것이다. 그리고 우리 서사문학에서
쉽게 목도할 수 있는 愚夫賢婦譚 유형의 설화들이 〈온달전〉과 조선시

성현경, 「女傑小說과 〈薛仁貴傳〉 ―그 著作年代와 輸入年代·受容과 變容―」, 『한국소설
　의 구조와 실상』, 영남대학교 출판부, 1981, 232~235, 243면.
　閔燦, 「女性英雄小說의 出現과 後代的 變貌」, 서울대학교 대학원 석사학위 논문, 1986, 99
　~100면.
6) 정병헌, 「배우자 선택 이야기(擇夫譚)의 유형적 성격」, 『亞細亞 女性 研究』 35집, 숙명여
　대 亞細亞女性問題研究所, 1996, 13, 17~23면.
　조은희, 「고전 여성영웅소설의 여성주의적 연구」, 대구대학교 대학원 박사학위논문,
　2005, 29~31면.
7) 임재해, 「온달형 설화의 유형적 성격과 부녀갈등」, 『민족설화의 논리와 의식』, 지식산업
　사, 1992, 340면.
8) 김재용, 「영웅소설의 두 주류와 그 원천」, 『한국언어문학』 제22집, 한국언어문학회, 1983,
　184~185면

대 여성영웅소설 사이에서 풍부한 매개 작용을 함으로써 그러한 생각이 더욱 강화되었다고 판단된다. 문학 속에 등장하는 특정 인물형이 하루아침에 창조될 수 없다고 볼 때 이와 같은 선행 연구는 설득력이 있다.

(B)의 견해를 취하고 있는 연구들은 '온달'이나 '서동' 전승에 나타나는 여성우위의 성격이 후대 여성영웅소설의 그것과 질적인 차이가 있다고 보는 입장이다. 그래서 평강공주의 영웅성은 인정하면서도 후대 여성영웅소설과는 직접적으로 관련이 없는 것으로 보고 있다. 이들의 견해에 함의된 語氣를 종합해서 이야기하면, 평강공주의 영웅성은 조선시대 여성영웅이 보여주고 있는 여장군과 같은 武人的 성격과는 거리가 있다는 것이다. 이들은 여성영웅소설이 형성될 수밖에 없었던 사회적 동인에 많은 관심을 두고 있다. 그렇기 때문에 평강공주의 영웅적 성격은 여성영웅소설이 대량으로 양산되었던 당대의 문학적 현실을 설명하기에는 너무나 먼 시대의 이야기로 인식되는 것이다. 따라서 이 견해는 <온달전>과 같은 설화 문학 속에서 발견되는 '여성영웅적 성격'과 시대적 현실을 담보하고 있는 여성영웅소설 속의 '여성영웅'을 어느 정도 구분하였다는 점에서 일정부분 의미를 찾을 수 있다.

(C)의 경우는 평강공주의 영웅성이 후대 서사문학과 영향관계를 맺을 수 있다고 본 점에서는 (A)와 같은 선상에 있다고 할 수 있다. 그러나 평강공주의 성격을 여성우위가 아닌 내조형의 성격을 가진 것으로 파악하고 있다는 점에서 차별성이 인정된다. 이 관점은 평강공주의 성격을 단순히 물리적, 환경적, 부분적 측면에서만 고려하지 않고, 평강공주의 의지와 행위의 결과를 고려하여 인물의 성격을 규정하였다는 점에서 신선한 면이 있다.

이와 같은 선행연구는 <온달전>의 텍스트에서 평강공주의 어떠한 면을 얼마만큼 확장하는가의 정도에 따라 제기 될 수 있는 주장들이다. 그렇다면 <온달전>에서 평강공주 서사의 어떤 부분에 주목할 수 있으며, 거기서 생성되는 성격을 무엇으로 규정할 수 있을까에 대한 문제가 제기된다. 이것은 <온달전>의 평강공주 서사의 흐름에서 발견되는 특성들을 정리하는 것을 통해 살펴볼 수 있다.

[가] 평강공주 서사의 순차단락

① 평강공주는 고구려 평강왕의 딸이다.

② 어려서 울기를 좋아했다.

③ 평강왕이 '바보 온달에게 시집보내겠다'고 희롱하다.

④ 평강왕은 공주가 열여섯이 되자 상부 고씨에게 시집보내려 하다.

⑤ 공주는 어릴적 부왕이 한 말에 대한 신의를 근거로 부왕의 뜻을 거역하다.

⑥ 평강왕이 노하여 함께 살 수 없다고 하고, 공주에게 가고 싶은 곳으로 가라고 하다.

⑦ 공주가 온달을 찾아가 온달 모자를 설득하여 함께 살다.

⑧ 공주가 궁궐에서 가지고 온 보물 팔찌를 팔아 전답과 가재도구를 마련하다.

⑨ 공주가 온달에게 비루먹은 국마를 사오게 하여 잘 먹이니 튼튼해지다.

⑨-1. (공주가 온달을 교육하다?)

⑨-2. [온달 서사 : 평강공주의 지략과 내조에 의해 온달이 입공함]

⑩ 온달의 장례를 치르려는데 관이 움직이지 않아, 공주가 가서 관을 어루만지며 "삶과 죽음은 결정되었습니다. 아아! 돌아가십시오."라고 하자 관이 움직이다.[9]

---

9) 金富軾, 『三國史記』卷第四十五 列傳 第五 溫達. 이 글의 번역문은, '이강래 역, 『삼국사기 II』, 한길사, 2003, 819~822'를 참고로 하였다.

앞의 예문 [가]의 전체 내용은 <온달전>에서 평강공주의 서사만을 별도로 정리해 본 것이다. <온달전>을 전·후반부로 나누었을 때 ①~⑨까지가 이 작품의 전반부에 해당된다. '⑨-1'은 작품 문면에는 분명하게 나타나지 않아서[10] 단언하기 어렵지만 우리가 추정할 수 있는 부분이고, 예문 ⑩의 내용은 이 작품의 마지막 부분이다. '⑨-2'의 '온달 서사'는 그 자체로 독립적인 의미를 지닐 수도 있지만, 전체적으로는 '평강공주'의 '지략'과 '내조'에 의해 이루어지는 서사이다. 따라서 평강공주는 작품의 서두에서부터 중반까지를 주도하는 인물이었다가 자신의 '지략'과 '내조'에 의해 온달이 입공할 수 있는 기반을 마련해 준 이후에는 서사의 중심에서 제외되고 있다. 그러다가 서사의 마지막 부분에 와서야 다시 작품을 마무리 짓는 역할을 담당하고 있다.

이러한 평강공주 서사를 통해 알 수 있는 것은, <온달전>이 '평강공주 서사'와 '온달 서사'로 분리될 수 있다는 점이다. 이러한 분리적 속성 때문에 평강공주와 온달은 각각의 장점을 살리면서 이후의 서사문학에 일정 부분 영향을 주었으리라 생각된다. 평강공주가 '내복에 산다'형의 설화나 '여성영웅담'으로 수용되거나 온달이 민중영웅담으로 회자되는 것은 이러한 서사적 특성이 반영된 결과라고 생각된다. 특히 평강공주의 경우에는 예문 ⑨의 擇馬 부분에서 그녀의 슬기로움이 발휘되고 있기에 그녀는 智略的 영웅으로서의 면모가 나타난다. 하지만 이 작품은 正史인

---

10) 지금까지 연구된 <온달전>을 보면 위의 '⑨-1'에 해당되는 내용을 연구자들 임의로 상정하여 논의하는 경우가 많다. 그것은 아마도 작품 서두에 온달을 수식하는 말로 제시된 '바보'라는 명명 때문일 것이다. 그러나 이 작품 어디에도 온달이 저능아이거나 전체적으로 모자라는 인물임을 드러내는 부분은 없다. 그보다는 공주가 온달을 찾아와 같이 살고자 하는 뜻을 밝혔을 때 보여주는 온달의 논리적인 모습이 온달의 원 성격으로 더 적절하지 않나 생각된다. 다만 평강공주가 온달을 도와서 그가 입공할 수 있게 하였다는 점만은 부인하기 어렵다고 보아 이 부분은 독자의 상상력에 맡겨도 무방하리라 생각한다.

『삼국사기』에 실려 있는 만큼, 그 중심 인물은 온달이라는 점을 잊어서는 안 된다.

따라서 평강공주의 주요 서사는 〈온달전〉의 '온달'을 보조하는 성격이 강하되, 그 속에서 지략적인 영웅의 모습도 함의하고 있다고 할 수 있다. 그녀가 울기를 좋아하고, 부왕의 뜻을 거역하여 가출을 하기까지의 과정은 그녀가 온달을 영웅화시키기 위한 과정에 해당되지만, 그러한 과정 속에서 드러나는 평강공주의 성격은 주체적이고 여성 주도적인 면이 있으며 슬기롭기까지 하기에 '지략적 여성영웅'으로 볼 수 있는 여지가 남게 되는 것이다.

평강공주가 내조형 여성영웅의 성격을 가지고 있다는 점은, 평강공주의 서사가 의미 단위 면에서 점층적으로 이루어지고 있다는 점을 통해서도 확인할 수 있다. 위의 예문 [가]에 제시된 평강 공주의 화소를 다시 의미단위로 압축하여 정리하면 다음과 같다.

[나] 평강공주 서사의 점층적 전개

① 울보 공주
② 부왕의 뜻을 거역하고 온달에게 시집가려고 함
③ 온달을 찾아가 설득하여 결연한 후 그를 내조함
④ 온달이 바보에서 국가적 영웅으로 변모하는데 기여함
⑤ 온달이 사후 그의 恨을 위무함

[나]의 예문 ①에 나타난 '울보로서의 평강공주'를 제외한 전 과정이 온달의 영웅성을 부각시키기 위한 전체 과정에 용해되어 있다. 어쩌면 예문 [나] ①번의 내용도 '바보'에 어울리도록 인물의 성격을 병치시켜 놓았다고 생각된다. 어린아이가 잘 우는 것이 별 흠이 될 수 없음에도

불구하고 굳이 평강공주가 울기를 좋아하여 부왕의 희롱을 받았다는 설정을 통해 그녀의 성격에 결함을 지우고 자연스럽게 다음 단계로 넘어갈 수 있게 한 것이다. 이러한 평강공주의 상황 설정은 그녀가 부왕과 갈등할 수 있는 개연성을 마련하고, 이후 그녀가 가출할 수 있는 표면적 원인을 제공하게 된다. 실제로 평강공주는 온달을 찾아가 그들 모자를 설득하여 결연하게 된다.

이와 같은 평강공주의 행위는 주체성과 결단성이 두드러지는 여성으로 인식된다. 그래서 독자들은 평강공주의 이러한 성격 때문에 서사 전반부에서 온달의 존재를 간과하거나 과소 평가하기도 하고, 그녀를 주체적인 여성영웅으로 인식하기도 한다. 그러나 이러한 평강강주의 성격은 그녀의 지략과 내조에 의해 온달이 입공함으로써 더 큰 빛을 볼 수 있다는 점에서 그녀는 내조적 성격이 강하다는 것에서 자유로울 수 없다. 즉 평강공주 서사는 '내복에 산다'형의 설화의 여주인공과 같이 독립될 수도 있지만, 그녀의 진정한 영웅성은 온달의 내조를 통해서 형성된다는 것이다. 이것은 위의 예문 [나] ①~④까지에 나타난 바와 같이 평강공주의 행위가 가지는 의미가 점진적으로 온달을 위한 것으로 강화되고 있고, 그 행위의 지향점 또한 온달이라는 점을 통해서 확인할 수 있다. 평강공주의 행위와 그 의미를 중심으로 간단히 정리하면, '울보→부왕의 뜻을 거역→온달을 찾아감→온달과 혼인하고자 함→결연하여 온달을 내조함→온달의 立功을 내조함'이 된다.11) 평강공주의 성격이 울

---

11) 이러한 평강공주와 온달의 관계구도는 역으로 해석할 수도 있다. 가령 온달의 立功은 평강공주의 내조 없이는 불가능한 것이기 때문에, 온달보다 평강공주 쪽에 무게 중심을 두고 그녀를 여성우위형의 인물로 볼 수도 있다. 실제로 陳恩眞은 "<평강공주> 설화는 평강공주의 자아 찾기가 중심이 되는 탐색담이 되고 온달과 관련된 서사는 평강공주의 능력을 드러내는 과정으로서의 역할을 한다"고 하여 <온달전>에서 온달의 입공과 평강공

보에서 시작하여 자기 주장이 강한 여성의 모습을 거쳐 남주인공을 立功하게 하는 방향으로 강화되고 있는 것이다. 이러한 상승은 온달의 죽음으로 인해 서사전개는 하강의 국면을 맞게 되지만 평강공주의 정서는 [나] ⑤를 통해 더욱 심화된다는 점에서 전체적으로 그녀의 성격이 가지는 의미는 점층적 과정을 거치고 있다고 할 수 있다.

이상의 논의를 통해서 볼 때 평강공주는 주체적인 면이 있지만 전체적으로는 온달을 내조하는 내조형 여성영웅에 해당한다고 할 수 있다. 특히 그녀는 단순한 물질적 내조를 하는 여성영웅이 아니라, 擇馬와 같은 부분에서 드러나는 지략 또한 강조되어 있으므로 '智略的 內助型 女性英雄'에 해당한다고 할 수 있다.

이는 앞서 제시한 선행연구 (A)의 논의들과 대치된다. 그들은 애초에 평강공주와 온달에게 주어진 출신성분이나 물질과 같은 환경적인 상황을 너무나 크게 고려한 것 같다. 또 〈온달전〉 전체에서 양자 간의 인물 성격을 규정한 것이 아니라, 전반부에 나타난 평강공주와 온달의 행위만

주의 능력에 대한 평가를 달리하고 있다(陳恩眞, 「女性探索譚의 敍事的 特徵 硏究」, 경희대학교 대학원 박사하위논문, 2002, 54면). 그러니 그가 "평강공주의 다월한 능력이 바보 온달의 영웅 만들기에 집중된다는 점이 문제이다. 평강공주가 애초에 궁을 나온 것은 사아 성제성을 찾기 위한 도전이었음에도 불구하고 그 과정은 보통 擇夫譚과 마찬가지로 남편을 통해 자아 성취의 의지를 표출하는 데 그치고 만다는 한계를 지닌다. 따라서 평강공주의 자아찾기는 온달의 서사에 묻히고, 서사는 여기서부터 온달 중심으로 전개됨으로써 평강공주의 자아찾기 노력은 희석된다"(陳恩眞, 上揭書, 55면)고 한 것처럼, 전체적인 맥락에서는 평강공주의 서사는 온달을 향하고 있다.
따라서 〈온달전〉의 입전 목적과 최종적인 서사의 비중이나 방향은 '온달'에게 있기 때문에 인물의 성격과 행위에 대한 가치부여의 방향을 역순으로 하기에는 무리가 있다고 본다. 즉 서사 전개의 방향을 역순으로 하여 그 의미를 부여할 경우에는 평강공주는 내조형이 아닌 여성우위형의 성격에 더 어울린다. 하지만 애초에 〈온달전〉의 입전 의도를 고려하고, 일반적인 서사 전개 흐름으로 보았을 경우에는 분명 평강공주는 내조형 여성영웅으로서의 성격으로 보는 것이 바람직하다고 생각한다. 그리고 이 작품은 역순행적 구성방식을 취하고 있지도 않기 때문에 서사 전개 과정을 역순으로 하여 인물의 성격을 규정할 수도 없고, 부분만을 가지고 인물을 평가할 수는 없다고 본다.

을 두고 평가하여 중반 이후에 나타나는 온달의 영웅성을 간과하고 있다. 만약 평강공주를 여성우위형의 여성영웅으로 볼 경우 작품 후반부에 나타나는 온달의 성격이 완전히 무시되는 결과를 초래할 수도 있다. 따라서 이 작품은 평강공주의 여성영웅성을 인정하되, 그것은 온달의 입공을 염두에 둘 때 빛을 발하는 것이라 점을 잊어서는 안 된다. 다만 그러한 온달의 성공이 가지는 의미는 "남성의 영웅적 행위가 남성 단독의 능력으로 이루어진 것이 아니라, 여성성의 바탕 위에서 이루어진 것"12)이라는 점 또한 간과할 수 없다는 점에서 평강공주의 성격이나 행위는 여전히 중요한 의미를 가진다. 따라서 지략적 내조형 여성영웅으로서의 성격을 가지는 평강공주의 행위 전모는 여러 유형의 여성영웅들 중에서 일련의 여성영웅 성격 형성에 간접적인 영향을 주었다고 판단된다.

2) 온달 서사의 흐름과 '중의적 영웅성'

앞서 논의한 평강공주는 개인적 성향으로서는 주체적이며 예지력과 결단력을 갖춘 지략적 여성영웅의 면모를 드러내고 있었다. 그러면서도 그녀의 진정한 영웅성은 온달을 내조하여 그가 입공하는 것을 통해 드러나고 있다. 이런 점에서 평강공주는 주체적 영웅의 모습과 내조형 여성영웅의 모습을 동시에 지니고 있다고 할 수도 있다.

본 절에서 논의하게 될 온달의 경우도, 그 성격을 조금 달리하기는 하지만 두 가지의 영웅적 면모를 가지고 있다. 먼저 온달 서사의 순차단락을 통해 두 가지의 영웅적 면모를 상정해 보기로 하자.

---

12) 정병헌, 「여성영웅소설의 지향과 소설교육적 자질」, 『한국고전문학의 교육적 성찰』, 숙명여자대학교출판국, 2003, 309~310면 참조.

[다] 온달 서사의 순차단락

① 온달은 고구려 평강왕 때의 사람이다.

② 겉모습은 못생기고 우스웠지만 속 마음은 맑았다.

③ 몹시 가난하여 늘 먹을 것을 빌어 어미를 봉양하고, 헤어진 옷과 신발로 시정 사이를 왕래하니 사람들이 바보 온달이라 하다.

④ 평강왕의 딸이 울기를 좋아하니, 왕이 '바보 온달에게 시집보내겠다'고 하다.

⑤ 공주가 부왕의 뜻을 거역하고, 온달을 찾아와 온달 모자를 설득하여 함께 살다.

⑥ 공주가 궁궐에서 가지고 온 보물로 전답과 가재도구를 마련하다.

⑦ 공주가 온달에게 비루먹은 국마를 사오라고 하여 잘 기르니 튼튼해지다.

⑧ 온달이 그 말을 타고 국중 사냥대회에서 가장 뛰어난 능력을 보이니 왕이 이름을 묻고는 놀라고 기이하게 여겼다.

⑨ 후주의 무제가 침략하자, 온달이 출전하여 큰 공을 세우니 왕이 사위로 인정하고 대형 벼슬을 내리다.

[다]-1

⑩ 양강왕이 새로 즉위하자 온달이 신라에게 빼앗긴 고구려의 고토를 되찾겠다고 자원 출전하다.

⑪ 출병 전에 공주에게 '땅을 되찾지 못하면 돌아오지 않겠다'고 맹세하다.

⑫ 온달이 신라군과 더불어 아단성 아래서 싸우다가 화살에 맞아 전사하다.

⑬ 온달의 장례를 치르려는데 관이 움직이 않아, 공주가 가서 관을 어루만지며 "삶과 죽음은 결정되었습니다. 아아! 돌아가십시오."라고 하자 관이 움직이다.[13]

---

13) 金富軾, 『三國史記』卷第四十五 列傳 第五 溫達.

앞의 예문 [다]와 [다]-1은 <온달전>에서 연속되는 온달 중심의 서사를 두 단락으로 나누어서 본 것이다. 앞서 잠시 언급한 바와 같이 온달의 立功은 평강공주의 지략과 내조에 의해 이루어진다. 그렇다고 해서 온달이 평강공주의 성격에 예속되는 것으로 보아서는 곤란하다. 왜냐하면 이 작품은 『삼국사기』 열전에 입전될 때에 온달의 국가적 忠을 일관된 흐름 속에서 드러내는 데 목적이 있었기 때문이다. 위 예문 ②, ③에 나타난 바와 같이 미천했던 온달이 평강공주의 내조(⑥, ⑦)를 통해 국가적 영웅(⑧, ⑨)이 되는 이야기는 독자들에게 흥미로운 이야기가 아닐 수 없다. 그러나 이러한 결구는 "미천한 사람도 위대해질 수 있다고 하는 소망"14)을 나타낸 것이기는 하지만 궁극적으로는 온달의 국가적 영웅으로서의 성격을 강하게 표출한 것이다.

그런데 '[다]-1'의 내용은 온달이 국가적 영웅이 되었음에도 자원 출전하여 비극적인 결말을 맞이하는 장면이다. 그는 미천한 신분으로서 일국의 공주와 혼인하였고, 또 그녀의 내조 덕분으로 고구려의 대형 벼슬에까지 오르는 성공을 이루었기에 더 이상 아쉬울 것이 없었다. 그럼에도 그는 자원 출전하여 비극을 자초한 것처럼 서사가 마무리 되고 있다. <온달전>에 나타난 온달의 이러한 성공과 좌절이라는 이중성은 그에게 다른 성격의 영웅성을 부여하기에 이른다. "<온달전>의 온달이 애국적인 인간형으로 부각된 반면에, 구비자료에는 희생적인 영웅형으로 나타난다."15)는 점은 바로 그의 영웅성이 중의적으로 해석될 수 있음을 시사한다.

---

14) 조동일, 『한국문학통사』 제4판 1권, 지식산업사, 2005, 21면.
15) 이창식, 「온달전승의 구비적 전개와 계승」, 『온달문학의 설화성과 역사성』, 박이정, 2000, 97면.

사실 '[다]-1'은 〈온달전〉에서 없어도 무방한 내용이다. 하지만 온달을 더욱 온달답게 하고, 독자에게 더 진한 여운을 남기게 하는 대목 또한 바로 이 부분이다. 그는 미천한 신분으로 국가적 영웅이 되었다는 점에서 민중들의 꿈과 희망이었고 벅찬 감동을 주었을 것이다. 그러면서 한편으로는 그러한 영광이 지속되지 못하고 비극으로 끝남으로써 민중들의 가슴 한 구석에 자리하여 오래도록 그 가슴을 적시는 민중적 영웅16)이 되었다. 국가에 공을 세워 국가적 영웅이 됨으로써 자신의 신분적 한계를 넘으려고 했지만, 이후 그것이 좌절되면서 민중적 영웅으로 변모된 것이다. 이러한 점에서 "〈온달전〉은 민중층들의 이룰 수 없는 신분적, 계층적 한계를 환상성과 비현실성을 부여하여 성취하는 구조를 보였으나, 결국 비극적 죽음을 제시하여 한계를 더욱 극명하게 드러냈다"17)고 할 수 있을 지도 모른다.

---

16) 필자가 사용하는 '민중적 영웅'의 개념과 조동일이 상정한 '민중영웅'은 유사하면서도 다른 면이 있다. 조동일은 민중영웅의 일생은 상층영웅과는 다르게 세 단락으로 이루어져 있다고 하였다. 그것은 '첫째, 미천한 혈통을 지닌 인물이다. 둘째, 범인과는 다른 탁월한 능력을 타고났다. 셋째, 능력을 발휘하지 못하고 비참하게 죽었다.'이다. 이와 같이 조동일이 설정한 민중영웅의 개념은 첫째를 제외한 나머지 내용은 온달이 가진 영웅적 성격과 대부분이 일치하지 않는다. 따라서 필자는 '미천한 신분의 온달이 운명이나 제도적 제약에 얽매이지 않고 노력에 의해 성취를 이루었다'는 점과, 'ㄱ 성취가 지속되지 못하고 비극적으로 끝났다'는 두 가지를 고려하여 온달을 민중영웅적 성격을 가진 것으로 본다
조동일은 애초에 '평민적 영웅의 일생'이라는 용어를 사용하고 위에서 제시한 세 단락을 평민적 영웅의 일생이 가진 구조적 특징으로 제시하였다(조동일, 「영웅의 일생, 그 문학사적 전개」, 『동아문화』 10집, 서울대학교 동아문화연구소, 1971, 207면). 그러나 이후 '민중영웅의 일생'이라는 용어로 바꾸고 위에서 제시한 세 단락을 민중영웅의 일생이 가진 구조적 특징으로 제시하였다(조동일, 「영웅의 일생, 그 문학사적 전개」, 『민중영웅이야기』, 문예출판사, 1992, 55면).
17) 이영택, 「고전텍스트의 계승과 변용에 따른 재창조 텍스트의 지도 방법 연구－〈온달전〉과 윤석산의 〈온달의 꿈〉을 중심으로－」, 『고전문학과 교육』 16집, 한국고전문학교육학회, 2008, 166면.

그러나 이러한 한계에도 불구하고 온달은 미천한 인물이 신분이나 혈통의 우수성보다는 순수한 인간적 노력과 열정을 바탕으로 영웅이 되었다는 점에서 의미가 있다. 이것은 기존 영웅설화의 영웅들이 신이한 출생담에 의해 입공이 보장되어 있었던 것과 그 성격이 많이 다르다.[18] 그래서 그는 더욱 민중적 영웅으로 남는다. 이것은 온달이 역사적 영웅이라는 사실과 관련이 있고, 또 그가 건국과 같은 신성한 업적을 이룬 것은 아니기 때문에 신비화할 필요가 없었던 것과도 관련이 있을 것이다.

그러나 더 중요한 것은 민중영웅으로서의 온달에게는 그러한 출생담이 필요하지 않다는 점이다. <온달전>은 "엄존하는 신분의 벽을 부정하고자 하는 이상을 표현하고 있다는 점, 그리고 거기서 신분갈등의 현실을 반영하는 면을 읽을 수 있다"[19]는 점에서 그의 민중영웅성은 의미가 있기 때문이다. 따라서 <온달전>의 이러한 성격은 후대 <홍길동전>과 같이 신분문제를 서사의 핵심으로 삼는 작품과도 그 맥락이 닿아 있다고 할 수 있다. 이러한 점에서 <온달전>은 단순히 초기 영웅설화가 가진 인물의 영웅성을 부각시키는 데 머물지 않고 그러한 영웅성을 바탕으로 사회적 문제에까지 관심의 초점이 확대되어 있는 작품이라고 볼 수 있다. 아마도 이상구가 "<온달전>이 문제 삼고 있는 것은 두 사람의 사랑보다는 인간, 특히 소박하게 살아가는 민중들의 진실한 내면적 가치를 억압하는 현실적인 역학관계 및 사회적 통념"[20]이라고 한 견해도 <온달전>에 함의되어 있는 이러한 민중적 지향성을 염두에 둔 표현이

---

18) 영웅설화 주인공들의 출생담과 입공에 대한 내용은 필자의 다음 논문을 참고할 수 있다 (김용기, 「인물출생담을 통한 서사문학의 변모양상 연구」, 중앙대학교 대학원 박사학위 논문, 2007, 52~86면).

19) 박희병, 「羅麗時代의 傳奇小說」, 『韓國傳奇小說의 美學』, 돌베개, 149면.

20) 이상구, 「온달전의 갈등구조와 소설사적 의의」, 『고전문학연구』 제19집, 한국고전문학회, 2001, 118면.

라고 생각된다.

3. 〈온달전〉의 인물 서사에 나타나는 정서

그런데 특이한 것은 〈온달전〉이 영웅담으로서의 성격을 가지고 있으면서도, 그러한 남녀 주인공의 서사에서 독특한 정서가 유발된다는 점이다. 이러한 점은 〈온달전〉이 다른 영웅담 이야기와 변별되는 특징이기도 하다. 그것은 아마도 온달과 평강공주의 욕망의 성취와 좌절에 연유한다. 따라서 〈온달전〉은 온달과 평강공주의 인물 서사가 가지는 특징만큼이나 중요한 것이 남녀 주인공의 서사에서 발견되는 정서적 체험이다.

우리가 문학을 통해서 얻고자 하는 것 중에는 '지각'을 통해 획득할 수 없는 그 이상의 것이 있는데, 바로 '感傷과 鑑賞'으로서의 문학 정서 체험이다. 우리가 "문학 교육에서 정서 교육은 이해가 아니라 체험"[21]이라고 말할 때, '知覺'으로서의 문학 교육이 '이해'와 가까운 영역이라면, '感傷과 鑑賞'[22]으로서의 문학 교육은 '체험', 즉 정서 체험에 가깝다. 〈온달전〉에서 온달이나 평강공주의 인물 서사를 통해 그들의 영웅적 성격을 추출해 내는 것이 '지각'적 요소에 가깝다면 남녀 주인공의 욕망과 그 욕망의 성취와 좌절이 주는 감동은 정서적 체험이 될 것이다. 이하에서는 평강공주 서사와 온달 서사로 나누어 이를 살펴보기로 한다.

---

21) 김종철, 「민족정서와 문학교육」, 『문학교육학』 6집, 한국문학교육학회, 2000, 132면.
22) 논의의 편의상 이하에서는 별다른 설명이 없는 한 필자가 사용하는 情緖라는 용어 속에는 '感傷과 鑑賞'의 개념이 포함되어 있는 것으로 가정하고 이 용어를 사용하기로 한다.

1) 평강공주 서사에서 유발되는 정서

서정문학이든 서사문학이든 문학 작품에서 情緒가 유발되기 위해서는 주체가 지향하는 욕망과 그 결과가 있어야 한다. 다시 말하면 '정서는 주체와 대상 사이에서 형성된다'[23]는 것이다. 이때 주체가 되는 것은 서사의 한 축을 담당하는 인물이며 대상은 그 인물이 지향하는 이상이나 욕망과 관련된다.

그런데 서사의 한 축을 이끌어 가는 인물이 어떤 욕망을 드러낼 때, 거기에는 반드시 인물의 특별한 행위가 동반된다. 그 행위는 인물의 성격을 규정하면서 동시에 독자로 하여금 특정한 정서를 유발하게 된다. 그래서 독자가 특별한 정서를 체험하기 위해서는 인물의 성격과 그가 표출하고 있는 욕망이 무엇이었는가에 대한 이해가 선행될 필요가 있다.[24] 이러한 점에서 <온달전>에 나타난 情緒에 대한 탐색은 평강공주와 온달 서사에 함의되어 있는 그들의 욕망을 이해하는 데도 도움이 된다.

먼저 평강공주 서사에서 의미 있는 사건과 거기서 유발될 수 있는 정서[25]를 정리해 보면 다음과 같이 정리할 수 있다.

---

23) 김종철, 上揭論文, 127면.
24) 물론 情緒라는 것이 인간의 주관적인 감정 영역에 속하기 때문에 아주 사소한 현상에 대해서도 情緒가 유발될 수 있다. 어떤 대상이나 현상에 대해 선후 인과관계에 대한 고려가 없이, '불쌍하다, 슬프다, 가엾다'고 단순하게 느낄 수도 있기 때문이다. 그러나 문학 교육에서 요구되는 情緒는 그러한 인상적인 情緒를 포함하되, 그 情緒가 유발되기까지의 과정도 고려하여 도출되는 객관적, 보편적 情緒이다. 이 객관적, 보편적 情緒는 교수·학습에 있어서 누구에게나 수용될 수 있다는 가능성이 담보되어 있기 때문에, 사람마다 다르게 나타날 수 있는 주관적 情緒와는 구별된다.
25) <온달전>의 인물 서사에서 탐색의 대상이 되는 '정서'는 남녀 주인공이 특정 사건에 접해서 느끼는 정서와 그러한 사건을 통해 전달되는 독자의 정서로 나눌 수 있다. 이 중에서 궁극적인 탐색의 대상은 후자이다. 따라서 남녀 주인공이 느끼는 개인적 정서는 독자에게 그대로 수용될 수도 있지만, 독자가 작품을 읽는 과정에서 정서적 파장이 전혀 없거나 공명도가 확장되기도 한다.

내용 서사	평강 서사의 흐름	매개 사건(물)	인물의 주관적 정서	독자의 문학적 체험 정서	인물과 독자의 정서적 거리26)
[1]	울기를 좋아함		개인적 슬픔	안쓰러움 or 無情緒	×
[2]	혼사로 인한 부녀 갈등.	평강공주가 부왕의 뜻을 거역함.	*평강 : 미움(怨望) *평강왕 : 노여움	당혹감	×
[3]	평강공주의 가출	혼인 대상자인 온달 탐색	意志	固執 or 執念	△
[4]	온달 모자와의 만나 함께 살겠다고 설득함27)	온달 모자의 반대와 승낙	熱情, 和合, 믿음	熱情, 和合, 믿음	○
[5]	온달을 내조함	보물, 말 (공주의 주체성과 예지력)	熱情, 慾望	熱情, 慾望, 希望	◎
[5-1]	[온달 서사 : 평강공주의 지략과 내조에 의한 立功]		慾望	慾望, 獻身, 喜悅, 歡喜, 民衆의 共樂	◎
[6]	온달의 죽음과 장례	관이 움직이지 않음과 평강의 위무	공주의 喪失感, 悲哀, 哀恨	悲哀, 哀恨, 온달의 餘恨, 民衆의 喪失感	◎

위의 도표는 평강공주 서사와 거기에서 추출될 수 있는 정서를 인물
과 독자의 정서로 각각 정리해 본 것이다. [1]~[6]번에서 추출되는 인물

---

26) 인물과 독자의 거리가 아주 가깝거나 일치할 경우에는 '○'으로, 비교적 가깝거나 어느
   정도 일치할 때에는 '△'으로, 거리가 멀거나 전혀 관계가 없을 때에는 '×'로 표시한다.
   그리고 인물의 행위와 정서에 의해 독자가 받는 정서가 확장될 때에는 '◎'으로 표시하
   기로 한다.

27) 평강공주가 온달 모자를 설득하는 장면을 보면 다음과 같다. 공주가 대답하기를, "옛 사
   람의 말에 '한 말의 곡식이라도 방아 찧을 수 있으며, 한 자의 베라도 바느질할 수 있다'
   고 했으니, 진실로 마음을 같이한다면 어찌 반드시 부귀한 다음에라야 함께할 수 있겠습
   니까?"(公主對曰 : "古人言, 一斗粟猶可春, 一尺布猶可縫, 則苟爲同心, 何必富貴然後可共
   乎?") 金富軾, 『三國史記』 卷第四十五 列傳 第五 溫達.

과 독자의 정서의 특징은 처음보다는 후반부로 갈수록 정서적 共鳴度가
커진다는 점이다.

이 중에서 서사 [1]의 흐름은 서사 전개상으로는 꼭 필요한 요소일 수
있지만, 거기에서 유발되는 정서는 사실상 독자에게 큰 의미를 주지 않
는다고 생각된다. 서사 [2]의 혼사로 인한 갈등은 사실 이해하기 좀 힘
든 면이 있다. 평강공주가 아버지와의 관계 속에서 폭발적인 정서반응을
보이는 것은 예사롭지 않기 때문이다.28) 그러나 평강공주의 행위를 평강
왕의 '信'을 문제 삼은 소신 있는 생각29)에서 나온 것으로 본다면 이것
은 그녀의 폭발적인 정서반응이 아닌 것으로 볼 수도 있다. 그렇다고 하
더라도 평강공주의 이러한 예사롭지 않은 행동은 이 순간만큼은 독자에
게 깊은 감동을 주지 못한다. 왜냐하면 평강의 이와 같은 행동은 자신의
소신 있는 생각에서 나온 것으로 볼 수도 있고, 철없는 공주의 치기어린
고집일 수도 있는데, 우선적으로 독자는 전자보다 후자 쪽에 더 비중을
두고 판단할 가능성이 크다. 이러한 판단은 이후 평강공주가 부왕의 노
여운 말 한마디에 가출하는 것에서 어느 정도 확인된다. 그래서 독자들
은 [1]~[3]까지의 인물 서사에서는 큰 정서적 감명을 받지 못한다고 볼
수 있다.

---

28) 평강공주의 이와 같은 행동은 부왕의 식언을 문제 삼은 것이며, 이는 곧 평강공주가 '信'
을 중히 여기는 인물이라는 단서가 될 수도 있다. 만약 평강공주의 행위를 이와 같은 맥
락에서 바라본다면 그녀는 부왕의 행동을 문제 삼을 수밖에 없고, 또 부왕이 상당히 원
망스러웠을 것이다. 동시에 평강왕은 그러한 평강공주의 행동이 이해하지 못할 행동이므
로 노여워 한 것으로 본다(평강공주의 '信'에 대한 문제는 앞서 제시한 정민의 글을 참
고할 수 있다).

29) 필부도 오히려 식언하지 않으려 하거늘 하물며 지존이겠습니까? 그런 까닭에 임금된 자
는 장난하는 말이 없다고 했습니다. 이제 대왕의 명령은 잘못이므로 저는 감히 받들어
따르지 못하겠습니다(匹夫猶不欲食言 況至尊乎 故曰王者無戱言 今大王之命 謬矣 妾不敢
祗承). 金富軾, 『三國史記』 卷第四十五 列傳 第五 溫達.

그러나 이러한 평강공주의 행동에 대한 평가나 감동은 이후 [4]의 서사에서 전환점을 맞이한다. 특히 이 부분은 평강공주의 가치관에서 유발되는 정서적 감동이 크다. 그녀는 "옛사람의 말에 '한 말의 곡식이라도 방아 찧을 수 있으며, 한 척의 베라도 바느질할 수 있다'고 했으니, 진실로 마음을 같이한다면 어찌 반드시 귀한 다음에라야 함께 할 수 있는 것이겠습니까?"30)라고 하여 온달 母子를 설득시킨다. 평강공주의 이러한 설득 과정은 온달의 성취 여부와 상관없이 평강공주 서사에서 상당히 큰 정서적 파장을 주는 부분이라고 할 수 있다.

특히 [4]의 서사와 정서가 독자에게 깊은 감동을 주는 심미적 요소가 될 수 있음은, 두 사람의 신분적 차이에도 불구하고 평강공주가 가지고 있는 가치관이 독자의 영혼을 울릴 수 있는 대목이기 때문이다. 이 부분에 대해서는 다음의 작품이 좋은 참고 자료가 된다.

못생긴 몸꼴로	貌龍鍾
음식 구걸 다니네	食行乞
비수의 사내 이름은 온달	沸水之男名溫達
왕궁의 여아는 울기를 잘하네	王宮女兒啼復啼
딸애가 울 때, 임금은 늘 농담으로	兒啼王常戲
이 애가 자라먼 온달에게 싹시우리	兒長必作溫達妻
딸 아이 열여섯 살에 부마를 뽑는데	兒年十六卜駙馬
부마를 뽑는 일 딸은 불가하다네	卜駙馬兒不可
필부의 식언 좋지 않거늘	匹夫食言猶不祥
대왕의 하신 말씀 잊지 못해요	王常有言兒不忘
산속의 느릅껍질 함께 캐고요	山中楡皮可共采

---

30) "古人言, 一斗粟猶可舂, 一尺布猶可縫, 則苟爲同心, 何必富貴然後可共乎?" 金富軾, 『三國史記』 卷第四十五 列傳 第五 溫達.

<u>빈천이 어찌 방해되오리까</u>	貧賤亦如妨
옛 사람 가난하고 병들어도 저버리지 않았다오	古人貧病不相負
앞에는 온달 있고 뒤에는 백운부 있네	前有溫達後有白雲婦31)

위의 악부는 林昌澤의 <온달부>의 내용이다. 이 작품은 <온달전> 중에서 평강공주 서사를 중심으로 하여 작품화 한 것이다. 운문인 악부를 통해서 보면 위의 예문 [4]가 왜 정서적 파장이 큰가를 짐작할 수 있다. 서사적 흐름상으로도 [4]는 정서적 심미 대상이 될 수 있음을 알 수 있다. 이를 운문이라 할 수 있는 <온달부>에서 재검토해 보면 이 부분이 주는 감동적인 성격을 보다 분명하게 느낄 수 있다. 만약 위의 악부를 학습자들에게 제시하고 가장 감동적인 부분을 골라보게 한다면 분명 위의 밑줄 친 부분이 심각한 고려의 대상이 되리라고 생각한다. 이것은 곧 평강공주 서사에서 [4]의 서사와 정서가 그만큼 중요하다는 것을 증명하는 것이다. 여기에서는 평강공주의 열정과 신분을 떠나 화합하려는 마음과 인간적인 믿음을 온몸으로 느낄 수 있다.

평강의 서사에서 확인되는 정서는 [5]와 [5-1]에서 그 정서적 파장이 커진다. 평강공주가 온달을 내조하여 그의 입공을 이루는 과정에서 독자들은 인물들의 기쁨만큼이나 큰 즐거움을 맛보게 될 것이다. 그래서 이를 민중적 共樂이라 할 수 있다. 평강공주의 개인적 기쁨과 정서가 민중적인 共樂으로 확대되고 있기 때문이다. 따라서 이 부분에서 독자들은 가장 큰 미적 쾌감을 맛보게 된다고 할 수 있다.

이와 같은 민중의 共樂은 [6]의 서사에서는 민중의 喪失感으로 바뀐

---

31) 林昌澤, 『崇岳集』 卷一, 張三, 「海東樂府」, 溫達婦, 藝刻印書體字本, 英祖 11년(1735) ; 윤경수, 「온달전의 후세문학에의 수용양상—온달과 평강공주의 인간상을 중심으로—」, 『한국한문학연구』 제15집, 한국한문학회, 1992, p.219에서 재인용.

다. 온달의 죽음으로 인한 공주의 상실감과 비애가 민중의 상실감과 비애로 확대되고 있는 것이다. 내조형 여성영웅으로서의 평강공주가 가졌던 熱情과 希望이 상실된 아픔을 이 부분에서 고스란히 담아내고 있다.

이상과 같이 평강공주 서사에서 나타는 정서는 그녀의 개인적, 주관적 정서에서 민중이 함께 공유할 수 있는 집단적 정서로 변화된다. 그리고 평강공주의 주관적 정서가 강하게 나타나는 부분에서는 그녀의 개인적인 熱情과 希望이 부각되어 있음을 알 수 있다. 또 개인적이면서 동시에 민중적, 집단적 정서가 함께 나타나는 부분은 喪失感과 悲哀, 哀恨과 같이 정서적 共鳴이 큰 것으로 나타난다. 그것은 아마도 온달의 죽음으로 인해 내조형 여성영웅의 성격을 지닌 평강공주의 상실감이 그만큼 크다는 것을 의미한다. 동시에 그녀가 지향했던 이상과 현실의 괴리에서 오는 비극이 독자들에게 큰 아픔으로 각인되기 때문일 것이다.

2) 온달의 서사에서 유발되는 정서

평강공주 서사에서 살펴본 바와 같이 한 작품 속에 하나의 정서만 나타나는 것은 아니다. 왜냐하면 독자는 인물의 행위 하나하나, 사건 각각에 대하여 정서적 반응[32]을 보이기 때문이다. 그리고 情緒는 밝고 희망

---

32) 작품 속에 제시된 인물, 사건, 장면 등에 대한 느낌이 정서적 반응이다. 독자는 한 작품 속의 어떤 인물에 대하여 감탄, 동정, 존경 등의 정서적 반응을 할 수 있고, 동시에 또 다른 인물에 대해서는 혐오, 멸시, 증오 등의 정서적 반응을 할 수도 있다. 어떤 사건이 일어날 때, 공포, 불안, 쾌감, 격정 등의 정서를 체험할 수도 있다. 어떤 장면에서는 고요함, 평화로움, 아늑함을 느끼기도 하고, 또 어떤 장면에서는 우울함, 쓸쓸함, 무시무시함 등의 정서적 체험을 하기도 한다(최운식·김기창 공저, 『전래동화 교육의 이론과 실제』, 집문당, 1998, 127면). 〈온달전〉의 평강공주와 온달의 서사에서는 이러한 정서적 반응이 아주 다양하게 나타난다.

적인 것보다는 비극적인 감정과 더 친연성이 있는 것처럼 느껴지기도 한다. 이것은 문학 감상자의 정서적 공명도를 통해서 어느 정도 실감할 수 있으며, 위에서 논의한 평강공주 서사를 통해서도 확인이 된다.

그런데 온달 서사에서는 그러한 상실의 정서에 비견할 만한 또 다른 정서가 발견된다는 점에서 특기할 만하다. 그것은 민중의 共樂과 歡喜이다.33) 먼저 앞서 제시한 온달 서사의 흐름을 재구성하여 거기서 유발되는 정서를 도출하면 다음과 같이 정리할 수 있다.

내용 / 서사	온달 서사의 흐름	매개 사건(물)	인물의 주관적 정서	독자의 문학적 체험 정서	인물과 독자의 정서적 거리
〔1〕	심성이 맑은 온달이 가난하여 먹을 것을 빌어 어미를 봉양하고, 남루한 차림으로 시정을 왕래함	가난, 홀대	純粹34)	純粹, 憐憫	◎
〔2〕	평강왕이 공주를 온달에게 시집보내겠다고 함	평강왕과 공주의 혼사 갈등	*평강 : 미움(怨望) *평강왕 : 노여움	당혹감	×
〔3〕	공주가 온달 모자를 찾아가 함께 살겠다고 설득	온달 모자의 반대와 결연 승낙	熱情, 和合, 믿음	熱情, 和合, 믿음	○
〔4〕	공주의 내조를 받음	보물, 말 (공주의 주체성과 예지력)	熱情, 慾望, 希望	熱情, 慾望, 希望	○

---

33) 민중적 共樂은 앞서 평강공주 서사에 삽입되어 있는 온달 서사 [5-1]에서 확인한 바 있다. 그런데 본격적인 온달 서사에서는 이러한 민중적 공락이 더 자세하게 나타난다.

34) 온달 서사 [1]에 나타난 온달의 주관적 정서를 '순수'라고 한 것은 적절하지 않을 수 있다. 왜냐하면 온달은 자신의 정서적 상태에 대해서 무감각 할 수도 있을 정도로 순수하기 때문이다. 그러함에도 불구하고 이 부분을 '순수'라고 한 것은 그의 현재 상태를 드러내기 위함이다.

서사\내용	온달 서사의 흐름	매개 사건(물)	인물의 주관적 정서	독자의 문학적 체험 정서	인물과 독자의 정서적 거리
[5]	국중 사냥대회 참가	국중 사냥대회 우승	喜悅, 歡喜	놀람, 喜悅, 歡喜, 민중의 共樂	◎
[6]	온달의 입공	* 후주와의 전쟁에서 공을 세움 → 대형에 임명됨 * 사위로 인정	喜悅, 歡喜	喜悅, 歡喜, 민중의 共樂	◎
[7]	양강왕의 즉위와 자원 출전	* 신라와의 전쟁 * 자원 출전	悲壯感, 慾望	悲壯感, 願望	○
[8]	온달의 죽음	* 신라와의 전쟁	悲哀, 虛脫感	悲哀, 虛脫感, 민중의 喪失感	◎
[9]	온달의 장례	관이 움직이지 않아 공주가 위무함	餘恨	悲哀, 哀恨, 민중의 喪失感, 情恨, 민중의 情恨	◎

위의 도표는 온달 서사에서 발견되는 정서를 정리한 것이다. 일부는 평강서사에 나타나는 것이 포함되어 있기도 하고 공유되고 있는 부분도 있는데, 그것은 평강의 서사가 온달의 서사에 거의 포함되어 있기 때문이다.

서사 [1]은 가난하지만 심성이 맑은 온달의 모습이다. 그는 자신이 '純粹'하다고 느끼지도 않을 만큼 순수하다. 이러한 온달에 대해 독자는 그의 순수함과 동시에 연민의 정서도 함께 느낀다고 할 수 있다. 가난하여 노모를 봉양하기 위해 시정을 왕래하는 그의 모습에서 학습자는 연민의 정서를 느낄 수 있는 것이다. 그래서 이 부분에서는 행위의 주체인 온달에게는 존재하지 않는 정서인 '憐憫'의 정서를 독자는 느끼게 된다.

온달 서사 [2], [3], [4]는 평강공주 서사 [2], [4], [5]에 나타났던 부분과 별반 다르지 않기에 여기서 나타나는 인물의 정서와 독자의 정서도 큰 차이가 없다고 본다. 다만 평강공주의 서사 [5]에서 나타났던 인물의 주관적 정서는 '열정'과 '욕망'이었고, 독자의 문학적 체험 정서는 '열정', '욕망', '희망'이었던 것에 비해, 온달의 서사 [4]에서는 둘 다 '열정', '욕망', '희망'으로 제시하여 온달과 독자의 정서가 매우 일치하는 것으로 추정하였다.

서사 [5]와 [6]은 온달 서사의 정점이라고 할 수 있다. 평강공주의 내조를 받은 온달은 국중 사냥대회에 참가하여 우승을 하고, 이어 후주와의 전쟁에서 공을 세워 대형 벼슬에 임명될 뿐만 아니라 평강왕으로부터 정식으로 사위로 인정받기도 한다. 여기서 나타나는 온달의 정서는 희열, 혹은 환희였을 것이다. 이것은 독자도 마찬가지다. 온달의 이러한 성공과정을 지켜보는 독자는 잠시 놀랍게 여겼을 것이지만, 전체적으로는 온달이 느꼈을 기쁨의 정서를 같이 느꼈을 것으로 생각한다. 그래서 그 기쁨은 민중의 共樂으로 확대된다고 할 수 있다. 온달의 기쁨이 곧 민중의 기쁨이 되는 것이다. 특히 서사 [6]은 온달의 국가적 영웅으로서의 면모가 잘 나타나고 있는데, 이것은 바로 뒤의 서사 [7]~[9]와 변별되는 부분이다. 왜냐하면 서사 [7]~[9]는 온달의 민중영웅으로서의 성격이 강하게 나타나고 있기 때문이다.

실제로 서사 [7]에서 지금까지와는 다른 방향으로 상황은 급반전 된다. 양강왕이 새로 즉위하자 온달은 그 이전에 이루었던 것만큼의 공을 세우고자 한다. 신분이 미천하였기 때문에 그는 자신의 입지를 굳히기 위해서 그에 합당한 공을 세워야 했는지도 모른다. 그래서 그는 충분한 성공을 거두었음에도 불구하고 자원 출전이라는 모험을 감행한다. 여기서 발견되는 온달의 정서는 '비장감' 그 자체이다. 그리고 여기에 더하여 새로운 왕에게도 인정받고 싶은 온달의 '慾望'이 나타난다. 이것은 다음의 예문을 통해 어느 정도 짐작할 수 있다.

> (A) 양강왕이 즉위하자 온달이 아뢰기를, "생각컨대 신라가 우리 한수 이북의 땅을 베어가서 군·현으로 삼으니 백성들이 통분하고 한스럽게 여겨 한 번도 부모의 나라를 잊은 적이 없사옵니다. 원하오니 대왕께서는 저를 어리석고 어질지 못하다 하지 마시고 군사를 내주시어 한번 쳐들어가 반드시 우리 땅을 되돌려오게 하소서"라고 하니 왕이 허락하였다.[35]

> (B) 온달이 출정에 임해 맹세하기를, "계립현과 죽령 이서 지역을 우리에게 되돌려오지 못한다면 돌아오지 않으리라"라고 하였다.[36]

위 예문 (A)는 양강왕이 즉위하자 온달이 자원출전고자 하는 이유를 밀하는 부분이다. 예문 (B)는 그러한 출진에 앞서 온달이 하는 말인데, 전체적으로 온달의 비장한 각오가 나타난다. 이러한 온달의 비장한 각오에는 그의 인정받고 싶은 욕망이 잠재해 있다고 판단된다. 독자들 또한 그러한 온달의 자원줄전에서 온달과 유사한 비장감과 욕망의 정서를 느낄 수 있다. 그러나 독자들은 온달이 성공하기를 간절히 바라기에 온달

---

35) 及陽岡干卽位, 溫達奉曰 : "惟新羅, 割我漢北之地, 爲郡縣, 百姓痛恨, 未嘗忘父母之國. 願大王不以臣愚不肖, 授之以兵, 一往必還吾地." 王許焉. 金富軾, 『三國史記』 卷第四十五 列傳 第五 溫達.

36) 溫達臨行, 誓曰 : "鷄立峴竹嶺以西, 不歸於我, 則不返也." 金富軾, 『三國史記』 卷第四十五 列傳 第五 溫達.

과 같은 '욕망'의 정서를 표출하는 것이 아니라 '願望'의 정서를 드러낸다고 할 수 있다.

그러나 이러한 독자들의 간절한 바람, 즉 '願望'은 다음의 서사 [8]에서 좌절되는 것으로 나타난다. 온달은 자원출전한 신라와의 전쟁에서 전사하게 되는데, 이 때 그는 상당한 비애와 허탈감을 느꼈을 것으로 생각된다. 온달의 이러한 비애와 허탈감은 독자에게 고스란히 전달되고 그것은 민중의 喪失感으로 확대된다고 할 수 있다. 독자들이 느끼는 이러한 상실감은 온달의 '餘恨'과 잘 부합된다. 이는 다음의 구절을 통해서 얼마간 짐작해 볼 수 있다.

> 장례를 치르고자 해도 관이 여간해서 움직이지 않았다. 공주가 와 관을 어루만지면서 "죽고 사는 것이 정해졌으니, 아아! 돌아가십시다"라고 해서야 마침내 들어서 장사지냈다.[37]

위 예문은 서사 [9]와 관련되는 부분으로, 관이 움직이지 않는 것으로 나타나는 온달의 '餘恨'을 잘 드러내고 있는 대목이다. 그는 살아서 더 이루고자 했던 욕망이 있었는데 그것이 좌절됨으로써 恨이 되었다. 그래서 그의 죽음에 나타나는 정서는 '餘恨'이 되며, 이것은 민중의 '여한'이 되고 '상실감'이 되는 것으로 나타난다. 하지만 평강공주의 慰撫에 의해 그의 관이 움직임으로써 그의 죽음을 통해 느끼는 독자의 정서는 '情恨'으로 한 단계 승화된다고 할 수 있다.[38] 이것은 온달의 관이 움직임으로

---

37) 欲葬, 柩不肯動, 公主來, 撫棺曰 "死生決矣, 於乎歸矣!" 遂擧而窆. 金富軾, 『三國史記』 卷 第四十五 列傳 第五 溫達.

38) '餘恨'이란 인간의 응어리진 감정의 덩어리가 남아 있는 것으로 볼 수 있다. 이에 비해 '情恨'이란 그러한 응어리진 감정이 어느 정도 걸러진, 조금은 승화된 감정이라고 볼 수 있다.

써 그의 응어리진 ‘恨’의 덩어리가 풀리고 있는 것으로서 확인할 수 있다. 이 부분에서 독자들의 응어리진 감정도 어느 정도 풀어지되, 그 감정은 아주 깊고 진한 여운을 주는 것으로 바뀔 수 있다고 본다. 그게 바로 ‘情恨’이다. 이 ‘정한’은 온달의 ‘여한’이 승화된 것이면서 민중들의 가슴에 오랫동안 자리할 정서이다. 이를 ‘민중의 情恨’이라 할 수 있다.

이상을 통해서 볼 때 온달의 서사에서 나타나는 정서는 그의 입공과 국가적 忠의 실현에 나타나는 민중의 共樂과 민중영웅으로서의 성격 부분에서 유발되는 민중의 情恨으로 이대별 할 수 있다. 이것은 앞서 살펴본 평강공주 서사에서 발견되는 정서가 개인적이고 주관적인 정서에서 민중이 함께 공유할 수 있는 집단적 정서로 변화한 것과 얼마간의 차이가 있다. 평강공주와 겹치는 부분을 제외하면, 온달의 서사에서 발견되는 정서는 거의 대부분이 민중적인 공락과 상실감에 해당된다. 즉 평강공주 서사에서는 독자적으로는 나타나지 않는 ‘민중의 공락’과 ‘환희’의 정서가 온달 서사에서는 강하게 나타나는 것이다. 그리고 온달 서사에서 민중의 共樂과 민중의 情恨이 함께 공존하기에 독자들은 온달의 비극적 죽음을 안타까워하되, 한편으로는 온달의 비극적 운명과 상관없이 미천한 온달이 이룬 성공에 대해서도 그에 상응하는 비적 쾌감을 맛보게 되는 것이다.

4. 마무리

이상에서 <온달전>의 인물 서사에 나타난 남녀 주인공의 영웅적 성격과 남녀 주인공의 인물 서사에서 목도되는 정서에 대해서 살펴보았다.

이하에서는 지금까지 논의된 것을 요약하는 것으로 결론을 삼고자 한다.

먼저 평강공주와 온달 서사의 흐름과 인물 성격에서는 이들 각각의 서사가 분리될 수 있다고 보고, 평강공주 서사와 온달 서사를 나누어 이들의 영웅적 성격을 살펴보았다. 선행 연구에서 평강공주의 영웅성은 대개 인정하였으나 한편에서는 평강공주를 여성우위형의 인물로 보기도 하고, 다른 한편에서는 내조형 여성영웅으로 보기도 하였다.

필자는 평강공주를 내조형 여성영웅이라고 보되, 평강공주의 智略이 중요한 성격적 특징이라고 보아, 그녀를 '지략적 내조형 여성영웅'이라고 보았다. 그 근거는 <온달전>에서 평강공주의 영웅성은 온달의 입공을 통해서 극대화된다는 점과, 그녀의 擇馬 행위에서 보여주는 슬기로움이었다.

평강과 마찬가지로 온달의 경우에도 그의 서사를 따로 분리하여 그의 영웅적 성격을 드러내었다. 온달의 서사는 국가적 영웅성을 드러내는 부분과 민중적 영웅성을 드러내는 부분으로 나눌 수 있었다. 이런 점에서 온달의 영웅성은 중의적으로 해석될 수 있다고 보았다.

이어 Ⅲ장에서는 <온달전>이 영웅담으로서의 성격을 가지고 있으면서도 남녀 주인공의 서사에서 독특한 정서가 유발된다는 점에 주목하였다. 이러한 점은 <온달전>이 다른 영웅담 이야기와 변별되는 특징일 수도 있다고 보았다. 먼저 평강공주 서사에서 발견되는 정서는 개인적이고 주관적 정서에서 민중이 함께 공유할 수 있는 집단적 정서로 변화됨을 살펴보았다. 그리고 평강공주의 개인적 정서를 강하게 느낄 수 있는 부분에서는 그녀의 열정과 희망의 정서가 강하게 나타났다. 이와는 달리 개인적이면서 동시에 민중적, 집단적 정서가 함께 나타나는 부분에서는 상실감과 비애, 애한 같은 정서적 共鳴이 큰 것으로 확인되었다.

온달의 서사에서 나타나는 정서는 그의 입공과 국가적 忠의 실현에 나타나는 민중의 共樂과 민중영웅으로서의 성격 부분에서 유발되는 민중의 情恨으로 이대별 할 수 있다고 보았다. 그리고 평강공주 서사에서는 독자적으로 발견되지 않는 '민중적 공락'과 '환희'의 정서가 온달의 서사에서는 강하게 나타나고 있다는 점에서 얼마간 변별점이 발견되었다.

참고문헌

金富軾, 『三國史記』.
金澤榮, 『韶濩堂集』 권8, 雜言3.
『金澤榮全集』 陸, 「答李明集論 三國史校刊事書」.
이강래 역, 『삼국사기Ⅱ』, 한길사, 2003.
林昌澤, 『崧岳集』 卷一, 張三, 「海東樂府」, 溫達婦, 藝刻印書體字本, 英祖 11년(1735).
강화수, 「여성영웅소설의 존재양상과 소설사적 의의」, 경성대학교대학원 박사학위논문, 2004, 39면.
김대숙, 「女人發福 說話의 硏究」, 이화여자대학교 대학원 박사학위논문, 1988, 131면.
김열규, 『한국민속과 문학연구』, 일조각, 1971(제4판 1998), 47~48면.
김용기, 「인물출생담을 통한 서사문학의 변모양상 연구」, 중앙대학교 대학원 박사학위논문, 2007, 52~86면.
김재용, 「영웅소설의 두 주류와 그 원천」, 『한국언어문학』 제22집, 한국언어문학회, 1983, 184~185면.
김종철, 「민족정서와 문학교육」, 『문학교육학』 6집, 한국문학교육학회, 2000, 132면.
閔 燦, 「女性英雄小說의 出現과 後代的 變貌」, 서울대학교 대학원 석사학위 논문, 1986, 99~100면.
박희병, 「羅麗時代의 傳奇小說」, 『韓國傳奇小說의 美學』, 돌베개, 149면.
성현경, 「女傑小說과 <薛仁貴傳>-그 著作年代와 輸入年代·受容과 變容-」, 『한국소설의 구조와 실상』, 영남대학교 출판부, 1981, 232~235, 243면.
孫政仁, 「온달전의 가치체계와 의미구조」, 『대동한문학회』, 2000, 253면.
余世柱, 「女將軍 登場의 古小說 硏究」, 영남대학교대학원 석사학위논문, 1981, 14면.
윤경수, 「온달전의 현대적 고찰-온달과 평강공주의 인간상을 중심으로-」, 『淵民學志』, 제1집, 연민학회, 1993, 18면.
윤경수, 「온달전의 후세문학에의 수용양상-온달과 평강공주의 인간상을 중심으로-」, 『한국한문학연구』 제15집, 한국한문학회, 1992, 219면.
이상구, 「온달전의 갈등구조와 소설사적 의의」, 『고전문학연구』 제19집, 한국고전문학회, 2001, 118면.
이영택, 「고전텍스트의 계승과 변용에 따른 재창조 텍스트의 지도 방법 연구-<온달

전>과 윤석산의 <온달의 꿈>을 중심으로-」, 『고전문학과 교육』 16집, 한국
고전문학교육학회, 2008, 166면.
이창식, 「온달전승의 구비적 전개와 계승」, 『온달문학의 설화성과 역사성』, 박이정,
2000, 97면.
임재해, 「온달형 설화의 유형적 성격과 부녀갈등」, 『민족설화의 논리와 의식』, 지식산
업사, 1992, 340면.
정명기, 「여호결계 소설의 형성과정 연구」, 연세대학교 대학원 석사학위논문, 1980,
11~40면.
정 민, 「고전문장이론상의 篇章字句法으로 본 <온달전>의 텍스트 분석」, 『텍스트언
어학』 9집, 한국텍스트언어학회, 2000, 16면 및 34~36면.
정병헌, 「배우자 선택 이야기(擇夫譚)의 유형적 성격」, 『亞細亞 女性 硏究』 35집, 숙명
여대 亞細亞女性問題硏究所, 1996, 13면, 17~23면.
정병헌, 「여성영웅소설의 지향과 소설교육적 자질」, 『한국고전문학의 교육적 성찰』,
숙명여자대학교출판국, 2003, 309~310면 참조.
조동일, 「영웅의 일생, 그 문학사적 전개」, 『동아문화』 10집, 서울대학교 동아문화연구
소, 1971, 207면.
조동일, 「영웅의 일생, 그 문학사적 전개」, 『민중영웅이야기』, 문예출판사, 1992, 55면.
조동일, 『한국문학통사』 제4판 1권, 지식산업사, 2005, 21면.
조은희, 「고전 여성영웅소설의 여성주의적 연구」, 대구대학교 대학원 박사학위논문,
2005, 29~31면.
陳恩眞, 「女性探索譚의 敍事的 特徵 硏究」, 경희대학교 대학원 박사학위논문, 2002, 54
면 및 55면.
최운식·김기창 공저, 『전래동화 교육의 이론과 실제』, 집문당, 1998, 127면.

• • •

동명·주몽 출생담의 유형별 특징과 문학문화로의 전승

1. 시작하기

이 글은 한국과 중국의 史書에 나타나 있는 동명과 주몽 출생담의 유형을 분류하여 그 특징을 살펴보고, 그 출생담이 오랜 기간 전승되는 과정에서 다양한 내용이 첨가되는 과정을 거쳐 하나의 온전한 敍事文學으로 정착되었음을 살펴보고자 한다. 그리고 이러한 출생담이 이후 나양하게 수용되고 전승되어 고소설에 이르러서는 문학적 관습으로 자리하게 되었음을 논의해 보고자 한다. 실제로 우리 서사문학에서 인물의 출생담은 <단군신화>를 비롯하여 삼국시대의 각 건국주와 후대의 영웅설화에서 지속적으로 발견되는 문학적 전통을 가지고 있고, 오랜 세월 流轉과 변이과정을 거쳐 설화와 고소설에서는 보다 다양한 방식으로 수용되어 문학적 관습으로 자리하게 된 것이 사실이다.

이와 유사한 서사적 관습에 대해, 일찍이 조동일은 '영웅의 일생'[1]이라는 서사구조를 이야기하면서 그 최초의 모형을 이규보의 『동명왕편』
에 보이는 <주몽신화>에서 찾은 바 있다. 그리고 후대의 일부 영웅설화
나 영웅소설의 구조가 주몽의 일생과 그 틀을 공유하고 있는 것으로 보
았다.

그러나 사실 우리의 서사문학에서 '영웅의 일생'에 그대로 부합하는
경우는 몇 작품 되지 않는다. 상당수는 일곱 개의 '영웅의 일생' 서사 단
락 중에서 극히 일부만을 담고 있거나 탈락이나 변형된 모습을 보여주
고 있는 것이 사실이다. 더구나 조동일이 영웅의 일생이라는 서사구조를
정리하면서 그 전형으로 삼은 것은 『동명왕편』의 <주몽신화>를 위주로
한 것인데, 이는 최초의 동명왕 이야기가 아니라는 점에 문제가 있고,
그것이 '영웅의 일생'이라는 서사구조의 시작이 아니라, 인물 출생담의
완성된 형태가 '영웅의 일생'이라는 서사구조라는 점에서 시각의 전환이
요구된다. 즉 초기 건국영웅들의 출생담에 다양한 내용이 첨가되고 문학
적 수식이 가해지면서 서사적 긴장감을 갖게 된 결과 『동명왕편』 속 <주
몽신화>와 같은 '영웅의 일생'이라는 서사구조가 완성되었다고 본다.

다시 말하면 <주몽신화> 속 '영웅의 일생'은, 애초의 동명·주몽 출
생담에 문학적 수식이 많이 첨가되어 비교적 온전한 '서사문학'으로 '정
착'된 최초의 작품이라는 것이다.[2] 그리고 그 원형은 1세기 무렵의 『논

---

1) 조동일, 「英雄의 一生, 그 文學史的 展開」, 『東亞文化』 10집, 서울대학교 동아문화연구소,
   1971, 165~214면.
2) 『동명왕편』 속 <주몽신화>는 13세기경의 문학작품이지만, 영웅신화나 영웅설화의 내용
   은 그 이전에도 있었으며, 이러한 문학적 전통에 여러 수식이 가해져서 하나의 서사구조
   로 정착된 것이 『동명왕편』 속 <주몽신화>인 것이다. 따라서 '영웅의 일생'이라는 서사
   구조는 <주몽신화>에서 시작되어 후대 고소설에 영향을 주었다는 주장은 틀림없는 사실
   이지만, 이와 함께 고려할 것은, 신이한 출생담을 바탕으로 한 '영웅담'이 하나의 온전한
   서사적 틀로 완성된 것이 <주몽신화>이며, 이것은 전대의 東明과 朱蒙의 출생담에 내용
   이 첨가되면서 온전한 모습을 이루었다는 점이다. 그리고 이렇게 출생담을 중심으로 한

형』에 나타나고 있고, 이후 후대의 역사서에서 동명 출생담이 지속적으로 나타나다가 특정 시기 이후 주몽 출생담으로 바뀌며, 간혹 이 두 인물이 함께 거론되기도 한다. 이러한 현상은 한국과 중국의 동명·주몽 출생담에 관한 기록이 상호 영향을 주고받았다는 의미이기도 하고, 인물 출생담이 오랜 시간 전승되면서 하나의 문학적 전통으로 자리 잡아 '문학문화'3)를 형성해 나가고 있다는 의미이기도 하다.

따라서 필자는 동명·주몽 출생담의 原古形을 먼저 살펴본 후, 이들의 출생담이 한국과 중국의 사서에서 어느 정도의 교섭을 거친 후 작자

'영웅담'이 후대 고소설에 일정한 영향을 주었다는 점에서 '출생담'은 문학적 전통을 가지고 있다고 할 수 있으며, 다양하게 변형되고 전승되었다는 점에서 하나의 文化的 質料로서의 성격을 가진다고 하겠다.

3) 문학의 소재나 결구 방식 중에는 일정한 전통과 형식을 지니고 있는 경우가 많다. 이러한 문학의 특정한 소재나 형식은 그 속에 다양한 내용을 담아내면서 지속적으로 변화하게 된다. 그러한 지속과 변화의 과정을 거쳐 문학의 특정 소재나 결구 방식은 하나의 '문학적 전통'으로 자리매김 된다. 이러한 '문학적 전통'에 의해 형성된 문학의 소재나 결구 방식을 필자는 '文學文化'라고 지칭한다.
이러한 '文學文化'는 크게 두 가지 개념으로 다시 상정할 수 있다. 하나는 '文學'을 통해 '文化'를 배운다는 의미의 '文學文化'이다. 이 경우는 '文學' 속에 함의되어 있는 '傳統文化'의 향취를 체득하고 감상하는데 주된 목적이 있다. 그리고 다른 하나는 '文學' 속에는 여러 가지 文化 코드가 있는데, 그 文化 코드가 오랜 기간 文學의 특정한 수제로 지속되거나, 특정한 장치로 유전될 때 그것을 '文學的 文化' 현상으로 볼 수도 있다. 필자가 사용하는 '文學文化'라는 용어는 이 두 가지 개념을 모두 함의하고 있는 용어이다.
그러면서도 이 용어가 적절한 것인지에 대해서는 필자 또한 지속적으로 문제의식을 가지고 있다. 왜냐하면 '文學文化'라는 말은 '文學'와 '文化'의 복합어라 할 수 있는데, '文化'기 '文學'보다 상위 개념이기 때문에 '文學文化'라는 개념 설정이 타당한 것인지에 대한 의문이 있기 때문이다. 하지만 '文學'이 다양한 '文化'를 포용하고 그것을 문학적으로 변용하고 있다고 볼 수도 있다. 가령, 우리의 '文學' 속에는 '宗敎文化', '兩班文化', '平民文化', '儒敎文化', '佛敎文化' 등이 다양하게 수용되어 있기 때문이다. 따라서 형식적으로는 '文化'가 상위 개념일지라도 '文化'라는 상위 형식이 포함하고 있는 각각의 내용을 '文學的'으로 의미화한 것은 '文學文化'로 보고자 하는 것이다. 아울러 이 용어는 기존에 필자가 '文學文化'를 처음 사용한 이래 지속적으로 개념을 정리하고 있다는 점을 밝혀 둔다. 기존에 이 용어를 처음 사용한 글은 다음과 같다(김용기, 「고소설 인물 출생담의 기능과 의미 고찰―영웅소설, 애정소설을 중심으로―」, 『어문논집』 36집, 중앙어문학회, 2007, 112면 및 111~134면 참조).

의 상상력이 가미되어 하나의 완벽한 '서사문학'으로 정착되었음을 살펴
보고자 한다. 그리고 이러한 출생담이 <주몽신화>에서 하나의 온전한
틀을 갖춘 서사문학으로 정착된 이후 고소설이나 설화문학 등에서 다양
한 영웅담으로 확산되었으며, 이것이 하나의 문학적 관습으로 정착되고
문학문화로 향유되었음을 논의해 보고자 한다.

2. 동명·주몽 출생담의 유형 분류와 특징

동명과 주몽에 대한 출생담을 다루고 있는 사서는 20여 종이 훨씬 넘
는다. 이것을 하나하나 분석해 보면 가장 최초의 기록을 통해 동명과 주
몽에 대한 原古形의 상태를 확인할 수 있고, 일정한 틀로 유형화 할 수
도 있다. 그리고 후대의 사서에서 탈락과 첨가가 이루어지는 과정을 통
해 한국과 중국의 사서에 나타난 기록들은 자국의 기록을 참고하기도
하였지만 상대 국가의 기록도 적극적으로 수용했음을 확인할 수 있다.

1) 동명·주몽 출생담의 유형 분류

동명과 주몽의 출생담 가진 차이점을 알기 위해서는 사서 하나하나를
일일이 나열하여 분석하기보다는, 먼저 동명과 주몽의 출생담을 담고 있
는 사서들 중에서 어느 정도의 공통점을 찾아 유형화하는 작업이 필요
할 듯하다. 동명·주몽신화에 대한 유형화 작업은 김정학이 3개의 유
형4)으로 분류한 이래, 박두포가 4개의 유형5)으로 다시 정리한 바가 있
다. 또 이복규는 부여 건국신화와 고구려 건국신화의 차별성을 드러내면

서 크게 이대별 하여 논의[6]한 바가 있다. 조희웅은 주몽설화 전승을 논의하고 그 계보를 제시한 후 중국측 자료들을 제시[7]하였으나 이를 구체적으로 분류하지는 않았다.

박두포가 분류한 유형에서는 분석에서 누락된 것도 많고, 필자와 다른 견해도 있으며, 이복규 교수의 경우는 부여쪽 계열과 고구려 쪽 계열로만 분류하였다. 조희웅의 경우는 주몽과 동명을 엄격하게 구분하지 않은 채 동명 관련 기록들을 주몽설화로 통합하여 이야기하고 있다는 점에서 문제가 된다고 보아 재분류의 필요성을 느낀다. 이에 필자는 박두포의 견해와 이복규 교수, 조희웅 교수 등의 견해를 참조하여 5개의 유형으로 동명 · 주몽의 출생담을 분류[8]하고자 한다.

[1] A類型 - 『論衡』 系列(東明 出生譚)
: 『論衡』, 『魏略』, 『搜神記』, 『後漢書』, 『新論』, 『梁書』, 『北史1』,[9]

---

4) 金廷鶴, 「朝鮮神話의 科學的 考察」, 『史海』 創刊號. 朴斗抱, 「民族英雄 東明王說話考 - 舊三國史 東明王本紀를 資料로 -」, 『국문학 연구』 제1집, 효성여자대학교 국어국문학과, 1968, 30면에서 재인용. 필자는 김정학의 논문을 구체적으로 확인해 보고 싶었으나 이를 구하지 못해 박두포의 논문에서 재인용하였다.

5) 朴斗抱는 廣開土干陵碑系, 論衡系, 魏書系, 其他系로 유형화하였다. 朴斗抱, 上揭論文, 31~35면.

6) 이복규, 『부여 · 고구려 건국신화 연구』, 집문딩, 1998, 9~19면.

7) 조희웅, 「朱蒙說話의 전승」, 『이야기 문학 모꼬지』, 박이정, 1995, 329~356면.

8) 이와 같이 선행 연구에서 분류한 東明 · 朱蒙 出生譚은 필자의 생각과 거리가 있다. 더구나 필자는 한국과 중국의 東明 · 朱蒙 出生譚이 상호 교섭작용을 거쳐 최종적으로 『동명왕편』 속 주몽신화와 같은 '영웅의 일생'으로 정착되는 과정을 살피는데 관심을 두기에 선행 연구와 그 시각을 달리한다. 그리고 필자가 東明 · 朱蒙 出生譚을 계열별로 구분할 때 기준으로 삼은 것은, 첫째는 주인공의 출생국이었고, 둘째는 주인공이 건국하는 국가였다. 셋째는 세부적으로 주인공의 출생방식과 출생 당시의 이름을 기준으로 하여 분류하였다. 그리고 좀 더 후대의 사서의 경우에는 주인공의 父系에서 많은 변화가 일어난다고 보아 父系 또한 분류의 기준으로 삼았다. 분류 기준으로 삼은 자료 중에는 이복규 교수의 저서에서 제시된 원문과 번역을 일부 참고로 하였음을 밝혀 둔다.

9) 『北史』는 같은 사서임에도 불구하고 <백제>에 대한 기록과 <고구려>에 대한 기록이 각

　　　『法苑珠林』, 『通典』

　　[2]. B類型－『魏書』 系列(朱蒙 出生譚)

　　　　：『魏書』, 『周書』, 『隋書1』,10) 『北史2』,11) 『通典』, 『高麗圖經』

　　[3]. C類型－『廣開土王陵碑』 系列(朱蒙 出生譚)

　　　　：『廣開土王陵碑』, 『牟頭婁墓誌』, 『三國史記』, 『海東繹史』

　　[4]. D類型－『東明王篇』 系列(朱蒙 出生譚)

　　　　：『東明王篇』, 『三國遺事』, 『帝王韻紀』, 『世宗實錄地理志』, 『海東
　　　　異蹟』, 『東國通鑑提綱』, 『東史綱目』

　　[5]. E類型－其他

　　　　：『隋書2』,12) 『泉男産墓誌』

　　이와 같은 유형 분류는 주인공의 출생국과 출생방식, 그리고 출생 당시의 주인공의 이름과 애초의 출생국에서 탈출하여 건국한 나라가 무엇인가에 의해 작성한 것이다.13) 그리고 한국의 사서 중 일부는 父系의 성격을 고려하여 분류의 대상으로 삼기도 하였다.

　　각 다르다. 그래서 <백제> 계열을 A유형으로 하여 '『北史1』'이라고 하고, <고구려> 계열을 B유형으로 하여 '『北史2』'로 명명하여 구분한다.

10) 『隋書』도 같은 사서에 주인공의 출생국이 夫餘인 것과 高麗國인 것으로 구분된다. 이에 주인공의 출생국이 <부여>인 경우를 B유형에 포함시켜 '『隋書1』'이라고 하고, 다른 하나는 내용상 특이한 점이 발견되어 E유형의 '기타'로 분류하여 '『隋書2』'로 명명하기로 한다.

11) 『北史2』 <高句麗> 계열은 B유형으로 분류한다.

12) 『隋書2』 '高麗國' 계열은 '기타' 유형으로 분류한다.

13) 일반적으로 '出生譚'이라고 하면, 인물의 잉태, 이와 관련된 태몽, 출생과정과 관계된 것으로 한정할 수 있다. 그러나 우리 서사문학에 나타나는 출생담은 이러한 출생 전후의 이야기 그 자체만으로는 별 의미를 획득하지 못한다. 반드시 인물의 성격이나 능력, 그리고 출생 당시의 신이성이 가지는 것이 서사적으로 시각화 될 때에 그 의미를 가진다. 그런 점에서 출생담은 인물의 출생에서 그 출생이 관계 맺는 전체 서사와의 맥락 속에서 해명될 때 유의미한 것이 된다. 따라서 필자는 인물의 출생과 유기적인 관련을 맺는 일련의 중요한 사건이나 결과를 광의의 관점에서 '출생담'으로 다루었다는 점을 밝혀 둔다.

2) 동명·주몽 출생담의 유형별 특징과 교섭 양상

앞서 동명과 주몽 출생담의 유형 분류 기준을 간략히 언급하였다. 본 절에서는 유형별 특징과 동명·주몽 출생담의 한·중 교섭 양상을 구체적으로 살펴보기로 한다.[14]

(1) A유형 －『논형』 계열(동명 출생담)

이 유형에 해당되는 출생담의 특징은 주인공의 출생국이 '북이 탁리국, 고리국, 북이 삭리국, 포리국, 삭리국' 등으로 나타나고 있는데 이러한 출생국명은 다른 유형의 사서에서 '부여'나 '동부여', '북부여', '고구려' 등으로 나타나는 것과 변별된다는 특징이 있다. 먼저 이 유형의 사서에서 발견되는 동명 출생담의 화소를 정리해 도표로[15] 보면 다음과 같다.

---

14) 동명 출생담과 주몽 출생담은 둘이면서 하나이고 하나이면서 둘이 되는 관계에 있다. 이런 점에서 전혀 별개의 출생담도 아니고, 같은 출생담도 아니다. 이는 특정 출생담이 시간의 흐름과 역사적 상황과 필요에 의해 탈락과 수식의 과정을 거처 변형이 일어났다고 보는 것이 옳다. 이에 이 글에서는 두 출생담이 한국과 중국 상호간의 교섭 작용을 거쳐 이규보의 『동명왕신화』에서 온전한 서사문학으로 정착되는 과정을 추리해 보는데 목적을 두고 있음을 밝혀 둔다.

15) 필자의 이 도표는 旣刊에 발표된 東明神話와 朱蒙神話 연구물들이 제시한 것을 토대로 필자의 논지 전개 방향에 맞게 첨가하거나 탈락시켜 수정한 것임을 밝혀 둔다. 참고로 한 논문은 다음과 같다(朴斗抱, 「民族英雄 東明王說話考－舊三國史 東明王本紀를 資料로－」, 『국문학 연구』 제1집, 효성여자대학교 국어국문학과, 1968, 36~39면. 이복규, 『부여·고구려 건국신화 연구』, 집문당, 1998, 12~16면. 정원주, 「고구려 건국신화의 전개와 변용」, 『고구려 발해 연구』 33집, 고구려 발해학회, 2009, 47~48면).

A-〈1〉	論衡16)		⑥	출생방식	胎生(人)	⑫	건넌물	掩淲水
①	인용사서		⑦	주인공명	東明	⑬	협력자	
②	출생국	北夷 槀離國	⑧	비범성	善射	⑭	건국1	夫餘
③	부계		⑨	망명동기	王恐奪其國也 欲殺之	⑮	건국2	
④	모계	탁리국 시비	⑩	적대자	槀離國王	⑯	비고	1C
⑤	잉태방식	有氣大如雞子 從天而下我故有娠	⑪	조력물	魚鼈	⑰	특징	

A-〈2〉	魏略17)		⑥	출생방식	胎生(人)	⑫	건넌물	施掩水
①	인용사서	舊志	⑦	주인공명	東明	⑬	협력자	
②	출생국	槀離國	⑧	비범성	善射	⑭	건국1	夫餘
③	부계		⑨	망명동기	王恐奪其國也 欲殺	⑮	건국2	
④	모계	고리국왕시비	⑩	적대자	槀離國王	⑯	비고	3c말
⑤	잉태방식	有氣如雞子來下我故有身	⑪	조력물	魚鼈	⑰	특징	

A-〈3〉	搜神記18)		⑥	출생방식	胎生(人)	⑫	건넌물	施掩水
①	인용사서		⑦	주인공명	東明	⑬	협력자	
②	출생국	槀離國	⑧	비범성	善射	⑭	건국1	夫餘
③	부계		⑨	망명동기	王恐其奪己國也欲殺之	⑮	건국2	
④	모계	탁리국왕시비	⑩	적대자	탁리국왕	⑯	비고	4c초
⑤	잉태방식	有氣大如雞子 從天來下故我有娠	⑪	조력물	魚鼈	⑰	특징	

16) 『論衡』에서 필자가 관심을 두고 있는 출생담은 「吉驗篇」에 나타나 있다. 王充은 「吉驗篇」 서두에서 "사람이 하늘에서부터 귀한 명을 받으면 반드시 길한 징조가 땅에 나타난다. 땅에 나타나기 때문에 天命이 있음을 알 수 있다. 징조가 한 가지만 출현하는 것은 아니다. 어떤 것은 사람이나 사물로, 어떤 것은 길한 상징물로, 어떤 것은 빛으로 드러난다." 고 하고 黃帝와 后稷의 신성한 출생담을 이야기한 그 다음에 北夷 槀離國王의 시비의 신이한 출생담을 이야기하고 있다(王充,, 『論衡』「吉驗」참고). 이 글에서 활용한 번역문과 원문은 다음과 같다(이주행 譯, 『論衡』, 소나무, 1996, 119~120면 및 이복규, 前揭書, 85~86면).

17) 魚豢, 『魏略』三國志 卷三十 魏 烏丸傳等.

18) 干寶 撰, 『搜神記』下 卷四十 342 夫餘王.

A-〈4〉	後漢書[19]		⑥	출생방식	胎生(人)	⑫	건넌물	掩淲水
①	인용사서		⑦	주인공명	東明	⑬	협력자	
②	출생국	北夷 索離國	⑧	비범성	善射	⑭	건국1	夫餘
③	부계		⑨	망명동기	王忌其猛 復欲殺之	⑮	건국2	
④	모계	삭리국왕 시녀	⑩	적대자	삭리국왕	⑯	비고	5c초
⑤	잉태방식	天上有氣 大如雞子來降我因以有身	⑪	조력물	魚鼈	⑰	특징	

A-〈5〉	新論[20]		⑥	출생방식	胎生(人)	⑫	건넌물	
①	인용사서		⑦	주인공명		⑬	협력자	
②	출생국	褒離國	⑧	비범성		⑭	건국1	夫餘
③	부계		⑨	망명동기		⑮	건국2	
④	모계	포리국왕 시비	⑩	적대자		⑯	비고	6c초
⑤	잉태방식	氣從天來故我有娠	⑪	조력물		⑰	특징	

A-〈6〉	梁書[21]		⑥	출생방식	胎生(人)	⑫	건넌물	淹滯水
①	인용사서		⑦	주인공명	東明	⑬	협력자	
②	출생국	北夷 槀離國	⑧	비범성		⑭	건국1	夫餘
③	부계	槀離國王之子	⑨	망명동기	王忌其猛 復欲殺	⑮	건국2	支別爲 句驪種
④	모계	고리국왕 侍兒	⑩	적대자	고리국왕	⑯	비고	629~ 636년
⑤	잉태방식	天上有氣 如大雞子來降我因以有娠	⑪	조력물	魚鼈	⑰	특징	

A-〈7〉	北史1[22]		⑥	출생방식	胎生(人)	⑫	건넌물	淹滯水
①	인용사서		⑦	주인공명	東明	⑬	협력자	
②	출생국	索離國	⑧	비범성	善射	⑭	건국1	夫餘
③	부계		⑨	망명동기	土忌其猛 復欲殺之	⑮	건국2	
④	모계	삭리국왕 侍兒	⑩	적대자	索離國王	⑯	비고	627~ 649년
⑤	잉태방식	天上有氣如大雞子來降感 故有娠	⑪	조력물	魚鼈	⑰	특징	

19) 范曄, 『後漢書』, 卷八十五 東夷列傳 第七十五 夫餘.

20) 劉晝, 『新論』 命相.

21) 姚思廉, 『梁書』.

22) 李延壽, 『北史』 列傳 第八十二 百濟.

A-⟨8⟩	法苑珠林23)	⑥ 출생방식	胎生(人)	⑫ 건넌물	
① 인용사서		⑦ 주인공명		⑬ 협력자	
② 출생국		⑧ 비범성		⑭ 건국1	夫餘
③ 부계		⑨ 망명동기	王欲殺之	⑮ 건국2	
④ 모계	寧稟離王 侍婢	⑩ 적대자	영품리왕	⑯ 비고	668년
⑤ 잉태방식	氣從天來故我有娠	⑪ 조력물		⑰ 특징	

A-⟨9⟩	通典124)	⑥ 출생방식		⑫ 건넌물	掩淲水
① 인용사서		⑦ 주인공명	東明	⑬ 협력자	
② 출생국	北夷 索離國	⑧ 비범성	善射	⑭ 건국1	夫餘
③ 부계	索離國王	⑨ 망명동기	王忌其猛而欲殺	⑮ 건국2	
④ 모계		⑩ 적대자	索離國王	⑯ 비고	801년
⑤ 잉태방식		⑪ 조력물		⑰ 특징	

위의 도표에서 알 수 있는 바와 같이 A유형에서는 주인공의 출생국이 '북이 탁리국, 고리국, 북이 삭리국, 포리국, 삭리국' 등으로 나타난다. 필자는 이들 국가가 아직 완벽한 체제를 갖추기 이전의 모습이라고 생각한다. 이에 비해 보다 후대에 나타나는 '부여'나 '고구려' 등은 어느 정도 국가적 틀을 갖춘 국명에 해당된다고 본다. 따라서 A유형에서 특징적으로 나타나는 국가명은 동명 출생담의 초기적 유형을 설명하는 중요한 단서가 된다고 판단된다.

또 이 유형에서는 주인공의 이름도 대부분이 '東明'으로 통일되어 있으며, 주인공의 출생 방식도 '胎生', 즉 처음부터 사람으로 태어난다는 공통점이 있다. 뿐만 아니라 주인공이 애초의 출생국에서 탈출하여 건국하는 국가가 '夫餘'로 일치한다는 점에서 초기 동명 출생담의 原古形의

---

23) 道世 撰集, 『法苑珠林』卷第二十一 平等部 歸信篇第十一 述意部.

24) 『通典』 ＜부여＞ 기록과 ＜고구려＞의 기록이 각각 내용이 다르다. 이에 ＜부여＞쪽 기록을 『通典1』이라고 하고, ＜고구려＞쪽 기록을 『通典2』라고 하기로 한다. 杜佑, 『通典』 邊防 東夷 夫餘.

모습을 그대로 간직하고 있는 것으로 볼 수 있다. 이들 모두는 한국쪽 동명 출생담의 영향을 전혀 받지 않았을 가능성이 있는 것도 있지만, 영향을 받고서도 원고형의 동명 출생담을 고집한 것도 있을 것이라고 추정된다.

A유형 중에서 한국쪽의 최초 기록이라고 볼 수 있는『광개토왕릉비문』보다 후대에 기록된 것으로 보이는『신론』,『양서』,『북사1』,『법원주림』,『통전1』등에서 원고형의 모습을 간직하고 있다는 점은 상당히 특징적이라고 할 수 있는데, 이 중에서『북사1』과『통전1』은 '백제'와 '고구려'에 해당하는 기록이었느냐, '부여'와 '고구려'에 해당하는 기록이었느냐에 따라 그 양상이 달리 나타났다는 점에서 한국 쪽의 영향이 있었음을 짐작할 수 있다.25) 따라서『북사1』과『통전1』의 경우에도 한국 쪽의 동명 출생담의 영향을 받았지만 대상 국가를 달리 하는 과정에서 의도적으로 다르게 기록한 것으로 볼 수 있다. 그리고『광개토왕릉비문』보다 전대에 기록된 사서에서는 일단 한국 쪽의 영향을 덜 받았거나 거의 받지 않았다고 할 가능성이 있지만, 이 당시 부여나 고구려의 기록이나 구전된 내용을 참조했을 가능성은 있다고 본다.

이 외에도 여암 신경준(1712~1781)의『旅菴全書』5 疆界考(1781년) 북부여의 기록도 이 계열에 속한다고 할 수 있다. 신경순은 자신의 글이『후한서』의 내용을 참고로 하였음을 밝히면서 북이 식리국왕의 시비가 천상의 달걀 같은 기운이 내려오는 것을 보고 잉태하여 아들을 낳아 이름을 동명이라고 했다고 하였다.

---

25) 같은『北史』와『通典』의 기록이라 하더라도 뒤에 제시할 B유형의 <고구려> 기록에서는 A유형과 그 기록 양상이 달리 나타나고 있다. 이를 필자는『北史2』『通典2』로 명시하여 구별하였다.

(2) B유형 -『위서』 계열(주몽 출생담)

이 유형에 해당되는 출생담의 특징은 주인공의 출생국이 '탁리국' 등에서 '부여'로 일관되게 바뀌었다는 점이다. 그리고 주인공의 이름도 '東明'에서 '朱蒙'으로 변모하여 애초의 원형에서 상당한 변화가 있음을 감지할 수 있다. 먼저 B유형의 주몽 출생담의 주요 화소를 표로 정리해 보면 다음과 같다.

B-⟨1⟩	魏書26)		⑥	출생방식	卵生(大如五升)	⑫	건넌물	大水
①	인용사서		⑦	주인공명	朱蒙	⑬	협력자	麻衣, 衲衣, 藻衣著 三人
②	출생국	夫餘	⑧	비범성	善射	⑭	건국1	高句麗
③	부계		⑨	망명동기	夫餘人 請除, 夫餘之臣又謀殺之	⑮	건국2	
④	모계	河伯女	⑩	적대자	부여인, 부여신하들	⑯	비고	554년
⑤	잉태방식	爲日所照 引身避之 日影又逐旣而有孕	⑪	조력물	魚鼈	⑰	특징	자손이야기로 확대

B-⟨2⟩	周書27)		⑥	출생방식		⑫	건넌물	
①	인용사서		⑦	주인공명	朱蒙	⑬	협력자	
②	출생국	夫餘	⑧	비범성		⑭	건국1	高句麗
③	부계		⑨	망명동기	夫餘人惡而逐之	⑮	건국2	
④	모계	河伯女	⑩	적대자	夫餘人	⑯	비고	636년
⑤	잉태방식	感日影所孕也	⑪	조력물		⑰	특징	

B-⟨3⟩	隋書128)		⑥	출생방식	卵生(大卵)	⑫	건넌물	大水
①	인용사서		⑦	주인공명	朱蒙	⑬	협력자	
②	출생국	夫餘	⑧	비범성		⑭	건국1	高句麗
③	부계	日(日之子)	⑨	망명동기	夫餘之臣請殺之	⑮	건국2	
④	모계	河伯女	⑩	적대자	夫餘之臣	⑯	비고	636년
⑤	잉태방식	爲日光隨而照之感 而逐孕	⑪	조력물	魚鼈	⑰	특징	子閭達嗣

26) 魏牧, 『魏書』 100, 列傳88, 高句麗.
27) 令狐德棻, 『周書』 券四十九 列傳 四十一 異域 上 高麗.

B-⟨4⟩	北史2[29]		⑥	출생방식	卵生(大如五升)	⑫	건넌물	大水
①	인용사서		⑦	주인공명	朱蒙	⑬	협력자	著麻衣, 著衲衣, 著水藻衣 三人
②	출생국	夫餘	⑧	비범성	善射	⑭	건국1	高句麗
③	부계		⑨	망명동기	夫餘之臣謀殺之	⑮	건국2	
④	모계	河伯女	⑩	적대자	夫餘人, 夫餘之臣	⑯	비고	627~649년
⑤	잉태방식	爲日所照 引身避之 日影又旣而有孕	⑪	조력물	魚鼈	⑰	특징	子閭達, 子閭栗, 子莫來 立 (자손이야기 추가)

B-⟨5⟩	通典2[30]		⑥	출생방식	胎生(人)	⑫	건넌물	普述水
①	인용사서		⑦	주인공명	朱蒙	⑬	협력자	
②	출생국	夫餘	⑧	비범성	善射	⑭	건국1	句麗(高句麗)
③	부계	夫餘王	⑨	망명동기	國人欲殺	⑮	건국2	
④	모계	河伯女	⑩	적대자	國人	⑯	비고	801년
⑤	잉태방식	爲日所照 逐有孕	⑪	조력물		⑰	특징	

B-⟨6⟩	高麗圖經[31]		⑥	출생방식	卵生	⑫	건넌물	大水
①	인용사서		⑦	주인공명	朱蒙	⑬	협력자	
②	출생국	夫餘	⑧	비범성	善射	⑭	건국1	高麗(高句麗)
③	부계	夫餘王	⑨	망명동기	夫餘人謀除	⑮	건국2	
④	모계	河神之女	⑩	적대자	夫餘人	⑯	비고	1124년
⑤	잉태방식	爲日所照感孕	⑪	조력물	魚鼈	⑰	특징	

　　위에시 볼 수 있는 바와 같이 B유형에서는 A유형에 비해 전반적인 내용에서 변화가 일어난다. 주인공의 출생국이 '부여'로 바뀌었을 뿐만 아니라 母系도 왕의 侍婢에서 河伯女로 좀 더 구체적인 인물로 변모된다. 주인공의 출생방식도 사람으로 태어나던 胎生에서 卵生으로 바뀌며 주인공의 이름도 동명에서 주몽으로, 주인공이 건국하는 나라도 부여에서

28) 魏徵, 長孫無忌, 『隋書』 列傳 高麗.
29) 李延壽, 『北史』 列傳 第八十二 高句麗.
30) 『通典2』 <고구려>(杜佑, 『通典』 邊防 東夷下 高句麗).
31) 徐兢, 『高麗圖經』 卷第一 建國.

고구려로 바뀌었다. 그리고 주인공이 건너는 물의 이름도 A유형에서는 '엄체수', '시엄수', '엄체수'였는데, B유형에서는 거의가 '大水'로 나타난다. 다른 경우는 『통전2』의 '普述水' 정도이다.

또 하나 특징적인 것은 『위서』와 『북사2』에서 주인공의 협력자가 나타난다는 점이다. 이것은 보다 후대의 한국 쪽 사서에서 두드러지게 나타나는 현상인데, B유형의 중국사서에서는 비교적 일찍 나타나고 있다. 또 『위서』와 『수서1』, 『북사2』에서는 서사의 폭이 주인공의 자손으로까지 확대되고 있다는 점에서 주몽 출생담의 서사적 확장의 조짐을 보여주고 있다.

B유형의 이러한 변화는 이들 사서가 대개 고구려 건국 이후에 양산된 것들이라는 것과 무관하지 않다고 본다. 직접적으로는 부여나 고구려의 정사에서 영향을 받았다는 증거가 없으나, 전체적인 史書 기록의 흐름으로 보았을 때, 부여보다는 고구려의 국가적 체제 정비 이후에 고구려 내의 정보를 수용한 것으로 보인다. 이러한 추정의 가능성은 애초 동명 출생담의 원고형이라 할 수 있는 『논형』이나 그 계열의 기록과 전혀 다르다는 사실에 기인한다. 만약 고구려 자체 내에서 시조의 신성한 출생담에 대한 기록이나 강조가 없었다면, 중국측에서 임의로 이러한 내용을 사서에 반영할 리는 만무한 것이다. 그리고 중요한 것은 이러한 B유형의 변화된 내용이 본격적으로 한국 측 사서의 기록이라 할 수 있는 C유형의 일부와 D유형에 영향을 주고 있다는 점이다.

(3) C유형 – 『광개토왕릉비』 계열(주몽 출생담)

이 유형에 해당되는 주몽 출생담의 특징은, 주인공의 출생국이 '북부여'와 '동부여', '부여'로 多元化되어 나타난다는 점과 父系와 母系가 함께 구체적으로 제시된다는 점이다. 그리고 協力者와 건국 이후의 서사가 확장되는 사서의 빈도가 증가했다. 이를 도표로 정리하여 보면 다음과 같다.

C-〈1〉		廣開土王陵碑	⑥	출생방식	卵降生	⑫	건넌물	奄利大水
①	인용사서		⑦	주인공명	鄒牟王	⑬	협력자	
②	출생국	北夫餘	⑧	비범성	生而有聖	⑭	건국1	高句麗
③	부계	天帝之子	⑨	망명동기		⑮	건국2	
④	모계	河伯女郎	⑩	적대자		⑯	비고	5c초
⑤	잉태방식		⑪	조력물	葭龜	⑰	특징	

C-〈2〉		牟頭婁墓誌	⑥	출생방식		⑫	건넌물	
①	인용사서		⑦	주인공명		⑬	협력자	
②	출생국	北夫餘	⑧	비범성		⑭	건국1	
③	부계	日月之子	⑨	망명동기		⑮	건국2	
④	모계	河伯女	⑩	적대자		⑯	비고	5c초
⑤	잉태방식		⑪	조력물		⑰	특징	

C-〈3〉		三國史記[32]	⑥	출생방식	卵生(大如五升許)	⑫	건넌물	淹㴲水(盖斯水)
①	인용사서	魏書	⑦	주인공명	朱蒙	⑬	협력자	烏伊, 摩離, 陜父, 再思, 武骨, 默居
②	출생국	東扶餘	⑧	비범성	善射	⑭	건국1	高句麗
③	부계	天帝	⑨	망명동기	王子及諸臣 謀殺	⑮	건국2	
④	모계	河伯之女 柳花	⑩	적대지	丁了及諸臣	⑯	비고	1145년
⑤	잉태방식	爲日所炤引身避之 日影又逐而炤之	⑪	조력물	魚鼈	⑰	특징	

C-〈4〉		海東繹史[33]	⑥	출생방식	卵生(大如五升)	⑫	건넌물	大水
①	인용사서		⑦	주인공명	朱蒙	⑬	협력자	著麻衣, 著衲衣, 著水藻衣 三人
②	출생국	扶餘	⑧	비범성	善射	⑭	건국1	高句麗
③	부계	日	⑨	망명동기	夫餘人請除, 夫餘之臣 又謀殺	⑮	건국2	
④	모계	河伯女 柳花	⑩	적대자	夫餘人, 夫餘之臣, 國	⑯	비고	1823년
⑤	잉태방식	爲日所照引身避之, 日影又逐旣而有孕	⑪	조력물	魚鼈	⑰	특징	

---

32) 金富軾, 『三國史記』 第十三 高句麗本紀 第一 始祖東明聖王.

앞에서 알 수 있는 바와 같이 C유형에서는 주인공의 출생국이 좀 더 세분화되고, 주인공의 父系가 '天帝之子', '日月之子', '天帝', '日' 등으로 구체화되어 있어서 父系가 하늘과 관련이 있다는 점을 강조하고 있다. 또 그에 상응하는 母系도 '河伯女', '河伯之女 柳花' '河伯의 長女 柳花' 등으로 좀 더 분명하게 명시하고 있다. 그리고 B유형에서 처음 나타났던 협력자에 대한 부분과 건국 이후의 서사 확장의 조짐이 C유형에서는 자연스런 현상이 되었다.

C유형의 이러한 변화는 크게 두 가지 원인에 기인한 것으로 보인다. 첫째는 고구려 자국 내에서 건국주를 신성시하기 위해 주인공의 출생담과 관련되는 父系와 母系의 신분을 신성하게 각색하였고, 이를 후대 사서가 적극적으로 반영하였다는 점이다. 그리고 둘째는 빈약한 국내 자료의 보강 일환으로 A나 B유형의 중국 측 기록들을 적극적으로 활용하였을 가능성이다.[34] 다만 C유형의 기록에서는 그러한 중국의 기록들에 대한 구체적 증거가 남아 있지 않아 내용상의 흐름으로만 추정할 수 있을 뿐이다. 그런데 이러한 추정은 D유형의 한국 측 기록에서는 보다 구체적으로 확인할 수 있다.

(4) D유형 - 『동명왕편』 계열(주몽 출생담)

이 유형은 앞서 제시한 C유형과 비교했을 때, 외형상으로는 크게 두드러져 보이지 않는다. 그런데 話素 하나하나를 면밀하게 분석해 보면 중요한 변화 몇 가지가 눈에 띈다. 그것은 父系가 '天帝의 아들'일 뿐만

---

33) 韓致奫, 『海東繹史』.
34) C유형 중에서 『廣開土王陵碑』는 B유형보다 기록이 앞서기 때문에 그 영향을 받지 않았을 것이고, 그 외 C유형의 기록들은 A와 B유형의 영향을 받았을 가능성이 크다.

아니라 그 이름을 '解慕漱'라고 분명하게 명시하고 있다는 점이다. 그리고 주인공과 갈등하는 세력들에 대한 관계가 좀 더 복잡해지고, 협력자와 건국 이후의 신이한 행적들이 추가로 부연된다는 특징이 있다. 이를 도표로 정리하여 보면 다음과 같다.

D-〈1〉		東明王篇[35]	⑥	출생방식	卵生(大如五升許)	⑫	건넌물	淹遞(盖斯水)
①	인용사서	魏書, 通典, 舊三國史, 三國史記	⑦	주인공명	朱蒙	⑬	협력자	烏伊, 摩離, 陝父 等三人
②	출생국	東夫餘	⑧	비범성	生末經月 言語並實, 善射	⑭	건국1	西國
③	부계	天帝子(解慕漱)	⑨	망명동기	扶餘王 太子 妬忌 및 太子 帶素 譖除	⑮	건국2	高句麗
④	모계	河伯의 長女 柳花	⑩	적대자	扶餘王 太子, 帶素	⑯	비고	1193년
⑤	잉태방식	女懷中日曜因以有娠	⑪	조력물	魚鼈	⑰	특징	神母 이야기 추가, 유리왕 이야기 및 유리의 어머니 이야기 부연)

D-〈2〉		三國遺事[36]	⑥	출생방식	卵生(大五升許)	⑫	건넌물	淹水
①	인용사서	古記, 三國史記, 檀君記, 法苑珠林	⑦	주인공명	朱蒙	⑬	협력자	烏伊等三人爲友
②	출생국	東扶餘	⑧	비범성	甫七歲岐嶷異常, 善射	⑭	건국1	高句麗
③	부계	天帝子(解慕漱)	⑨	망명동기	王之諸子與諸臣將 謀殺	⑮	건국2	
④	모계	河伯之女 柳花	⑩	적대자	帶素, 王之諸子與諸臣	⑯	비고	13c
⑤	잉태방식	爲日光所照 日影又逐而照之 因而有孕	⑪	조력물	魚鼈	⑰	특징	

---

35) 李奎報, 『東國李相國集』 卷三 古律詩 東明王篇.
36) 一然, 『三國遺事』 紀異卷一 高句麗.

D-〈3〉		帝王韻紀37)	⑥	출생방식	卵生(五升大卵左脇誕)	⑫	건넌물	盖斯水(大寧江)
①	인용사서	五代史	⑦	주인공명	朱蒙	⑬	협력자	烏伊, 摩離, 挾父
②	출생국	扶餘	⑧	비범성	兒生數月能言語, 善射	⑭	건국1	高句麗縣
③	부계	解慕漱	⑨	망명동기	王太子生妬忌	⑮	건국2	
④	모계	河伯之 長女柳花	⑩	적대자	王太子	⑯	비고	1287년
⑤	잉태방식		⑪	조력물	魚鼈	⑰	특징	사후이적 부연

D-〈4〉		世宗實錄地理志38)	⑥	출생방식	卵生(左腋生容五升許)	⑫	건넌물	盖斯水
①	인용사서		⑦	주인공명	朱蒙	⑬	협력자	烏伊, 摩離, 陜父 等 三人
②	출생국	扶餘	⑧	비범성	善射	⑭	건국1	高句麗, 西國
③	부계	天帝子(解慕漱)	⑨	망명동기	欲往南土 造國家	⑮	건국2	
④	모계	河伯의 長女 柳花	⑩	적대자	太子	⑯	비고	1454년
⑤	잉태방식	女懷牖中日曜因而娠	⑪	조력물	魚鼈	⑰	특징	신모이야기, 송양과의 투쟁, 사후이적 부연.

D-〈5〉		海東異蹟39)	⑥	출생방식	卵生(大卵)	⑫	건넌물	淹虎水
①	인용사서	東國史, 高句麗本紀, 東國輿地勝覽	⑦	주인공명	朱蒙	⑬	협력자	
②	출생국	東扶餘	⑧	비범성	善射	⑭	건국1	高句麗
③	부계	天帝子(解慕漱)	⑨	망명동기	金蛙七子 害其能欲殺	⑮	건국2	
④	모계	河伯之女 柳花	⑩	적대자	金蛙七子	⑯	비고	1670년
⑤	잉태방식	爲日所照 日影又逐而照之 孕	⑪	조력물	魚鼈	⑰	특징	사후이적 및 신이담 추가 (죽은 나이 많이 다름)

37) 李承休, 『帝王韻紀』 下卷 高句麗紀.

38) 『世宗實錄地理志』 第154.

39) 洪萬宗, 『海東異蹟』.

D-⟨6⟩	東國通鑑提綱40)	⑥	출생방식	胎生(人)	⑫	건넌물	淹㴲水
①	인용사서	三國史	⑦	주인공명	朱蒙	⑬	협력자	烏伊, 摩離, 陜父等三人, 再思, 武骨, 默居
②	출생국	扶餘	⑧	비범성	善射	⑭	건국1	高句麗
③	부계	天帝子(解慕漱)	⑨	망명동기	蛙諸子忌 欲殺之, 國人將害汝	⑮	건국2	
④	모계	河伯之女柳花	⑩	적대자	金蛙七子, 國人	⑯	비고	1672년
⑤	잉태방식	爲日所照引身避之 , 日影又逐而照之因娠	⑪	조력물	魚鼈	⑰	특징	송양과의 투쟁, 말갈 등의 복속 부연.

D-⟨7⟩	東史綱目41)	⑥	출생방식	胎生(人)	⑫	건넌물	掩㴲水
①	인용사서	後漢書, 魏書, 北史	⑦	주인공명	朱蒙42)	⑬	협력자	烏伊, 摩離, 陜父等三人, 再思, 武骨, 默居
②	출생국	北扶餘	⑧	비범성	善射	⑭	건국1	高句麗, 卒本扶餘
③	부계	北扶餘王 解慕漱	⑨	망명동기	長子帶素 譖除, 王子諸臣又謀殺之, 國人將害	⑮	건국2	
④	모계	河伯女 柳花	⑩	적대자	長子帶素, 王子諸臣 , 國人	⑯	비고	1783년
⑤	잉태방식		⑪	조력물	魚鼈	⑰	특징	말갈 등과의 관계 부연.

　위의 도표에서 볼 수 있는 바와 같이, D유형에서는 주인공 주몽의 부계가 天帝子일 뿐만 아니라 그 이름이 '해모수'로 명시되어 있다. 이는 전대의 사서에서는 전혀 나타나지 않는 내용이다. 이것은 중국 측의 영향을 덜 받은 주몽 출생담의 한 전형이라 할 수 있다. 특히 『동명왕편』은 전·후대의 어떤 사서 보다도 풍부한 내용을 담고 있다. 뿐만 아니라

40) 洪汝河, 『東國通鑑提綱』 卷二.
41) 安鼎福, 『東史綱目』 卷一, 甲申 馬韓.
42) 주몽이 부루의 배다른 동생으로 설정되어 있다. 그리고 부루 다음에 금와가 왕위를 계승하는 것으로 나타나서 주몽과 금와 및 그의 아들들의 관계가 전혀 다른 양상을 띠고 있다.

서사 전개도 단순히 일부의 '사실'이나 '사실적'이라고 생각하는 정보만을 전달하지 않고, 풍부한 문학적 수식이 첨가 되어 있으며 인물 간의 갈등과 대립이 본격화 되어 있다. 또 주인공의 아내와 그 자식에 대한 이야기가 비교적 상세하게 전달되고 있어서, 이 작품은 '역사적 사실'을 전달하는 사서로서가 아니라 문학작품으로서의 허구적 성격을 제대로 표출하고 있다.

　이러한 『동명왕편』의 문학적 성격과 허구적 내용의 가미는 작자 이규보가 동명왕의 신이한 행적을 온전하게 드러내려던 작가의식에서 얼마간 확인된다. 이규보는 동명왕의 신이한 사적이 『위서』, 『통전』, 『구삼국사』 등에 기록되어 있는데, 그는 애초에 이러한 내용이 모두 鬼와 幻이라고 하여 부정했다. 그러다가 『구삼국사』를 세 번 읽고 그 근원에 들어가 보니 幻이 아니고 聖이며, 鬼가 아니고 神이었다[43]고 하면서 적극적으로 '동명왕 신화'를 새롭게 재구성하기에 이른다. 그는 "동명왕의 일은 변화의 신이한 것으로 여러 사람의 눈을 현혹한 것이 아니고, 실로 나라를 창시한 신기한 사적이니, 이것을 기술하지 않으면 후인들이 장차 어떻게 볼 것인가, 그러므로 이 시를 지어 기록하여 우리 나라가 본래 성인의 나라라는 것을 천하에 알리고자 하는 것이다."[44]라고 하여 창작 의식을 분명하게 드러내고 있다. 그리고 이러한 기록의 과정에 허구가 가미되었다는 근거는, 그가 말한, "『위서』와 『통전』을 읽어 보니 역시 그 일을 실었으나 간략하고 자세하지 못하였으니"[45]라는 말과 "김부식 공이 국사를 중찬 할 때에 자못 그 일을 생략하였으니"[46]라는 말이다.

---

43) 이규보, 『東國李相國集』 第3卷 古律詩 東明王篇 竝序. ; 이 글에 사용된 번역문은 민족문화추진회 편, 『東國李相國集Ⅰ』, 민족문화추진회, 1981, 127~128면을 참고하였다.

44) 이규보, 上揭書.

45) 이규보, 上揭書.

그는 중국과 한국에 전하는 동명왕에 대한 이야기가 비교적 상세하지 않았음에도 불구하고 이렇게 장황한 '동명신화'를 서사시로 남길 수 있었던 것은, 그의 문학적 창작 능력이 발휘된 것이라고 할 수 있다. 물론 그가 세 번 읽었다는 『구삼국사』에 자세한 내용이 실려 있었을 수도 있으나, 이는 지금 현재 확인하기 어려워서 논지로 삼기 어렵다. 아무튼 『위서』, 『통전』, 『구삼국사』의 내용을 부정했던 이규보가 이들의 내용을 바탕으로 새로운 허구적 인물을 창작하게 되었던 것만은 부인할 수 없다.

다시 말하면, 이규보는 한국의 사서인 『구삼국사』는 물론이고 중국의 사서인 『위서』와 『통전』까지 섭렵한 후에 그러한 내용을 바탕으로 '동명왕 신화'를 새롭게 재창작한 것이다. 이 과정에서 한국과 중국의 사서에 포함된 내용들이 자연스럽게 융화되었으며, 이것이 이후의 한국 사서에 적극적으로 수용되었다고 판단된다. 그래서 D유형에서는 『동명왕편』에 처음 모습을 드러내었던 朱蒙의 父系 '해모수'가 이후의 사서에서는 빠지지 않고 나타나게 된다. 최초의 동명 출생담이 한국과 중국의 사서를 넘나들면서 기록되는 과정 끝에 새로운 서사문학으로 탄생되고 있는 것이다.

따라서 비교적 후대에 양산된 동명과 주몽, 해모수에 대한 이야기나, 『동명왕편』의 내용을 '사서＋문학적 수식'의 관계로 이해하지 않고 국가의 분파과정으로만 이해해서는 안 된다. 그런데 조동일은 "부여와 고구려, 동명과 주몽은 겹쳐지기도 하고 구별되기도 하니, 부여 계통의 여러 갈래가 서로의 유대와 공동의 건국신화를 유지하면서 여러 나라로 분파되어 온 과정을 확인할 수 있다. 그래서 도망쳐 나온 인물이 세운 나라

---

46) 이규보, 上揭書.

가 부여이기도 하고 고구려이기도 한 것이 착오는 아니며, 해모수와는 관련이 없는 동명과 해모수의 아들인 주몽이 같은 인물이기도 하다는 것은 그 나름의 이유가 있을 듯하다."47)고 하여 국가의 분파 과정으로 이해하려고 하였다. 이렇게 되면『동명왕편』계열에 나타난 허구화된 주몽 출생담과 해모수의 정체를 설명하기 어렵다. 해모수에 대한 이야기는 중국의 정사 어디에도 나타나지 않고 있으며, 한국의 정사인『삼국사기』나 그에 준하는 기록인『광개토왕릉비문』에도 보이지 않는다. 그러므로 후대로 갈수록 내용이 풍부해지고 문학적 수식이 이루어지고 있는 동명·주몽 출생담은 역사적 사실과 문학적 형상화라는 두 가지 방식에 의해 내용이 확장되고 있는 것으로 볼 수 있다. 이러한 문학적 형상화는 후대 서사문학에서 색깔이나 모양을 달리하면서 재현된다.

(5) E유형 – 기타

이 유형에 속하는 것으로는『수서2』와『천남산묘지』가 있다. 이 중『수서2』의 내용은 같은『수서』에 기록되어 있으면서도 대상 국가가 '부여'인가 '고려국'인가에 따라 내용이 다른 경우이다. 이 경우는 주인공의 출생국이 '고려국'이면서 母系도 '고려국왕의 시비'라는 점이 특징적이다. 그리고 주인공이 출생한 나라가 '고려국'이면서 이를 탈출하여 건국한 나라 또한 '고려국'이라는 점에서 문제의 소지가 있다. 그래서 필자는 이를 '기타'계열로 분류하고 더 이상의 자세한 논의는 하지 않기로 하고, 출생담의 주요 화소만을 도표로 제시하기로 한다.

---

47) 조동일,『한국문학통사』제3판 제1권, 지식산업사, 1997, 85~86면.

E-〈1〉	隋書2[48]		⑥	출생방식	胎生(人)	⑫	건넌물	淹水
①	인용사서		⑦	주인공명	東明	⑬	협력자	
②	출생국	高麗國	⑧	비범성		⑭	건국1	夫餘人共奉
③	부계		⑨	망명동기	高麗國王 猜忌	⑮	건국2	高麗國(高句麗)
④	모계	고려국왕 시비	⑩	적대자	高麗國王	⑯	비고	636년
⑤	잉태방식	有物狀如雞子來感於我故有娠	⑪	조력물		⑰	특징	

이와는 달리 기타 계열로 분류 되는 작품 중에서 아주 특징적인 것은 『泉男産墓誌』에서 발췌한 다음의 자료이다. 이 자료는 중국과 한국의 자료가 지닌 특징을 결합해 놓은 듯한 인상을 주는데, 동명과 주몽이 별개의 인물임을 아주 단적으로 드러내고 있다는 점을 주목할 만하다. 이를 제시하면 다음과 같다.

E-〈2〉	泉男産墓誌[49]		⑥	출생방식		⑫	건넌물	東明-㳽川 朱蒙-淈水
①	인용사서		⑦	주인공명	東明神話-東明 朱蒙神話-朱蒙	⑬	협력자	
②	출생국		⑧	비범성		⑭	건국1	동명-나라를 열었다(부여?)
③	부계		⑨	망명동기		⑮	건국2	주몽-도읍을 열었다(고구려?)
④	모계		⑩	적대자		⑯	비고	702년
⑤	잉태방식	東明-感氣 朱蒙-孕日	⑪	조력물		⑰	특징	동명과 주몽을 엄격하게 분리하여 인식함.

위 도표 『천남산묘지』의 주인공은 고구려 연개소문의 셋째 아들 천남산이다. 이 묘지명에는 동명과 주몽을 각각 다른 인물로 기록해 놓았다

48) 魏徵, 長孫無忌, 『隋書』 列傳 百濟.
49) 한국고대사회연구소, 『譯註 韓國古代金石文』, 가락국사적개발연구원, 1992.

는 점이 특징이다. 주인공의 출생 방식도 동명은 '感氣'에 의해서, 주몽은 '孕日'에 의한 것으로 구별된다. <동명신화>에서의 주인공명은 '동명'이며, <주몽신화>의 주인공명은 '주몽'이라는 점도 다르다. 또 동명이 건넌 물이 '표천'임에 비해, 주몽이 건넌 물은 '패수'로서 각각 차이가 있다. 그리고 본문에는 분명하게 나타나지 않지만 동명이 건국한 나라는 '夫餘'이며, 주몽이 건국한 나라는 '高句麗'라는 점이 암시되고 있다. 이를 통해 알 수 있는 것은, 이전까지 동명신화와 주몽신화가 한국과 중국의 사서에서 상호 교섭이 일어났으며, 이를 분명하게 경계짓고 있는 것이 바로 천남산묘지라는 점이다.

3. 출생담의 서사문학으로의 정착과 문학문화50)로의 전승

이상과 같이 한국과 중국의 사서에서 동명과 주몽의 출생담이 다양한 내용으로 나타나고 있다는 것은 인물 출생담이라는 문학문화가 지속적으로 소통되고 있었다는 것을 의미한다. 史書에서 교섭되었던 출생담은 민간에서 다양하게 회자되다가 12세기 『동명왕편』에서 완전한 서사문학으로 정착되고, 13세기 『삼국유사』 이후 설화문학과 고소설 등에서 다양한 방식으로 수용된다.

그렇다면 동명·주몽 출생담이 오랜 시간에 걸쳐 서서히 서사문학으로 정착되었다는 단서는 어디에서 찾을 수 있는가? 그것은 앞서 잠시 언

---

50) '문학문화'의 개념에 대해서는 서두의 각주를 통해 제시한 바 있다. 부연한다면 인류의 보편적인 '문학문화'가 '사랑'일 수 있듯이, '인물 출생담'은 우리 고전문학의 '문학문화'가 될 수 있다고 생각하여 필자가 자의적으로 사용하는 용어임을 밝혀 둔다.

급한 바와 같이, '[4] D유형－『동명왕편』'에서 확인할 수 있다. 동명·주몽 출생담은『동명왕편』을 기점으로 그 전후의 내용이 확연히 다르고, 서사의 편폭이나 긴장, 갈등, 등장인물 등에서도 분명한 차이를 보인다. 이는 우리의 다른 신화 주인공들의 출생담과 다를 뿐만 아니라, 같은 인물의 이야기를 담고 있는 중국 측 동명·주몽의 출생담과도 변별되는 면이다. 앞서 'D-<1>'에서 제시한『동명왕편』의 정리된 내용을 보면, 이보다 앞서 기록된 동명·주몽 관련 서사에 비해 빈칸이 없이 상세한 내용을 전하고 있다는 점을 알 수 있다. 그 최초 기록이며 비교적 많은 내용을 담고 있는『논형』이나『수신기』는 말할 것도 없고, 우리의『광개토대왕릉비』에도 없는 내용과 갈등 요소가 많이 첨가되었음을 알 수 있다.

『동명왕편』에는 전대 사서와 달리 父系와 母系 모두에게서 신성한 혈통을 물려받는 것으로 직조되어 이후의 서사전개과정 구성을 염두에 두고 있다. 천제와 물의 신을 그 혈통으로 하고 있는 주몽은 하늘과 땅을 동시에 아우를 수 있는 신성한 인물이 되는 것이다. 이러한 면은『논형』이나『수신기』와 같은 초기 중국 측 사료에서 부계가 없고 모계 또한 미천한 인물로 등장하는 것과 큰 차이를 보인다.

또 주인공의 망명 동기나 적대사에 대한 정보와 얽힘의 정노노 조기 중국측 기록이나『동명왕편』이전의 한국측 기록보다 세밀해지고 정치해진 면이 있다. 가령 A유형에서는 주인공의 망명 동기가 대부분 왕이 살해하고자 하는 위협 때문이고, 적대자 또한 왕으로만 나타난다. 그리고 B유형에서는 망명 동기가 '부여인이나 나라 사람들의 살해 위협'으로 나타나며, 적대자 또한 '부여인, 부여 신하들, 나라 사람들'로 그 범위가 확대된다. 그런데 한국 측 초기 자료라 할 수 있는 C유형의 일부에서는 별다른 내용이 없다가,『삼국사기』에 이르러서는 망명 동기가 왕자 및 제신들의 모살로 나타나고, 적대자 또한 왕자 및 諸臣들로 나타난다. 그리고 중국 측 일부 사료와 『구삼국사』나 『삼국사기』를 인용한 D유형의 『동명왕편』에서는 망명 동기가 부여왕과 그 태자들의 투기, 그리고 태자 대소가 주몽을 제거하고자 청하는 것으로 나타나고, 적대자도 부여왕, 태자, 태자 대소 등으로 갈등관계가 복잡한 것으로 부각된다.

이러한 면은 사건을 좀 더 확장시키고 복잡다단하게 하는데 기여하는 협력자의 등장에서도 엿보인다. 비교적 초기 기록이고 또 초기 중국측의 내용을 답습하고 있는 A유형에서는 협력자가 전혀 등장하지 않는다. 이에 비해 B유형에서는 일부 사서에 구체적이지는 않지만 협력자와 그 수가 나타난다. 이는 아마도 5세기 전후 고구려의 기록이나 구전 자료를 반영했을 가능성이 크지만, 전해지고 있는 당시 고구려 자료인 『광개토대왕릉비』나 『모두루묘지』에는 나타나지 않기에 직접적으로 확인 할 수는 없다. 그 이유는 아마도 이 두 자료들이 비문과 묘지였다는 특성상 상세한 내용을 기록할 수 없었다는 정황을 인정할 때 전혀 가능성이 없는 것은 아니다. 분명 이 시기 고구려 내에서도 주몽의 협력자에 대한 내용은 풍부하게 구전되거나 기록되었을 가능성이 있다. 그러한 고구려의 기록이나 구전 내용들이 중국측에 전해져서 일부 사서에 등재되지 않았나 생각된다.[51] 이는 보다 후대의 기록인 C유형의 『삼국사기』에서 烏伊, 摩離, 陜父, 再思, 武骨, 默居라고 하는 구체적인 인물들이 등장하

---

51) 이종욱도 『광개토왕릉비문』과 『모두루묘지명』에 있는 신화의 내용이 당시 고구려인에게 널리 알려져 있었다고 보고 있다. 그는 광대토왕비는 고구려 장수왕이 세운 비석으로서 국가의 공식적인 기록을 담고 있고, 이것이 국가로부터 공인을 받은 것임을 입증하는 것이 『모두루묘지명』이라고 했다. 그리고 5~6세기 고구려의 건국신화는 당시에 이미 정해져 있었고 널리 알려져 있었다고 보고 있다. 이종욱, 『한국사의 1막 1장 건국신화』, 휴머니스트, 2004, 143~144면 참고.

는 것을 통해 어느 정도 짐작할 수 있다. 그리고 이를 인용한 D유형의 『동명왕편』에서도 역시 '烏伊, 摩離, 陜父 等三人'이라고 하는 구체적 인물이 등장한다.

『동명왕편』의 내용이 전대의 중국 측 기록과 한국 측 기록을 조합하고 상상력을 가미하여 하나의 서사문학으로 정착되었다는 또 하나의 증거는 각 유형의 ⑰번에 제시한 '특징' 부분이다. 그 이전의 중국측 기록이나 한국측 기록에는 대부분이 별다른 '특징'이 없다. 다만 'B-<1>'과 'B-<4>'에서 자손의 이야기가 추가되고 있을 뿐이다. 이 역시 당시 고구려의 역사적 사실을 반영한 것으로 보이나 동시대 다른 사서에서는 물론, 현재 전하고 있는 한국측 사서에서도 별다른 관심을 두지 않았다. 그런데 D유형의 『동명왕편』 ⑰번 '특징'에서는 유리왕 이야기와 유리의 어머니 이야기는 물론이고, 神母 이야기까지 추가됨으로써 역사적 사실과 상상이 적절하게 배합되었음을 알 수 있다.

또 각 유형 ⑧번에 제시된 인물의 비범성도 중국측의 사료인 A유형과 B유형에서는 대부분 활을 잘 쏘았다는 '善射'로 나타남에 비해, C유형의 『광개토대왕릉비』에서는 '태어나면서 신성한 면이 있었다'는 '生而有聖'으로 나타나고, 이후 D유형의 『동명왕편』에서는 '한 달이 지나지 않아서 언어가 정확하였다'는 '生未經月 言語並實'로 그 신성한 면이 구체화된다. 그러면서도 기존에 중국 측 사료에서 전해져 오던 '善射'의 비범성은 유지하고 있는 것으로 나타난다.

이와 같이 『동명왕편』은 중국과 한국에 전해져 오던 역사적 사실과 작자의 신화적 상상력이 결합되어 한 편의 온전한 서사문학으로 정착된 작품이다. 『동명왕편』 이전의 중국과 한국의 사료들 대부분이 부여나 고구려 건국과 관련된 역사적 사실이나 단편적인 삽화를 전달하는데 그치

고 있다면, 『동명왕편』은 보다 풍부한 상상력을 바탕으로 하여 역사적
사실을 구조화시킨 서사문학 작품이라고 할 수 있다.

이러한 서사적 완결성과 긴장감은 조동일이 '영웅의 일생'이라는 서
사구조를 갖춘 첫 작품으로 『동명왕편』을 선택한 이유이기도 하다. 더
빼고 추가할 것 없이 이 속에는 신비한 출생과 인물의 시련, 인물 간의
갈등과 극복, 그리고 위대한 과업의 성취와 같은 서사적 결구가 완벽하
게 하나의 플롯으로 직조되어 있기 때문이다. 그러나 필자는 이것이 후
대 고소설이나 설화에 나타나는 '영웅의 일생'의 근간이 된다는 논의 이
전에, 『동명왕편』은 인물 출생담이 하나의 온전한 서사문학으로 완성되
어 정착한 최초의 작품이라는 의미부터 부여해야 한다고 생각한다.

이와 같이 『동명왕편』에 나타난 고구려 건국주인 주몽에 대한 변화와
전승은 오랜 시간 중국과 한국의 사서를 넘나들다가 이규보에 의해 다
양한 문학적 수식을 거쳐 완벽한 서사문학으로 정착된다.[52] 애초 중국의
역대 왕들에 대한 신이한 출생담이 한국의 건국주나 영웅설화 주인공들
에게 영향을 미쳤을 것이지만, 양국 모두에서 보다 풍부한 내용을 전하
고 있는 것은 동명과 주몽 출생담이다. 이후 건국신화는 물론이고 영웅
설화와 고소설에 이르기까지 인물 출생담은 문학적 전통으로 자리하게
된다.[53] 영웅설화나 영웅소설의 경우에는 『동명왕편』 속 주몽신화에 나

---

52) 범위 및 대상은 다르지만, 고구려 건국신화의 전승 문제를 다룬 것으로는 이지영의 논문
이 있다. 그만큼 고구려 건국신화와 그 속에 등장하는 인물의 변화 양상은 오랜 시간 서
사문학의 관심 대상이었다고 할 수 있다(이지영, 「하백녀, 유화를 둘러싼 고구려 건국신
화의 전승 문제」, 『동아시아 고대학』 13집, 동아시아고대학회, 2006, 19~48면 참조). 그
리고 고구려 건국신화에 등장하는 유화의 이야기는 이후 神母 이야기로 수용되어 변
화·전승되기도 한다.
53) 인물 출생담이 초기 신화에서부터 나타나 영웅설화를 거쳐 후대 고소설에 이르기까지
하나의 문학적 관습으로 작용하고 있다는 점은 필자의 학위논문에서 이미 밝힌 바다.
이 글에서는 학위논문에서 미처 언급하지 못한 '출생담'의 '문학문화'적인 전통을 논의

타나는 '영웅의 일생'으로부터 더 직접적인 영향을 받았으며, 애정소설
이나 가정소설 등에 나타나는 인물 출생담의 경우에는 <주몽신화> 속
'영웅의 일생'을 답습했다기보다는, 전대의 문학적 관습의 하나인 '인물
출생담' 그 자체를 수용하거나 <주몽신화> 속 인물 출생담을 수용하되
구조나 내용에 있어서는 상당한 변화를 주어 부분적으로만 수용하였다
고 생각된다. 애정소설이나 가정소설에서는 '영웅의 일생'이라는 서사적
틀 전체를 통해 인물의 비범성을 드러내는 것이 아니라, 신이한 '인물의
출생'만으로 충분하기 때문이다. 또 애정소설이나 가정소설에 등장하는
주인공이 '영웅의 일생'에 등장하는 것과 같은 영웅일 필요도 없다. 가
령 <창선감의록>이나 <소현성록>에 나타나는 인물 출생담이나 비범
성은 <주몽신화>의 그것과는 많이 다르다. 이는 <주몽신화>의 '영웅
의 일생'을 답습한 것이 아니라, 전대의 문학적 전통인 인물 출생담을
수용한 것이라고 생각된다. 이는 일반적인 설화문학의 주인공들도 마찬
가지다.

  이상과 같이 『동명왕편』은 인물 출생담이 하나의 완전한 서사문학으
로 정치된 작품이고, 이후 서사문학에 큰 영향을 준 것이 사실이나. 다
시반 인물 출생담이 문학적 관습으로 전승되는 것은 이러한 '영웅의 일
생' 서사구조와 병행하여 독자적으로 전승되었다. 출생담을 기반으로 하
는 영웅담은 이후 각 시대의 현실에 맞게 탈락과 첨가를 거치면서 설화
문학과 고소설로 흡수되어 다양한 허구의 문학세계를 형성시키는 데 기
여했다고 생각된다. 이것은 출생담이 수천 년에 걸쳐 전승되어 하나의

하고, 또 졸고에서 다루지 않은 몇몇 고소설 작품을 소개하면서 '출생담'이 '문학문화'
로 정착해 왔음을 확인하고자 한다(김용기, 「인물 출생담을 통한 서사문학의 변모양상
연구」, 중앙대학교 대학원 박사학위논문, 2007, 19~257면 참조).

문화로 자리하였음을 의미한다. 출생담이 門戶의 흥기나 주인공이 왕이 될 것임을 암시하는 역할을 하기도 하고,[54] 易姓革命의 주체를 제시하기 하며,[55] <월영낭자전>과 같이 가정소설적 성격과 애정소설적 성격을 가진 작품에서 남녀 주인공의 비범성을 드러내는 기제가 되기도 하는 것은 이를 증명한다. 또 <음양옥지환>이나 <이대봉전>과 같은 작품에서 男女兩性 英雄化를 그리는 데 사용되기도 하고, <홍계월전>과 같은 여성영웅소설에서는 여주인공이 우위에 설 수 있는 근거가 되기도 한다. <전관산전> 같은 작품에서는 장황한 출생담을 가진 남주인공보다, 간략하게 天上 신분이 제시된 여주인공의 출생담을 통해 정소저가 우위에 설 수 있는 근거를 마련하기도 한다. 따라서 출생담은 단순히 특정 인물을 부각시키는 형식적 요소에 머무르지 않는다. 출생담은 오랜 기간 전승되면서 인물의 성격 창조와 서사전개에 기여하였다는 점에서 아주 중요한 문학문화로 자리매김할 수 있다고 생각한다.

4. 마무리

이상에서 동명·주몽 출생담의 유형별 특징과 문학문화로의 전승에 대해서 살펴보았다. 우리 서사문학에서 출생담이 나타나는 것은 비단 동

---

54) 이러한 작품으로는 <음양삼태성>과 <현수문전>이 있다. 이에 대한 자세한 내용은 다음의 논문을 참고할 수 있다(김용기, 「왕조교체형 영웅소설의 왕조교체방식 연구-<음양삼태성>과 <현수문전>을 중심으로-」, 『국어국문학』 153집, 국어국문학회, 2009, 105~132면 참조).
55) 이러한 내용을 담고 있는 작품으로는 <장백전>과 <유문성전>이 있다. 이에 대해서는 필자가 기간에 논의한 바가 있다(김용기, 「출생담을 통한 <장백전>과 <유문성전>의 내용 비교 연구」, 『어문연구』 142호, 한국어문교육연구회, 2009, 191~217면 참조).

명이나 주몽에 국한되지 않는다. 그럼에도 필자가 이들을 논의의 중심으로 삼은 것은, 가장 오랜 기간 한국과 중국의 사서에 오르내리면서 지속적으로 내용이 첨가되면서 하나의 완벽한 서사문학으로 정착되었다는 점 때문이다. 그리고 그러한 구조상의 완성도 때문에 후대 서사문학은 이로부터 영향 받은 바가 크다는 것이 선행 연구의 핵심이기도 하다. 그러면서 또 한편으로는 굳이 <주몽신화>에서 비롯되었다는 '영웅의 일생'이라는 서사구조가 아니더라도, 인물 출생담은 후대 서사문학에서 의식적이든 무의식적으로든 간에 수용되고 다양한 방식으로 전승되었다고 생각한다. 이하에서는 이상 논의된 것을 간단하게 요약하는 것으로 결론을 대신하고자 한다.

먼저 동명·주몽 출생담의 유형별 특징과 한·중 교섭 양상에서는 동명·주몽 출생담의 유형을 5개로 분류하였다. 이어서 동명·주몽 출생담의 유형별 특징과 교섭 양상을 구체적으로 살펴보았는데, A유형의 출생담의 특징은 주인공의 출생국이 '북이 탁리국, 고리국, 북이 삭리국, 포리국, 삭리국' 등으로 나타났다. 그리고 주인공의 이름이 '동명'으로 통일되어 있으며, 주인공이 건국하는 나라도 '부여'도 일치하였다. B유형의 출생담의 특징은 수인공의 출생국이 '탁리국' 등에서 '부여'로 일관되게 바뀌었다는 점이다. 그리고 주인공의 이름도 '동명'에서 '주몽'으로 변모하였다. 또 주인공의 출생 방식도 태생에서 난생으로 바뀌었으며, 주인공이 건국하는 나라도 '부여'에서 '고구려'로 바뀌게 된다. C유형에서는 주인공의 출생국이 '북부여, 동부여, 부여' 등으로 다원화되어 나타나며, 부계와 모계가 함께 구체화된다. 그리고 이 유형에서는 전체적으로 서사의 내용이 확장되는 조짐을 보였다. D유형에서는 외형상으로 크게 두드러지지 않았으나, 부계가 천제의 아들일 뿐만 아니라, 허구적 인물이라 할 수 있는 '해모수'가 일관되게 등장하고 있다. 특히 이 계열의 『동명왕편』과 같은 작품은 기존의 사서가 전달하고 있는 내용을 바탕으로 엄청난 문학적 수식이 이루어졌다는 점에서 특징적이다. 그리고 이러한 성격이 후대 한국 사서에도 일정부분 영향을 준 것으로 판단된다. E유형은 기록상 얼마간의 착오가 있는 『수서2』와 다른 작품들과 달리 동명과 주몽을 함께 다루고 있는 <천남산묘지>를 별도의 유형으로 분류하였다.

이어 3장에서는 이러한 동명·주몽 출생담이 완벽한 서사문학으로 정착되었다는 점을 유형별 비교를 통해 논의해 보았다. 그리고 영웅설화나 영웅소설의 경우에는 이러한 <주몽신화>의 영향을 강하게 받았으며, 애정소설이나 가정소설의 경우에는 <주몽신화> 속 '영웅의 일생'을 답습하기보다는 전대의 문학적 관습의 하나인 인물 출생담 그 자체를 수용하거나 <주몽신화> 속 인물 출생담을 수용하되, 구조나 내용에 있어서는 상당한 변화를 주어 부분적으로 수용하였다고 보았다. 그리고 조선후기 고소설의 몇몇 작품들의 내용상 특징을 통해 출생담이 문학적 관습으로 전승되고 중요한 문학문화로 자리매김 되었다고 보았다.

참고문헌

1. 자료

干寶 撰, 『搜神記』 下 卷四十 342 夫餘王.

金富軾, 『三國史記』 卷第十三 高句麗本紀 第一 始祖東明聖王.

金富軾, 『三國史記』 卷第十三, 「高句麗本紀」第四 山上王.

金富軾, 『三國史記』 卷 第五十, 列傳 第10 궁예, 견훤.

杜 佑, 『通典』 邊防 東夷下 高句麗.

杜 佑, 『通典』 邊防 東夷 夫餘.

姚思廉, 『梁書』.

道世 撰集, 『法苑珠林』 卷第二十一 平等部 歸信篇第十一 述意部.

令狐德棻, 『周書』 券四十九 列傳 四十一 異域 上 高麗.

민족문화추진회 편, 『東國李相國集Ⅰ』, 민족문화추진회, 1981.

范 曄, 『後漢書』, 卷八十五 東夷列傳 第七十五 夫餘.

徐 兢, 『高麗圖經』 卷第一 建國.

『世宗實錄地理志』 第154.

安鼎福, 『東史綱目』 卷一, 甲申 馬韓.

魚 豢, 『魏略』 三國志 券三十 魏 烏丸傳等.

旅庵 申景濬, 『旅菴全書』 5 疆界考 北夫餘.

王 充, 『論衡』.

魏 牧, 『魏書』 100, 列傳 88, 高句麗.

魏 徵, 長孫無忌, 『隋書』 列傳 高麗.

魏 徵, 長孫無忌, 『隋書』 列傳 百濟.

劉 晝, 『新論』命相.

이강래 역, 『삼국사기Ⅱ』, 한길사, 2003.

李奎報, 『東國李相國集』 卷三 古律詩 東明王篇.

李承休, 『帝王韻紀』 下券 高句麗紀.

李延壽, 『北史』 列傳 第八十二 百濟.

李延壽, 『北史』 列傳 第八十二 高句麗.

一 然, 『三國遺事』 紀異卷一 高句麗.

한국고대사회연구소, 『譯註 韓國古代金石文』, 가락국사적개발연구원, 1992.

韓致奫, 『海東繹史』.

洪萬宗, 『海東異蹟』.

洪汝河, 『東國通鑑提綱』 卷二.

2. 논저

김용기, 「인물 출생담을 통한 서사문학의 변모양상 연구」, 중앙대학교대학원 박사학위
　　　　논문, 2007, 1~262면.

＿＿＿, 「왕조교체형 영웅소설의 왕조교체방식 연구-<음양삼태성>과 <현수문전>을
　　　　중심으로-」, 『국어국문학』 153집, 국어국문학회, 2009, 105~132면.

＿＿＿, 「출생담을 통한 <장백전>과 <유문성전>의 내용 비교 연구」, 『어문연구』
　　　　142호, 한국어문교육연구회, 2009, 191~217면.

金廷鶴, 「朝鮮神話의 科學的 考察」, 『史海』 創刊號.

朴斗抱, 「民族英雄 東明王說話考-舊三國史 東明王本紀를 資料로-」, 『국문학 연구』 제
　　　　1집, 효성여자대학교 국어국문학과, 1968, 30면, 36~39면.

이복규, 『부여・고구려 건국신화 연구』, 집문당, 1998, 12~16면, 85~86면.

왕충 저, 이주행 역, 『論衡』, 소나무, 1996, 119~120면.

이종욱, 『한국사의 1막 1장 건국신화』, 휴머니스트, 2004, 143~144면.

이지영, 「韓國神話의 神格 由來에 관한 硏究」, 태학사, 2000, 165~167면.

이지영, 「하백녀, 유화를 둘러싼 고구려 건국신화의 전승 문제」, 『동아시아 고대학』
　　　　13집, 동아시아고대학회, 2006, 19~48면.

정원주, 「고구려 건국신화의 전개와 변용」, 『고구려 발해 연구』 33집, 고구려 발해학
　　　　회, 2009, 47~48면.

조동일, 「英雄의 一生, 그 文學史的 展開」, 『東亞文化』 10집, 서울대학교 동아문화연구
　　　　소, 1971, 165~214면.

조희웅, 「朱蒙說話의 전승」, 『이야기 문학 모꼬지』, 박이정, 1995, 329~356면.

• • •

신모 인식을 통해서 본 중세 동아시아의 기록정신

1. 시작하기

이 글은 神母에 대한 인식을 드러내고 있는 『삼국사기』, 『삼국유사』, 『고려도경』을 통하여 중세 동아시아의 기록정신을 탐구하는 데 목적을 두고 있다. 그리고 이들 사서에 나타난 작자들의 기록정신은 개인적 성향과 함께 그들이 소속되어 있는 집단의 영향을 강하게 받고 있다는 점과 이러한 영향 때문에 기록 대상의 성격이 변모될 수 있다는 점도 논의의 대상으로 삼았다.

이를 위해 필자는 위 史書의 작자들이 특정 대상을 기록할 때에 '사실과 허구', '객관과 주관', '개인과 집단'이라는 대립항을 염두에 둘 수 있다는 점과 그 접근 코드에 따라 동일 대상이 전혀 다르게 형상화될 수 있을 것이라는 가설을 세워 보았다. 왜냐하면 대개의 기록이라는 것이 '사실'과 '허구', '객관'과 '주관', '개인'과 '집단'의 관점 중 어느 것을 택하는가에 따라 전혀 다른 결과를 낳을 수 있다고 생각했기 때문이다.

하지만 어떤 경우라 하더라도 이 중 어느 하나만 온전하게 드러나는 경우는 있을 수 없다. 정도의 차이는 있겠지만 어떤 사건에 대한 작자의 기술 태도에 따라 '사실'의 기록 속에 얼마간의 '허구'가 포함될 수 있기 때문이다. 또 '객관적'인 사건의 기록에 기록자의 '주관성'이 개입될 수 있고, 기록자 개인의 주관적인 생각의 피력에도 객관적 사실은 그 뒷받침 자료로서 중요한 역할을 하기 마련이다. 그리고 개인 정신은 집단정신과 동떨어져서 고립되어 존재할 수 없고, 집단정신은 개인 정신에 바탕을 두게 마련이다.

필자는 양자 간의 이러한 성격을 고려하여 '사실'과 '허구'의 관계는 '인식적 사실'이라는 통합된 개념으로 사용하기로 한다. 역시 같은 방법으로 '주관'과 '객관'의 관계는 '인식적 객관'으로 명명하기로 하고, '개인'과 '집단'의 문제는 '自集團'이라는 개념으로 통합하여 운용하기로 한다.[1]

필자가 임의로 상정한 이 개념 속에는 세 史書[2]의 작자들이 고민했던

---

1) 이 용어들은 논의 편의를 위해 필자가 임의로 상정한 개념이다. 따라서 선도성이나 중세 동아시아 기록정신의 이해를 위해 반드시 이 용어가 사용되어야만 하는 것은 아니라는 점을 밝혀둔다. 필자가 사용하고 있는 용어들의 개념을 간략하게 정리하면 다음과 같다. 1. 認識的 事實 : 허구일 수도 있고 사실일 수도 있지만 자신의 말과 행동이 '사실적'이라는 믿음과 인식이 내재된 개념이다. 이것은 '사실' 여부와 관계없이 '인식'이 선행되어 특정 대상이 사실로 받아들여지는 것을 말하는 것으로서, 어느 정도 사실성이 담보되어야만 하는 '사실적 인식'과는 약간의 차이가 있다. 2. 認識的 客觀 : 사실일 수도 있고 아닐 수도 있지만 자신의 말과 행동이 '객관적'이라는 믿음과 인식이 내포된 것을 말한다. 이것은 내용이나 과정, 결과가 반드시 합리적 타당성이 있거나 과학적이지는 않다. 이런 점에서 내용과 과정, 결과가 어느 정도 합리적 타당성이 요구되는 '객관적 인식'과 구별된다고 할 수 있다. 3. 自集團 : 개인적으로 독립할 수 있으면서 그 개인이 소속된 집단정신과 긴밀하게 작용하는 경우를 말한다. 이것은 自己集團으로 이해해도 무방하나 필자는 이를 압축하여 사용하고자 한다.
2) 『삼국유사』나 『고려도경』은 엄밀한 의미에서 '史書'로 칭하기에는 무리가 있을 수 있다.

사실과 허구, 주관과 객관, 개인과 집단에 대한 인식을 다 포함하고 있
다. 이 개념들을 통해 세 사서 기록자들의 생각들을 보다 용이하게 정리
할 수 있다. 이들은 자신과 상반되는 관계에 있는 개인이나 집단에 대해
서는 어느 정도 배타적인 속성을 드러내기도 하기 때문에 대상에 대한
인식 주체의 태도를 규정할 필요가 있다. 그 태도는 대상에 대한 직접적
인 공격과 비판을 통해 드러날 수도 있고, 自集團에 대한 우월성이나 중
요성을 강조하는 과정에서 상대적으로 드러나기도 한다. 가령 자집단의
정신을 강조하거나 우월성을 드러낼 때에는 神異로 인식되어 나타나기
도 하고, 그 반대일 경우에는 怪異로 드러나기도 하는 것이다.

2. 신모에 대한 인식과 태도

본 장에서는 선도성모와 동신성모 기록을 통해 중세 동아시아의 신모
에 대한 인식을 살펴보고자 한다. 먼저 선도성모에 대한 原古形의 기록
으로는 『삼국사기』와 『삼국유사』가 있고 동신성모에 대한 기록으로는
『삼국사기와』 서긍의 『고려도경』이 있다. 이 중 『삼국사기』의 기록은
상당부분 중국 관리들로부터 들은 것에 의존하고 있으나 동신성모에 대
한 기록은 외형적으로 국내 기록과 중국측 기록으로 이대별 할 수 있을
듯하다. 그러나 그들로부터 들은 신모에 대한 김부식의 인식은 중국 관
리들의 그것과 일치하지는 않는다. 이런 점에서 김부식의 『삼국사기』 기

그러나 대개의 연구자들은 이 두 자료의 이러한 성격을 알면서도 이들 자료를 바탕으로
한 연구를 계속하고 있는 실정이다. 이것은 이 두 자료가 삼국의 역사 문화나 고려시대
역사 문화에 대하여 중요한 정보를 제공하고 있기 때문일 것이다. 이런 점에서 필자는 이
두 자료 역시 포괄적 의미에서 '史書'라는 명칭을 사용하기로 한다.

록도 하나의 독립된 자료로 볼 수 있다고 판단된다. 본 장에서는 신모에 대한 이들 세 사서에 나타나 있는 기록자들의 기록정신을 살펴보기로 한다.

1) 신이와 괴이로서의 신모

신모에 대한 연구는 꽤 오래전부터 진행되어 왔다. 그 중에서도 선도성모에 대해서는 旣刊에 상당한 논의가 있었다. 황패강,3) 김현룡,4) 김두진,5) 이지영,6) 김준기,7) 천혜숙,8) 박상란,9) 윤미란10) 등에 의해 선도성모의 성격이나 정체에 대한 해명이 어느 정도 이루어졌다. 그리고 동신성모는 선도성모를 다루는 자리에서 간혹 비교 대상으로 언급되고 있는 실정이다.

이러한 선행 연구는 주로 『삼국유사』와 『삼국사기』 그리고 『고려도경』에 근거하고 있는 것으로 볼 수 있는데, 표현의 차이를 고려한다면 선도

3) 黃浿江, 「박혁거세 신화 논고」, 황패강 저, 『한국서사문학연구』, 단국대학교출판부, 1972, 132~167면.
4) 金鉉龍, 『韓國古說話論』, 새문사, 1984, 56~68면.
5) 金杜珍, 「신라 건국신화의 신성족 관념」, 『한국학논총』 11집, 국민대학교 한국학연구소, 1988, 13~46면.
6) 李志暎, 『한국신화의 신격 유래에 관한 연구』, 태학사, 1995, 160~168면 ; 李志暎, 『한국 건국신화의 실상과 이해』, 월인, 2000, 288~314면.
7) 金俊基, 「神母神話研究」, 경희대학교 대학원 박사학위 논문, 1995, 50~76면.
8) 천혜숙, 「한국신화의 성모상징」, 『인문과학연구』 1집, 안동대학교 인문과학연구소, 1999, 245~247면 ; 천혜숙, 「서술성모의 신화적 정체」, 『동아시아고대학』 제16집, 동아시아고대학회, 2007, 173~201면 ; 천혜숙, 「선도성모 담론의 신화학적 조명」, 『구비문학연구』 제26집, 한국구비문학회, 2008, 185~212면.
9) 박상란, 「신라·가야 건국신화의 체계화 과정 연구」, 동국대학교 대학원 박사학위논문, 1999, 14~119면.
10) 윤미란, 「선도성모 서사의 형상과 그 의미—선도성모수희불사 <삼국유사> 권5 감통 제7을 중심으로—」, 『한국학연구』 제16집, 인하대학교 한국학연구소, 2007, 89~105면.

성모 설화가 재창조 내지는 재구성되었다는 점에서 어느 정도 의견의 일치를 보이고 있는 듯하다. 필자 또한 이들과 큰 틀에서 의견을 같이하고 있으며, 선행 연구를 바탕으로 이들 작품에 대한 편찬자들의 기록정신을 좀 더 부각시켜 보고자 한다.[11]

(1) 일연의 선도성모에 대한 기록과 신이

① 『삼국유사』 기이 혁거세왕조에 나타난 선도성모

필자가 생각하기에 선도성모에 대한 인식의 골자는 神異[12]와 怪異가 아닌가 한다. 이는 『삼국유사』와 『삼국사기』를 통해서 그 각각의 면모를 살펴볼 수 있다. 먼저 『삼국유사』 소재 <혁거세신화>와 <선도성모수희불사>에 형상화된 선도성모의 모습을 살펴보기로 한다.

(A) 〈혁거세신화〉

① 前漢 地節 元年 임자(69년) 3월 초하루에 6부의 조상들이 자제들을 거느리고 알천 언덕 위에서 의논하다.

② 이들은 백성들을 다스릴 임금이 없어서 백성들이 방자하므로 德

---

11) 논의의 편의와 오해의 소지를 없애기 위해 세부 항목에서는 포괄적인 의미의 '神母'와 구체적 대상으로서의 '仙桃聖母'나 '東神聖母'를 구별해서 사용하고자 한다. 구체적 대상을 논의할 때에는 '선도성모'나 '동신성모'와 같이 직접적인 명칭을 사용하기로 하고, 이 둘을 포괄하는 의미에서 논의할 때에는 '신모'라는 용어를 사용하기로 한다.

12) 일연의 『삼국유사』 전편을 관통하고 있는 서술 준거가 神異라는 점은 이미 잘 알려진 사실이다. 이는 『삼국유사』 紀異 卷第1 첫머리에서 역대 중국의 제왕들에 대한 神異한 출생을 기록하고 우리 삼국의 시조 또한 그러한 신이한 출생을 하였다는 것을 강조하는 데서 잘 드러난다. 그리고 『삼국유사』의 내용을 형성하는 것이 神異素이며 이것이 일연의 찬술 준거와 의도라는 점을 구체적으로 밝힌 연구도 있다(河廷鉉, 삼국유사 텍스트에 반영된 '神異' 개념에 관한 연구」, 서울대학교 대학원 석사학위 논문, 2002, 1~113면 참조). 이런 점에서 『삼국유사』에 담긴 일연의 찬술 정신을 神異에서 찾는 것은 새삼스러운 것이 아니다. 하지만 선도성모와 관련하여 일연과 김부식의 기록정신을 논의함에 있어 이를 지나칠 수는 없기 때문에 재론할 수밖에 없음을 밝혀 둔다.

있는 사람을 찾아 임금을 삼고 나라를 세우고자 하다.

③ 이들이 높은 곳에 올라가서 남쪽을 바라보니 楊山 밑에 있는 蘿井 곁에서 이상한 기운이 땅에 비추고 있어서 가보니 白馬 한 마리가 꿇어 앉아 절을 하고 있는 형상을 하고 있다.

④ 말이 사람을 보더니 길게 울고는 하늘로 올라가 버렸다.

⑤ 그 알을 깨보니 사내아이가 나왔는데 모양이 단정하고 아름다웠다.

⑥ 그 아이를 東泉에서 목욕시키자 몸에서 광채가 나고 새와 짐승이 더불어 춤을 추니 이내 천지가 진동하고 해와 달이 청명하였다.

⑦ 이에 그 아이를 赫居世王이라고 하였는데, 혁거세라는 말은 鄕言으로서 弗矩內王이라고도 하며, 이것은 세상을 다스린다는 뜻이다.

(B) 〈선도성모 신화〉

ⓐ (해설하는 이가 말하기를) 이와 같은 일은 西述聖母가 낳을 때의 일과 같다.

ⓑ 중국 사람들이 선도성모를 찬양하는 말에 어진이를 낳아 나라를 세웠다고 함은 바로 이것이다.

ⓒ 계룡이 상서로움을 나타내어 闕英을 낳았다는 이야기도 서술성모의 현신을 뜻함이 아니겠는가.

(C) 〈알영 신화〉

⑧ 6부의 사람들이 천자가 하늘에서 내려왔으니 덕이 있는 왕후를 찾아 배필을 삼아야 한다고 하다.

⑨ 이날 沙梁里에 있는 闕英井 주변에 계룡이 나타나 왼쪽의 갈비에서 계집을 낳았다(혹은 용이 나타나 죽었는데 배를 가른즉 그 속에 계집아이가 있었다).

⑩ 얼굴과 모습이 매우 고왔으나 입이 닭의 부리와 같아 月城 北川에 가서 목욕시키니 그 부리가 떨어지다.

⑪ 남산의 서쪽 기슭에 궁궐을 짓고 성스러운 두 사람을 받들어 길렀다.

⑫ 사내아이가 알에서 나왔는데 그 알이 박(瓠)과 같았다. 鄕人은 박

(瓠)을 朴이라 하는 연유로 그 성을 朴이라 하였다.

⑬ 계집아이는 그녀가 나온 우물의 이름을 따서 알영이라 이름지었
다.[13)

위 예문은 『삼국유사』 '기이'편에 제시되어 있는 '혁거세신화'의 일부
를 원문의 순서대로 나열해 본 것이다. 예문 (B)가 찬자의 해설이라고
하지 않고 이 전체가 하나의 이야기 단위로 되어 있다고 가정한다면,
(A)~(C)의 흐름상으로 볼 때 예문 (B)는 아주 엉뚱한 이야기가 되는 셈
이다. 그리고 (B)를 원문에 제시된 순서대로 서사문맥에 포함시킬 경우
그 흐름이 깨뜨려져서 작품의 통일성을 해치게 된다. 그러나 (A)~(C)를
각각의 독립된 이야기 단위라고 본다면 혁거세 신화와 알영 신화 속에
선도성모 신화가 삽입되어 있는 중층적 서사구조가 된다. 또 예문 (B)의
선도성모 신화를 인정하는 상태에서 혁거세 신화 전체를 바라볼 경우,
혁거세와 알영은 남매 간에 혼인하여 왕과 왕후가 되었다는 결론을 얻
을 수 있다.

이러한 사실은 합리적인 이성으로 이해하기 어렵고, 서사 구조상으로
도 논리적 정합성을 획득할 수 없다. 그러함에도 불구하고 찬자 一然이
선도성모 신화를 혁거세 신화에 삽입하는 중층적인 서사 구성법을 취한
이유는 각각의 이야기들이 가진 신이성을 결합하여 새로운 이야기틀을
형성하기 위한 것으로 볼 수 있다. 그는 『삼국유사』를 찬술함에 있어서
합리적인 이성이나 논리적 정합성 같은 것은 크게 염두에 두지 않았던

---

13) 一然 著, 『三國遺事』紀異 卷第1, 新羅始祖赫居世王條 ; 朴性鳳·高敬植 譯, 『三國遺事』,
   瑞文文化社, 1987, 64~67면 참조. 이 글에서 사용된 『三國遺事』의 번역문은 본서를 참
   고로 하였음을 밝혀 둔다. 그리고 이하에서는 번역문의 페이지는 밝히지 않고 원문의
   출처만 밝히기로 한다.

것이다. 그보다는 오히려 논리적 이성으로 이해하기 어려운 몇 개의 각 편들을 나열함으로써 보다 풍부한 이야기를 생성시키고 있는 것이다.

이를테면, 위 예문 (A)와 (C)가 각기 독립된 하나의 신이한 이야기 원형으로 존재했다고 할 수도 있는데, 예문 (B)의 선도성모를 삽입함으로 인해 그 신이한 이야기의 각 원형은 전혀 훼손되지 않으면서 완전히 새로운 이야기가 형성되는 것이다. 즉 (A)는 혁거세왕의 신이한 출생담이고, (C)는 왕후 알영의 신이한 출생담으로서, 이 두 인물은 분명 天上이나 이에 비견할 만한 存在 本源地에서 출생한 것으로 나타나기 때문에 이 자체만으로도『삼국유사』전편에 흐르고 있는 신이라는 서술 준거에 합치되고 서사전개상에서도 문제가 없다. 그런데도 일연은 예문 (B)의 선도성모가 혁거세와 알영을 낳았다는 해설을 중간에 넣어서 이야기의 틀을 전혀 다르게 짜고 있는 것이다.

그리고 6촌장의 기원에 의한 천상의 감응으로 혁거세와 알영이 태어나 왕과 왕후가 되었다는 (A), (C)의 이야기나, 혁거세와 알영을 (B)의 선도성모가 낳아서 왕과 왕후가 되었다는 남매혼의 이야기는 모두 신이하고 일상을 뛰어넘는다. 하지만 군이 그 경중을 가린다면 (B)의 선도성모 이야기가 중간에 삽입됨으로 인해 전체적인 신이의 파장은 커지게 된다. 이것은 혁거세와 알영은 물론이고, 선도성모 기록에 대한 구체적인 전거를 제시하지 않으면서 신이한 이야기를 비교적 자유롭게 결합하여 기술하는 방식을 통해 신이성을 극대화 하고 있는 것으로 볼 수 있다.[14] 신

---

14) 혁거세와 알영, 그리고 仙桃聖母 신화의 결합에서 一然의 神異 정신이 극대화 되고 있다는 점은 紀異編의 다른 인물들에 대한 神異性을 드러내는 것과의 비교를 통해서 확인할 수 있다. 고조선이나 북부여 등에서는 주인공의 신이성이 역사적 기록을 통해서 드러나고 있는데, 혁거세와 알영, 그리고 선도성모에 대해서는 그러한 역사적 전거가 전혀 제공되지 않고 있는 것이다.

이한 이야기 단편들을 결합하여 민족의 역사를 재구성하고 재창작하고 있는 것이다.

② 『삼국유사』 감통 〈선도성모수희불사〉에 나타난 선도성모

혁거세와 알영 신화에서 선도성모는 중심 서사 인물이 아니었으면서도 전체 서사의 방향을 새롭게 재구성하는 신이에 기여했다. 이러한 선도성모가 감통편 〈선도성모수희불사〉에서는 신이의 주역으로 등장한다. 기이편에서 애초의 이야기 원형을 깨뜨리지 않으면서도 완전히 새로운 이야기를 재창조했던 一然의 神異 중심의 서술 태도가 여기서도 확인되고 있다. 먼저 〈선도성모수희불사〉의 내용을 몇 개의 이야기 단위로 나누어보면 이를 쉽게 확인할 수 있다.

(A) 〈지혜의 안흥사 불전수리와 선도성모〉

① 진평왕 때에 智惠라는 比丘尼가 있었는데 어진 행실이 많았다.

② 安興寺에 살았는데 佛殿을 새로 수리하려 했으나 힘이 모자랐다.

③ 어느 날 꿈 속에 구슬로 머리를 장식한 아름다운 仙女가 와서, 자신은 仙桃山 神母인데 네가 불전을 수리하려는 것이 기뻐 금 10근을 주어 돕고자 한다고 하다

④ 자신이 있는 자리 밑에서 금을 꺼내어 主尊 三像을 장식하고, 벽 위에는 53佛 六類聖衆 및 모든 天神과 5岳의 神君을, 그리고 해마다 봄과 가을 두 계절의 10일에 남녀 신도들을 많이 모아 모든 含靈을 위해서 占察法會를 베풀어서 일정한 규정을 삼으라고 하다.

⑤ 屈弗池의 龍이 황제의 꿈에 나타나 靈鷲山에 藥師道場을 영구히 열어 바닷길이 편안할 것을 청했으니 그 일이 또한 이와 같다.

⑥ 지혜가 놀라 깨어나 무리를 데리고 神祠 자리 밑에 가서 황금 1백 60냥을 파내어 불전 수리를 완성하였으니 이는 모두 神母가 이르는 대로 따랐기 때문이다.

(B) 〈선도성모의 존재본원과 선도산 지선〉

① 神母는 본래 중국 帝室의 딸이었는데 이름은 娑蘇이다.

② 신선의 술법을 배워 新羅에 와서 머물러 오랫동안 돌아가지 않았다.

③ 父皇이 소리개의 발에 편지를 매달아 보내어 '소리개가 머무는 곳에 집을 지으라'고 하니, 그 소리개가 선도산에 날아와 멈추므로 그곳에서 地仙이 되었으며 그 산 이름을 西鳶山이라고 하다.

④ 신모는 오랫동안 이 산에 머무르며 나라를 鎭護하니 신령스럽고 이상한 일들이 매우 많았으므로 나라가 세워진 이래로 항상 三祀의 하나로 삼았고, 그 차례도 여러 望祭의 위에 있게 하였다.

(C) 〈경명왕의 매사냥과 대왕 봉작〉

① 경명왕이 매사냥을 즐겨 했는데 서연산에 올라가서 매를 놓았다가 잃어버렸다.

② 왕이 신모에게 기도하여, 만일 매를 찾게 된다면 聖母께 爵을 봉해 드리겠다고 하다.

③ 얼마 후 매가 날아와서 걸상 위에 앉으므로 성모를 大王으로 封爵하였다.

(D) 〈선도성모의 혁거세·알영 출산과 영험〉

① 그 신모가 처음 辰韓에 와서 聖子를 낳아 東國의 처음 임금이 되었는데, 赫居世와 閼英 두 聖君을 낳았을 것이다.

② 聖母는 일찍이 諸天의 선녀에게 비단을 짜게 해서 붉은 빛으로 물들여 朝服을 만들어 남편에게 주었으므로 나라 사람들은 비로소 그의 신비스러운 영검을 알게 되었다.[15]

위 예문 (A)~(D)는 하나의 서사 구조로 조직된 것이 아니다. 이것 역시 기이편의 혁거세왕에서 나타난 바와 같이 각각의 神異素를 재구성하

---

15) 一然, 『三國遺事』, 卷第5, 感通第7, '仙桃聖母 隨喜佛事'條.

여 전체적으로 선도성모의 존재와 행위에 대한 신이성을 극대화 하고 있는 것으로 볼 수 있다. <혁거세신화>가 선도성모의 신이한 출산을 통해 혁거세와 알영 신화를 좀 더 복합적인 신이소가 결합된 것으로 만들었다면, <선도성모수희불사>는 주변의 신이한 행적을 통해 선도성모의 신이성을 부각시키고 있다는 차이점이 있다. 一然의 이러한 기록 태도는 한 두 가지 설화로 전시기를 대변하는 특징을 낳았으며, 김부식이 한 王代를 기술하면서 편년체 형식을 빌어 여러 시기의 다양한 사실을 전하고 있는 『삼국사기』의 기록 태도16)와 결정적으로 다른 점이다.

이러한 면은 예문 (A)~(D) 각각의 신이한 삽화가 이를 증명해 주고 있다. 위 예문에 나타난 바와 같이 역사적으로 제일 중요한 사건은 선도성모가 중국 제실의 딸이었으며 신라로 건너와 혁거세와 알영을 낳았다는 예문 (B)와 (D)의 내용이다. 만약 이것이 어느 정도 사실적인 일이라면, 기이편의 몇몇 건국왕의 일처럼 구체적인 전거를 밝히면 그만이지만, 실제로는 그러한 전거가 없이 몇 개의 신이소만 나열되어 전체적으로 선도성모의 신이성을 부각시키고 있는 것이다.

따라서 一然이 <선도성모수희불사>에서 다양한 신이소들을 나열한 것은 선도성모 신화의 내용을 풍성하게 하면서 아울러 전체적으로는 종교적 신이를 강하게 긍정하기 위한 것으로 볼 수 있다. 그렇기 때문에 앞서 논의한 바 있는 기이편의 혁거세와 알영 신화보나 더 다양한 신이소를 삽입하여 재구성한 것으로 보인다. 혁거세 신화에서는 이것이 어느 정도의 사실성을 가지는가의 여부와 상관없이 그것은 역사적 신이를 드러내는 것이기 때문에 선도성모의 정체를 본격화시키기 이려웠다고 편

---

16) 서영대, 「水路夫人 설화 다시 읽기」, 서영대·송화섭, 『용, 그 신화와 문화』, 민속원, 2002, 207면 참조.

단된다. 이와는 달리 감통편에 등장하는 선도성모는 그러한 역사적 신이에서는 비교적 자유로울 수 있기 때문에 일연은 여기에 보다 더 많은 지면을 할애하여 신이한 선도성모의 이야기를 전달하고 있다고 생각된다. 이런 점에서 일연이 사실 여부와 상관없이 선도성모를 신이한 사실로 받아들이는 것은 '인식적 사실'에 해당된다.

(2) 김부식의 선도성모에 대한 기록과 괴이

一然이 『三國遺事』에서 歷史的 神異와 宗敎的 神異를 중심으로 서술하였다면, 金富軾은 그와 전혀 다른 입장에서 『삼국사기』를 편찬했다. 이는 앞서 언급한 바와 같이 여러 시기의 다양한 사실을 전하는 『삼국사기』와 한 두 가지 설화로 특정 시기를 대변하는 『삼국유사』의 기록 방식의 차이[17)에 기인하는 것이기도 하다. 하지만 이 보다 더 중요한 것은 특정 사건을 대하는 一然과 金富軾의 기록정신의 차이다. 김부식의 이러한 기록정신을 다음의 구체적인 예를 통해서 확인해 보기로 한다.

> (A) 〈『삼국사기』 경순왕조에 나타난 혁거세 기록〉
> ① 신라의 박씨와 석씨는 모두 알에서 태어났으며, 김씨는 하늘로부터 금궤에 든 채로 내려왔다거나 혹은 금수레를 타고 왔다고 한다.
> ② 이는 怪異해서 믿을 수 없지만 세속에서 서로 전해와 사실처럼 되고 말았다.
>
> (B) 〈김부식이 왕보로부터 들은 선도성모 기록〉
> ① 김부식이 政和 연간에 이자량과 함께 송나라로 조공을 가다.
> ② 佑神館의 한 사당에서 선녀의 화상이 걸려 있는 것을 보다.

---

17) 서영대, 위의 글, 207면.

③ 송의 館伴學士 王黼가 "이것은 귀국의 신인데 공들께서 아시는지"
　　하고 묻다.
④ 왕보가 말하기를 "옛날 어느 제왕가의 딸이 남편 없이 임신해 사
　　람들의 의심을 받게 되자, 곧 바다를 건너 辰韓에 도착해 아들을
　　낳았는데, 이가 해동의 첫 임금이 되었으며, 그녀는 地仙이 되어 오
　　랫동안 仙桃山에서 살았는데 이것이 그녀의 화상입니다"라고 하다.

(C) 〈宋나라 使臣 王襄이 지은 "祭東神聖母文"에 대한 金富軾의 態度〉

① 김부식이 송나라 사신 왕양이 지은 〈祭東神聖母文〉에 "어진 이를
　　잉태하여 나라를 창건하시다"라는 구절이 있는 것을 보다.
② 여기 '동신성모'가 곧 선도산의 지선인 것은 알겠으나 그의 아들
　　이 어느 때에 왕노릇하였는지는 모르겠다고 하다.[18]

위 예문 (A)~(C)는 『삼국사기』 경순왕조에 나타나 있는 기록들을 내
용별로 재구성해 본 것이다. 이를 보면 김부식은 자신이 직접 눈으로 보
거나 들은 것, 또는 구체적인 典據가 없는 것에 대해서는 그 판단을 유
보하는 태도를 보이고 있다. 이러한 면은 『삼국사기』 신라본기 혁거세왕
조에서 선도성모 이야기를 전혀 언급하지 않은 것[19]이나 위 예문 (A)에
서 혁거세와 알영이 선도성모로부터 태어났다는 이야기를 하지 않는 것
을 통해 드러난다. 이는 그러한 기록에 대한 구체적인 전거가 없고 또
본인이 직접 듣고 보지 않았으며, 합리적인 이성으로도 납득이 가지 않
았기 때문이다. 이러한 그의 기록정신은 (A)-②에 제시된 바와 같이 '怪
異해서 믿을 수가 없다'는 태도로 귀결된다.

---

18) 金富軾, 『三國史記』, 卷第12, 新羅本紀 第12, 敬順王條 ; 이강래 역, 『삼국사기 I』, 한길
　　사, 1998, 300~301면 참조. 이 글에서 『삼국사기』 번역문은 본서를 참고로 하며, 이하
　　에서는 원문의 출처만 밝히기로 한다.
19) 金富軾, 『三國史記』, 卷第1, 新羅本紀 第1, 始祖赫居世 居西干條 참조.

김부식의 이러한 태도는 역사서술에 있어서 문헌의 증거를 중시하고
以實直書의 원칙을 준수하여 믿을 만한 것을 선택하고 신이하고 미신적
인 자료를 채택하지 않았던 것[20]과 깊은 관련이 있다. 그에게 있어서 선
도성모가 알을 통해 혁거세와 알영을 낳았다는 식의 신이한 이야기는
합리적으로 이해할 수 없는 怪異로 인식되었던 것이다.

그래서 그는 예문 (B)와 같이 왕보로부터 선도성모 이야기를 듣고서도
본기 시조혁거세거서간조에는 기록하지 않았다고 생각된다.[21] 대신 경
순왕조의 마지막 論 부분에서 자신이 왕보로부터 들은 이야기만을 기록
함으로써 그 객관적인 태도를 유지하려 하고 있다고 판단된다. 물론 이
러한 판단도 예문 (A)에서 혁거세왕 등이 알에서 태어났다는 이야기가
괴이하여 믿을 수 없다는 전제가 있기 때문에 김부식이 선도성모에 대
해서 가지고 있었던 기본적인 태도는 괴이에 가깝다고 할 수 있다. 그리
고 예문 (C)에 나타난 바와 같이 동신성모가 선도산의 지선인 것은 알겠
지만 그 아들이 어느 때에 왕 노릇을 하였는지는 모르겠다고 함으로써
왕양의 祭文에 대해서도 의혹을 드러낸다. 이 역시 선도성모에 대한 인
식을 괴이로 여겼기 때문이라고 생각된다.

---

20) 조이옥, 「삼국사기에 나타난 김부식의 국가의식」, 『동양고전연구』 제11집, 동양고전학
   회, 1998, 224면.
21) 필자는 김부식의 『三國史記』에 나타난 기록을 그대로 인용하였으나, 여기에는 약간의 문
   제가 있다. 그것은 우신관의 여선과 선도산의 지선, 그리고 왕양이 지은 '제동신성모문'
   의 동신성모가 동일 인물이냐는 것이다. 김부식의 기록에 따르면 '우신관의 여선=선도
   산 지선=동신성모=해동의 첫 임금 출산'이 성립된다. 서긍의 『고려도경』에 나오는 내
   용을 토대로 본다면 이 동신성모는 유화일 가능성이 크다. 아마도 김부식은 이 유화를
   선도성모로 잘못 인식한 것 같다. 이러한 김부식의 인식에 문제가 있음은 서거정의 『筆
   苑雜記』나 안정복의 『東史綱目』에서 언급되고 있다는 것을 천혜숙이 밝힌 바가 있다(천
   혜숙, 「선도성모 담론의 신화학적 조명」, 『구비문학연구』 제26집, 한국구비문학회, 2008,
   10~12면, 24면 참조). 이 부분에 대해서는 앞으로 논의될 서긍의 『동신성모』 기록에서
   재론하기로 한다.

이러한 특징은 김부식의 『삼국사기』가 사건을 연대기적으로 서술하고 있기 때문에 인물에 관한 정보가 없이 그가 보여준 행적만을 간략하게 서술[22]하였던 것과도 관련이 있을 것이다. 이것은 一然이 『삼국유사』기이 서문에서 밝힌 역대 중국의 제왕들에 대한 신이를 전거로 제시하면서 궁극적으로 우리 삼국의 시조가 신이한 출생을 하였다는 정치적 신이와는 큰 차이가 있다. 뿐만 아니라 같은 유학자였던 이규보가 동명왕 신화에 대하여 가졌던 생각과도 거리가 있다.

이규보는 동명왕편 병서에서 동명왕의 신이한 일은 어리석고 몽매한 사람들도 잘 알고 있는 이야기라고 하고, 이어 공자는 怪力亂神을 말하지 않았으며, 동명왕의 이야기는 황당하고 기괴하여 이야기할 것이 못된다고 하였다. 그리고 동명왕의 신이한 사적은 『위서』, 『통전』, 『구삼국사』 등에 기록되어 있는데, 이규보는 이러한 내용이 모두 鬼와 幻이라고 하여 부정했다. 그러다가 『구삼국사』를 세 번 읽고 그 근원에 들어가 보니 幻이 아니고 聖이며, 鬼가 아니고 神이었다[23]고 하면서 태도의 변화를 드러내고 있다. 김부식과 이규보의 이러한 기록 정신의 차이는 유학자들이 신화를 대하는데 있어서 그 기준이 달랐음을 의미한다. 신화를 신이로 인식했을 때는 긍정적인 평가를, 괴이로 인식했을 때에는 부정적인 평가[24]를 하기도 했던 것이다.

이를 통해서 볼 때, 같은 유학자였으면서도 김부식과 이규보가 신화나

---

22) 丁天求, 「삼국유사 글쓰기 방식의 특성 연구」, 서울대학교 대학원 석사학위논문, 1995, 85면.

23) 이규보, 『東國李相國集』 第3卷 古律詩 東明王篇 幷序 ; 이 글에 사용된 번역문은 민족문화추진회 편, 『東國李相國集 I』, 민족문화추진회, 1981, 127~128면을 참조하였음을 밝혀 둔다.

24) 朴大福, 「超越性의 二元的 認識과 天觀念─李奎報와 一然을 中心으로」, 『語文學』 제75집, 한국어문학회, 2002, 174면 참조.

신이한 기록에 대해서 가졌던 인식의 차이를 엿볼 수 있다. 하지만 여기서 간과하지 말아야 할 것은 김부식이 혁거세나 탈해, 김알지 등이 알에서 태어났다는 것에 대해서는 괴이하다고 하고, 선도성모가 혁거세와 알영을 낳았다는 것에 대해서도 잘 알 수 없다고 하여 부정적인 입장을 취했다고 하여 이 둘에 대해서 동등한 태도를 보이고 있는 것은 아니라는 것이다. 굳이 경중을 가린다면 혁거세왕보다는 선도성모 기록에 대해서 더 부정적이었다고 할 수 있다. 그는 선도성모와 같은 종교적 신이에 대해서는 분명 괴이하게 여기고 믿지 않아서 기록하지 않았지만, 역사적, 정치적 신이에 있어서는 괴이하게 여기면서도 세속에서 전해와 사실처럼 되었다는 입장을 취하면서 그 입장을 달리하고 있는 것이다. 이런 점에서 김부식이 선도성모에 대해서 가지는 怪異는 '인식적 객관'과 밀접한 관련을 가지고 있다.

(3) 서긍의 『고려도경』 동신성모 기록에 나타난 신이

앞서 논의한 일연의 『삼국유사』나 김부식의 『삼국사기』는 선도성모에 대한 사실이나 진실여부를 떠나 그에 대한 인식이 神異나 怪異로 나타난 경우에 해당된다. 이와 달리 중국 측 사료인 徐兢의 『高麗圖經』은 그 대상이 동신성모 내지는 유화라고 할 수 있다. 이러한 애매성은 『고려도경』이 대상에 대한 두 가지 정보를 동시에 전달하고 있기 때문이다. 뿐만 아니라 신모에 대한 서긍의 인식을 일연이나 김부식의 경우와 같이 일방적으로 신이나 괴이의 입장에서 설명하기가 좀 곤란한 면도 있다. 일연이나 김부식의 경우에는 자국 내에서 儒家와 佛家라는 분명한 입장 차이가 있지만, 서긍은 이와는 그 입장이 좀 다르기 때문이다.[25] 따라서 『고려도경』을 통해서는 국외의 입장에서 파악되는 신모에 대한 서긍의 신이적 태도를 살펴보고자 한다.

    (A) 〈동신사 성모〉

     ① 東神祠는 宣人門 안에 있는데, 정전에 ‘東神聖母之堂’이라는 방문
이 붙어 있다.

     ② 神像은 장막으로 가려 사람들이 神像을 보지 못하게 만들었는데,
이는 나무를 깎아 여인상을 만들었기 때문이다.

    (B) 〈夫餘의 처 河神의 딸〉

     ③ 어떤 사람은 그것이 夫餘의 처인 河神의 딸이라고 하는데, 그녀가
고구려의 시조가 된 朱蒙을 낳았기 때문에 제사를 모시게 되었다.

     ④ 오래 전부터 사신이 오면 관원을 보내 奠祭를 마련하는데, 그 제물
과 술을 올리는 예식이 숭산신에 대한 것과 같다.[26]

위 예문은 서긍의 『고려도경』 ‘사우’조 동신사에 대한 기록이다. 원문
에는 (A)와 (B)가 연속되어 있다. 그런데 이 기록을 내용상으로 분류하면
동신사의 여인상에 대한 두 가지 정보가 제공되고 있어서 편의상 (A)와
(B)로 나눈 것이다. 이 예문을 본다면 동신사 신성의 여인상은 동신성모
내지는 河神의 딸 유화로 볼 수도 있다.

심부식이 농신성모가 선도산의 지선인 것은 알겠다고 한 『삼국사기』

---

25) 서긍의 『고려도경』은 그가 송의 사신 일행으로 고려에 와서 그 체류 기간 동안에 보고
들은 고려의 역사, 정치, 경제, 문호, 종교 등에 대해서 기록한 것이다. 즉 이 책은 견문
보고서로서의 성격이 강하기 때문에 그 속에 담긴 작가의 의도를 神異라고 단정하기는
어렵다. 그래서 기록의 표면에 나타난 語氣를 가지고 ᄀ의 神母에 대한 인식을 추리해
보기로 한다.

26) 徐兢 著, 『高麗圖經』 권17, 「祠宇」, ‘東神祠’ ; 조동원, 김대식, 이경록, 이상국, 홍기표 공
역, 『고려도경』, 황소자리, 2005, 233~234면. 이 글에서 사용된 『高麗圖經』 번역문은
이를 참고로 하였음을 밝혀둔다.

경순왕조의 기록을 통해서 본다면 동신성모를 선도성모로 볼 수도 있다. 하지만 이 부분은 앞서 밝힌 바와 같이 김부식이 동신성모 내지는 유화를 선도성모로 잘못 인식하고 있는 것으로 보아야 할 것이다. 그리고 『고려도경』에 등장하는 동신성모가 선도성모가 아닌 동신성모, 즉 유화일 가능성이 크다는 점은 『고려도경』 권1 '건국'조와 권2 '세차'조의 기록에서 얼마간의 단서를 찾을 수 있는데, 거기에는 분명 고려가 고구려를 계승한 것으로 보고 있다.27) 따라서 동신사에서 제사를 드리고 그 절차와 형식이 아주 특별했다는 점으로 미루어 볼 때 동신성모와 유화는 둘이 아닌 하나이며 선도성모가 아닌 것이 분명하다.

그런데 여기서 중요한 것은, 김부식이 동신성모를 선도성모로 오인했다는 것을 통해 고려와 중국에서 神母 신앙이 존재했다는 사실을 알 수 있다는 점이다. 일연의 『삼국유사』나 김부식의 『삼국사기』에 선도성모에 대한 기록이 있고, 또 김부식이 송나라 우신관에서 여선의 상을 보고 『삼국사기』에 기록하는가 하면, 중국의 사신 왕보가 고려에 왔을 때 동신성모를 제사했다28)는 것이 이를 증명한다. 다만 그러한 신모에 대한 인식이 각각 다를 뿐이다. 김부식은 선도성모와 같은 신모를 괴이하게 여기고 믿지 않았을 뿐만 아니라 동신성모를 선도성모로 잘못 인식하고 있기도 하다. 이에 비해 서긍이나 왕보는 신모에 대하여 어느 정도 신이하게 받아들이고 있는 것으로 판단된다.

이러한 판단에 근거하여 동신사 神像의 주체가 누구이든 간에 이 기록에 나타난 서긍의 인식은 신이에 가까우며, 이것은 김부식이 송나라

---

27) 徐兢, 『高麗圖經』 권1 「建國」 및 권2 「世次」 참조.
28) 천혜숙, 「한국신화의 성모 상징」, 『인문과학연구』 1집, 안동대학교 인문과학연구소, 1999, 254면 참고.

사신으로 갔을 때 우신관에 있던 女仙의 像을 대했을 때의 태도와는 조금 다르다고 생각된다. 그보다는 송나라 사신 왕양이 '祭東神聖母文'이라는 제문을 지어 특별한 관심을 보인 것과 동궤에서 파악될 수 있다. 이러한 생각은 서긍이 신상이나 예식에 대해서 괴이하게 여기거나 어떤 부정적인 언사도 하지 않고 있다[29]는 점을 통해서 알 수 있다. 따라서 동신사의 기록에 나타난 신모에 대한 서긍의 태도도 神異라는 관점에서 이해될 수 있다.

2) '인식적 사실'과 '인식적 객관'[30]로서의 신모

앞서 논의한 일연의 『삼국유사』나 김부식의 『삼국사기』, 그리고 서긍의 『고려도경』에 나타난 기록은 그것이 '사실적'이라거나 '객관적'이라는 그 자체보다 편찬자의 기록 정신이 중요하다고 생각된다. 기록자가 그 대상을 바라보는 태도에 따라 그 대상은 긍정적으로 기록될 수도 있고 부정적으로 서술될 수도 있기 때문이다. 이것은 사건 자체보다 作者의 기록 정신이 더 우선됨을 의미한다.

이러한 사실은 선도성모의 기록이 『삼국유사』에서는 비교적 상세하게 직접적으로 그리면서 그 자체를 매우 神異하게 수용되었던 것에 비해,

---

29) 徐兢의 『고려도경』을 검토해 보면 전체적으로 고려에 대한 풍속이나 인식이 부정적이거나 폄하하는 언사가 빈번하게 발견된다. 그런데 東神祠의 神像에 관해서는 그러한 언사가 전혀 없는 것으로 보아 이 神像의 주체를 宋나라 우신관에 있던 女仙과 동일 인물로 보고 神異하게 받아들인 것이 아닌가 추측된다.

30) 이 글에서 필자가 임의로 상정하여 사용하고 있는 '認識的 事實'과 '認識的 客觀'에 대한 개념은 서두에서 각주로 제시한 것을 참고하기 바란다. 개념 설정에 다소 문제가 있을 수 있으나 이는 확정된 개념이 아니라 필자의 생각이 좀 더 구체화되면서 변모될 수 있다는 가능성을 열어 두고자 한다.

『삼국사기』에서는 제외되거나 다른 사람의 말을 전하는 형식의 간접적인 방법으로 형상화되면서 그 자체는 怪異하게 받아들여지고 있는 것을 통해서 확인할 수 있다. 그리고 서긍의『고려도경』에서는 동신성모에 대한 기록 자체가 중요시 되면서 동시에 그 자체를 비교적 神異한 것으로 인식하고 있는 것도 이러한 기록 정신의 일례로 볼 수 있다.

이를 통해서 우리가 알 수 있는 것은 一然이 선도성모에 대한 사건을 '인식적 사실'로 기록하고 있다는 것이다. 一然의 이러한 태도는 선도성모 이야기가 허구가 아니라 그의 신앙심에 의해 사실로 받아들여지고 있음을 의미한다. 특히 감통편의 <선도성모수희불사> 이야기가 이러한 성격이 훨씬 더 강한데, 조현설의 표현을 빌리자면 무속의 산신이 佛事에 기쁘게 참여할 정도로 불교가 신통하다[31)는 것을 드러낸 그 기저에는 이러한 기록정신이 내재되어 있다고 할 수 있다.

이에 비해 金富軾은 선도성모에 대한 기록을 함에 있어서 비교적 객관적 태도를 견지하고 있다. 그의 이러한 태도는 선도성모 신화에 대하여 그녀와 보다 직접적으로 관련이 있는 시조 혁거세 거서간조에서는 제외시키고, 경순왕조 論 부분에서 중국 관리들로부터 들은 이야기를 간접적으로 옮기는 것에서 확인된다. 자신이 알고 있는 지식이나 인식의 범위 내에서는 스스로 선도성모 이야기를 구체적으로 하지 않으면서, 다른 사람으로부터 들은 선도성모 이야기는 대수롭지 않게 이야기하는 형식을 취함으로써 神母에 대한 기록도 하고 자신의 신념도 지키는 방법을 취한 것이다. 金富軾의 이러한 기록 정신은 '인식적 객관'이라 할 수 있다. 그에 의하면 선도성모 이야기는 사실일 수도 있고 아닐 수도 있지

---

31) 조현설, 『우리 신화의 수수께끼』, 한겨레출판, 2006, 179면.

만, 자신은 그것을 怪異라고 받아들이면서 주변으로부터 들은 이야기를 간접적으로 전달함으로써 객관성을 유지하려고 한 것이다.

一然과 金富軾의 이러한 기록 정신은 『삼국유사』와 『삼국사기』에 나타난 미추왕과 죽엽군에 대한 기록을 통해서 다시 한 번 확인할 수 있다.

(A) 〈『삼국유사』 미추왕과 죽엽군1〉

① 제14대 儒禮王 때에 伊西國의 사람들이 공격을 하여 왔다.

② 신라에서는 군병을 동원하여 제지하려 했으나 장기간 대적할 수는 없었다.

③ 그 때 이상한 군사가 나타나 도와주었는데 모두 대잎을 귀에 꽂고 있었으며, 신라의 병사와 힘을 합해서 적을 멸하였다.

④ 적의 잔병이 물러간 후에 그 이상한 병사는 어디로 갔는지 알 수가 없었다.

⑤ 다만 대나무 잎이 미추왕의 능 앞에 쌓여 있는 것을 보고 그제야 선왕이 陰으로 도와주었음을 알고 이로부터 이 능을 竹現陵이라고 하였다.

(A)-1 〈『삼국유사』 미추왕과 죽엽군2〉

⑥ 제37대 惠恭王 때인 大歷 14년 기미(779년) 4월에 갑자기 회오리 바람이 김유신 공의 무덤에서 일어났다.

⑦ 그 속에 한 사람은 준마를 타고 있었는데 그 모습이 장군과 같았으며, 갑주를 입고 무기를 든 40여 명의 군사가 그 뒤를 따라서 竹現陵으로 들어갔다.

⑧ 잠시 후에 능 속에서 통곡하는 소리가 들렸는데, 그 호소하는 말에 "신은 평생에 난국을 구제하고 삼국을 통일한 공이 있었습니다. 나라를 鎭護하여 재앙을 없애고 환란을 구제하는 마음은 잠시도 변함이 없습니다. 지난 경술년에 신의 자손이 아무런 죄도 없이 죽음을 당하였으니 다른 곳으로 멀리 가서 다시는 나라를 위하

여 힘쓰지 않으렵니다. 왕께서 허락하여 주십시오"했다.

⑨ 왕(미추왕)이 이를 달래고 김유신이 세 번을 더 청하였으나 왕은 세 번 다 허락하지 않으니 회오리바람은 이내 돌아갔다.

⑩ 왕(혜공왕)이 이 소식을 듣고 두려워하여 대신 金敬臣을 보내어 김공의 능에 가서 사죄를 하고 功德寶田 30결을 취선사에 보내어 명복을 빌게 하였다.

⑪ 미추왕의 혼령이 아니었더라면 김유신공의 노여움을 막지 못했을 것이다.32)

(B) 〈『삼국사기』 儒禮尼師今條 미추왕 기록〉

① 유례 이사금 14년(297년) 봄에 伊西古國이 와서 금성을 공격하였다.
② 우리(신라)가 크게 군사를 일으켜 방어했으나 물리치지 못하였다.
③ 이 때 문득 이상한 군사들이 나타났는데, 그 수를 이루 다 헤아릴 수가 없었다.
④ 그 군사들은 모두 대나무 잎을 귀에 꽂았는데, 우리 군사와 함께 적군을 쳐서 깨뜨린 다음 온데간데없이 사라졌다.
⑤ 사람들 가운데는 대나무 잎 수만 장이 竹長陵에 쌓여 있는 것을 본 이들이 있었는데, 이 때문에 나라 사람들은 '선왕(味鄒王)께서 陰兵으로 싸움을 도우신 것이다'라고 생각했다.33)

위 예문 (A)와 (A)-1은 『삼국유사』에 나타난 味鄒王과 竹葉軍에 대한 내용이고, (B)는 『삼국사기』에 나타난 기록이다. (A)와 (B)는 외형상으로 보았을 때에는 큰 차이가 발견되지 않는다. (A)의 ①~⑤와 (B)의 ①~⑤는 거의 같은 내용을 다루고 있다. 이로 미루어 보아 이 내용은 당대에 어느 정도 수용되었던 듯하다.

---

32) 一然,『三國遺事』, 卷第1, 紀異第1, 味鄒王竹葉軍條.
33) 金富軾,『三國史記』 卷第2 新羅本紀第2 儒禮尼師今 14年條.

그런데 일부 내용에서 미묘한 표현의 차이가 발견되는데, 이 미세한 차이가 전체적으로는 상당히 다르게 독해 될 수 있는 여지를 제공하고 있다. 이를테면 (A)의 ⑤에서는 대나무 잎이 味鄒王의 陵 앞에 쌓여 있는 것을 보고 선왕이 陰으로 도왔음을 알았다고 하고 그 능의 이름을 竹現陵이라고 한 것으로 되어 있다. 이에 비해 (B)의 ⑤에서는 사람들 가운데 대나무 잎 수만 장이 竹長陵에 쌓여 있는 것을 본 사람들이 있었고, 이 때문에 나라 사람들은 선왕이 陰兵으로 싸움을 도운 것이라고 생각하였다고 했다.

얼핏 보아서는 (A)가 구체적이고 사실적인 것 같지만 실은 그 반대이다. (A)에서는 구체적인 증거나 확인도 없이 신라병을 도운 죽엽군이 미추왕에 의한 것이라고 ‘사실’로 받아들이고 있다. 그러나 (B)에서는 竹長陵 앞에 대나무 잎이 수만 장 쌓여 있는 것을 본 사람들이 있다고 하고, 이 때문에 사람들은 선왕이 陰兵으로 싸움을 도운 것이라 생각하고 있다고 하여 어느 정도 ‘객관성’을 유지하고 있다.

(A)를 기록한 一然은 그것이 허구일 수도 있고 사실일 수도 있지만 신라병을 도운 죽엽군이 미추왕에 의한 것으로 믿고 있다. 즉 미추왕과 죽엽군에 대한 사건을 ‘認識的 事實’로 받아들이고 있는 것이다. 이와는 달리 (B)를 기록한 金富軾은 죽엽군과 미추왕의 관계를 직접적으로 거론하지 않으면서 대나무 잎 수만 장이 竹長陵 앞에 떨어져 있는 것을 본 사람들이 있다고 하고, 사람들이 이를 선왕의 음덕이라고 생각한다는 말을 통해 그것이 사실일 수도 있고 아닐 수도 있다는 입장을 취하고 있다. 즉 미추왕과 죽엽군에 대한 사건을 ‘認識的 客觀’으로 받아들이고 있는 것이다.

이러한 면은 미추왕과 죽엽군에 대한 그 이후의 기록에서 보다 분명하게 드러난다. 『삼국사기』에서는 (B)의 내용 다음에 별다른 기록이 없다. 그러나 『삼국유사』에서는 (A)의 내용 다음에 (A)-1을 이어 기술하면서 그러한 미추왕이 계속해서 신라를 陰助하고 있다는 根源的인 믿음을 드러내고 있다. 이것은 김유신의 후손 김융이 억울하게 죽임을 당하자 김유신의 혼령이 노하였으며, 그의 혼령이 떠나면 신라가 위태로울 수도 있었는데, 그 노여움을 미추왕의 혼령이 달래었다고 믿고 있다. 一然의 이와 같은 기록정신에는 당대 신라의 현실이나 사건보다는 신라가 유지되는 보다 근원적인 힘이나 세계관에 대한 인식이 내재해 있다고 생각된다. 예문 (A)-1의 내용이 『삼국사기』의 미추왕조나 혜공왕조 등에서 전혀 발견되지 않는다는 점이 이를 반증하고 있다. 뿐만 아니라 一然의 '인식적 사실'에 의한 기록과 金富軾의 '인식적 객관'에 입각한 기록 정신은 『삼국유사』와 『삼국사기』 곳곳에서 쉽게 확인할 수 있다[34]는 점이 이를 뒷받침한다고 하겠다.

3) 자집단 중심의 인식과 기록

앞서 논의한 一然의 '인식적 사실'과 金富軾의 '인식적 객관'에 의한 기록은 넓은 의미에서 自集團 중심의 인식이며 기록이라고 할 수 있다. 사람마다 정도의 차이는 있겠지만 이들의 이러한 기록 태도는 그들이 속한 집단의 이해관계와 밀접한 관련이 있다. 그래서 같은 인물이나 사건에 대해서 自集團에 유리한 방향으로 삭제하거나 첨가하여 내용이 재

---

34) 一然의 '인식적 사실'에 의한 기록과 金富軾의 '인식적 객관'에 입각한 기록은 『삼국유사』와 『삼국사기』 곳곳에서 쉽게 확인할 수 있다. 김유신이나 신문왕의 만파식적의 경우에도 이러한 기록정신의 차이를 발견할 수 있으며, 경덕왕과 혜공왕의 기록에서도 이러한 양상을 찾아볼 수 있다.

구성되었다고 생각된다. 神母에 대한 이러한 특징적인 기록 태도는 천혜
숙이 선도성모를 신화학적으로 조명한 연구35)에서 선도성모 담론이 어
떠한 양상을 띠면서 변모되어 가는지를 구체적으로 밝히고 있는 것을
통해서 어느 정도 확인되고 있다.

하지만 선도성모에 대한 인상이 시대의 흐름에 따라 변모되고 있다는
것은 그 시기를 굳이 조선시대까지 범위를 넓히지 않더라도 확인할 수
있는 문제이다. 이것은 앞서 논의한 바와 같이 선도성모에 대한 神異와
怪異에 대한 인식에서 그 단서를 찾을 수 있다. 一然은 기이편의 혁거세
왕조보다 감통편의 <선도성모수희불사>에서 선도성모에 대한 기록을
본격적으로 하고 있는데, 그 전체적인 특징은 선도성모가 불사에 관심이
많았다는 불교적 神異와 여러 가지 신이한 영험을 드러내었으며 신라의
국조를 출산했다는 내용이다. 박상란의 표현을 빌리자면 一然의 이러한
기록은 신선이자 국조의 어머니로서 영험이 많은 선도산 성모가 불사에
도 호의적이었음을 말하고자36) 한 것으로 해석될 수 있다. 一然은 자신
의 이러한 생각을 뒷받침하기 위해 이념적으로 대척적인 관계에 있다고
할 수 있는 유교주의자 金富軾의 기록을 인용하고 있다. 이 인용문에서 중
요한 단서를 하나 찾을 수 있다. 그 기록을 삼시 살펴보면 다음과 같다.

(A) 〈一然이 인용한 金富軾의 『삼국사기』 기록1〉

① 國史에 보면 사신이 말하기를, 김부식이 송나라에 사신으로 가서
　 佑神館에 나갔더니, 한 堂에 女仙의 상이 모셔져 있었다.

② 館伴學士 王黼가 말하기를, "이것은 貴國의 신인데 공은 알고 있습
　 니까?" 했다. 이어서 말하기를 "옛날에 어떤 중국 帝室의 딸이 바다

---

35) 천혜숙, 「선도성모 담론의 신화학적 조명」, 『구비문학연구』 제26집, 2008, 185~212면.
36) 박상란, 앞의 논문, 24면.

> 를 건너 辰韓으로 가서 아들을 낳았더니 그가 海東의 시조가 되었
> 고, 또 그 여인은 地仙이 되어 길이 선도산에 있습니다. 이것은 그
> 여인의 상입니다"라고 하다.

(B) 〈一然이 引用한 金富軾의 『三國史記』記錄2〉

① 송나라 사신 王襄은 우리 조정에 와서 東神聖母를 제사지낼 때 그
제문에 "어진 사람을 낳아 비로소 나라를 세웠다"는 글귀가 있었
다.[37]

위 인용문은 『삼국유사』 감통편의 〈仙桃聖母隨喜佛事〉에서 一然이
자신의 논지를 강화하기 위해 金富軾의 기록을 인용한 내용이다. 이 부
분은 선도성모가 辰韓에 와서 聖子를 낳아 동국의 처음 임금이 되었으
며 아마 혁거세와 알영 두 성군을 낳았을 것이라고 말하는 부분 다음에
있는 내용이다. 얼핏 보아서는 앞서 논의한 바 있는 '2) 김부식의 선도성
모에 대한 기록과 괴이' 조항의 예문 (B)와 (C)의 내용과 흡사해 보인다.
하지만 위의 예문 '(A)②'에는 앞서 제시한 바 있는 金富軾의 '2.1.2. (B)
④'의 "옛날 어느 제왕가의 딸이 남편 없이 임신해 사람들의 의심을 받
게 되었다"는 내용은 빼버렸다. 그리고 위 예문 '(B)①'다음에는 앞서 제
시한 김부식의 '2.1.2. (C)②'의 "동신성모가 선도산의 지선인 것은 알겠
으나 그의 아들이 어느 때에 왕노릇하였는지는 모르겠다"고 한 부분이
전혀 기록되지 않았다.[38] 一然은 선도성모에 대한 자신의 '인식적 사실'
로서의 사유를 드러내면서 이를 뒷받침하는 자료로 儒者인 金富軾의 기
록을 인용하였으며 그 과정에서 自集團에 불리한 내용은 삭제하였다.

---

37) 一然, 『三國遺事』, 卷第5, 感通第7, '仙桃聖母 隨喜佛事'條.
38) 천혜숙도 一然의 이러한 기록 태도에 대해서 지적한 바가 있다. 천혜숙, 위의 논문, 190
면 참조.

이러한 자집단 중심의 기록은 金富軾에게서도 발견된다. 차이가 있다면 一然은 먼저 기록된 『삼국사기』의 기록 중에서 자신이 필요한 부분만 골라서 인용했다면, 金富軾은 애초에 자신이 『삼국사기』를 편찬하면서 儒家的 사유에 맞지 않는다고 생각되는 요소들을 과감하게 축소하거나 생략했다고 생각된다. 『삼국사기』가 정통 역사서라는 점에서 『삼국유사』와는 어느 정도 그 성격을 달리할 수밖에 없지만, 혁거세와 알영 신화의 신이소들이 대폭 축소된 것은 그의 개인적이고도 자집단 중심의 가치관이 반영되었다고 본다. 또 경순왕조의 論 부분에서 혁거세와 김알지가 天降卵에 의해 출생하였다는 것을 괴이하게 여기고, 선도성모의 정체를 애써 부정하는 그의 태도도 이와 같은 성격이라고 판단된다.

이와 같이 자집단의 이념이나 이해득실에 따라 변화하는 선도성모의 성격 변모는 대상 주체가 기록 주체에 의해 얼마든지 재가공 될 수 있음을 시사한다. 그래서 특정 대상은 기록자에 의해 새로운 내용으로 생성되기도 하고 기존의 내용에서 첨삭되거나 확대되기도 하면서 변모하게 된다. 그 과정에서 동일 집단의 다른 기록자에 의해 그러한 내용에 대한 믿음이 강화되기도 하고 다 집단의 기록자에 의해 歪曲되거나 부정될 수도 있다.

자집단 중심의 이 같은 기록 정신은 김부식이 경순왕조의 論 부분에서 소개하고 있는 神母에 대한 중국측의 기록이나 徐兢의 『고려도경』에도 나타난다. 金富軾과 대화하고 있는 송나라 王黼의 말에 나타난 語氣를 분석하여 정리해 보면 다음과 같이 할 수 있다.

① 송나라 우신관에 있는 선녀의 화상은 고려의 신인데 당신은 알고 있느냐?

② 그 여선은 중국 어느 제왕가의 딸인데, 남편없이 임신해 사람들의
의심을 받게 되자 바다를 건너 辰韓으로 가서 아들을 낳았다.
③ 그가 해동의 첫 임금이 되었으며, 그녀는 地仙이 되어 오랫동안 仙
桃山에서 살았다.

王黼의 이러한 말에는 해동의 첫 임금이 중국에서 건너간 어느 제왕
가의 딸이라는 것에 대한 우월감이 나타나 있다. 그래서 그는 김부식에
게 당당한 어조로 이야기하고 있다. 다만 중국 어느 제왕가의 딸인지는
밝히지 않음으로써 구체적으로 확인할 수는 없게 했다.

이러한 애매성은 徐兢의 『고려도경』東神祠에 대한 기록에서도 발견
된다. 물론 王黼가 말하는 우신관의 女仙과 徐兢의 東神祠에 등장하는
神母가 일치하는지의 여부는 알 수 없다. 다만 정황상으로 볼 때 송나라
에 있던 여선상이 고려에도 있었고, 그 사당에 송나라 사신이 가서 제를
올리는 것으로 보아서 어느 정도의 유사성은 인정된다. 그렇다면 서긍의
『고려도경』도 중국 사신의 고려 풍물에 대한 견문을 넘서서는 자집단
중심의 인식이 내재해 있는 것으로 볼 수 있다. 실제로 서긍은 다른 부
분에 비해 이 동신성모에 대한 기록에서는 어떤 폄하성 발언도 하지 않
는다. 이런 점에서 그의 이 저서도 自集團 중심의 기록 정신이 반영되어
있다고 하겠다.

3. 중세 동아시아의 기록정신과 민족의식

김부식이나 서긍이 살았던 12세기는 대내·외적으로 그 정세가 매우
복잡하였다. 이 시기는 高麗와 宋, 遼, 金의 국제적인 역학 관계에 큰 변

화가 일어나던 때이다. 특히 여진이 1115년에 金을 건국한 이후, 遼가 金에 의해 멸망(1125년)하고 북송 또한 金에 의해 멸망(1126년)하기까지 高麗와 이들과의 관계는 매우 복잡하게 진행된다. 이로 인해 대외적인 관계에서 민족의 자존이 어느 때보다 필요한 시기였다. 그리고 이들보다 후대의 인물인 一然이 활동하던 13세기는 金나라를 멸망(1234년)시킨 몽고에 의해 고려가 간섭을 받고 있었기 때문에 민족적 자존과 함께 대내적인 결속의 구심점이 필요로 하였다고 본다.[39]

따라서 『삼국사기』(고려 인종 23년, 1145년), 『삼국유사』(충렬왕 7년, 1281년), 『고려도경』(1124년)은 모두 이러한 시대적 상황에서 집필된 것이기 때문에 그러한 대내·외적인 상황이 어느 정도 반영되어 있다고 본다. 이를 金富軾은 유학적 입장에서 『삼국사기』를 저술하여 민족의 자존감을 드러내었다고 추측된다. 또 一然은 신이를 바탕으로 한 민족의식을 반영하여 『삼국유사』를 찬술하였고, 徐兢은 宋나라가 高麗에 대한 지원과 협조를 바라는 처지에 있으면서도 민족의식을 담은 『고려도경』을 찬술하였다고 생각된다. 또 『삼국사기』에 등장하는 송나라쪽 관리들은 힘으로는 중국을 완전히 장악하지 못했지만 해동의 첫 임금이 중국 세실의 딸이라는 논리를 폄으로써 나름대로의 체면을 차리고 있는 것으로 보인다.

특히 『삼국사기』에 담긴 김부식의 민족의식은 그가 인종에게 올린 <進三國史記表>를 통해 얼마간 찾아볼 수 있다. 이를 확인해 보면 다음과 같다.

---

39) 12, 13세기의 국제정세와 대외 관계에 대해서는 이기백의 다음 저서를 참고하여 작성하였음을 밝힌다. 李基白, 『韓國史新論－新修版』, 一潮閣, 1997, 175∼180면.

(전략) 우리 海東의 삼국은 나라를 세워 지나온 자취가 장구하와, 마땅히 그 사실들이 서책에 드러나 있어야 할 것입니다. …(필자 생략)… 성상께서는 堯임금의 文思를 타고나시고 禹임금의 근검을 본받으사 새벽에 일어나 밤늦게까지 정사를 돌보시는 사이에도 널리 옛일을 섭렵하시어 신에게 이르셨나이다. "오늘날 학사들과 대부들이 五經이나 諸子의 서책과 진·한시대 이래의 역대 중국 사서에는 간혹 넓게 통달해 자세히 말하는 이가 있지만, 우리나라의 일에 이르러서는 갑자기 망연해져서 그 시말을 알지 못하니 매우 한탄할 일이다. 하물며 저 신라와 고구려와 백제는 나라를 열고 솥의 세 발처럼 서서 예로써 중국과 교통할 수 있었기 때문에, 范曄의 『漢書』와 宋祁의 『唐書』에는 모두 삼국의 열전이 실려 있는 것이다. 그러나 그 경우 중국의 일은 자세히 하고 외국의 일은 간략히 하여, 삼국의 사실이 다 갖추어 실리지 못하였다. 또한 『古記』는 문자가 거칠고 졸렬하며 史蹟이 빠지고 없어져서, 임금의 善惡과 신하의 忠邪와 나라의 安危와 인민의 治亂을 다 드러내어 勸戒로 드리우지 못한다. 이제 마땅히 박식하고 뛰어난 재사를 얻어 一家의 歷史를 이루어 만세에 전해 해와 별처럼 밝게 할 일이다."40)

위 인용문의 서두에는 김부식의 민족의식이 강하게 드러나 있다. 또 이후에 서술되고 있는 내용들 또한 인종의 말인 것처럼 되어 있지만 실상은 인종의 말을 빌려서 김부식 자신의 생각을 드러낸 것이라고 볼 수 있다. 이 내용을 통해서 볼 때 김부식은 유가적이면서 자집단적인 차원에서 『삼국사기』를 저술하였음을 알 수 있다. 그리고 이러한 면은 일연의 경우에도 유사하게 발견된다. 다만 일연의 경우에는 불교와 신이를 바탕으로 한 민족의식을 드러내었다는 차이점이 있다. 이것은 『삼국유사』 기이 제1에 잘 나타나 있다.41) 또 서긍의 『고려도경』에도 宋나라 혹은

---

40) 서거정, 양성지 外 篇, 『東文選』第44卷, 表箋. 進三國史記表. 번역은 이강래 역, 『삼국사기 I』, 한길사, 1998, 59~61면을 참고로 하였음을 밝혀 둔다.

중화 중심의 민족의식이 곳곳에서 발견된다. 이를 몇 가지만 소개하면
다음과 같다.

> ① 高麗는 箕子가 들어오면서부터 德을 베풀어 諸侯에 책봉되었는데,
> 후세에는 점점 쇠퇴해졌다.[42]
>
> ② 四夷의 군장들은 山谷에 의지하다가 水草로 나아가는 경우가 많으
> 며 수시로 옮겨 다니는 것을 편리하며 적절하다고 여긴다. 따라서
> 애초부터 國邑 제도가 있다는 것을 알지 못했다. …(필자 생략)…
> 하지만 高麗의 경우는 그렇지 않아서 宗廟社稷을 세우고 邑州에는
> 집과 거리를 만들었으며 높은 성첩으로 주위를 둘러 中華를 본받
> 았다.(卷3, 城邑, 번역서 70쪽)
>
> ③ 고려의 門闕 제도 역시 옛 제후의 禮를 따르기는 하였으나, 여러
> 차례 上國을 방문하여 무턱대고 모방하였기 때문에 자질이 부족하
> 고 기술이 졸렬하여 결국 투박하고 누추하다고 한다.(卷4, 門闕, 번
> 역서 88면)
>
> ④ 臣이 듣기에 東夷의 풍속은 머리를 자르고, 文身을 하며, 이마에
> 그림을 새기고 양반 다리를 한다. 고려에서는 箕子가 봉해지면서
> 부터 이미 밭 갈기와 누에치기의 이로움을 가르쳤으므로 마땅히
> 服飾 제도가 있었을 것이나. …(필자 생략)… 우리 宋에 이르러 해
> 마다 사신을 보내므로 자주 평상복을 내렸다. 점차 우리 중국풍에
> 젖게 되면서 천자의 총애를 입어 복식 제도가 개선되어 우리 宋의
> 제도를 한결같이 따르게 되었으니, 변발을 풀고 섶을 바꾸는데 그
> 친 것만이 아니다.(卷7, 冠服, 번역서, 121면)
>
> ⑤ 우리 宋이 크게 통일하여 만방에 임하므로 중국이 앞서고 오랑캐

---

41) 一然의 『삼국유사』 紀異 第1의 내용은 잘 알려져 있고 또 그 성격은 이미 일반화되어 있
  다고 생각하여 포괄적으로만 그 성격을 제시하고 따로 인용문을 옮기지는 않기로 한다.

42) 徐兢, 『高麗圖經』 卷1, '建國'. 조동원·김대식·이경록·이상국·홍기표 공역, 『고려도
  경』, 황소자리, 2005, 47면. 이하 예문에서는 일일이 각주를 달지 않고 인용문 옆에 해당
  출처를 밝히고, 이 글에서 참고로 하고 있는 번역서의 페이지를 옆에 병기하기로 한다.

가 따르지 않는 경우가 없었다. 비록 高麗 땅이 바다 너머에 위치
하여 큰 파도가 막고 있어 九服의 땅 안에 있는 것은 아니지만, 正
朔(역법제도)을 받고 유학을 받들며 음악은 한결같이 조화롭고 도
량형은 그 제도가 똑같다.(卷40, 同文, 번역서 465~466면)

⑥ 臣이 보건대 고려인들이 중국을 섬겼는데 존호를 하사하고 정삭을
반포에 해달라고 청하는 것이 정성스럽고 간절하여 입에서 끊이지
않았다. …(필자 생략)… 하지만 건륭 사이에 신하노릇을 다하기를
원하여 감히 조그마한 나태함도 없이 지금까지 이르렀다.(卷40, 正
朔, 번역서 468~469면)

⑦ 성스러운 宋을 섬기게 되자 한결같이 간절하고 충직하였으며 견제
때문에 원하는 바와 같을 수 없을 때에도 정성스런 뜻이 金石처럼
견고하였다.(卷40, 正朔, 번역문 471면)

⑧ 箕子가 조선 땅에 봉해졌으니 그 습속은 八條의 가르침을 평소에
도 잘 익히고 있다. …(필자 생략)… 음식은 豆籩에 담아 먹고 길
을 오가는 사람들은 서로 양보하니 다른 오랑캐와는 정말 다르다.
…(필자 생략)… 송이 처음 일어나서 교화가 널리 퍼지자 머리를
숙이고 중국에 들어와 번신이 되기를 청하였다.(卷40, 儒學, 번역서
474~475면)

위 예문은 徐兢의 『고려도경』에서 발견되는 中華 혹은 宋나라 중심의
인식을 담은 내용의 일부를 발췌한 것이다. 이 책은 그가 고려에 사신
일행으로 와서 고려의 풍속과 풍물에 대한 견문을 기록한 내용이라 할
수 있다. 하지만 그러한 견문의 내용에 자기 민족 중심의 우월성이 분명하
게 드러나고 있어서 견문록의 수준을 넘어서는 민족의식이 내재해 있다.
徐兢의 高麗에 대한 이러한 민족적 우월성에 대한 기록은 12세기 초
의 宋나라의 입장에서는 적절하지 않은 것이라 생각된다. 왜냐하면 12세
기 宋의 입장은 高麗에게 도움을 청해야 할 만큼 상황이 좋지 않았기 때

문이다. 이러한 상황에서 徐兢이 고려에 대하여 민족적 우월을 드러내는 것은 적절하지 않은 행동인 것이다. 이것은 『고려도경』이 완성된 지 2년 후에 北宋이 金나라에 의해 멸망(1126년)한 것을 통해서 짐작할 수 있다. 그럼에도 불구하고 徐兢이 민족적 우월감을 드러낸 것은 그러한 국가적 시련기에 이와 같은 문화적 자존감이 필요했기 때문일 것이다. 현실적으로는 高麗의 협력이 절대적으로 필요한 치욕적인 상황이지만 그 정신만큼은 우위에 서고자 하는 민족정신이 드러나 있는 것이다.

이를 통해서 볼 때 중세 동아시아의 주요 기록들은 그것이 개인의 취향에 의해 기록되었던 왕명에 의해 기록되었던 간에 민족주의적 색채를 강하게 드러내고 있음을 알 수 있다. 그래서 이 시기 作者의 주요 기록들은 어떤 식으로든지 민족의식에서 자유로울 수 없었다고 본다.

4. 마무리

이상에서 『삼국유사』, 『삼국사기』, 『고려도경』에 나타난 신모 기록을 통하여 중세 동아시아의 기록정신을 살펴보았다. 필자는 이들 사서의 기록자들이 신모에 대하여 가지고 있는 神異와 怪異, 그리고 자집단을 중심으로 한 민족의식을 드러내고 있음을 구체적인 문면을 통하여 논의하였다. 이하에서는 지금까지 논의된 내용을 요약하는 것으로 결론을 삼고자 한다.

필자는 세 사서에 내재해 있는 기록 정신을 추출하기 위해 임의로 세 가지 개념을 상정하였다. 그것은 '인식적 사실', '인식적 객관', '自集團'이라는 용어이다. 이 세 가지 개념을 통해 세 사서 편찬자의 생각을 보다 용이하게 정리할 수 있었다. 그리고 이와 함께 세 사서에 나타난 작자의식을 규명할 수 있는 도구적 개념으로 神異와 怪異이라는 용어를 사용하여 一然, 金富軾, 徐兢 등이 神母에 대해서 가지고 있는 생각을 탐색해 보았다.

그 결과 一然의 『삼국유사』 기이편의 <赫居世神話>와 감통편의 <仙桃聖母隨喜佛事>에 나타난 선도성모는 신이의 대상으로 형상화되고 있음을 알았다. 일연은 이 두 항목에서 각각의 신이소들을 결합하여 새로운 이야기를 만들어 내고 한편으로는 그러한 과정에서 선도성모의 신이성을 극대화하고 있었다. 그리고 선도성모를 신이한 대상으로 형상화하고 있는 一然의 태도는 '인식적 사실'에 근거한 것이라고 보았다. 이와 달리 김부식의 선도성모에 대한 인식은 자신이 보거나 들은 범위 내에 한정되어 있었다. 이것은 구체적 典據가 없고 합리적이지 않은 것에 대해 부정적이었던 그의 신념에 의한 것으로 보았다. 이러한 그의 신념에 의해 나타난 선도성모는 怪異의 대상이며 이를 필자는 '인식적 객관'에 의거해 설명했다. 徐兢의 경우에는 神異와 怪異로 단언하기 어려운 점이 있으나 전체적인 語氣를 통해서 보았을 때 서긍의 동신성모에 대한 인식도 神異에 가까운 것이라고 보았다.

이와 같이 선도성모와 같은 신모에 대한 '인식적 사실'과 '인식적 객관'에 의한 수용을 통해 그 대상이 '사실적'이라거나 '객관적'이라는 그 자체보다 작자의 기록 정신이 중요하다는 것을 확인할 수 있었다. 필자는 그 증거로 『삼국유사』와 『삼국사기』의 미추왕과 죽엽군에 대한 기록을 제시하였다. 또 이러한 '인식적 사실'과 '인식적 객관'에 의한 기록은 넓은 의미에서 자집단 중심의 인식이며 기록이라고 보았다. 그래서 같은 인물이나 사건에 대해서 자집단에 유리한 방향으로 삭제하거나 첨가하여 선도성모에 대한 내용이 재구성되었으며, 이러한 자집단 중심의 이념이나 이해득실에 따라 선도성모라고 하는 대상 주체는 작자라고 하는 기록 주체에 의해 얼마든지 재가공 될 수 있다고 보았다. 그리고 경우에 따라서는 이러한 자집단 중심의 인식과 기록은 시대적 상황에 따라 민족의식을 드러내기도 하는데, 그 예로 김부식의 '進三國史記表'와 徐兢의 『고려도경』에서 발견되는 몇몇 사례를 제시하였다. 그 결과 중세 동아시아의 기록들은 그것이 개인에 의해 기록되었거나 왕명에 의해 기록되었던 것과 상관없이 민족의식에서 자유로울 수 없었다고 보았다.

참고문헌

1. 자료집

金富軾, 『三國史記』.

민족문화추진회 편, 『東國李相國集 I』, 민족문화추진회, 1981.

朴性鳳・高敬植 譯, 『三國遺事』, 瑞文文化社, 1987.

서거정, 양성지 外 篇, 『東文選』.

徐兢 著, 『高麗圖經』.

이강래 역, 『삼국사기 I』, 한길사, 1998.

이규보, 『東國李相國集』.

一 然, 『三國遺事』.

조동원・김대식・이경록・이상국・홍기표 공역, 『고려도경』, 황소자리, 2005.

2. 논저

金杜珍, 「신라 건국신화의 신성족 관념」, 『한국학논총』 11집, 국민대학교 한국학연구
    소, 1988, 13~46면.

金俊基, 「神母神話研究」, 경희대학교 대학원 박사학위 논문, 1995, 50~76면.

金鉉龍, 『韓國古說話論』, 새문사, 1984, 56~68면.

朴大福, 「超越性의 二元的 認識과 天觀念－李奎報와 一然을 中心으로」, 『語文學』 제75
    집, 한국어문학회, 2002, 174면.

박상란, 「신라・가야 건국신화의 체계화 과정 연구」, 동국대학교 대학원 박사학위논문,
    1999, 14~119면.

서영대, 「水路夫人 설화 다시 읽기」, 서영대・송화섭, 『용, 그 신화와 문화』, 민속원,
    2002, 207면.

윤미란, 「선도성모 서사의 형상과 그 의미－선도성모수희불사 <삼국유사> 권5 감통
    제7을 중심으로－」, 『한국학연구』 제16집, 인하대학교 한국학연구소, 2007,
    89~105면.

李基白, 『韓國史新論－新修版』, 一潮閣, 1997, 175~180면.

李志暎, 『한국신화의 신격 유래에 관한 연구』, 태학사, 1995, 160~168면.

李志暎, 『한국 건국신화의 실상과 이해』, 월인, 2000, 288~314면.

丁天求, 「삼국유사 글쓰기 방식의 특성 연구」, 서울대학교 대학원 석사학위논문, 1995, 85면.

조이옥, 「삼국사기에 나타난 김부식의 국가의식」, 『동양고전연구』 제11집, 동양고전학회, 1998, 224면.

조현설, 『우리 신화의 수수께끼』, 한겨레출판, 2006, 179면.

천혜숙, 「한국신화의 성모상징」, 『인문과학연구』 1집, 안동대학교 인문과학연구소, 1999, 245~247면, 254면

천혜숙, 「서술성모의 신화적 정체」, 『동아시아고대학』 제16집, 동아시아고대학회, 2007, 173~201면.

천혜숙, 「선도성모 담론의 신화학적 조명」, 『구비문학연구』 제26집, 한국구비문학회, 2008, 185~212쪽, 190면.

河廷鉉, 「삼국유사 텍스트에 반영된 '神異' 개념에 관한 연구」, 서울대학교 대학원 석사학위 논문, 2002, 1~113면.

黃浿江, 「박혁거세 신화 논고」, 황패강 저, 『한국서사문학연구』, 단국대학교출판부, 1972, 132~167면.

・ ・ ・

강・산의 초월적 성격과 문학적 대중성

1. 시작하기

이 글은 우리의 역사 신화와 옛 이야기 속에서 보편적으로 발견되는 강과 산의 초월적 성격에 대한 전통을 탐색해 보고, 이러한 문학적 전통이 조선시대 고소설 속에서 하나의 대중적 성격을 띠고 형상화 되었다는 점을 살펴보는 데 목적이 있다. 일반적으로 초월적 존재의 출현은 시・공간의 제약을 받지 않는다고 볼 수 있지만, 유독 동양의 서사문학에 나타나는 초월적 존재는 강・산과 밀접한 관련을 맺고 있다. 그리고 때로는 강과 산이 초월세계 그 자체로 형상화되기도 한다. 강과 산이 가지는 이러한 초월적 성격은 고대 신화나 중국의 옛 이야기 등에서 영향받은 바가 크고, 거기에 문학적 형상화가 더해지고 다양해지면서 내용적으로 풍부해졌다고 생각된다. 따라서 동양의 서사문학에서 강・산이 초월적 존재 내지는 초월성[1]과 관련을 맺는다는 것은 하나의 문학적 관습이면서 동시에 하나의 문학적 코드의 기능을 가지고 있음을 의미한다.

동양의 고전문학 작품에서 초월계는 두 차원의 시간과 공간에 걸쳐서 사는 경험을 제공하면서 다양한 메시지를 전달한다. 그 과정에서 초월계는 현실계의 삶을 옹호하거나 지원하기도 하고, 때로는 이상세계로 설정되기도 한다. 그 설정의 장소가 강과 산이며, 그 중에서도 역사적으로 의미가 있는 강·산을 대상으로 설정하여 초월적 존재가 출현하여 소통한다는 점은 동아시아 서사문학의 중요한 코드이고 소통방식이다. 가령 祈子致誠의 대상으로 등장하는 산은 동네 뒷산이어도 무방하겠지만, 이름난 신령스러운 산일 경우 독자의 共鳴度는 더 커지게 된다. 또 고난에 처한 주인공이 목숨을 버리거나 죽임을 당하는 장소가 無人山中이거나 냇물이어도 문제는 없겠지만, 주인공이니 만큼 忠臣烈士의 고혼이 깃들어 있는 장소이면, 그리고 그 장소에서 그들의 영혼이 음조한다면 독자들에게 신뢰를 줄 수 있을 것이다.

이런 점에서 우리 고소설에 등장하는 강·산과 초월적 존재의 출현은 가장 유명한 강과 산에서 이루어진다는 점에서 지명도가 높고, 또 그러한 강과 산에서 매우 반복적으로 초월적 존재가 출현한다는 점에서 문학적 대중성을 확보하고 있다고 하겠다. 이러한 점은 강과 산이 초월적 성격과 관련을 맺는 전통은 이으면서, 초기의 신성하고 신비한 분위기 위주의 연출과는 차이가 있다. 이하에서는 이러한 점들을 대략적으로 살펴보고자 한다.

---

1) 이 글에서는 세속적이거나 평범하지 않은 것과의 상대적 의미로 초월계, 초월적 존재, 초월성 등의 용어를 사용하고 있다. '초월계'는 世俗이나 人間界와 상대적인 개념으로 사용하고자 한다. '초월적 존재'는 일상의 인간이 아닌 다양한 종교나 믿음을 통하여 드러나는 여러 神格이나 이에 준하는 인물들을 지칭한다. 그리고 '초월성'은 현실계의 차원을 넘어선 세계와 인물, 그리고 그러한 인물이 발휘하는 능력을 통칭하는 용어로 사용하고자 한다.

2. 강·산의 초월적 성격과 문학적 전통

1) 신화 속에 등장하는 강·산의 초월적 성격

동양의 서사문학에서 강과 산은 역사의 현장이면서 그 현장은 신비의 성소로 나타나는 경우가 많다. 강과 산은 세속적 공간이면서 동시에 특별한 공간으로 상정되기도 한다. 이럴 경우 일반인은 세속적 공간에 있는 그 강과 산에 쉽게 들어갈 수가 없다. 들어가는 경우는 아주 우연스러운 경우이거나 특별한 장치나 과정을 거쳐야만 한다.

그런데 강과 산의 이러한 聖所로서의 특징은 고대 신화에서 쉽게 목격되고, 한국은 물론 중국에서도 쉽게 확인이 된다. 어쩌면 우리의 신화에 나타나는 강이나 산은 강이나 산 그 자체가 초월계이거나, 초월적 존재가 출현하는 장소로 나타난다. 그리고 필자가 관심을 가지고 있는 중국의 옛 이야기에서는 현실계의 인간이 초월계와 현실계를 넘나들면서 신기한 이야기를 생산해 내기도 한다. 그만큼 강과 산, 그리고 초월세계의 결합은 한국과 중국에서 오랜 전통을 가지고 있는 문학적 소재였다는 점에서 대중적 관습성을 획득하고 있다고 하겠다.

가령 河水에서 河圖가 나오고 洛書가 나옴으로 인해 성인이 일어났다[2]는 중국측의 신이한 사례나 우리에게 잘 알려진 <단군신화>나 <주몽신화>, <혁거세신화> 등을 예로 보더라도 강과 산이 초월계와 밀접한 관련을 맺어 다양한 문학적 의미를 형성하고 있다는 점을 확인할 수 있다. 먼저 <단군신화>에서는 환웅이 항상 천하에 뜻을 두고 인간 세상

---

2) 一然, 『三國遺事』 紀異卷一. 박성봉·고경식 역, 『三國遺事』, 서문문화사, 1987, 45면 참조. 이 글에서 인용하는 『三國遺事』의 번역문은 이를 참고로 하였음을 밝혀둔다.

을 다스리고자 하였는데, 아버지가 그 아들의 뜻을 알고 내려다 본 곳이 三危太白山이며, 그곳은 인간세상을 이롭게 할 만한 곳으로 나타난다. 또 환웅이 天符印 세 개를 가지고 내려온 곳이 태백산 꼭대기 神檀樹이며, 여기에 神市가 열리기도 한다.3) 태백산이라는 신령스러운 산이 천상계와 지상계를 이어주고 있는 역사적 장소이면서 신화적 장치로 사용되고 있는 것이다.

<혁거세신화>에서 진한 땅 여섯 마을의 촌장들이 처음 하늘에서 내려온 곳은 표암봉이라고 하는 산이며, 이들이 자제들을 거느리고 알천의 언덕 위에 모여서 덕 있는 사람을 찾아 임금을 삼고, 나라를 세워 도읍을 정하고자 할 때에 이상한 기운이 뻗치는 곳도 양산 밑에 있는 나정으로서, 산과 밀접한 관련을 맺고 있다. 이 산 밑에 있는 나정에 백마 한 마리가 앉아 절하고 있었으며, 그곳에 있던 자줏빛 알에서 태어난 인물이 바로 혁거세인 것이다.4) 여기에서도 산은 천상계와 지상계를 이어주는 매개 역할을 하면서, 천상계의 인물이 하강하는 성소로서의 기능을 하고 있다.

이와는 달리 <주몽신화>에서는 江이 초월적 존재와 밀접한 관련을 맺고 있는 것으로 나타난다. 먼저 천제의 아들 해모수와 물의 신 하백의 딸 유화라는 두 신격의 만남은 靑河에서 이루어진다. 천신과 수신의 자녀들을 인간세계의 江인 청하에서 만나게 하여 훗날 고구려 건국주인 朱蒙을 태어나게 하는 동인으로 활용하고 있는 것이다. <단군신화>나 <혁거세신화>처럼 두 신격의 만남의 장소로 山을 택해도 무방하겠지만, 천신과 수신을 부계와 모계로 설정하여 후반부에서 초월적인 구원이나

---

3) 一然, 『三國遺事』 紀異卷一, 古朝鮮.
4) 一然, 『三國遺事』 紀異卷一, 新羅始祖 赫居世王.

異蹟을 자연스럽게 하는 효과를 노린 듯하다. 주몽이 금와왕으로부터 탈출하여 건너게 되는 엄체수에서 魚鼈成橋로 인한 위기 모면은 이러한 전반부의 상황설정과 잘 어울린다. 그리고 주몽이 송양과의 싸움에서 하늘이 沸流에 비를 내려 그 도성과 변방을 표몰시키고자 할 때에, 흰 고라니를 거꾸로 메달아 그 울음소리를 천제의 귀에 사무치게 하여 가능하게 하는 장면5)도 전반부의 부모 신격과 부합되게 설정하고 있다. 따라서 <주몽신화>에 나타나는 강과 초월적 존재의 문학적 형상화는 천신과 수신을 부모로 두고 있는 두 신격의 만남을 형상화하면서, 주인공 주몽의 신성성과 비범성을 설명하는 원형적 질료로서의 의미를 가진다고 하겠다.

이와 같이 신화에 나타나는 강·산과 초월세계의 문학적 만남은 신화 주인공의 신성한 출생과 비범한 능력의 획득이라는 밝고 긍정적인 의미를 그려내기 위한 문학적 형상화이다. 그래서 우리 신화 속에 등장하는 江·山과 초월세계의 문학적 만남에서는 신성하고 신이한 장면으로 주로 연출되며, 시련은 있으나 이러한 시련은 극복되어 행복한 결말로 이어지고 있다. 이러한 신화 속의 강·산과 초월세계의 문학적 만남은 다른 양식에서는 좀 더 다양하게 나타난다.

2) 옛 이야기 속에 등장하는 강과 초월계

위와 같은 역사적 신화와 달리 이야기 속에 등장하는 강과 超越界의 관계는 너욱 더 신화적이고 문학적이다. 앞서 살펴본 신화에 나타난 산

---

5) 李奎報, 『東國李相國集』 卷三 古律詩 東明王篇.

은 신화주인공이 출생하는 성소의 성격이 강하였으며, 강의 경우는 초월적 존재의 출현 장소이면서 주인공에게 잠시 시련을 안겨주는 장소이자 초월계의 도움을 통해 그 시련이 극복되는 장소로 나타난다. 이에 비해 <견우와 직녀> 이야기와 같은 옛 이야기에서는 좀 더 인간적 삶의 문제와 직결되는 것으로 나타난다. 물론 <견우와 직녀> 이야기는 천상적 존재의 사랑과 이별을 다루었다는 점에서 단순히 '인간적 삶'의 문제라 볼 수는 없지만, 天上 남녀의 애정과 이별은 곧 현실계 남녀의 그것과 별로 다르지 않다는 점에서 매우 인간적이다.

이 이야기는 한국과 중국 모두에서 발견이 되고, 심지어는 일본과 월남 등지에서도 유사한 이야기가 존재한다. 그만큼 동아시아에서 보편적으로 발견되는 이야기가 바로 <견우와 직녀> 관련 설화이다. 이 작품 속에는 '銀河水'라고 하는 강이 나타난다. 강의 이름 자체가 벌써 그냥 현실적 지명에서 따온 것이 아닌, '銀河水'라고 하는 문학적인 이름이다. 문학 속에 등장하는 '은하수'에 대한 가장 오래된 기록으로는 중국의『詩經』이다.『詩經』에 나와 있는 내용을 잠시 옮겨 보면 다음과 같다.

-<전략>-	-<전략>-
維天有漢	하늘에 은하수가 있으니
監亦有光	봄에 또한 빛이 있으며
跂彼織女	三角으로 있는 저 織女星은
終日七襄	종일토록 자리를 일곱 번 바꾸도다.6)

이에 대한 細註를 보게 되면, '漢'은 '天河'라고 하여 우리가 통상적으

---

6)『詩經』卷十二, 小旻之什 '大東', 성백효 역주,『현토완역 詩經集傳』下, 전통문화연구회, 2010, 103면 참고.

로 말하는 '은하수'를 지칭한다.[7] 그리고 이 시에 나타난 바와 같이 織
女星은 <견우와 직녀 이야기>[8]에 나오는 직녀와 관련이 있다. 하지만
여기에는 '은하수'라고 하는 강이 초월계와 관련이 있는지, 문학적으로
어떤 의미가 있는지는 구체적이지 않다. 그런데 이보다 상세한 내용을
전하는 <견우와 직녀> 설화에는 '은하수'가 초월계와 직접적으로 관련
이 있다는 점이 구체적으로 드러나며, 또 문학적으로도 아주 중요한 기
능을 하고 있음을 알 수 있다. 이해를 위해 그 대강을 옮겨 보면 다음과
같다.

① 玉皇上帝에게 따님 한 분이 있었는데 외모가 예쁘고 베짜기를 좋
아하여 이름을 織女라고 하고 상제가 귀여워하다.

② 이웃 나라 牽牛라 하는 仙人을 배필로 삼았는데, 그는 어렸을 때부
터 소를 매우 사랑하여 늘 끌고 다녀서 이름을 牽牛라고 하다.

③ 견우와 직녀가 부부가 되고 玉皇上帝에게 총애를 받으니, 견우가
점점 마음이 교만해지고 장난이 심해져서 上帝의 명을 듣지 않고
자기 마음대로 여러 가지 못된 짓을 하다.

④ 上帝가 노하여 견우와 직녀를 귀양 보내되, 견우는 남극으로 직녀
는 북극으로 영구히 보내고 일 년에 한 번씩 七夕날에 만나보게
하다.

⑤ 남극과 북극은 너무나 멀어서 갔다가 오는 데만 일 년이 걸렸으며,
중간에 銀河水라고 하는 큰 河水가 있어서 건너지도 못하고 서로
바라만 볼 뿐이니 견우와 직녀가 슬픔을 이기지 못하여 눈물을 흘
리며 울다.

⑥ 그 눈물이 세계에 떨어져 폭풍우로 변하여 갑자기 홍수가 일어나

---

7) 『天文類抄』에도 보면 은하수를 天漢이라고 하고 있다. 天河亦以名天漢. 이순지 저, 김수길,
윤상철 공역, 『天文類抄』, 대유학당, 2009, 333면 참조.

8) 상세하지는 않지만, 위에 예로 든 『詩經』 '大東'편에 나와 있는 견우와 직녀에 대한 언급
을 통해 이 이야기의 기원이 오래 되었음을 알 수 있다.

　　므로 칠석날이 되면 큰 변이 일어나다.

⑦ 어느 해에 여러 萬物들이 모여서 회의를 열고 홍수를 방비할 도리를 여러 가지로 의논한 결과 칠석날에 폭우가 오는 것은 견우와 직녀가 銀河水를 건너지 못하여 슬피 우는 눈물이니, 올라가서 다리를 놓는 것이 제일 좋은 방법이라고 하고, 까막까치로 하여금 銀河水에 가 다리를 놓게 하다.

⑧ 烏鵲이 이 때부터 매년 이날이 되면 세계의 만물을 대표하여 銀河水로 올라가 돌을 머리로 이고 날라다가 임시로 오작교를 놓아 견우와 직녀가 만나게 하다.

⑨ 이후로 폭우와 홍수를 모면하게 되고, 지금도 칠월칠석이면 烏鵲을 보기가 어렵고, 칠석 후에는 烏鵲의 머리털이 빠져서 꺼칠하다.

⑩ 칠석날 아침과 저녁에 오는 비는, 견우와 직녀가 처음 만났을 때에 기뻐서 우는 눈물과 또 작별할 때에 슬퍼서 우는 눈물이 땅에 떨어지는 것이다.9)

　　위 인용문은 우리나라에서 <견우와 직녀> 설화로 잘 알려져 있는 <烏鵲橋>의 내용을 정리해 본 것이다. 이 작품 속에 등장하는 견우와 직녀라고 하는 남녀 주인공은 모두 천상계라고 하는 초월세계의 인물들이다. 특히 직녀는 옥황상제의 딸로 등장하고 있으며, 그 배우자가 되는 견우 또한 천상계의 仙人이다.

　　이러한 초월세계의 인물들이 부부가 된 후, 견우의 마음이 교만해지고 장난이 심해져서 상제의 명령을 듣지 않음은 물론 여러 가지 못된 짓을 하여 두 남녀를 귀양 보내게 된다. 옥황상제는 견우는 남극으로, 직녀는 북극으로 영구히 보내되 일 년에 한 번씩 七夕 날에 만나보게 하고 있다. 하지만 이 남극과 북극은 거리가 멀고 또 그 사이에 銀河水라고 하

---

9) 심의린 저, 신원기 역해, 『조선동화대집』, 1926년 초판, 보고사 2009, 150~151면.

는 큰 河水가 있어서 건너지를 못한다. 즉 '銀河水'라고 하는 강이 견우와 직녀의 이별을 더욱 가슴 아프게 하는 장소로 나타나고 있는 것이다.

그런데 銀河水를 견우와 직녀가 은하수를 건너지 못함으로써 이 두 남녀가 흘리는 눈물 때문에 인간세계에는 홍수가 나고, 이로 인한 피해가 너무 커서 烏鵲으로 하여금 다리를 놓아주게 된다. 이별의 강 은하수가 만남의 강으로 전환되고 있는 것이다. 그래서 칠석날 아침 저녁에 내리는 비는 견우와 직녀의 기쁨과 슬픔의 눈물이라고 하여 전대에 볼 수 없는 문학적 수식과 형상화가 이루어지고 있다. 물론 이 이야기에는 여러 가지 설화가 복합되어 있지만, 중요한 것은 銀河水라고 하는 강이 남녀의 사랑을 가로막는 장애물로 등장하면서 한편으로는 만남의 장소라는 기능도 하고 있다는 점이다. 그리고 그 강이 현실계가 아닌 초월계에 존재함으로 인해서 이들 남녀가 흘리는 눈물이 인간 세상에 영향을 미치고, 또 이로 인해 그들이 다시 재결합 될 수 있는 기회를 얻고 있다는 점에서 신선한 이야기가 아닐 수 없다.

이러한 <견우와 직녀> 이야기는 중국의 <우랑 직녀 이야기>와 흡사하다. 어쩌면 우리의 이 이야기는 중국의 이야기를 변형시키고 더 많은 이야기가 첨가되어서 만들어진 것이 아닌가 생각된다. 특이한 점은 중국의 <우랑 직녀 이야기>에 나타나는 銀河水는 인간계와 천상계를 경계 짓는 강이있다가 이후 王母에 의해 하늘로 옮겨지고, 다시 왕모에 의해 天河라고 하는 大江으로 바뀌게 되는 강이다.10) 이 강 역시 우랑과 직녀의 사랑을 가로막는 초월세계의 강이지만, 우랑과 그 자식들의 노력에 의해 극복되는 강이다. 우리의 <견우와 직녀> 이야기에서는 초월적 존

---

10) 위앤커 저, 전인초·김선자 옮김, 『중국신화전설1』, 민음사, 2007, 198~202면 참조.

재들의 명령에 의해 烏鵲이 다리를 놓아 이들의 만남이 가능한 것으로 나타났다면, 중국의 <우랑 직녀 이야기>에서는 인간의 노력에 대한 초월적 존재들의 감동에 의한 것으로 나타난다는 점이 다르다.

이와는 달리 강과 산이 현실계와 초현실계의 공존을 드러내면서 인간이 꿈꾸는 이상세계로 나타나는 경우도 있다. 우리가 흔히 <桃花源記>라고 하는 작품이 그러한 예에 해당된다. 이 작품 속에 등장하는 강과 산은 초월계로 들어가는 입구이면서 현실계의 인물들은 쉽게 범접하지 못하는 이상세계이다.11) 강과 산이 가지는 이러한 속성은 이후 韓國을 비롯한 동양의 여러 나라 문학에 영향을 주었다고 생각된다. 특히 고소설에서 주인공이 초월적 존재를 만나는 강이나 산은 현실계에 존재하지만, 현실계의 평범한 인간들은 쉽게 접근할 수 없는 곳으로 나타나는데, 강과 산이 가지는 이러한 聖所 내지는 특별한 곳이라는 인식은 고대 신화에서부터 동아시아의 옛 이야기 등에 영향 받은 것이 아닌가 생각된다.

3. 고소설에 나타난 강·산과 초월적 존재의 문학적 기능

이상에서 살펴본 바와 같이, 강·산의 초월적 성격은 역사 신화에서부터 옛 이야기에 이르기까지 다양하게 발견되는 문학적 전통을 가지고 있다. 이러한 전통은 고소설에 수용된 이후 더욱 다양한 방식으로 존재하게 된다. 전대 작품들보다 문학적 수식이 더 가해지고, 강과 산이 초월계 내지는 초월적 존재와 맺었던 속성은 유지하면서 전체 서사의 결

---

11) 陶淵明, <桃花源詩幷記>, 김학주 역, 『新譯 陶淵明』, 명문당, 2002, 216~225면 참조.

구에 중요하게 작용하는 것으로 나타난다. 강·산과 초월적 존재의 문학적 만남이 대중적 화소로 활용되고 있는 것이다. 비단 강·산과 초월적 존재의 관계만이 문학적으로 의미를 형성하고 있고, 또 이것만이 고소설의 대중성을 설명해 줄 수 있는 것은 아니다. 고소설의 대중성을 설명할 수 있는 문학문화, 내지 화소들로는 출생담, 별자리, 천관념, 천상계와 현실계의 이원적 구조, 천정배필, 女化爲男 등 다양하게 존재하고 있다. 이러한 화소들은 모두 고소설 속에서 흔히 발견되는 통속적인 요소들이라는 점에서 대중성을 획득하고 있다고 할 수 있다. 그 중에서도 필자는 江·山과 초월적 존재의 문학적 형상화가 가지는 기능과 대중성에 주목하여 논의를 전개해 보고자 한다.

1) 강·산과 초월적 존재를 통한 유교이념 옹호

고소설에서 강·산과 초월적 존재가 결합되어 나타나는 양상은 아주 다양하다. 그 중에서도 가장 큰 비중을 차지하는 것은 주인공이 위기에 치혔을 때 그 주인공을 구원하는 장면이다. 이러한 구원의 과정에서 주인공의 비범성과 고귀한 성격, 혹은 작가가 추구하는 이념적인 성격이 자연스럽게 부각된다. 특히 가정소설이나 가문소설의 경우에는 작가의 주제의식을 구현하기 위해 강·산과 초월계의 만남을 의도적으로 활용하는 경우가 있다. 초기 가정소설의 대표적인 작품이라고 할 수 있는 <창선감의록>과 <사씨남정기>의 경우 이러한 성격이 두드러진다.

먼저 <창선>에서 발견되는 강·산과 초월계의 만남은 靑城山 운수동이다. 이곳에는 곽선공이라는 초월계의 인물이 살고 있는데, 어느 날 그는 洞庭湖에 억울하게 죽는 사람이 있을 것이라고 하면서 자신이 건져

주어야겠다고 하고 浯江 물결을 타고 岳陽 靑草湖로 내려가 남녀 두 사람의 시체를 건진다.12) 이는 청성산에 기거하고 있는 곽선공이라는 초월적 인물이 단순히 선행을 베푸는 것이 아니다. 곽선공이 구한 남표는 조정에 죄를 짓고 악주로 귀양을 가는 인물인데, 그는 엄숭의 횡포를 직간하는 충신이다. 그러한 그가 한동안 속세를 떠나 고고하게 살아야 할 운명이기에 10년 동안 천도가 순환할 때까지 지켜주는 것이 초월계가 하는 역할이다. 이는 초월계의 선아가 남채봉에게 하는 말을 통해서 분명하게 확인된다.

① 충신은 일신을 돌보지 않고 충절을 지켜 용린을 건드리고, 호구를 범하여 마침내 사나운 물결 속으로 몸을 던졌다 하더라도 천지신명이 보호하여 반드시 그 목숨을 보전하게 마련이랍니다.
② 신명이 충신을 보호하는 까닭은 단지 그 사람만을 위한 것이 아니랍니다. 또한 그 나라의 임금을 위하는 길이기도 하지요.
③ 상제께서 남표의 청렴과 충절을 이미 아시고 또한 대명 황제의 지덕에 대해서도 들으셨지. 그러므로 하늘이 장차 큰 복으로 보답하려 하시는 것이라네.13)

위 예문은 초월계의 선아가 남표의 딸 남채봉에게 하는 말이다. 이 말을 통해서 볼 때, 청성산 곽선공이 남표를 구한 것은 단순한 선행의 일환으로 이루어진 것이 아니라, 충절의 인물은 천상계가 보호한다는 작가의 주제의식이 반영된 결과라고 할 수 있다. 또 남채봉이 동정호에서 자결하려고 할 때에 선아가 나타나 구한 것 역시 儒敎理念의 구현자인 남

---

12) 이래종 역주, <倡善感義錄>, 고려대학교 민족문화연구원, 2003, 74면. 이 글의 텍스트는 이것으로 하며, 이하에서는 원문과 작품명, 그리고 자료집의 페이지만을 밝히기로 한다.
13) <창선감의록>, 80~81면.

채봉을 초월적 존재가 구원한 것이라고 할 수 있다. 이런 점에서 <창선>에 나타난 강·산과 초월적 존재의 기능은 인물을 구원하는 역할을 하면서 동시에 이러한 구원은 작가의 주제의식을 드러내기 위한 도구로 활용되었다고 할 수 있다.

강·산과 초월계의 만남이 작가의 유교이념 옹호와 관련이 있다는 점은 <사씨남정기>에서도 구체적으로 확인된다. <사씨>에서 먼저 나타나는 강·산과 초월계의 만남은 瀟湘江 汨羅水이다. 이와 관련된 부분을 정리해 보면 다음과 같다.

① 사씨가 유씨 집안에서 출거된 후 성도에 있는 시부모의 산소 아래로 가다.

② 죽은 유 소사와 최부인이 꿈에 나타나 위험을 알려 주고 아직도 칠년 災厄이 남았으니 남방으로 가라고 하다.

③ 사씨가 남방으로 가는 강에서 풍랑을 만나 바람에 쫓겨 동정호로 향하고, 옛적 열국 초나라 지경에 이르다.

④ 사씨가 자결하려다가 유모의 만류로 시행하지 못하고, 지쳐서 잠이 들었을 때에 娥皇·女英이 현몽하여 사씨를 위로하다.

⑤ 娥皇·女英은 순임금의 두 왕비인데, 순임금이 죽은 후 소상강에서 빠져 자결한 인물들이며, 그들은 자신들이 죽은 후 소상강을 시키는 신령이 되었고 고금 절부와 열녀를 담당하여 처리한다고 하다.

⑥ 娥皇·女英은 사씨가 굴원의 자취를 따르고자 하는 것은 하늘의 뜻이 아니며, 사씨도 이곳에 머물 것이지만 지금은 때가 아니라고 하고, 50년 후에 이곳 소상강에서 모일 것이라고 하다.[14]

---

14) 김기동 외 편, <사씨남정기>, 서문당, 1993, 66~81면 참조.

앞의 인용문은 사씨가 동청과 교씨의 간계에 의해 출거된 이후 유 상공 묘하로 갔다가 죽은 舅姑의 현몽으로 위기를 모면한 후 남정길에서 풍랑을 만나고, 또 지쳐 잠들었을 때에 꿈속에서 娥皇·女英을 만나는 장면이다. 사씨가 초월계의 인물인 娥皇·女英을 만난 이곳은 정절과 충신을 상징하는 장소이다. 위 인용문 ⑤에 나타난 바와 같이, 소상강은 순임금의 두 왕비가 순임금을 따라가지 못해 소상강가에서 피눈물을 흘렸더니 대나무에 핏방울이 튀어 아롱진 점이 박혀 이른바 瀟湘斑竹이 되었다는 고사와 관련이 있는 곳이다. 그리고 汨羅水는 초나라 忠臣 굴원이 강남으로 귀양 와 있다가 이곳 멱라수에 몸을 던져 죽은 곳이다. 그래서 소상강·멱라수는 단순한 물리적 공간으로서의 강이 아니라, 儒敎的 意味의 忠節이 깃든 장소이다. 이러한 장소에 娥皇·女英과 같은 超越的 存在가 나타나 사씨를 옹호하고 있다는 것은 儒敎理念 擁護라는 작가의 주제의식 구현과 밀접한 관련이 있는 것으로 볼 수 있다. 이 외에도 <사씨남정기>에는 악주 강가나 백빈주 등이 초월적인 세계와 관련이 있는 장소로 등장하며, 인물의 구원과 해후의 장소로 나타난다.

2) 강·산과 초월적 존재를 통한 영웅서사 구현

앞서 논의한 가정소설 계통에서는 소상강이나 멱라수가 초월적 존재가 출현하는 장소였으며, 그러한 초월적 존재들에 의해 주인공의 유교이념적 성향이 드러난다는 점을 살펴보았다. 그런데 작품의 성향에 따라 강·산에 나타나는 초월적 존재의 역할과 기능은 다르게 나타난다. 물론 서사 전개상에 나타난 강이 가지고 있는 충절의 의미는 가정소설이나 영웅소설 등이 거의 그대로 지니는 것으로 나타나되, 이것이 작품 전체적으로는 영웅담을 구현시키는 것으로 작용하기도 한다. 특히 영웅소설의 대표적인 작품이라 할 수 있는 <유충렬전>의 경우에는 강과 산이 초월계 내지는 초월적 존재와 결합하는 양상이 거의 대등한 비중을 가지고 있으면서 인물의 영웅성과 서사 전개에 관여하는 것으로 나타난다. 이와 관련된 내용을 간략히 정리하면 다음과 같다.

① 유심이 슬하에 자식이 없어 남악산을 찾아가 기자치성하다.
② 부인 장씨의 꿈에 한 선관이 청룡을 타고 나타나 자신은 청룡을 다스리던 선관이었는데, 백옥루 잔치에서 익성과 싸워 上帝께 죄를 짓고 인간 세상으로 쫓겨 갈 곳을 모르다가 남악산 神靈이 부인댁으로 가라고 지시하여 왔다고 하다.
③ 열 달 후 천상 선녀가 상제의 분부로 자미원 장성이 남경 유심의 집에 환생하였으니 내려가 산모를 구완하고 유아를 잘 거두라고 하시기에 내려왔다고 하다.
④ 유심이 아이를 살펴보니 생김새가 웅장하고 기이하였으며, 북두칠성 맑은 별이 두 팔뚝에 박혀 있고, 뚜렷한 大將星이 앞가슴에 박혔으며 三台星 정신별이 등 위에 떠 있는데, 붉은 색으로 새겨진 ‘대명국 대사마 대원수’라는 글자가 은은히 박혀 있다.15)
⑤ 남악 형산 화선관이 서해 광덕산 백룡사 노승에게 부탁하여 유충렬을 구하라고 하고, 유충렬은 백룡사 노승을 따라가 병서와 불경을 공부하는데, 이곳은 선경이다.(81~83면)
⑥ 광딕산 백용사에 있을 때에, 일월성신과 名山神靈늘이 힘을 합쳐 유충렬을 가르치다.(83면)

---

15) 완판본 <유충렬전>, 최삼룡·이월령·이상구 역주, 연강학술도서 한국고전문학전집24, 『유충렬전』, 고려대학교민족문화연구소, 1996, 17~23면 참조. 이 글의 텍스트는 이것으로 하며, 인용하고자 하는 내용의 페이지가 연속되어 있지 않은 경우는 인용문 옆 괄호 속에 페이지를 넣는 것으로 세부적인 각주를 대신하기로 한다.

위 인용문은 <유충렬전>에서 주인공 유충렬과 산, 그리고 초월계 및 초월적 존재와의 관계를 드러내는 부분을 발췌하여 정리해 본 것이다. 이를 보면 유충렬은 남악 형산에 기자치성을 한 후 태어나게 되는 인물인데, '남악 형산'은 신령스러운 산이며, 여기에 거처하는 화선관은 초월적 존재이다. 그리고 남악 형산 신령인 화선관은 이후 유충렬의 서사에 깊이 개입하여 그를 구원하는 역할을 한다. 또 인용문 ⑤에 나타난 바와 같이 광덕산도 仙境이며, 거기서 유충렬의 수학을 돕는 백룡사 노승도 초월적 존재이다. 뿐만 아니라 광덕산 백용사에서 일월성신과 명산신령들이 협력하여 유충렬을 가르치는 장면도 산과 초월계, 그리고 산과 초월적 존재와의 관계를 드러내는 부분이다.

이러한 관계를 통해서 알 수 있는 것은 <유충렬전>에 나타난 名山은 超越界 그 자체로 제시되고,[16] 그 名山에 거처하는 超越的 存在는 주인공의 救助와 英雄化에 기여하고 있다는 점이다. 인물의 출생이 산과 관련되게 하고, 또 기자치성을 통해 초월적 존재를 견인하여 신화시대 이후 영웅서사물의 주인공의 성격을 규정짓는 역할을 하고 있다.

<유충렬전>에서는 산과 초월계 및 초월적 존재와의 결합뿐만 아니라 강과 초월적 존재의 결합을 통해 인물의 성격 구현과 서사전개에 기여하기도 한다. 이를 확인할 수 있는 대목을 정리해 보면 다음과 같다.

① 유심이 정한담과 최일귀의 참언으로 인해 유배를 가게 되고, 귀양 가던 유심이 瀟湘江 汨羅水 회사정에서 자결하려고 하다.(25~33면)

---

16) 고소설에서 기자치성의 대상으로 등장하는 名山, 주인공의 수학을 돕고 위기에서 구해주는 스승이나 노승들이 거처하는 산은 자연현상 속의 산이기도 하지만, 일반 凡人들은 쉽게 접할 수 없는 超越界로서의 속성을 가지고 있다. 이는 <유충렬전>에만 나타나는 현상이 아니고, 고소설에서 폭넓게 확인할 수 있다.

② 장부인이 꿈에 현몽한 노인의 도움으로 도망을 가다가 번양 회수에 던져졌다가, 남경 장사꾼들에 의해 구조되다.(37~41, 59면)

③ 강희주가 本府에 갔다가 돌아오는 길에 주점에서 잘 때에, 오색 구름이 汨羅水에 어리고 靑龍이 물 속에 빠지려 하면서 하늘을 향하여 무수히 통곡하고 백사장을 배회하는 꿈을 꾼 후 다음 날 汨羅水로 가서 유충렬을 발견하고 데려가다.(63면)

④ 광덕산 백룡사 노승이, 회수에서 옥함을 발견하여 간수해 두었다가 유충렬을 주면서 전쟁터에서 사용할 기구들이 옥함 속에 있다고 하다.(101면)

⑤ 이 옥함은 회수 사공 마철이가 물 속에 잠수질하다가 큰 거북이 이 옥함을 지고 나오는 것을 보고, 거북을 죽이고 옥함을 가져다가 제 집에 두었는데, 예전에 장부인이 도적에게 잡히어 석장동 마철의 집에 가서 옥함을 가져다가 수건에 글을 쓰고 회수에 넣었던 것인데, 백룡사 부처 중이 가져다가 이날 유충렬에게 준 것이다.(101면)

⑥ 유충렬은 옥함 속에서 갑옷과 투구, 장검 하나와 신화경을 얻어 사용법을 익히다.(101면)

위 인용문은 瀟湘江 汨羅水와 관련된 인물 서사와 초월적 존재와의 관계를 정리해 본 것이다. 여기서 소상강 멱라수는 두 가지 성격을 드러내고 있다. 하나는 주인공 유충렬의 부친인 유심이 자결을 시도하는 징소로서, 이 장소는 초나라 충신 굴원의 혼이 깃든 곳이다. 즉 유심과 유충렬의 집안이 충신의 집안임을 드러내면서 그 충신의 후예는 超越的 存在에 의해 구원된다는 믿음을 문학적으로 형상화하고 있다. 그리고 다른 하나는 인용문 ③에서 볼 수 있는 바와 같이 주인공 유충렬이 초월적 현상에 의해 구원되도록 한다는 점과, 인용문 ④~⑥에 나타난 바와 같이 유충렬이 영웅적인 활약을 할 수 있는 여건이 마련되도록 한다는 점이다. 회수에서 거북이 지고 나오던 옥함 속에는 유충렬이 영웅성을 발휘할 여러 神器들이 들어 있고, 이를 통해 유충렬은 영웅적 활약을 펼치게 되는 것이다. 또 유충렬이 호왕에게 잡힌 태자와 황태후를 구하러 갈 때에는 창강에 仙女가 나타나 과실 두 개를 주며 구완하기도 한다.[17]

이와 같이 <유충렬전>은 강·산은 초월계 그 자체이면서 초월적 존재가 출현하여 주인공 유충렬을 구원하고 또 영웅으로 거듭날 수 있도록 한다는 점에서, 유충렬의 영웅적 서사를 구현하는데 적극적으로 활용되고 있다고 할 수 있다.

<유충렬전>과는 달리 <백학선전>의 강·산과 초월계의 만남은 여주인공의 능력 발휘와 남녀의 결연을 위한 서사에 보다 의미 있는 기여를 하는 것으로 나타난다. 이와 관련된 부분을 일부 발췌하여 정리하면 다음과 같다.

① 육백로와 조은하가 瀟湘竹林에서 만나 백학선을 신물로 하여 인연을 맺다.[18]

② 조은하가 漢水에서 태양선생으로부터 점괘를 받아 배우자 소식과 구원방법 및 前程을 암시 받다.(36~37면)

③ 유백로가 渭水에서 가달과 싸워 패하고, 조은하는 선녀로부터 배운 백학선의 사용법을 바탕으로 위수에서 승리하여 유백로를 구하다.(34~35, 45~48면)

④ 조은하가 산에서 만난 노인으로부터 환약을 받아 먹은 후 배우지 아니한 병법과 익히지 않은 검술을 자연 알게 되고, 勇力이 또한 배증해지다.(35~36면)

---

17) <유충렬전>, 153면 참조.

18) 김기동 외 편, <백학선전>, 서문당, 1984, 14~21면 참조. 이하에서 연속되지 않은 인용문의 경우에는 인용문 옆 괄호 속에 페이지를 표기하는 것으로 각주를 대신한다.

앞의 인용문에서 알 수 있듯이, <백학선전>에도 여느 앞서 논의한 고소설 작품들과 같이 瀟湘江이 등장하고 있지만, 이 강은 유백로와 조은하가 백학선이라는 신기한 부채를 신물로 하여 인연을 이루는 장소로 제공되며, 漢水는 태양선생으로부터 점괘를 받아 배우자 소식과 구원 방법 및 前程을 암시 받는 장소로 나타난다. 그리고 渭水는 유백로가 출전하여 가달과 겨루어 패하고 사로잡히는 장소이면서 조은하가 선녀로부터 배운 백학선의 사용법을 바탕으로 승리하여 유백로를 구하는 장소로 나타난다.

마찬가지로 <백학선전>의 산도 초월적 존재와 주인공의 만남을 통해, 여주인공의 비범한 능력발휘와 남녀 결연을 목적으로 하는 서사에 관여하고 있다. 조은하는 산중 주점에서 노인으로부터 받은 환약을 먹고 배우지 아니한 병법과 익히지 않은 검술, 용력이 배가 된다. 이는 山神으로 암시되는 초월적 존재에 의해 여주인공 조은하가 비범한 능력을 획득하고, 이를 바탕으로 그녀는 뛰어난 능력을 발휘하여 立功하게 된다. 또 이를 전수하는 山神은 조은하가 이러한 능력을 바탕으로 낭군인 유백로를 구하라[19]고 하고 있음을 볼 때, 두 사람의 결연에도 상당한 무게 중심을 두고 있다고 하겠다. 따라서 <백학선전>의 강·산과 초월적 존재는 남녀 주인공의 결연과 여주인공의 영웅담을 서사화하는 데 활용되고 있음을 알 수 있다.

---

19) <백학선전>, 35~36면 참조.

3) 강·산과 초월적 존재를 통한 인물의 탐색담

앞서 살펴본 바와 같이 고소설에서 강과 산은 주인공이 초월계의 인물을 만나 구원을 받거나 신기한 능력을 전수 받는 장치로 활용되고 있다. 이와 달리 주인공이 강이나 산에서 초월계의 인물을 만나되 신비한 능력을 전수받아 입공하는 서사가 아닌, 주인공의 시련과 극복을 그린 탐색담을 서사화하는 방식에 강·산과 초월적 존재가 활용되기도 한다. 이러한 양상을 살펴볼 수 있는 작품으로는 <적성의전>과 <숙향전>을 예로 들 수 있다.

<적성의전>에서는 초월적 존재가 출현하는 장소가 주로 江이다. 주로 江과 초월적 존재의 결합을 통한 인물의 탐색담이 전개되고 있는 것이다. 이와 관련된 내용들을 발췌하여 정리하면 다음과 같다.

① 강남 안평국의 왕비가 득병하였는데, 한 도사가 일령주가 아니면 고칠 수 없다고 하다.[20](138)

② 일령주는 서역 청룡사에 있으며, 적성의가 아니면 얻지 못하리라 하니, 적성의가 모친의 병환을 위해 약을 구하러 가게 되다.(139~140)

③ 적성의가 약을 구하러 가기 위해 瀟湘江을 건널 때에 여러 선관이 나타나 시험하다.(142~144)

④ 적성의의 정성에 감동한 한 선관이 符作을 준 후 弱水를 건너 주며, 금불보탑을 찾아 존자를 뵈어 지성으로 약을 구하라고 하다.(145~146)

⑤ 적성의가 일령주를 구하고, 전생 업보와 액운에 대해서 듣다.(149)

---

20) 이윤석 외 교주, 연세국학총서 34, <적성의전>, 경인문화사, 2006, 138면. 이하에서 페이지를 달리하는 인용문의 경우에는 인용문 옆 괄혹 속에 페이지를 제시하는 것으로 각주를 대신한다.

⑥ 동방삭과 선관에 의해 다시 弱水를 건너 돌아가던 중, 형 항의가
적성의를 해치고 약을 빼앗아 가 왕후의 병을 고치다.(150~155)

위 인용문에서 알 수 있듯이 <적성의전>에 나타나는 강은 바로 瀟湘
江과 弱水이다. 그리고 이 작품에서 중요한 기능을 하는 강은 바로 弱水
이다. 강남 안평국의 왕비가 득병하였는데, 한 도사의 말에 따르면 일령
주가 아니면 고칠 수 없다고 한다. 그리고 이 일령주는 서역 청룡사에
있으며, 적성의가 아니면 얻지 못하리라고 하니, 적성의가 모친의 병환
을 위해 약을 구하러 가게 된다.

적성의가 약을 구하기 위해 가야만 하는 서역 청룡사는 弱水라고 하
는 큰 강을 건너야 한다. 弱水는 삼천리이며 서역은 하늘가에 있다. 이
강을 건너야만 서역에 닿을 수 있다. 그래서 고전문학에서도 일반적으로
영원한 단절이나 해결 불가능한 장애물의 의미로 약수가 곧잘 등장하곤
한다. <적성의전>에서도 弱水는 고전문학에서 흔히 목도되는 그러한
불가능한 장애물로 제시된다. 하지만 주인공 적성의는 모친의 병환을 고
치기 위해 길을 떠나고, 도중에서 겪는 많은 유혹을 물리치고 弱水를 건
너 약을 구해오는 인물이다.

적성의는 서역으로 가기 위해 일차적으로 소상강을 건너는데, 이 때
백우선을 쥔 선관이 나타나 약수를 건너기 어렵다며 적성의의 무모한
행동을 비웃고 빨리 돌아가라고 한다. 그리고 청포선관이 파초 잎을 타
고 거문고를 연주하며, 또 한 선관은 고래를 타고 흑건을 쓰고 풍월을
읊으며 인간 속객이 어디를 가냐고 묻고, 적성의가 일령주를 구하러 서
천에 간다고 하니 신선들인 자신들로 아직 보지 못하였다고 하며 적성
의 같이 조그마한 속객이 弱水을 어찌 건너겠느냐[21]고 하며 만류한다.

그러나 적성의가 다시 애원하니 파초잎을 탄 선관이 적성의의 정성이 지극하다고 하고 그 효성에 感天하였다고 한다. 다만 속인은 弱水를 건널 수 없다고 하며 파초선에 오르라고 한 후 강을 건너 준다.[22] 그리고 적성의가 일령주를 구하여 돌아갈 때에도 선관이 지시하여 동방삭이 선관과 함께 弱水를 건너주고 돌아간다.[23]

이와 같이 <적성의전>에는 瀟湘江과 弱水라고 하는 두 개의 강이 초월적 존재와 관련을 맺고 있는 것으로 나타난다. 이 중에서 소상강은 초월계의 인물들이 반복적으로 출현하여 적성의의 정성을 시험하는 장소소의 성격을 띤다. 그리고 弱水는 그러한 초월적 존재들의 시험을 거친 주인공이 건너는 초월세계 그 자체이다. 물론 이 중에서 더 중요한 기능을 하는 것은 弱水이다. 이 강은 속세의 평범한 인간은 건널 수 없기에, 반드시 초월적 존재의 도움을 받아야 한다. 평범한 인간 적성의가 초월세계인 약수를 두 번 건너 약을 구하고 모친의 병을 구하는 이러한 서사과정에는 현실계의 강과 초현실적 성격의 강이 나타나며, 두 개의 강 모두에 초월적 존재가 출현하게 된다. 그런데 이러한 강과 초월적 존재는 주인공 적성의의 정성을 시험하는 장소이거나 시험대상자이면서 원조자의 역할을 할 뿐 다른 특별한 능력을 부여하는 것은 아니라는 점에서 인물의 탐색담에 관여한다는 성격이 짙다고 할 수 있다.

이후 적성의는 형 항의의 위해로 인해 눈이 멀고 온갖 고난을 겪지만, 호승상에게 구원되고 중국 천자와 공주의 사랑을 받은 후 눈을 뜨고 부모와 다시 상봉하게 된다. 이와 같이 <적성의전>에 나타난 弱水와 초월

---

21) <적성의전>, 142~144면 참조.
22) <적성의전>, 144~145면 참조.
23) <적성의전>, 149~150면 참조.

계의 결합은 적성의의 구약여행 과정에서 그의 정성을 시험하는 기능과 함께 그가 일령주를 구하기까지의 탐색과정을 원조하는 역할을 하도록 결구되어 있다.

<적성의전>과 성격은 조금 다르지만, 江·山과 초월계 및 초월적 존재의 결합이 인물의 탐색담을 위해 직조된 작품으로 <숙향전>이 있다. <적성의전>이 모후의 병환을 고치기 위해 약수를 건너 서천 청룡사를 찾아갔다면, <숙향전>은 하늘에 의해 정해진 과정을 거친다는 점에서 탐색의 성격이 조금 다르다. 그리고 숙향은 天定된 액운의 과정을 거치면서 그 과정의 종착점이 배우자를 찾는 것에 있다면, 이선은 天定된 삶을 살아가되 액운은 없이 숙향과 설중매(매향 소저)라는 배우자를 탐색하고, 또 황태후의 병을 치료할 수 있는 약을 구하는 救藥談이 첨가되어 있다는 점에서 숙향과 차별된다. 이와 관련되는 내용을 정리해 보면 다음과 같다.

① 김생이 반하수에서 어부들에게 잡힌 거북을 비싼 값에 주고 사서 놓아주다.[24]
② 김생이 벗을 찾아보고 돌아 오는 길에 운교 다리를 건너다가 물이 크게 불어 다리가 무너져 죽을 위기에 처했을 때, 반하수에서 살려주었던 거북이 구해주고, 신기한 구슬을 주다.(19면)
③ 김생이 그 구슬로 빙폐하여 결혼을 하고, 名山大川에 기자치성하여 숙향을 낳다.(19~21면)
④ 숙향이 장승상 댁에서 쫓겨나 표진강에서 빠져 죽으려 할 때에 龍女가 구해주고, 자신은 동해 용왕의 딸인데, 숙향의 부친인 김전이

---

24) 황패강 역주, 연강학술도서 한국고전문학전집5 <숙향전>, 고려대학교민족문화연구소, 1993, 17면 참조. 이하에서는 연속되지 않은 인용문의 경우 인용문 옆 괄호 속에 페이지를 표시하는 것으로 각주를 대신한다.

반하수에서 구해주었던 거북이라고 하고, 숙향에게 앞으로 남은 액운에 대해 알려 주며, 천태산 마고선녀가 숙향을 구하려고 기다린다고 하다.(47~53면)

⑤ 표진강으로 통하는 양진강에서 선녀로부터 구원을 받으며, 화덕진군이 준 화주로 배 안 사람들의 기갈을 면하게 해주다.(159면)

⑥ 김전이 숙향을 찾아 헤맬 때에 반하수 용와이 은혜를 갚기 위해 상제께 고하여 숙향을 만날 길을 가르쳐 주다.(181~183면)

위 인용문은 강과 초월적 존재와의 관계를 정리해 본 것이다. <숙향전>에서 초월계와 관련을 맺는 강·산 중에서 중심이 되는 것은 반하수와 표진강, 천태산과 봉래산이다. 위 인용문에서 알 수 있는 바와 같이, 반하수는 숙향의 부친 김전이 어부들에게 잡힌 거북을 구해주었던 곳이다. 이로 인해 그 자신도 운교 다리에 물이 불었을 때 보은을 받으며, 거기서 받은 계안주는 결혼 빙폐로도 활용되고 후일 황태후의 병을 고치는데 사용되기도 한다. 또 김전이 잃어버린 딸 숙향을 찾아 헤맬 때 반하수 용왕이 은혜를 갚기 위해 상제께 고하여 숙향을 만날 길을 가르치기도 한다.

그리고 표진강은 김전이 반하수에서 용왕의 딸인 거북을 살려준 은혜와 관련되어 지속적으로 숙향의 삶에 영향을 끼치는 장소이다. 숙향은 天定된 액운의 기간인 15일 동안 여러 번 죽을 위기를 만나게 되는데, 그 중 하나가 표진강에서의 죽을 위기와 용녀의 구출이다. 인용문 ④에서 볼 수 있는 바와 같이, 숙향은 장 승상 댁에서 시비 사향의 모해로 쫓겨나 표진강에서 뛰어들어 자결하려고 한다. 이 때 물 속에서 검은 소반 같은 것이 숙향을 태워 연엽주에 태우고, 검은 것이 변하여 계집 아이가 된 후 자신은 반하수에서 어부에게 잡혀 죽을 뻔했는데, 김전이 구해주어 그 은혜를 갚는다고 한다. 그리고 표진강에서 죽을 액과 蘆田에서 화재를 만나고, 낙양 옥중에서 죽을 액을 만날 것임을 알려준다. 이런 점에서 볼 때 반하수와 표진강은 은혜를 베풀고 갚는 장소로 형상화되어 있다. 특히 표진강은 초월계의 의지가 반영된 곳이라 할 수 있으며, 모든 과정은 숙향의 천정된 삶과 배우자 탐색 속에 용해되어 있다고 할 수 있다.

또 인용문 ⑤에 제시된 바와 같이, 표진으로 통하는 양진강에서도 숙향은 전일 만났던 선녀로부터 구원을 받고, 화덕진군이 준 화주로 배안 사람들의 기갈을 면하게 해준다. 그리고 이 표진강은 숙향에게서만 유의미한 장소가 아니라, 그 배우자인 이선에게도 초월계의 인물들이 나타나 구원을 주기도 하는 장소이다. 이선이 숙향의 畵像을 사지 못하고 표진강에 나와 지향없이 두루 찾고 있을 때에, 청의동자가 다가와 숙향을 보려거든 배에 오르라고 한다. 그러면서 표진강을 지키는 신령이 자신에게 이르기를 숙향이 이 물에 빠져 죽게 되니 자신이 구하여 동쪽으로 가게 하였다는 말을 전해 준다.[25] 이 또한 강과 초월적 존재가 문학적으로 결합되어 인물의 탐색에 관여하고 있는 것으로 볼 수 있다.

<숙향전>에서는 강뿐만 아니라, 산도 초월계 및 초월적 존재와 밀접한 관련을 맺는 것으로 나타나며, 인물의 탐색담과 구약 여행담에 기여하는 것으로 나타난다. 이와 관련된 내용을 개략적으로 정리하면 다음과 같다.

① 숙향이 노전에서 화재를 만나 화덕진군의 도움으로 위기에서 벗어나고, 벌거벗고 방황하다가 천태산 마고선녀를 만나 따라가 의탁

---

25) <숙향전>, 95~97면 참조.

하다.(63~65면)

② 황후가 병이 나서, 이선이 봉래산 개언초와 천태산 별이용, 동해용
왕의 계안주를 얻으러 갈 때에 숙향이 이선에게 천태산 마고선녀
에게 주라며 글을 전하다.(199~201면)

③ 도중에 동애 용왕의 아들을 만나 함께 가고, 봉래산에서 전생 설
중매와의 인연과 현세의 인연을 알게 되다.(203~217면)

④ 봉래산에서 약을 얻어 돌아오다가 천태산에서 길을 잃고, 이 때
대성사 부처가 나타나 길을 가르쳐 주다.(219면)

⑤ 이선이 천태산 마고선녀를 만나 숙향의 안부를 전하고, 약을 가지
고 무사히 돌아와 황후를 살리다.(219~227면)

<숙향전>에서 초월계 및 초월적 존재와 유의미한 관계를 이루는 산
은 천태산과 봉래산이다. 먼저 천태산은 인용문 ①에 나타난 바와 같이
숙향과 마고선녀의 만남과 원조를 통해 의미를 획득한다. 천태산 마고선
녀와 청삽사리는 작품 전반부에서부터 후반부에 이르기까지 숙향의 액
운과 탐색에 관여하며, 심지어는 죽은 후 초월계에 가서조차 두 사람은
서로 소통하게 된다. 그리고 천태산은 인용문 ②~⑤에 나타난 바와 같
이, 이선이 황태후의 병을 치료하기 위한 구약여행의 대상으로 등장한다.
탐색 과정 중에는 龍子의 도움을 받고, 천태산에서는 자신의 출생담과
관련이 있는 대성사 부처의 도움으로 길을 찾아 구약여행에 성공 한다.

<숙향전>에서 봉래산은 두 가지 의미를 가지고 있는데, 하나는 이선
의 배우자가 되는 매향 소저의 전생이 봉래산 설중매였다는 점이고, 다
른 하나는 그가 황태후의 병을 치료하기 위해 사용되는 약이 봉래산 개
언초라는 점이다. 이선은 구약 여행 과정 중에 반하수 용왕의 아들과 함
께 봉래산에 이르고, 봉래산에서 선관의 도움으로 전생 능허선의 딸 설
중매와 부부되었던 일과 현생에서의 관계에 대해서도 듣고 또 세 가지

약도 구하게 된다.26)

　이와 같이 <숙향전>에 나타난 산과 초월계 및 초월적 존재와의 결합
은 숙향과 이선의 탐색담과 관련이 있음을 알 수 있다. 숙향과 이선은
모두 天定된 탐색을 하고 있지만, 숙향은 천상 득죄로 인한 징벌로 인해
액운의 성격이 강하게 나타나고, 이선의 경우에는 숙향과 매향이라는 두
배우자 탐색에 더하여 황태후의 약을 구하는 구약 여행담이 첨가되어
있다고 하겠다.

　이상에서 역사 신화와 옛이야기, 그리고 고소설에 나타난 강·산과
초월세계와 관련된 문학적 형상화에 대해서 살펴보았다. 이를 통해서 알
수 있는 것은 강과 산은 서사문학의 초기부터 초월계와 밀접한 관련을
맺으면서 주인공의 성격과 서사전개에 관여하고 있다는 점이다. 그리고
조선시대 고소설에서는 여러 유형의 작품에서 강·산과 초월세계 및 초
월적 존재가 문학적으로 결합하여 다양한 의미 창출에 기여하고 있었다
는 점이다. 이러한 점은 고소설이 대중화되면서 더욱 더 관습적으로 활
용되었다고 판단된다.

　그러면서도 이러한 대중적 통속성은 하나의 규칙성을 가지고 있기 때
문에 작품 속에서 하나의 코드로 작용하여 독자의 이해를 높는 것이 사
실이다. 이러한 코드나 기호를 이해하게 되면 고소설의 서사구조나 인물
의 성격을 이해하는 데 매우 유용하다. 따라서 이러한 규칙성을 서급한
통속성으로 간주하여 고소설의 구성방식과 소재가 '천편일률적'이라는
저평가를 받는 동인으로 작용되어서는 안 된다고 생각한다. 강·산과 초
월계의 문학적 만남이라는 대중성은 이 시대에 가장 쉽고 유용하게 통

---

26) <숙향전>, 217면.

용될 수 있는 독자와의 소통 코드이기 때문이다.

4. 마무리

지금까지 강·산과 초월세계 및 초월적 존재와의 문학적 결합의 전통과 고소설에서의 양상에 대해 살펴보았다. 동양의 서사문학에 나타나는 초월세계나 초월적 존재는 강·산과 밀접한 관련을 맺고 있고, 이들의 결합을 통한 문학적 형상화는 오랜 전통을 가지고 있는 것으로 나타난다. 그리고 이것은 오랜 전통을 가지고 다양하게 변모해 왔다는 점에서 문학적 관습이면서 하나의 문학적 코드의 기능을 가지고 있다고 본다. 동양의 서사문학에 등장하는 초월세계는 두 차원의 시간과 공간에 걸쳐 사는 경험을 제공하는데, 특정한 강이나 산과 결합하여 메시지를 전달한다는 것은 그러한 강과 산, 그리고 초월세계의 결합은 일반화된 코드이고 소통방식일 수 있기 때문이다. 이런 점에서 동양의 서사문학, 특히 우리 고소설에 나타나는 강·산과 초월세계 및 초월적 존재와의 문학적인 결합은 문학적 대중성을 확보하고 있다고 볼 수 있다. 이하에서는 이상에서 논의된 내용을 요약하는 것으로 결론을 삼고자 한다.

먼저 2장에서는 강·산의 超越的 性格과 文學的 傳統에 대해 살펴보았다. 1절에서는 역사 신화를 대상으로 하였는데, 구체적인 작품으로는 <단군신화>와 <혁거세신화>, 그리고 우리에게 익숙한 <주몽신화>를 중심으로 하여 이들 작품에 나타난 강과 산의 초월적 성격에 대해 간략히 고찰하였다. 그리고 2절에서는 옛이야기 속에 등장하는 강·산과 초월계의 결합 양상을 살펴보았다. 우리의 <견우와 직녀>와 중국의 <우

랑 직녀 이야기>에 나타난 '은하수', '天河'의 성격과 기능에 대해 살펴보았다. 이 작품에서는 역사 신화와 달리 강과 초월세계의 결합에 의해 구체적으로 인간의 아픔과 시련, 그리고 그 극복의 일면이 드러나기 시작한다. 즉 인간과 초월계의 상호 우위에 서고자 하는 대결의식이 엿보인다.

3장에서는 古小說에 나타난 강·산과 超越的 存在의 문학적 기능에 대해 논의해 보았다. 먼저 1절에서는 강·산과 초월계의 만남이 유교이념을 옹호하는 대상으로 활용되고 있음에 주목하였다. 이에 해당하는 작품으로는 <창선감의록>과 <사씨남정기>를 제시하였다. 이들 작품에 등장하는 강과 산은 역사적으로 의미 있는 곳이며, 특히 유교에서 충신 열사들의 죽음과 관련이 있고, 여기에 등장하는 초월적 존재는 주인공의 성격을 부각시키면서 작가의 주제의식 구현에 적극 활용되고 있었다.

2절에서는 강·산과과 초월적 존재의 결합이 영웅서사를 구현하는 것과 관련 있음을 살펴보았다. 먼저 <유충렬전>에서는 강·산과 초월세계 및 초월적 존재가 다양하게 결합되어 영웅서사를 전개시키는 데 기여하고 있으며, 시두에 나타났던 강이나 산이 서사의 중반이나 후반부에서 유기적인 관련을 맺음으로써 서사석으로 탄탄한 구성이 되게 하는 데 기여하고 있는 것으로 나타났다. 그리고 <백학선전>은 <유충렬전>과 달리 강·산과 초월직 존재의 결합이 여주인공의 능력 발휘와 남녀의 결연을 위한 서사에 좀 더 의미 있는 기여를 하고 있는 것으로 보았다.

3절에서는 주인공의 시련과 극복을 그린 탐색담을 서사화하는 방식에 강·산과 초월세계 및 초월적 존재의 결합이라는 장치가 사용되고 있음을 논의해 보았다. 먼저 <적성의전>에 나타난 瀟湘江과 弱水에 나타난 초월적 존재는 주인공 적성의의 구약여행의 정성을 시험하고 원조하는 역할을 하는데 집중되어 있음이 드러났다. 그리고 <숙향전>의 경우에는 강과 산의 초월적 존재의 결합이 숙향과 이선의 天定된 탐색에 긴밀하게 관연하는 것으로 나타났다. 숙향의 경우에는 천상에서의 득죄와 그로 인한 현실에서의 징벌이 15년 액운과 배우자 탐색으로 나타나고 있는데, 이 과정에서 반하수와 표진강, 천태산 등이 초월세계 및 초월적 존재와 결합되어 숙향의 탐색에 관여하고 있었다. 그리고 이선의 경우에는 역시 천정된 현실의 삶을 살아간다는 점에서는 숙향과 비슷하나 그에게는 액운이 없으며 숙향과 매향이라는 두 배우자 탐색과 황태후의 병환을 치료하기 위한 구약여행담이 초월세계 및 초월적 존재와 결합되어 의미를 형상화하는 것으로 나타난다.

　이러한 강·산과 초월세계 및 초월적 존재와 문학적인 결합은 서사문학의 초기부터 조선후기까지 지속적으로 목도되는 현상이다. 이런 점에서 강·산과 초월세계의 결합은 관습적인 성격이 강하며, 그 관습성은 통속적 대중성의 속성으로 연결된다고 할 수 있다. 그러나 그러한 대중적 통속성은 하나의 규칙성을 가지고 있기 때문에 작품 속에서 한의 코드로 작용하여 독자의 이해를 돕고, 작가와 독자를 소통하게 할 수 있게 하는 기제가 되었다고 생각한다.

참고문헌

김기동 외 편, <백학선전>, 서문당, 1984

김기동 외 편, <사씨남정기>, 서문당, 1993.

김학주 역, 『新譯 陶淵明』, 명문당, 2002.

陶淵明, <桃花源詩幷記>.

박성봉·고경식 역, 『三國遺事』, 서문문화사, 1987.

성백효 역주, 『현토완역 詩經集傳』 下, 전통문화연구회, 2010.

『詩經』.

완판본 <유충렬전>, 최삼룡·이월령·이상구 역주, 연강학술도서 한국고전문학전집 24, 『유충렬전』, 고려대학교민족문화연구소, 1996.

완판 86장본 <유충렬전> 상권, 국학자료원, 『고소설판각본전집2』, 1994.

위앤커 저, 전인초·김선자 옮김, 『중국신화전설1』, 민음사, 2007.

李奎報, 『東國李相國集』 卷三 古律詩 東明王篇.

이래종 역주, <倡善感義錄>, 고려대학교 민족문화연구원, 2003.

이순지 저, 김수길·윤상철 공역, 『天文類抄』, 대유학당, 2009.

이윤석 외 교주, 연세국학총서 34, <적성의전>, 경인문화사, 2006.

一 然, 『三國遺事』.

황패강 역주, 연강학술도서 한국고전문학전집5 <숙향전>, 고려대학교민족문화연구소, 1993.

제2부 가정과 국가와 고소설 주인공

출생담을 통해서 본 〈소현성록〉의 가문의식 발현 양상

1. 시작하며

이 글은 인물 출생담을 통해 〈소현성록〉에 나타난 家門意識의 두 가지 양상을 살펴보는데 목적을 두고 있다. 〈소현성록〉은 단일한 스토리가 일관되게 진행되는 것이 아니라 여러 인물 서사와 삽화들이 복합되어 있는 작품이다. 그래서 이 작품의 특징도 다양한 에피소드만큼 다각적으로 분석될 수 있다. 그러면서도 이 작품 전면에는 유교사회의 가문의식이 일관되게 흐르고 있다는 점을 부인할 수 없다. 그리고 〈소현성록〉의 가문의식 발현 양상도 하나의 시각에서만 접근할 수 있는 것이 아니라 여러 관점에서 입체적으로 검토될 수 있다.[1] 그 다양한 관점 중

---

1) 비교적 이른 시기에 〈소현성록〉에 나타난 가문의식에 관심을 보인 연구자로는 이승복이 있다. 그는 가정·가문소설에 나타난 처첩갈등을 다루면서 가장의 부재에 의한 가문의 위기와 극복의지에 대해 논의한 바 있다(이승복, 「처첩갈등을 통해서 본 가정소설과 가문소설의 관련양상」, 서울대학교 대학원 박사학위논문, 1995. 이 글에서는 이를 단행본으로

에서 필자는 인물의 출생담을 통해 드러나는 소씨 집안의 가문의식을 검토해 보고자 한다.

<소현성록>에는 주인공 소경뿐만 아니라, 그의 아들 소운성과 소운명, 그리고 소운명의 처첩, 소경의 딸 소수주와 인종황제의 출생담이 나타나고 있다. 이렇게 다양한 인물 출생담은 단순히 흥미 차원의 삽화에 그치는 것이 아니라, 유교이념에 바탕을 둔 가문의 창달과 번성이라는 주제의식 구현에 관여하는 것으로 나타난다.

일반적으로 고소설에 나타나는 출생담은 인물의 비범성을 상징하며, 조선 후기로 갈수록 관습적인 성격을 띠는 경우가 많다. 하지만 아직까지는 <소현성록>에 나타난 인물 출생담은 인물의 비범성과 이후 서사 전개 과정에 나타는 인물의 행위와 그와 관련된 주변 세계를 해석하는 하나의 중요한 코드로 작용하고 있다. 따라서 <소현성록>에 나타난 출생담은 아직 관습적으로 통속화되기 전의 모습이라고 할 수 있다.

이런 점에서 이 작품의 작가는 출생담을 관습적으로 활용한 것이 아니라, 출생담을 통해 작가가 구현하고자 했던 17세기 유교 중심의 家門 暢達과 繁盛을 드러내고 있다고 할 수 있다. 특히 작품 전·후반에 걸쳐 전체 서사를 이끌어 가는 중심인물이라 할 수 있는 소경의 출생담은 초월세계와 직접적으로 관계하면서, 이 작품이 궁극적으로 추구하는 儒敎 的 예교주의와 가문의식의 구현과 밀접한 관련을 맺는 것으로 나타난다. 이에 비해 소경의 자녀들과 그의 배우자들의 출생담은 그 성격과 기능이 소경과 동일하지 않다. 소경의 출생담은 소씨 가문의 창달을 위해 아주 상세하고 구체적인 과정을 통해 제시되고 있음에 비해, 소운성과 그

발간한 다음의 저서를 참고로 하였다 ; 이승복, 『고전소설과 가문의식』, 월인, 2000, 62~ 70면, 263~269면 참조).

외 인물들의 출생담은 소씨 가문이 창달 된 이후, 소씨 가문의 번성을 드러내는 것과 더 밀접한 관련을 맺고 있다. 이에 필자는 〈소현성록〉에 나타난 두 가지의 출생담이 이 작품의 두 가지 가문의식의 발현과 관련이 있음을 구체적으로 살펴보고자 한다.

익히 알고 있는 바와 같이, 〈소현성록〉은 권성민[2])에 의해 비교적 상세한 실체가 밝혀지면서 학계의 많은 관심을 받아 왔으며, 다양한 관점에서 이 작품이 가진 의미들이 도출되었다. 旣刊에 연구된 내용들을 대략적으로 일괄해 보면 다음과 같이 정리할 수 있다.

(가) 작품의 총체적 연구[3])
(나) 인물 형상과 성격에 주목한 연구[4])
(다) 여성주의와 여성인물들의 행위와 관련된 연구[5])

---

2) 권성민, 「옥소 권섭의 국문시가 연구」, 서울대학교 대학원 석사학위논문, 1992, 32면 참조.
3) 임치균, 「연작형 삼대록 소설 연구」, 서울대학교 대학원 박사학위논문, 1992. 이 글에서는 이를 단행본으로 간행한 그의 저서를 주로 참고하였다. 임치균, 『조선조 대장편 소설 연구』, 태학사, 1996, 43~95면.
   임치균, 「소현성록 연구」, 『한국문화』 16집, 서울대학교 한국문화연구소, 1995, 31~73면.
   朴英姬, 「〈蘇賢聖錄〉 連作 硏究」, 이화여자대학교 대학원 박사학위논문, 1993, 1~238면.
4) 문용식, 「소현성록의 인물형상과 갈등의 의미」, 『한국학논집』 31집, 한양대 한국학연구소, 1997.
   양민정, 「소현성록에 나타난 여가장의 역할과 사회적 의미」, 『외국문학연구』 12호, 한국외국어대학교 외국문학연구소, 2002, 101~124면.
   盧政恨, 「소현성록의 인물 형상화 변이 양상―이대본과 서울대 21권본을 중심으로 ―」, 고려대학교 대학원 석사학위논문, 2004, 1~101면.
   정선희, 「소현성록 연작의 남성 인물 고찰」, 『한국고전연구』 12집, 한국고전연구학회, 2005, 37~68면.
5) 정창권, 「소현성록의 여성주의적 성격과 의의―장편 규방소설의 형성과 관련하여―」, 『고소설연구』 4집, 1998, 293~328면.
   백순철, 「소현성록의 여성들」, 『여성문학연구』 1집, 한국여성문학학회, 1999, 127~154면.
   장시광, 「소현성록 여성반동인물의 행위 양상과 그 의미」, 『여성문학연구』 11집, 한국여성문학학회, 2004, 347~373면.
   장시광, 「소현성록 연작의 여성수난담과 그 의미」, 『우리문학연구』 28집, 우리문학회,

158   제 2 부 가정과 국가와 고소설 주인공

(라) 서사구조 및 서술시각에 등에 주목한 연구6)
(마) 가문이나 이념성향과 관계된 연구7)
(바) 개별 화소의 특징에 주목한 연구8)

2009, 131~165면.
6) 송성욱, 『조선시대 대하소설의 서사문법과 창작의식』, 태학사, 2003, 13~306면.
박일용, 「소현성록의 서술시각과 작품에 투영된 이념적 편견」, 『한국고전연구』 14집, 한국고전연구학회, 2006, 5~37면.
조혜란, 「소현성록 연작의 서술과 서사적 지향에 대한 연구」, 『한국고전연구』 13집, 한국고전연구학회, 2006, 91~129면.
조혜란, 「소현성록의 보여주기 서술과 그 의미」, 『한국고전연구』 17집, 한국고전연구학회, 2008, 217~264면.
鄭湘憙, 「소현성록 쟁총담이 서사구성 방식 연구」, 서강대학교 대학원 석사학위논문, 2009, 1~90면.
조혜란, 「소현성록에 나타난 가문의식의 이면-반복 서술을 중심으로-」, 『고소설연구』 27집, 한국고소설학회, 2009, 74~107면.
金道煥, 「고전소설 군담의 확장 방식 연구」, 고려대학교 대학원 박사학위논문, 2010, 53~59면.
7) 조광국, 「소현성록의 벌열 성향에 관한 고찰」, 『온지논총』 7집, 온지학회, 2001, 87~113면.
김경미, 「주자가례의 정착과 <소현성록>에 나타난 혼례의 양상-본전을 중심으로-」, 『한국고전연구』 13집, 한국고전연구학회, 2006, 5~28면.
이승복, 「처첩갈등을 통해서 본 가정소설과 가문소설의 관련양상」, 서울대학교 대학원 박사학위논문, 1995 ; 이승복, 전게서, 62~70면, 263~269 참조.
지연숙, 「소현성록의 공간 구성과 역사 인식」, 『한국고전연구』 13집, 한국고전연구학회, 2006, 49~89면.
임치균, 「대장편소설의 수신서적 성격 연구」, 『한국문화연구』 13집, 이화여자대학교 한국문화연구원, 2007, 83~108면.
서인석, 「조선 중기 소설사의 변모와 유교 사상」, 『민족문화논총』 43집, 영남대학교, 2009, 57~86면.
8) 박영희(2005), 「소현성록에 나타난 공주혼의 사회적 의미」, 『한국고전연구』 12집, 한국고전연구학회, 2005, 5~35면.
임치균, 「소현성록에 나타난 혼인의 양상과 의미」, 『한국고전연구』 13집, 한국고전연구학회, 2006, 29~48면.
한길연, 「대하소설의 요약 모티프 연구-미혼단과 개용단을 중심으로-」, 『고소설연구』 25집, 한국고소설학회, 2008, 301~330면.
한길연, 「대하소설의 환상성의 특징과 의미」, 『고전문학과 교육』 20집, 한국고전문학교육학회, 2010, 469~513면.

이와 같은 선행 연구를 통해서 볼 때, 〈소현성록〉은 다양한 관점에서 연구자들의 주목을 받았음을 알 수 있다. 이것이 이 작품에 대한 모든 연구성과를 집적한 것이라고 단언할 수는 없지만, 아마도 〈소현성록〉에 대한 연구는 큰 틀을 중심으로 보았을 때 이 범위를 크게 벗어나지는 않을 것이라 생각한다. 그리고 이러한 선행 연구를 통해서 알 수 있는 것은, 여러 연구자들이 〈소현성록〉에 함의되어 있는 가문의식과 유교이념에 관심을 두었지만, 이를 출생담과 관련시켜 본격적으로 독해한 경우는 거의 없었다는 점이다. 따라서 필자는 이러한 선행 연구를 바탕으로 하되, 기존에 크게 관심 가지지 않았던 인물 출생담을 통해 〈소현성록〉에 나타난 가문의식의 두 가지 양상을 드러내 보고자 한다.

2. 인물 출생담과 가문의식 발현의 두 가지 양상

이 작품은 소경과 그 부인들의 이야기가 주를 이루는 본전(1~4권)과 소경의 여러 아들들과 그 부인들의 이야기가 중심을 이루는 별전(5~15권)으로 구분된다.[9] 그리고 이 두 이야기를 전체적으로 통어하고 있는 인물이 누구인지를 밝혀 주는 것이 바로 소경의 출생담이다. 그리고 자식들의 이야기가 중심을 이루는 별전에는 소운성의 상징적인 출생담과 소운명과 그의 처첩, 그리고 5녀 소수주와 인종황제의 출생담이 나타나고 있다. 이 중 본전에 나타는 소경의 출생담은 소씨 가문의 창달과 직

---

9) 이 글에서는 이 둘을 크게 구분하지 않고 〈소현성록〉으로 통칭하여 사용하고, 구분의 필요성이 있을 경우에는 〈본전〉과 〈별전〉의 명칭을 사용하고자 한다. 필자가 별도의 설명이 없다면 〈소현성록〉이라는 용어는 이 작품 전체를 통칭하는 의미로 사용되었음을 밝혀 둔다.

접적인 관련을 맺고 있으며, 그 자녀들과 배우자들의 출생담은 소경에 의해 창달된 가문을 더욱 번성시키는 것과 관련을 맺는 것으로 나타난 다. 이하에서는 이러한 양상을 구체적으로 살펴보기로 한다.

1) 가문 창달을 위한 소경[10]의 출생담

<소현성록>의 특징 중 하나는 父子 二代[11]에 걸쳐 출생담이 제시된 다는 점과, 일부 자녀들의 경우에는 그 배우자들의 출생담이 함께 제시 되고 있다는 점이다. 그리고 이러한 출생담이 소씨가문의 창달과 번성을 드러내는 것과 관련이 있다는 점은 이 작품의 특징이라고 할 수 있다. 그러나 이를 드러내는 방식은 동일하지 않다. 소경의 출생담은 작품 전 체를 통어하는 차원에서 폭넓고 장황하게 제시되며, 여기에 나타나는 주 요 내용은 소씨 가문의 부흥과 창달에 대한 것이다. 먼저 소경의 출생담 과 관련되는 부분을 차례로 정리해 보면 다음과 같다.

[A] 〈소광의 無子와 絶孫 危機〉

① 소광이 부인 양씨와 함께 하여 나이 서른이 되도록 자식이 없어 밤낮으로 슬퍼하다.

② 양부인 또한 걱정이 되어 대장군 석수신의 첩의 딸인 석파와, 양

---

10) <소현성록>은 작품 제명에서는 주인공의 이름이 '소현성'으로 나타나고 있지만, 서사 전면에 사용되는 이름은 거의 대부분이 '소경'이라는 이름으로 사용된다. '현성'은 그의 살아 생전의 별호라는 설명이 서두에 제시되고 있다. 이에 필자는 인용문에서 '소현성' 으로 직접적으로 나타나거나 특별히 '소현성'이라는 이름을 사용할 필요가 있을 경우에 는 '소현성'이라는 명칭을 사용하고, 논의 과정 중에서 단순한 개인을 지칭할 경우에는 '소경'이라는 이름을 사용하기로 한다.

11) 여기서 말하는 '父子'는 '아버지와 아들'이라는 의미로 제한된 것이 아니라, '부모와 자 식'이라는 의미로서 '子'에는 아들과 딸이 포함되어 있는 개념임을 밝혀 둔다.

인의 딸인 이씨를 얻어 남편에게 두 미녀를 권하다.

③ 수삼 년이 지나도록 두 미인이 전혀 잉태를 못하니 처사가 탄식하
며 모두 자신의 팔자라고 하다.

④ 일 년 후에 부인에게 갑자기 태기가 있으니 처사가 매우 기뻐하였
고 두 미인이 또한 기꺼이 아들 낳기를 빌었으나 아들을 얻지 못
하고 딸을 낳다.

⑤ 부인이 다시 잉태하여 산달이 가까워지자 처사가 향을 사르며 하
늘에 기도하면서 아들이기를 바랐는데 또 딸을 낳다.[12]

위 인용문 [A]는 소경이 태어나기 전 그의 부친인 소광이 無子로 인
해 한탄하는 내용과 두 딸을 연이어 낳는 내용이다. 소광은 8대 독자이
며 부부가 외로운 처지에서 서로 의지하여 지냈는데, 서른이 넘도록 자
식이 없어 아들 낳기를 빌었으나 연이어 두 딸을 낳는다. 두 딸을 낳아
無子는 면했으나, 여전히 대를 이을 수 있는 남자는 아니기 때문에 絶孫
의 위기를 벗어난 것은 아니다. 그러다가 우연히 소광은 신이한 胎夢을
통해 아들을 낳을 것임을 암시 받는데, 그 주요 내용은 소경에 의해 소
씨 가문이 창달할 것임과 그의 후손이 번성할 것이라는 내용이다.

[B] 〈胎夢과 소광의 後孫 暗示〉

① 소광의 꿈에, 자운산 꼭대기에서부터 신선의 음악이 넘실대고 봉
황 둥시에 머무르던 두어 신선이 여러 빛깔로 된 무늬가 고운 옷
을 떨치고 가볍게 내려오다.

② 신선들이 소광에게 다가와 손을 잡고 반기며 '헤어진 후 별 탈 없

---

12) 이대본 〈소현성록〉 1권, 정선희・조혜란 역주, 『소현성록1』, 소명출판, 2020, 27면. 이
글의 텍스트는 정선희와 조혜란 등 여러 연구자들이 역주한 이대본 〈소현성록〉으로 하
기로 한다. 이하에서는 번역본의 권호 및 페이지만을 밝히는 것으로 하고, 필요에 따라
서는 인용문 옆 괄호 속에 페이지를 제시하여 각주를 대신하기도 할 것임을 밝혀 둔다.

었냐'고 묻다.

③ 신선들은 '그대가 아들을 못 낳을까 근심하나 하늘이 명하셨으니
    후사를 어찌 염려하겠는가' 라고 하다.

④ 소광이 신선들에게 하늘이 명하셨다는 말이 무슨 뜻이냐고 묻고,
    후사가 없겠는지 가르쳐 달라고 하다.

⑤ 신선이 소매 안에서 꽃무늬가 어른어른하고 금으로 장신된 '백옥'
    하나를 주며, 이는 소광 집안의 귀중한 보내라고 하다.

⑥ 소광이 받아보니 갑자기 물건이 옥으로 된 용으로 변하고 금 장식
    은 황금빛 구름이 되어 좌우에서 용을 호위하여 둘렀다.

⑦ 소광이 괴이하게 여겨 자세히 보니, 옥룡이 스스로 움직여 구름을
    토하자 위에 서 있었던 聖人이 웃고 붓을 들어 '구름 雲'자와 '빛
    날 秀'자 다섯을 써서 처사를 보여주며, '이는 너의 聖孫이다'라고
    하다.13)

  위 인용문 [B]①~③에서는 소광의 전생이 天上 신선이었음이 나타난
다. 두 신선은 소광이 아들을 못 낳을까 근심하지만 하늘이 명하셨으니
후사를 염려하지 않아도 된다고 한다. 그러면서 인용문 ⑤와 같이 금으
로 장식된 '백옥' 하나를 소광에게 주는데, 소광이 받아보니 백옥이 갑
자기 용으로 변하고 금 장식은 황금빛 구름이 되어 좌우에서 용을 호위
한다(⑥). 소광이 자세히 보니, 그 옥룡이 스스로 움직여 구름을 토하자
그 위에 서 있던 聖人이 붓을 들어 '구름 雲'자와 '빛날 秀'자 다섯을 써
서 소광에게 주며 '이는 너의 聖孫'이라고 하여(⑦) 그가 絶孫의 위기에
서 벗어날 것임을 암시한다.

  뿐만 아니라 이 때 제시된 '옥룡'은 소광의 아들인 소경의 수호신 역
할을 하여 그의 자식이 초월적 존재로부터 보호 받을 것이라는 것도 함

---

13) 『소현성록1』, 28~29면.

께 제시된다. 이는 작품 후반부에서 소경이 운남국을 정벌하러 갈 때에 전당강의 용왕이 소경을 공격하려다가 배 주변에 일만 장이나 되는 玉龍이 서려 戰船을 옹위하고 있음을 보고 항복하고 절하는 장면[14]에서 확인된다. 그리고 인용문 ⑦에서 聖人이 써 준 '구름 雲'자와 '빛날 秀'자는 소경의 남녀 자식들을 상징하는데, 이는 소경의 아들들이 모두 '雲'자 돌림이며, 딸들은 '秀'자 돌림이라는 데서 확인이 된다.

따라서 소경의 출생담에서 먼저 암시되고 강조되는 것은 소광의 후손, 즉 소경과 그의 자식들의 번성과 안녕임을 알 수 있다. 그런데 이러한 숫자적인 번성만으로는 유교사회에서 추구하는 가문이 창달되었다고 하기에는 부족함이 있기에 그 후속적인 내용이 이어 제시된다. 이것은 소경의 前生譚[15]을 통해 드러난다.

[C] 〈蘇賢聖의 前生과 人世로의 下降 事緣〉

① 소광이 탄식하며, '아들도 없는데 어찌 후손을 바라겠습니까'하고 묻다.

② 신선이 자신은 남두성이고 다른 신선은 태상노군이며, 靈寶道君이 元始天尊과 태상노군과 함께 上清 비라궁에서 三清이 되었는데, 전황이 그내의 사정과 덕에 감격하여서 삼청 사제 숭에서 가려 뽑은 것이라고 하다.

③ 영보도군이 前世에서 그대에게 은혜를 입은 까닭에 자원해서 85일 말미를 얻어 내려오니 '구름 운'자와 '빛날 수'자가 도군의 자식이

---

14) 〈소현성록〉 11권, 최수현·허순우 역주, 『소현성록3』, 소명출판, 2010, 360면.

15) '인물 출생담'이라는 말은 매우 포괄적이다. 경우에 따라서는 인물의 '前生'을 포함하기도 하고, 또 어떤 경우에는 인물이 현세에 출행하기까지의 태몽과 비범성만을 의미하기도 한다. 또 이를 좀 더 확장하고자 할 경우에는 성장과정의 주요 사건과 사후담까지를 포괄할 수도 있다. 이에 필자는 '前生譚'과 '出生譚'을 구분하되, 별도의 설명이 없는 경우에는 '出生譚'이라는 용어로 통칭하여 사용하기로 한다.

라 하다.16)

위 인용문 [C]를 통해서 볼 때, 소경의 前生은 天上 靈寶道君이었다. 그러한 그가 現世로 下降한 원인과 아울러 소현성의 자식들이 빼어날 수밖에 없는 원인이 함께 나타나 있다. 인용문 ③에 제시된 것을 보면, 천상 영보도군은 前世에서 소광에게 은혜를 입은 까닭에 그 은혜를 갚기 위해 자원해서 85일 말미를 얻어 인간세상으로 내려온 것이 소경이다. 그리고 '구름 雲'자와 '빛날 秀'자가 도군, 즉 소경의 자식인데, 이들은 인용문 [C]②에 제시된 바와 같이, 천황이 소광의 사정과 덕에 감격하여서 三靑의 사제 중에서 가려 뽑은 것이다. 그래서 실제 소경의 10子5女는 모두 빼어난 인물로 등장한다.

이를 통해서 볼 때 <소현성록>의 전체 주인공인 소경은 물론이고, 그의 남녀 자식들 모두가 存在本源이 天上界임을 알 수 있다. 前世의 천상계 인물들이 지상으로 下降한 후 현세에서 한 가족이 되어 소씨 가문의 번성에 기여하게 되는 것이다. 다만 소씨 가문이 번성되기 위해서는 그 중심 인물인 소경의 성격이 특별할 필요가 있기에, 그 전에 천상 영보도군이 지상으로 하강하여 소씨 가문을 창달하는 것을 먼저 제시하고, 이어 빼어난 그의 자식들로 하여금 소씨 가문을 번성하는 순으로 제시될 것임을 제시하고 있다. 천상 영보도군이 하강한 인물인 소경의 비범성과 그에 의해 소씨 가문이 창달될 것임은 다음의 장면에서 구체적으로 암시된다.

---

16) 『소현성록1』, 29면.

[D] 〈人物의 出生과 非凡性〉

① 다만 소광의 팔자는 속세와 인연이 너무 없어서 도군이 영화롭게 되는 것을 보지는 못할 것이라 하다.

② 양씨는 비록 소광과 삼생의 부부이지만 속세 인연이 중하여 84일을 쇠지에서 보내는 기한이 차면 그대와 함께 할 것이라 하다.

③ 신선이 옥룡을 처사의 품에 넣고 '구름 雲'자와 '빛날 秀'자라고 쓴 것을 벽에 붙이다.

④ 소광이 자세히 보니 글자마다 생기가 흘러넘치는 듯하고 다섯 '수'자 중에서 다섯 번째 '수' 글자가 그 중 크고 글자 위에 黃龍이 어려 있다.

⑤ 소광이 잠자코 보는데 갑자기 품 가운데에서 옥룡이 변하더니 길이가 만여 장이나 되었다.

⑥ 옥룡이 눈 같은 비늘을 번득이고 여의주를 물고 양부인 자리로 들어가자 두 신선이 박장대소하고, 소광이 놀라 깨니 꿈이었다.

⑦ 양부인이 꾼 꿈도 같았으나 두 사람이 서로 말을 하지 않았으며, 각자 마음 속으로는 몰래 축원하다.

⑧ 이 일이 있은 후 양부인이 잉태하니 늘 기이한 향기가 방 가운데 어리고 기운은 더욱 맑고 깨끗하였다.

⑨ 양씨가 잉태한 지 일곱 달이 되었을 무렵 처사가 갑자기 병을 얻어 하루 만에 위태롭게 되자, 스스로 살지 못할 것을 알고 장인 양 참정을 모셔와 유언을 하다.

⑩ 소광이 부인 양씨에게 꿈 이야기를 하며 태 중에 있는 아이는 틀림없이 사내아이라고 하고, 신신의 밀이 영험하니 태아가 반드시 영화롭고 귀하게 될 것이라 하다.

⑪ 소광이 부인 양씨에게 아이의 이름을 '경'이라 하여 '서울 경(京)'자를 쓰고, 자를 '자문'으로 하라 하고, 불행하게 되어 또 딸이라 해도 꿈이 기이하니 이 아이로 제사를 잇게 하라고 유언하다.

⑫ 양씨 부인이 잉태한 지 14개월 만에 아들을 낳았으며, 산모의 요에서 기이한 향내가 진동하다.

⑬ 양참정이 아이를 보니 아이가 형옥과 같고, 바다 위에 뜬 달이 떨어진 듯 눈이 어찔하고 그 빛이 주위를 비추니 산천의 빼어난 기운과 음양의 정기가 어리어 사람이 된 것 같다.

⑭ 소경은 두 살이 못 되어 글자를 깨쳐 알고 세 살에 성인의 경전을 낭랑하게 외우게 되었다.

⑮ 소경이 다섯 살이 되자 유모를 물리치고 두 쌍 동자를 데리고 서당에서 놀음놀이를 하는데 하는 행동이 다 비상하였다.

⑯ 일곱 살이 되자 부인이 친히 글을 가르쳤는데, 한 가지 일을 들으면 백 가지 일을 통달하고 백 가지 일에 통달하면 천 가지를 깨달았다.

⑰ 소경은 총명이 뛰어났을 뿐 아니라 사람의 도리가 성숙해지고 효성이 출중하였다.17)

위 인용문 [D]①~⑫는 소경의 출생과 비범성 및 소씨 가문의 흥기에 대한 내용을 담고 있다. 특히 인용문 ①의 '도군이 영화롭게 되다'는 말은, 곧 '소경이 영화롭게 된다'는 의미로 해석할 수 있는데, 이는 소경에 의해 소씨 가문이 暢達될 것임을 의미한다. 그리고, 위 출생담은 전체적으로 소경의 비범성을 드러내고 있지만, [D]③의 '구름 雲'자와 '빛날 秀'에 대한 언급은 그의 자손들에 대한 이야기이며, 특히 [D]④의 내용 중, 다섯 '수'자 중에서 다섯 번째 '수' 글자가 그 중 크고 글자 위에 황룡이 어려 있다고 하는 부분은, 소경의 5녀 소수주를 직접적으로 지칭하고 있는 것이다. 소수주는 후일 인종황제의 正妃가 되어 '정헌선인황후'로 봉해짐으로써18) 소씨 가문의 영화가 극에 달함을 보여준다. 소경의 나머지 자식들도 모두 입신양명하는 인물로 나타나며, 그 딸들 또한 유

---

17) 『소현성록1』, 29~33면.
18) 『소현성록4』, 275면.

교사회에서 이상적 여인상으로 여기는 인물들로 나타남은 물론, 그 남편들도 입신하는 인물들로 그려진다.

이와 같이 소경의 출생담은 그 자신에 의해 소씨 가문이 창달되는 것을 드러내는데 그치지 않고 그의 자식들에 의해 소씨 가문이 번성될 것임을 총체적으로 암시하는 기능을 하고 있다. 물론 그 중심인물은 소경이며, 그를 중심으로 소씨 가문의 復興과 暢達이 이루어진다. 이러한 면은 〈소현성록〉 서두에 제시되어 있는 그에 대한 평이 이를 총체적으로 증명한다.

> ㉠ 소경은 태어날 때부터 산천이 지닌 기운과 해와 달의 정기, 그리고 천지의 조화를 타고 났다.
> ㉡ 가슴에는 세상을 다스릴 뜻을 품었고, 얼굴에는 어지러운 나라를 평안하게 할 재주가 어려 있으며, 빼어난 문장과 뛰어난 절개가 당대에 으뜸이었고 수려한 풍채는 천고에 따를 자가 없을 정도였다.[19]

위 두 인용문은 〈소현성록〉 전체 내용 중에서 소경의 성격을 압축해 놓은 말이다. 인용문 ㉠은 그가 산천이 지닌 기운과 해와 달의 정기, 천지의 조화를 타고 났기 때문에 ㉡과 같이 가슴에는 세상을 다스릴 뜻을 품었고, 얼굴에는 어지러운 나라를 평안하게 할 재주가 어렸으며, 빼어난 문장과 뛰어난 절개는 당대의 으뜸이었으며 수려한 풍채는 천고에 따를 자가 없다는 것이다. 이는 소경 개인의 비범성을 드러내는 것이면서 동시에 그가 유교사회에서 이상시하는 인물로 발현되어 소씨 가문을 暢達하였음을 의미한다. 곧 〈소현성록〉 서사 전면에서 나타나는 그의

---

19) '소승상 본전 별서', 『소현성록1』, 18면.

초월적인 능력과 현실적인 공명정대함은 위 두 인용문이 서사의 전면에
서 발현된 것이며, 이는 소씨 가문의 暢達과 직결되는 것이라 할 수 있
다. 이런 점에서 소경의 出生譚은 소씨 가문 전체의 부흥과 暢達을 총체
적으로 암시하고 있으며, 실제 서사에서 이것이 하나씩 발현되는 것으로
나타난다고 할 수 있다.

2) 가문 창달 후 가문 번성을 위한 子·女의 출생담

　소경에 의해 暢達된 소씨 가문은 그의 자식들인 소운성과 소운명 및
그의 처첩, 그리고 소수주와 인종황제의 출생담을 통해 소씨 가문이 더
욱 크고 화려하게 번성하는 것으로 나타난다. 그런데 자식들 출생담에
의한 가문 번성도 두 가지 양상으로 나타난다. 하나는 소운성의 출생담
을 중심으로 한 남성 중심의 가문 번성이고, 다른 하나는 소경의 자식들
인 소운명과 소수주의 배우자들, 즉 소씨 가문 圈外의 인물들에 의한 가
문의 번성이다.

(1) 소씨 집안 남성을 통한 가문 번성과 소운성의 출생담

　소경에 의한 가문이 창달된 소씨 집안은 자식들에 의해 가문이 번성
하는 것으로 이어진다. 그 중에서도 소씨 가문의 번성에 핵심적인 역할
을 하는 인물은 소운성이다. 소운성은 三台星의 하강이라는 상징적 출생
담을 가지고 있는데, 이러한 상징적 비범성이 구체화되면서 소씨 가문을
수호하고 번성시키는 것으로 서사가 진행된다. 이것은 그의 출생담에 나
타나는 삼태성이 상징하는 의미가 실제 서사 문면에서 하나씩 확인되는
과정을 통해 소씨 가문을 수호하고 부흥하는 것으로 드러난다. 소운성의

출생담에 드러난 삼태성의 상징적인 의미는 바로 사람을 낳고 지켜주는 신장이라는 의미와 나라를 구할 운명이라는 상징성이다. 이는 소운성의 文武 兩雄的 능력을 통해 현실화 된다.

[A] 〈胎夢과 出生〉

① 소승상의 셋째 아들 '운성'의 字는 '천강'이다.
② 모친 석씨의 꿈에 三台星을 삼키고 아들을 낳았기에 '별 星'자로 운자를 쓰다.[20]

위 인용문 [A]는 소운성의 출생담이다. 소운성은 석부인이 꿈에 三台星을 삼키고 아들을 낳았으며, '별 星'자로 운자를 삼았다고 했다. 그리고 그의 字가 天降인 것은 소운성의 전생인 삼태성이 하강한 것과 무관하지 않다. 이러한 三台星은 여러 가지 상징적인 의미를 가지고 있는데, 文武的인 특성이 여기에 다 포함되어 있으며, 천상과 지상에서 하는 역할도 부여되어 있다. 『天地瑞祥志』와 『天文類抄』에 제시되어 있는 三台星에 대한 기록을 보면 다음과 같다.

三台星 · 上台 · 中台 · 下台의 세 별자리를 말한다. 『신서』 권11 『천문지상』 '中宮', 293쪽에서 "삼태는 6개의 별로 이루어졌다. 첫째는 '天柱'로서 삼공의 자리다. 인간세계에서는 三公이고, 천상에서는 三台이다. 덕을 열고 부신을 선포하는 일을 주관한다. 서쪽으로 문창에 가까이 있는 두 별을 '上台'라고 한다. 司命이 되니, 수명을 주관한다. 그 다음 두 별이 '中台'로서 '司中'이 되니, 종실을 주관한다. 동쪽의 두 별이 '下台'로서 司祿이 되니, 전쟁을 주관한다. 덕을 밝게 비추고 어긋나는

---

20) 〈소현성록〉 5권, 정선희 역주, 『소현성록2』, 2010, 59면.

일을 틀어막는 까닭이다."라고 하였다.21)

> 三台 : 三台는 三公의 지위이니, 주로 덕을 베풀고 임금의 뜻을 널리
> 펴는 일을 한다. 서쪽으로 文昌에 가까운 두 별이 上台이니, 司
> 命이 되고 수명을 주관한다. 그 다음의 두 별이 中台이니, 司中
> 이 되고 宗室의 일을 맡는다. 동쪽의 두 별을 下台라고 하니, 司
> 祿이 되고 국방에 관한 일을 맡는다. 삼태로써 덕을 밝게 하고,
> 어긋나는 것을 막는 일을 하는 것이다.22)

위 두 인용문을 통해서 볼 때 삼태성은 인간세계에서 三公의 지위이
며 주로 덕을 베풀고 임금의 뜻을 널리 펴는 일을 한다고 한다. 실제로
소운성은 후일 진왕의 자리에 오르는데 이 과정에서 그는 천자의 명을
잘 수행하는 인물로 나타난다. 또 '下台'가 사록으로서 전쟁을 주관한다
고 하는 것은 소운성의 무인적인 비범성을 통해 발현되며, 덕을 밝게 비
추고 어긋나는 일을 틀어막는다는 것은 소운성이 儒敎 이외의 異敎들을
대하는 태도에서 목도된다. 소운성이 불교를 배척하고 절을 불태우는 극
단적인 행위나, 소무신이라는 무당과의 대결 속에서 유교이념을 수호하
는 것은 유교이념의 덕을 밝게 하고 어긋나는 일을 막는데 해당된다. 儒
學을 숭상하는 소운성의 입장에서 佛家와 巫俗은 儒學의 바른 정신을 해
치는 요사스러운 대상들이기 때문이다. 소운성이 유교이념을 중심으로

---

21) 三台六星, 兩兩而居 起文昌 列抵太微 一曰 天柱 三公之位也 在人曰三公 在天曰三台 主開
德宣符也 西近文昌二星曰上台 爲司命 主壽 次二星曰中台 爲司中 主宗室 東二星曰下台 爲
司祿 主兵 所以昭德塞違也(김용천·최현화 역주, 『天地瑞祥志』, 인용문서원, 2007, 61면
104번 각주에서 재인용).

22) 三公之位也 主開德宣符 西近文昌二星曰上台 爲司命主壽 次二星曰中台 爲司中主宗室 東二
星曰下台 爲司祿主兵 所以昭德塞違也(이순지 저, 김수길·윤상철 공역, 『天文類抄』, 대유
학당, 2009, 277면).

한 맑은 정신의 구현은 단순한 治家 행위이거나 修身의 차원에 그치는 것이 아니라 유교이념의 구현을 통해 소씨 가문을 번성시키는 것과 관련된다. 이는 위 인용문에 나타난 삼태성의 상징성이 소운성의 文武兩雄的인 비범성을 통해 드러나고 이것이 그로 하여금 국가적 공신이 되게 함으로써 소씨 가문은 번성하게 되는 것으로 나타난다. 먼저 그의 문무 양웅적 성격을 정리해 보면 다음과 같다.

[B] 〈蘇雲星의 文武兩雄性〉

〔B〕-1. 〈蘇雲星의 文人的 非凡性〉

① 소운성이 아버지와 스승에게 붙들려 기운을 줄여 儒學에 힘쓰니, 3년 만에 만 권의 책을 통달하다.[23]

② 소운성이 과거에 장원급제하다.[24]

〔B〕-2. 〈蘇雲星의 武人的 非凡性〉

① 하루는 소운성이 책을 보관하던 누각에서 책을 들춰 보다가 병법서인 『육도삼략』을 보고 서너 달을 공부하여 어린 아이로 가질 수 있는 모략을 완전히 터득하다.[25]

② 소운성이 나이 14세에 다다르자, 신장이 8척 5촌이고 허리는 화살대 같고 어깨는 화려한 봉황 같으며 두 팔이 무릎 아래로 내려갔다. 힘은 능히 구정을 들 만하였고, 모략은 손자, 오기보다 뛰어났다. 용맹은 염파와 이목보다 더하며 문장을 쓰는 재주는 태사 사마천과 능히 짝을 이룰 만하였다.[26]

③ 소운성이 외증조부 석장군의 집에 가서 석장군도 들지 못하는 假山을 옮겨 대청 앞에 가져다 놓다.[27]

---

23) 『소현성록2』, 61면.
24) 『소현성록2』, 98면.
25) 『소현성록2』, 60면.
26) 『소현성록2』, 65면.

④ 소운성이 청주자사로부터 '靑驄萬里雲'이라는 명마를 얻다.[28]

⑤ 소운성이 부친의 방에서 나는 소리를 듣고 가서 태상노군이 소경을 통해 소운성에게 주라고 맡긴 칠성참요라는 보검을 얻다.[29]

⑥ 칠성참요라는 보검이 스스로 칼집에서 나와 주인을 찾다.[30]

위 인용문 [B]의 내용 전체는 소운성의 文士的 비범성과 武人的 비범성을 각각 나누어 정리해 본 것이다. [B]-1은 소운성의 문사적 비범성을 드러낸 것이며, [B]-2는 소운성의 무인적 비범성과 관련된다. 소운성은 이러한 양면적인 비범성을 바탕으로 가문을 번성하도록 하면서 동시에 가문과 국가 및 유교이념을 수호하는 인물로 활약하게 된다.

먼저 <소현성록>에서 소운성의 유학적 문사로서의 특징은 怪力亂神을 멀리하고 또 요사스러운 기운을 물리치는 것으로 드러난다. 이를 잠시 살펴보면 다음과 같다.

① 소무신이 조용한 방 가운데서 머리를 풀고 칼을 잡고 귀졸을 호령하여 소운성의 넋을 풍도계로 잡아가라고 하니, 귀졸이 명령을 듣고 물러가 소운성이 자는 곳에 이르러 죽이고자 하다.[31]

② 문득 허공에서 신선 세 명이 황건역사에게 명하여 요사스런 무당 소무신이 삼태성을 해치지 못하게 소무신을 잡아 지옥에 넣으라고 하다.

③ 황건역사가 귀졸을 꾸짖어 물리치고 소무신 있는 곳으로 가고, 귀졸들은 우러러 보니 밝은 하늘에 삼태성이 밝게 빛나고 있어 놀라 흩어지다.

---

27) 『소현성록2』, 66~67면.
28) 『소현성록2』, 173면.
29) 『소현성록1』, 302~303면, 『소현성록3』, 126면.
30) 『소현성록3』, 126면.
31) 『소현성록3』, 52~53면.

④ 소무신은 귀졸들이 부마를 잡아올 것이라 생각하며 기다리다가 일곱 구멍에서 피를 흘리고 죽다.
⑤ 소현성이 소운성을 깨운 뒤, 두 귀신이 황건역사에 쫓겨 갔는데, 이는 요사스런 사람이 소운성을 해치려한 것을 소운성의 主星이 구한 것이라 하다.

위 인용문은 명현공주가 자신의 남편인 소운성을 죽이기 위해 무당 소무신에게 명하자 그녀가 요술을 부려 귀졸로 하여금 소운성을 죽이고자 하는 장면이다. 〈소현성록〉 중반 이후에 유교이념의 구현자 역할을 충실히 행하는 소운성은 초월계가 보호하는 인물이다. 그래서 그는 소무신이라는 무당의 요술에 당하지 않는다. 이는 서술자가 "요술은 끝이 있게 마련이며, 正人에게는 잡귀가 범접하지 못한다는 것이 과연 옳다"고 하는 말이나 소경이 "마음이 바르고 팔자가 굳세면 요사스러운 것이 가까이 못하는 법이다"라고 하는 설명을 통해 옹호된다. 이는 단순히 소운성의 비범성을 강조한 것이라기보다는 儒學을 하는 文士로서의 마음가짐을 강조한 것이며, 앞서 제시되었던 삼태성의 상징적인 의미 중 하나인, '신태로써 덕을 빝게 하며 어긋나는 일을 비로 잡는 섯'을 구제적으로 보여주고 있는 섯이다. 소운성이 佛道와 女僧에 대해 부정적인 태도를 드러내거나[32] 태산 아래 절에 불을 지르고 금부처상을 철편으로 박실내는 행위,[33] 그리고 셰명산 요괴 나섯을 죽이고 700년 묵은 구미호를 퇴치하는 것[34]도 이와 같은 맥락에서 해석될 수 있다고 본다.

이와 같은 소운성의 유학자로서의 문사적 특징은 무인적 비범성이 가

---

32) 『소현성록3』, 294~305면.
33) 〈소현성록〉 12권, 최수현·허순우·정선희 역주, 『소현성록4』, 소명출판, 2010, 61면.
34) 『소현성록3』, 131~151면.

미되면서 그 정도는 배가되는 것으로 나타난다. 인용문 [B]-2는 소운성의 武人的 비범성을 제시하고 있는 부분이다. 그는 범인이 범접하기 어려운 괴력을 소유하고 또 '청총만리운'을 얻는 데 이어, 태상노군이 소경을 통해 소운성에게 주라고 한 '칠성참요검'을 획득함으로써 완벽한 무인의 형상을 갖추게 된다. 이렇게 됨으로써 소운성은 덕을 베풀고 어긋나는 일을 막으며, 전쟁을 주관하고 국방에 관한 일을 담당하게 되는 것으로 나타난다.

[C]

ⓐ 소운성이 계명산 송간사에서, 꿩, 검은 뱀 1마리, 하얀 얼굴의 여우, 거북의 정령, 돌사자와 같은 요괴를 퇴치하다.[35]

ⓑ 파서 땅에서 장사 오악신과 겨루어 이기고 그를 목베다.[36]

ⓒ 삼관 미장산 촌가에서 아름다운 여인으로 변신한 700년 묵은 여우를 제압하고 집으로 데리고 와서 베어 죽이다.[37]

[C]-1.

ⓐ 운남국 정벌에서 소운성이 적장 야율류와 타룡, 타기, 달원 등을 목베고 큰 공을 세우다.[38]

ⓑ 소운성이 천문을 보고 자객을 사로 잡다.[39]

ⓒ 소운성이 여자 장사인 운남 왕후 팽환과의 힘겨루기와 활쏘기 대결에서 승리하고, 음란하고 간사한 팽환을 목베어 죽이다.[40]

---

35) 『소현성록3』, 131~134면.
36) 『소현성록3』, 138~142면.
37) 『소현성록3』, 145~152면.
38) 『소현성록3』, 364~370면.
39) 『소현성록3』, 372면.
40) 『소현성록3』, 374~380면.

앞의 인용문 중에서 [C]의 내용은 소운성이 덕을 베풀고 어긋나는 일을 막아 유교이념을 수호하는 역할을 수행하는 부분이라고 할 수 있다. 그리고 [C]-1은 부친 소경과 함께 운남국을 정벌할 때에 적장들을 목베고 뛰어난 지략을 발휘하여 공을 세우는 장면인데, 이는 소운성의 삼태성 출생담이 상징하는 전쟁 주관과 국방에 관한 일을 담당하는 일을 구체적으로 실현하고 있는 것이다.

이와 같은 과정을 거친 소운성에 대해 후반부에서는, '소운성은 文武의 재능을 두루 갖추었고 엄정하여 씩씩한 것이 부친에게서 이어받은 풍모가 있었으며, 조정과 재야에서 모두 중하게 여겨 별호를 청현이라고 하였다'[41]는 평가를 하게 된다. 그리고 벼슬이 꾸준히 승차하여 최종적으로는 진왕에 봉해지고, 소씨 가문의 번성을 책임지는 역할을 담당하게 된다.[42] 형부인과 60여 년을 함께 살고 자손 50여 인을 둔 부부가 연이어 죽었을 때에는 신기의 병마였던 '만리운'도 죽고, 칠성검도 스스로 울며 사라지면서 그는 자신의 소임을 다하게 된다. 따라서 소운성은 삼태성의 상징적 출생담이 서사의 전면에서 구체적으로 발현되는 과정을 통해 유교이념을 수호하는 역할을 하고 있으며, 이것은 동시에 소씨 가문의 번성으로 귀결되고 있다고 할 수 있다.

---

41) 『소현성록2』, 104면.
42) 〈소현성록〉에서 소씨 가문의 번성에 기여하는 인물은 소운성 외에도 여러 자식들이 존재한다. 장남인 소운경은 물론 소운현이나 그 외 10여 명의 아들들이 가문의 번성에 기여하고 있으며, 이들의 자식들도 소씨 가문의 번성과 어느 정도 관련이 있는 인물들이다. 그러나 〈별전〉의 서사가 진행된 이후 소경은 물론이고 서사적 흐름 자체가 가문의 번성의 중심 인물로 소운성을 다루고 있기, 이 글에서도 그를 중심으로 논의하였음을 밝혀 둔다.

(2) 소씨 집안 圈外의 출생담과 가문의 번성

<소현성록>은 소씨 집안 당사자들 뿐만 아니라 이들과 관계를 맺는 인물들의 출생담을 통해 소씨 가문의 번성을 드러내고 있기도 하다. 그 중 소운명의 일곱 처첩들이 그 일차적 대상으로 나타나며, 다른 하나는 소수주와 인종황제의 출생담을 통한 가문의 번성이다. 다만 소운성이 공적인 영역에서 보다 직접적으로 가문의 번성에 기여하고 있다면, 소씨 집안 圈外에 있는 인물들의 출생담을 통해서는 얼마간 우회적이고 간접적인 방법으로 소씨 가문의 번성을 드러내고 있다는 것이 차이점이라고 할 수 있다.

앞서 잠시 언급한 바와 같이 <소현성록>에는 8자인 소운명과 그의 처첩, 그리고 5녀인 소수주와 그의 배필인 인종황제에게도 출생담이 나타나며[43] 3녀인 소수아의 딸에게도 간략한 출생담[44]이 나타난다. 이 중에서 소운명과 그의 처첩들의 출생담은 前生의 대결이 現世에서 재현되고 있음을 드러내고 있는데, 이들의 이러한 출생담은 흥미적인 요소가 다분히 강하다고 할 수 있다. 그러면서도 임씨와 이옥주의 부덕과 多産을 통해 소씨 가문이 번성하는 것을 빼놓지 않고 있다. 먼저 소운명과 그 처첩들의 출생담에 나타난 이들의 갈등 양상을 살펴보고, 여기서 독해되는 가문 번성의 성격도 함께 논의해 보기로 한다.

[A] 〈소운명과 임씨의 前生譚과 關係〉
　① 소운명은 원래 동방 금강산 신선이다.
　② 동방신선이 유람하다가 봉래산에 이르렀는데, 봉래의 선녀 '홍연'

---

43) 『소현성록4』, 228~230면.
44) 『소현성록4』, 225~226면.

이 미모의 뛰어남을 자랑하자 동방선인 소운명이 계수나무 열매를 던져서 인연을 맺다.

③ 봉래부인이 이 말을 들은 후 '홍연'이 얼굴만 믿고 덕을 잃은 것을 몹시 안타깝게 여겨 얼굴을 박색으로 만들어 임씨 가문의 여자로 만들었는데, 그가 바로 '임씨'이다.45)

[A]-1. 〈이옥주의 前生譚과 동방선과의 관계〉

① 이옥주는 남해 바다 용왕의 딸이다.

② 용녀가 관음대사를 모시고 있었는데, 동방선인이 남해왕에게 아내로 달라고 하다.

③ 남해 용왕이 자신의 딸이기는 하지만 자신이 마음대로 하지 못해 관음에게 물어보니, 관음대사가 동방선인의 그윽한 정을 듣고는 佛家의 맑고 깨끗한 도덕을 어지럽힐 수 없다 하여 즉시 용녀에게 40일 말미를 주고 동방선인과 혼인하여 정실이 되게 하다.

④ 이옥주는 귀한 자녀를 두고 복을 누리지만 관음대사께서 유리병 지킬 사람이 없음을 근심하시고 또 용왕이 보고 싶어 하시기 때문에 타고난 수명이 짧다고 하다.

⑤ 그런데 소승상(소경 – 소현성)이 북두성께 청하여 35세를 살게 하였다고 하고, 이 또한 하늘이 정한 목숨의 기한이니 사람이 뜻대로 못할 것이라고 하다.46)

[A]-2. 〈정강선의 前生譚과 龍女, 동방선과의 관계〉

① 용녀의 곁에서 모시는 시녀가 하나 있었는데, 이름은 설낭이며 잉어의 정령이다.

② 설낭이 동방선의 얼굴을 흠모하여 늘 몰래 사통하고자 하니 용녀가 분노하여 한바탕 마구 때려 죽이다.

③ 죽은 설낭을 관음이 즉시 살려주시고, 용녀가 투기하는 것을 다스

---

45) 『소현성록4』, 65면.
46) 『소현성록4』, 65~67면.

리려고 하였는데, 동방선이 상제로부터 죄를 얻어 속세로 귀향을
가게 되다.

④ 동방선이 속세로 귀향을 가게 되자 봉래의 홍연도 따라가고 용녀
도 또한 스스로 귀향을 가서 인연을 맺기를 원하다.

⑤ 설낭 또한 관음대사의 명으로 속세에 내려가 있었는데, 동방선과
인연을 이루기 위해 월하노인에게 부탁하려 하다.

⑥ 이 때 용녀가 먼저 월하노인에게 가서 속세에 나가서 장부의 첫째
부인이 될 수 있도록 부탁하다.

⑦ 월하노인이 모든 일에는 차례가 있으니 홍연을 동방선 소운명의
정실로 삼고 용녀를 둘째 부인으로 하고 설낭이 세 번째가 될 것
이라 하다.

⑧ 그러자 용녀가 갑자기 달래며 자신이 비록 속세에 가서 장부를 먼
저 얻지만 당당하게 십 년을 거절하여서 설낭의 혼을 풀고 총애를
돌려보낼 것이라고 하다.[47]

[A]-3. 〈민씨, 국씨, 부씨, 요씨의 前生譚과 동방선과의 관계〉

① 설낭이 물러난 후 또 금강산 선녀 4인이 함께 이르러 말하기를, 자
신들은 선군 집안의 심부름꾼 시녀인데, 평소 선군의 풍채와 태도
를 우러러 사모하여 베개 받들기를 원하였으나 선군이 허락하지
않아서 마음속으로 서러워했다고 하다.

② 금강산 선녀 4인이 속세에 나가서라도 인연을 이루기 원한다고 말
하다.

③ 월하노인이 네 사람을 다시 불러서 붉은 실로 매어 동방선과 이어
주니 이들이 곧 민씨, 국씨, 부씨, 요씨이다.[48]

위 인용문 [A]에서 [A]-3까지의 내용은 소운명과 그의 일곱 妻·妾의

---

47) 『소현성록4』, 65~66면.
48) 『소현성록4』, 66면.

전생담을 정리한 것이다. 이 인용문을 통해서 볼 때 인간 세상의 소운명
은 前生에서 동방 금강산 신선이며, 현세에서 그의 정실인 임씨는 전생
에 봉래의 선녀 '홍연'이었음을 알 수 있다. 홍연은 전생에서 자신의 얼
굴을 믿고 자랑하던 인물이었지만, 현세에서는 남편 소운명은 물론 주변
사람들이 모두 흉하게 여기는 형상을 한 임씨49)로 태어난다. 전생에서는
홍연의 아름다움으로 인해 두 남녀가 맺어진 것에 비해, 현세에서는 추
함으로 인해 남편이 가까이하기를 기피하는 관계로 설정되어 있다.

하지만 임씨는 외모는 추하지만 유교사회에서 중시하는 婦德을 갖춘
인물로 형상화됨으로 인해, 소씨 가문의 입장에서는 더할 나위 없이 소
중한 존재로 그려진다. 임씨의 이러한 내적 아름다움은 소경과의 대화나
집안 사람들의 시험을 통해 드러나고, 또 소부인이 인정하는 것으로 구
체화 된다.50) 그리고 소운성이 임씨는 천하를 다스릴 지략을 감추었다고
인정51)함으로써 그녀에 대한 지나친 폄하는 더 이상 나타나지 않는다. 그
리고 이후 소운명과 임씨는 13자 7녀를 낳음으로써 소씨 가문이 번성하는
데 일조하게 된다. 애초 소광이 아들이 없어 절손의 위기를 겪었다는 점
을 감안한다면 이는 가문의 번성으로 보아도 별 무리가 없을 듯하다.

따라서 소경과 소부인, 그리고 소운성 등이 인정하는 임씨의 婦德은
이 작품이 추구하는 유교이념의 구현이라는 정신에 잘 부합되는 인물이
나. 소경이 작품 서두에서부터 색을 멀리하고, 또 며느리들의 덕성을 중
시하고 있음은 이 작품이 시종일관 추구하는 유교이념의 구현이면서 동
시에 소씨 家門의 안정과 繁榮을 위해 꼭 필요한 요소이기 때문이다.

---

49) 『소현성록3』, 206~208면 참조.
50) 『소현성록3』, 209~217면.
51) 『소현성록3』, 275면.

임씨가 남편 소운명에 의해 지속적으로 박대를 당하면서 여성의 婦德을 체현하여 소씨 가문의 일원으로 인정받고 있다면, 소운명의 첩 이옥주는 아주 긴 액운의 기간을 거치는 과정에 그녀의 婦德이 드러나는 인물이다. 이옥주는 전생에 남해 용왕의 딸([A]-1)이다. 그녀는 현세의 소운명이 이옥주에게 반하여 먼저 접근한 것처럼, 전생에서도 동방선이 먼저 용녀에게 접근하는 관계로 설정([A]-1②)되어 있다.

하지만 전생에 용녀였던 이옥주의 인간 세상에서의 처지는 전생과 극명하게 차이가 난다. 현세의 이옥주는 이부상서의 딸로 태어나 일찍 부모를 여의고 고아가 되어 우연히 소운명에게 의탁하는 신세가 되었다가 결연하는 인물이다.[52] 또 전생의 용녀는 동방선과 인연을 이루었지만, 그 말미가 40일 간이었던 것처럼, 현세에서의 이옥주도 수명이 그리 길지 못하다. 이를 보면 이옥주의 현세는 전생의 연장선이라 할 수 있다. 다만 그녀의 처지가 전생에서는 고귀한 용녀였다가 인간세상에서는 소운명의 첩으로 나타난다는 점이 다르다. 그녀는 전생의 사건이 원인이 되어 현세에서는 그로 인해 액운을 겪는 것으로 형상화 된다.

이옥주의 액운은 정강선과의 관계를 통해 나타나는데, 이는 두 인물이 전생에서 맺었던 악연과 관련이 있다. '[A]-2①, ②'를 보면, 용녀가 자신의 남편인 동방선과 사통한 잉어의 정령인 정씨를 때려 죽이는 것으로 인해 두 사람은 원한 관계가 형성되었음을 알 수 있다. 관음이 설낭을 즉시 살려 주고 용녀의 투기를 다스리려고 하였지만 동방선이 上帝로부터 득죄하여 人世로 謫降하게 됨으로써 이 두 사람의 관계는 복잡하게 얽히게 된다. 이는 [A]-2④~⑧의 과정으로 나타나는데, 전생의 갈

---

52) 『소현성록3』, 231~274면 참조.

등 관계가 인세에서 연장되는 구도를 형성하게 되는 것이다. 다만 그 처지는 바뀌어서 전생에서는 용녀가 자신의 시녀인 잉어의 정령, 즉 정강선을 핍박하고 때려 죽이는 것으로 나타나지만, 현세에서는 정강선에 의해 이옥주가 액운을 겪는 것으로 나타난다.

실제로 이옥주는 정강선과 성영의 계교[53]로 인해 심한 고초를 겪는다. 이는 여승이 말한 바와 같이 전생의 연분이 현세에서 다시 합쳐진 것이고, 전생의 원수를 현세에서 갚는 것[54]이다. 하지만 여승은 '전생에 사나웠고 또 죄를 얻었을지라도 환생한 후 德을 닦으면 얼음 녹 듯하고 복을 받을 수 있다'[55]고 하여 이옥주와 정강선의 현세에서의 삶을 문제 삼고 있다. 이옥주가 전생에서는 잉어의 정령이었던 정강선을 학대하고 죽인 용녀였지만, 현세에서는 당대 유교사회에서 추구하는 婦德을 체현하는 인물이기에 긍정적으로 그려지고 있으며, 이는 유가의 현세적 삶의 태도를 우선시 하는 태도와 관련된다.

이와 같은 태도는 정강선에게 역으로 적용된다. 정강선은 전생에서 잉어의 정령으로 용녀에게 죽임을 당하였다. 그런데 이를 현세에서 보복하고 있기에 그녀는 당대 유교사회에서 금기시하는 투기를 하는 여성이며 不德한 여자로 매도당한다. 이는 다음의 女僧이 하는 말을 통해서 분명하게 확인된다.

설낭이 비록 태사의 칙명이 지닌 위세 때문에 정씨 가문의 귀한 여자가 되어 소시랑의 셋째 부인이 되었지만, 이부인에게 때 지난 원한을 제기하지 않고 함께 잘 지냈다면 이씨의 복이 정씨에게 돌아가고 이씨가

---

53) 『소현성록3』, 383면.
54) 『소현성록4』, 66면.
55) 『소현성록4』, 66면.

전생에 투기하여 살인한 죄와 허물은 이씨 스스로 입을 것이었습니다. 그러나 정씨가 내숭스럽고 음흉한 꾀를 펴서 단지 이씨를 해하려 했을 뿐 아니라 망령되게 규목랑을 성씨 가문의 자식이라 하여 소시랑으로 하여금 의심하게 하여 부자간의 천륜을 어지럽혔습니다. 위로는 28수가 규성을 위하여 화를 냈고, 아래로는 남해의 용이 조그만 시녀가 감히 大師를 믿고 자신의 딸을 해치려 하는 것에 화가 나서 다시 관음대사에게 호소하였습니다. 대사가 또한 설낭이 일을 매우 심하게 어지럽히자 시집으로부터 쫓겨난 여자로 만들고 떠돌게 하여 위아래의 체면을 잃게 한 죄를 밝히셨습니다.56)

위 인용문은 전생에 설낭이었던 정강선이 전생의 원한을 현세에서 제기하여 이옥주를 해치려 했으며, 소운명의 자식을 성영의 자식이라 하여 소운명으로 하여금 의심하게 하고 부자간의 천륜을 어지럽혔다고 한다. 이는 정강선이 현세에서 저지른 악행이며 더구나 부자간의 천륜을 끊으려 한 것은 용납될 수 없는 행동이다. 그래서 정강선이 현세에서 저지른 행동을 초월계가 문제 삼아 쫓겨난 여자로 만들었다는 것으로 나타난다.

　정씨의 이러한 투기는 유교사회에서 家門의 화합을 방해하는 것은 물론, 가문 구성원 간의 반목을 조장하여 가문의 발전과 번성에 장애가 되는 것이다. 그래서 표면적으로는 여성들 간의 갈등인 것처럼 형상화되었지만 이러한 갈등을 통해 여성들의 투기를 억제하고 바른 심성의 발현을 유도하여 婦德을 체득하는 여성을 가문의 일원으로 수용하려는 의식이 내재해 있는 것이다. 그리고 전생에 용녀였던 이옥주를, 잉어의 정령이었던 정강선이 해치려고 한 것은 하늘의 질서를 거스르는 행위인데, 이 또한 신분질서와 상하 위계를 중시하는 유교적 사유의 한 단면이기

---

56) 『소현성록4』, 66~67면 참조.

도 하다는 점에서 가문의식과 밀접한 관련을 맺고 있는 것으로 볼 수 있다.

인용문 [A]-3은 현세의 소운명이 민씨, 국씨, 부씨, 요씨를 첩으로 들인 것을 전생의 금강산 선녀 4인이 하강한 것으로 설정된 부분이다. 이 또한 표면적으로는 축첩의 한 과정인 것처럼 그려져 있지만, 이 또한 소씨 가문의 번성을 반영한 의식의 한 단면이다.

이 외에도 소씨 가문 圈外에서 가문의 번성을 드러내고 있는 인물로는 5녀 소수주와 그의 배우자인 인종황제가 있다. 이 두 인물 역시 신이한 출생담을 가지고 있는데, 이들의 출생담은 서로가 대응되게끔 설정되어 있다. 그리고 소수주가 시련의 과정을 거쳐 인종황제의 정비가 되고 그녀의 多産을 통해 소씨 가문의 영화가 圈外로 확장됨을 보여주고 있다. 소수주와 인종황제의 출생담을 통해 이를 살펴보기로 한다.

[가] 소수주의 출생담과 비범성

① 석부인이 소소주를 잉태하였을 때 꿈에서 太陰星을 삼키고 태양의 정기를 쏘였다.

② 20개월이 지나서 소수주를 낳으니, 産室에 기이한 향기가 가득하였고 석부인의 기운이 몹시 맑고 깨끗하여 사람들이 모두 이상하게 여겼다.

③ 소수주는 어렸을 때부터 조용하며 말씀이 없었고 엄숙하고 단정하며 출입의 법도를 지키고 눈을 들어 사람 보기를 가볍게 하지 않았다.

④ 소수주는 어려서부터 문학을 좋게 여기며 글을 쓰고 읽는 것을 게을리 하지 않았다.

⑤ 부모는 소수주가 평범한 사람의 배우자가 되지 않을 것이라는 것을 알았다.

⑥ 태부인 양씨가 소수주를 보고, "이 아이가 훗날 萬人의 위에 서겠

구나”라고 하다.[57)]

[나] 인종황제의 출생담과 비범성

① 장헌명숙황후가 꿈에 해를 보시고 태자를 낳다.
② 태자의 얼굴은 달과 같았으며 기골은 엄하면서도 위풍이 있었다.
③ 태자는 어렸을 때부터 글 읽기를 좋게 여겼다.[58)]

위 인용문 [가]는 소경의 5녀 소수주의 출생담과 비범성이고, [나]는 인종황제의 출생담과 비범성이다. 이 두 출생담을 비교해 보면 두 인물의 성격이 잘 대응됨을 알 수 있다. 먼저 [가]의 소수주의 출생담을 보면 석부인이 소수주를 잉태하였을 때 태음성을 삼키고 태양의 정기를 쏘였다고 했는데, 이는 [나]의 인종황제 출생담에서 장헌명숙황후가 꿈에 해를 보고 태자를 낳은 것과, 태자의 얼굴이 달과 같았다는 것과 대응된다. 이러한 신이한 출생담은 두 인물이 천정배필임을 암시한다. 또 이들이 보인 비범성 중에서 ‘[가]⑤’와 ‘[나]③’에 나타난 바와 같이 두 인물은 글 읽기를 좋아하는 것으로 나타나 두 인물의 성격적 특징이 유사함을 드러내고 있다. 실제로 태자의 이러한 특징은 소운성과 소운현을 스승으로 두게 되고, 이로 인해 자연스럽게 태자가 소씨 가문과 인연을 맺게 하고 있다.

소수주와 태자의 이러한 인연은 훗날 소수주가 태자비로 간택됨으로써 현실화 되고, 소수주는 이후 정비 곽씨로부터 12년 간의 고초를 겪은 후 황후가 된다.[59)] 소수주의 이러한 부귀영화는 단순히 그녀 개인의 영

---

57) 『소현성록4』, 228~229면.
58) 『소현성록4』, 230면.
59) 『소현성록4』, 233~278면.

달을 의미하는 것이 아니라 소씨 가문의 번성을 의미한다. 이는 그녀가 황후가 되어 4자 3녀를 낳아 황실을 튼튼하게 하는 것으로 드러나고 있다.

이상을 통해서 볼 때 〈소현성록〉은 전체 주인공인 소경의 출생담을 통해 소씨 가문의 부흥과 창달을 예시하고 있는 작품으로 볼 수 있다. 그리고 작품 중반 이후에 소운성과 소운명 및 그 처첩, 그리고 종반에서 황후가 되는 소수주의 출생담을 통해 유교이념을 구현하고 그 과정을 통해 가문을 수호하고 번성시키고자 하는 작가의 의식이 노정되고 있다고 하겠다. 이러한 작가의식은 작품 말미에 이르러 소경의 내외 자손이 120명이 넘는다는 점을 하나하나 제시[60]하는 것과 소운성이 형부인과 함께 60여 년을 살면서 자손 50여 인을 두었으며, 소운명도 자손이 100여 사람이었다[61]는 점을 밝히는 것을 통해서 얼마간 확인할 수 있다.

3. 유교이념과 초월성의 결합과 가문의식

앞서 논의한 바와 같이 이 작품은 17세기 조선 사회가 추구했던 유교이념의 강화와 가문의 수호 및 번영을 다룬 작품이라고 할 수 있다. 이를 위해 〈소현성록〉은 儒敎를 말하면서 超越界를 적극적으로 끌어들이고 있다. 성동 유교에서는 괴력난신으로 멀리하는 초월성을 통해 유교이념을 강조하고 있는 것이다. 이런 점에서 〈소현성록〉은 유교이념과 초월성이 하나의 의미망을 형성할 수 있도록 조직되어 있다고 할 수 있다. 즉 유교이념에 초월성을 덧씌우면 화학 작용 같은 새로운 변화가 일어

---

60) 『소현성록4』, 359면.
61) 『소현성록4』, 362면.

나는데, 일반적이고 도학적인 유교이념으로는 婦德이 없는 여성을 징치할 정당한 근거를 제시하기 어렵고, 소씨 가문이 창달되고 번성하는 논리 또한 제시하기 어렵다. 하지만 초월계가 유교이념과 소씨 가문을 옹호하는 설정을 하게 되면 보다 쉽게 독자들을 설득할 수 있게 되는 것이다.

그리고 유교이념과 초월성은 낯선 관계이지만, <소현성록>에서는 소경과 소운성을 초월계가 비호하는 방식을 통해 유교이념과 자연스럽게 결합시키고 있다. 이것은 전체적으로 家門意識으로 귀결되고 있는데, 그 가문의식이 발현되기 위해서 매개 작용을 일으켜야 하는 유교적 덕목이 필요하다. 남성에게는 忠孝요, 여성에게는 婦德이 바로 그것이다.62) 남성인물 중에서는 소경과 소운성이 그 역할을 충실하게 이행하면서 가문을 창달하고 번성시키고 있으며, 여성의 경우에는 대비적인 방식으로 婦德이 있음과 없음을 강조하여 가문에 필요한 인물과 그렇지 못한 인물을 판단할 수 있도록 하였다. 그리하여 유교이념과 소씨 가문에 필요한 여성은 보호와 찬사를 받고 있으며, 그렇지 않은 여성은 출거나 죽임을 당하는 것으로 나타난다.

이러한 대비는 특히 여성인물에게 두드러지게 나타난다. <소현성록>에서 이를 가장 극명하게 보여주는 인물군은 석씨와 여씨이다. 석씨는 이 작품 전체에서 그 누구도 범접하지 못하는 婦德의 소유자로 형상화되어 있음에 비해, 여씨는 신행 첫날부터 양씨 부인과 소경에 의해 그 심성이 바르지 않은 인물로 묘사된다. 여씨는 그녀가 등장하는 처음부터 인품이 예의를 알지 못하는 인물63)로 그려지며 단약을 써서 석부인과

---

62) 소경이나 소운성과 같은 남성 인물에게서 나타나는 충효에 대해서는 앞서 포괄적으로 논의된 바 있으므로, 본 절에서는 여성의 婦德이 유교이념, 초월성, 가문의식과 맺는 관계를 중심으로 논의하기로 한다.
63) 『소현성록1』, 192~193면 참조.

화씨로 변하여 소경을 유혹하여 요상스러운 짓을 하다가 일의 전모가 탄로나 출거당하는 인물이다.64) 또 이와 유사한 경우로 소운성의 아내가 되는 명현공주와 형씨의 선악 대비65)가 있으며, 소운명의 세 아내인 임씨와 이옥주 및 정강선66)이 있다. 또 김현의 아내 소수빙과 취씨의 관계67) 그리고 인종황제의 두 왕비인 소수주와 곽씨의 대비68) 또한 유교이념에 의해 인물의 선악이 판가름 나는 경우라 하겠다.

〈소현성록〉에는 이들 뿐만 아니라 악인으로 등장하는 여성들의 경우 대부분이 유교이념의 체득과 구현 여부에 따라 인물의 善惡이 판가름 되고 있다. 그리고 이러한 여성들을 유교이념에 의해 평가하여 수용하고 퇴출하는 대상은 대부분이 남편들이다. 〈소현성록〉에 등장하는 남편들은 대부분이 유교이념에 충실한 인물들이며 그들의 판단에 의해 여성들은 善人이 되기도 하고 惡人도 된다. 이를 통해서 볼 때 〈소현성록〉의 남성 인물들은 유교이념과 가문을 수호하는 주체로 설정되어 있으면서, 여성들을 평가하는 주체이기도 하다는 점을 알 수 있다. 특히 그 중심인물이라 할 수 있는 소경과 소운성의 경우에는 초월계의 비호를 받고 있다는 점에서 이들의 행위는 절대성을 띤다. 따라서 소경과 소운성에 의해 행해지는 유교이념의 수호와 소씨 가문의 번성이라는 명세 속에는

---

64) 『소현성록1』, 215~244면 참조.

65) 형씨와 명현공주의 질긴 악연은 상당히 긴 지면을 통해 전개된다. 형씨는 명현공주와의 婦德을 대비하는 장면은 명현공주가 죽기까지 만을 기점으로 삼아도 충분히 드러난다. 필자가 사용하는 텍스트에서는, 『소현성록2』, 68면부터 형씨가 등장하며, 명현공주는 같은 책 127면부터 등장한다. 그리고 명현공주는 『소현성록3』, 97면에서 죽는다. 이분까지 제시되는 인물의 성격을 보면, 확연하게 유교적 윤리 이념에 의해 인물의 선악과 인품이 평가되고 있음을 알 수 있다.

66) 『소현성록3』, 205면 ~『소현성록4』, 67면 참조.

67) 『소현성록4』, 80~223면 참조.

68) 『소현성록4』, 228~278면 참조.

초월계의 절대성이 개입되어 있음을 알 수 있다.

그러면서도 <소현성록>에서 쉽게 이해되지 않는 것은, 철저하게 유교이념을 체득하고 구현하는 이들을 비호하는 대상이 초월계의 인물들이라는 점이다. 특히 이 작품 속에 등장하는 초월계는 소경과 소운성의 힘의 존재 근거가 되면서 한편으로는 이 두 인물에 의해 부정당하기도 한다는 점에서 다소 혼란스러운 면이 있다. 가령 소경의 출생담에 나타난 옥룡은 이후 소경을 비호하여 그가 다른 초월계의 신격에 의해 공격당하지 않도록 하는데 비해, 전당강의 용왕은 소현성을 공격하려다가 소경의 배 주위에 옥룡이 서려 있는 것을 보고 굴복하며 소경에게 심한 질책과 벌을 받는 초월계의 인물이다. 또 3천 년씩 도를 닦은 도화진인이 단약을 팔다가 소경의 存在本源이 천상 영보도군임을 알아보고 꾸짖음을 당하기도 한다. 또 유교이념의 구현자인 소경은 붓글씨로 요괴를 퇴치하기도 하여 지상의 모든 초월적 인물들보다 상위의 신격으로 나타난다. <소현성록>은 유교이념을 수호하는 소경을 별다른 수학의 과정 없이도 비범성이 내재화 될 수 있도록 그의 존재 본원을 천상계의 신격으로 설정하고 있는 것이다.

이러한 면은 그의 아들 소운성에게서도 발견된다. 소운성은 그의 존재 본원이 천상 삼태성이며 잠깐의 독학을 통해 괴력을 소유하고 천문지리를 꿰뚫어보는 능력을 획득하는 인물이다. 그는 이러한 능력을 획득한 후에는 佛道와 巫俗, 그리고 스님과 女僧들까지 제거하는데 앞장서는 인물이다. 그에게 있어 유학 이외의 異敎나 속신은 모두 부정해야할 것들이기 때문이다. 소운성의 경우에도 유교이념을 수호하고 강조하기 위해 초월적 능력이 부여되어 있으며, 지상의 요괴들은 그의 이러한 존재를 알아본다.

이를 통해서 알 수 있는 것은, 서로 다른 두 종류의 초월계 인물 중에서 보다 상위의 신격을 가진 초월적 존재는 소경과 소운성을 비호하는 방식을 통해 유교이념을 옹호하는 초월적 존재로서의 성격을 가지고 있다는 점이다. 그리고 다른 하나는 일반 현실의 인물보다는 초월적 능력을 가진 인물들이지만, 그 성격이 유교이념과 배치되거나 邪術이 섞여 있는 경우라면 비난과 징치의 대상으로 나타난다는 점이다. 전자의 경우에는 천상 영보도군이나 소경을 비호하는 옥룡, 그리고 소경과 소운성의 기운에서 뻗치는 신성한 기운과 같은 것이 해당된다. 그리고 후자의 경우에는 도화진인이나 구미호, 전당강의 용왕, 무당 소무신과 여러 정령들이 해당된다.

따라서 〈소현성록〉의 작가는 유교이념을 강조하기 위해서 초월계를 적극적으로 끌어들이되, 그 초월계의 성격을 이중적으로 활용하고 있다고 할 수 있다. 〈소현성록〉의 작가는 유교이념 이 외의 異敎나 怪力亂神에 대해서는 부정적인 입장을 취함은 물론 타도할 대상으로 인식하고 있다. 이를 위해서 작가는 소경과 소운성이 異敎와 사악한 초월계의 인물들 위에 군림할 수 있는 초월성을 부여하여 유교이념과 가문의식을 드러낼 수 있도록 하고 있다. 소경과 소운성 등이 구현하고 있는 유교이념은 상위 신격의 초월적 존재에 의해 보호받고 옹호되고 있는 것이다.

〈소현성록〉이 가지고 있는 이러한 성격에 대해 박영희는 '이원론적 세계관과 중세적 가치관'이라는 내용으로 논의한 바가 있다. 그녀에 의하면 〈소현성록〉 전체를 지배하고 있는 지상적인 삶의 원리는 유교적 윤리이념이며, 천상계의 원리가 지상적인 삶의 원리에 관여하고 지상계의 인물은 천상계와 밀접한 관련을 맺고 있다는 이원론적인 세계관은 장편 가문소설의 세계관과 일맥상통하는 것이라 하였다. 그리고 이러한 이원론적 세계관은 유교적 천명론과 맥이 닿는 것이라고 했다. 즉 인간은 천명에 순종하여 유교적 윤리에 충실한 삶을 살아야 하며, 유교의 천명은 초인간적 절대자인 천이 인간에게 명한 도덕적 사명으로, 인간은 천명을 다하면 천심에 부합하여 복을 받게 되고, 천명을 거역하면 화를 입게 된다[69]고 하고 있다.

이러한 박영희의 논의에서 주목할 것은, 인간세계의 지배 이념은 유교적 윤리이념이라는 점이며, 이를 지배하는 상위 질서는 천상계라는 점이다. 그리고 지상 세계의 지배 이념인 유교윤리를 잘 실천하는 것은 천상계의 뜻을 수행하고 복종하는 것이라는 점이다. 그렇게 되면 다른 異敎나 정신은 개입할 여지가 없게 된다. 다만 <소현성록>에서 유교이념을 옹호하는 도선적인 초월계는 유교이념화 된 초월계이며, 이때의 유교 또한 민간신앙화 된 유교로서의 성격을 가진다는 점에서 그 순수한 이념적 성격이 변형되어 있을 뿐이다.

이러한 특징은 <소현성록>이 도학적인 유교이념보다도 초월계를 적극 끌어들인 민간신앙화 된 유교이념과 결합되었을 때, 더 쉽고 분명하게 유교이념을 전달할 수 있다는 장점을 인식하였기 때문일 수도 있다. 어쩌면 유교이념이 소설적인 허구와 결합되는 것이, 유교적인 내용을 더욱 분명하고 효과적으로 전달할 수도 있는 것이다. 따라서 <소현성록>의 작가는 유교이념과 초월성의 배합과 구성의 변화에 의해 유교이념을 강조하고 가문의식을 드러내고자 하였다고 생각된다. 왜냐하면 유교이념이 민간신앙적 초월성과 결합됨으로써 경직된 유교이념에서 탈피할 수도 있고 소설 향유층에게도 더 깊숙이 침투할 수 있기 때문이다.

---

69) 박영희, 150면 참조.

4. 마무리

이 글은 출생담을 통해 〈소현성록〉에 나타난 두 가지 가문의식의 발현 양상을 살펴보는 데 목적을 두었다. 〈소현성록〉에 대해서는 既刊에 다각적인 관점에서 연구가 되었고, 또 이 작품에 나타난 가문의식에 대해서도 이미 논의된 바가 있지만, 필자는 출생담을 통해 그 접근 방식을 달리하여 이 작품에 나타난 유교이념과 가문의식을 탐색해 보았다. 이하에서는 이상에서 논의된 것을 요약하는 것으로 결론을 삼고자 한다.

먼저 2장에서는 〈소현성록〉의 가문의식 발현 양상은 출생담에 따라 두 가지 양상으로 나타남을 살펴보았다. 이 작품은 父子 이대에 걸쳐 출생담이 나타나는데, 가문의식을 드러내는 방식은 같지 않았다. 소경의 출생담은 작품 전체를 암시하면서 아주 장황하고 상세하게 제시되고 있는데, 이러한 그의 출생담은 소씨 가문 전체의 부흥과 창달을 암시하는 것이며, 이것이 실제 서사에서 하나씩 발현되는 것으로 나타나고 있었다.

이에 비해 소경의 子·女들의 출생담은 소경에 의해 가문 창달이 이루어진 후 가문 번성을 위한 성격이 강하였다. 이 또한 두 가지 양상으로 나타나고 있었는데, 하나는 소운성의 출생담을 중심으로 한 남성 중심의 가문 번성이었다. 소운성은 삼태성의 상징적 출생담이 서사의 전면에서 구체적으로 발현되는 과정을 통해 유교이념을 수호하는 역할을 하고 있으며, 이것은 동시에 소씨 가문의 번성으로 귀결되고 있었는데, 그는 공적인 영역에서 보다 직접적으로 가문의 번성에 기여하고 있는 것으로 보았다. 그리고 다른 하나는 소경의 자식들인 소운명과 소수주의 배우자들, 즉 소씨 가문 圈外의 인물들에 의한 가문의 번성이었다. 이들은 얼마간 우회적이고 간접적인 방법으로 소씨 가문의 번성을 드러내고 있다는 특징이 발견되었다.

마지막 3장에서는 유교이념과 초월성의 결합과 가문의식에 대해 살펴보았다. <소현성록>은 儒敎를 말하면서 초월계를 적극적으로 끌어들이고 있는데, 정통 유교에서는 괴력난신으로 멀리하는 초월성을 통해 유교이념을 강조하고 있는 것으로 보았다. 또 유교이념과 초월성은 낯선 관계이지만, 이 작품에서는 소경과 소운성을 초월계가 비호하는 방식을 통해 유교이념과 자연스럽게 결합되고 있으며, 이것은 전체적으로 가문의식으로 귀결되고 있다고 생각하였다. 그리고 그 가문의식이 발현되기 위해서는 매개 작용을 일으켜야 하는 유교적 덕목이 필요한데, 남성에게는 충효요, 여성에게는 婦德이 바로 그것이었다. 남성 인물 중에서는 소경과 소운성이 그 역할을 충실하게 이행하면서 가문을 창달하고 번성시키고 있으며, 여성의 경우에는 대비적인 방식으로 婦德이 있음과 없음을 강조하여 가문에 필요한 인물과 그렇지 못한 인물을 판단할 수 있도록 하였다. 그리하여 유교이념과 소씨 가문에 필요한 여성은 보호와 찬사를 받고 있으며, 그렇지 않은 여성은 출거나 죽임을 당하는 것으로 보았다.

이와 같은 현상은 유교이념과 초월계가 적절히 결합된 결과라고 보았는데, <소현성록>이 도학적인 유교이념보다도 초월계를 적극 끌어들인 민간신앙화 된 유교이념과 결합되었을 때, 더 쉽고 분명하게 유교이념을 전달할 수 있다는 장점을 작가가 인식한 것이라고 생각하였다. 왜냐하면 유교이념이 민간신앙적 초월성과 결합됨으로써 경직된 유교이념에서 탈피할 수도 있고 소설 향유층에게도 더 깊숙이 침투할 수 있는 것으로 보았기 때문이다.

참고문헌

1. 자료

김용천·최현화 역주, 『天地瑞祥志』, 예문서원, 2007.

이대본 〈소현성록〉, 정선희·조혜란 역주, 『소현성록1』, 소명출판. 2010.

이대본 〈소현성록〉, 정선희 역주, 『소현성록2』, 소명출판, 2010.

이대본 〈소현성록〉, 최수현·허순우 역주, 『소현성록3』, 소명출판, 2010.

이대본 〈소현성록〉, 최수현·허순우·정선희 역주, 『소현성록4』, 소명출판, 2010.

이순지 저, 김수길·윤상철 공역, 『天文類抄』, 대유학당, 2009.

2. 논저

권성민, 「옥소 권섭의 국문시가 연구」, 서울대학교 대학원 석사학위논문, 1992, 32면.

김경미, 「주자가례의 정착과 〈소현성록〉에 나타난 혼례의 양상―본전을 중심으로―」,
    『한국고전연구』 13집, 한국고전연구학회, 2006, 5~28면.

金道煥, 「고전소설 군담의 확장 방식 연구」, 고려대학교 대학원 박사학위논문, 2010,
    53~59면.

盧政垠, 「소현성록의 인물 형상화 변이 양상―이대본과 서울대 21권본을 중심으로―」,
    고려대학교 대학원 석사학위논문, 2004, 1~101면.

문용식, 「소현성록의 인물형상과 갈등의 의미」, 『한국학논집』 31집, 한양대 한국학연
    구소, 1997.

박일용, 「소현성록의 서술시각과 작품에 투영된 이념적 편견」, 『한국고전연구』 14집,
    한국고전연구학회, 2006, 5~37면.

朴英姬, 「〈蘇賢聖錄〉 連作 硏究」, 이화여자대학교 대학원 박사학위논문, 1993, 1~258면.

박영희, 「소현성록에 나타난 공주혼의 사회적 의미」, 『한국고전연구』 12집, 한국고전
    연구학회, 2005, 5~35면.

백순철, 「소현성록의 여성들」, 『여성문학연구』 1집, 한국여성문학학회, 1999, 127~154면.

서인석, 「조선 중기 소설사의 변모와 유교 사상」, 『민족문화논총』 43집, 영남대학교,
    2009, 57~86면.

송성욱, 『조선시대 대하소설의 서사문법과 창작의식』, 태학사, 203, 13~306면.

양민정, 「소현성록에 나타난 여가장의 역할과 사회적 의미」, 『외국문학연구』 12호, 한

국외국어대학교 외국문학연구소, 2002, 101~124면.
이승복, 「처첩갈등을 통해서 본 가정소설과 가문소설의 관련양상」, 서울대학교 대학원 박사학위논문, 1995.
이승복, 『고전소설과 가문의식』, 월인, 2000, 62~70면, 263~269면.
임치균, 「연작형 삼대록 소설 연구」, 서울대학교 대학원 박사학위논문, 1992.
임치균, 「소현성록 연구」, 『한국문화』 16집, 서울대학교 한국문화연구소, 1995, 31~73면.
임치균, 『조선조 대장편 소설 연구』, 태학사, 1996, 43~95면.
임치균, 「소현성록에 나타난 혼인의 양상과 의미」, 『한국고전연구』 13집, 한국고전연구학회, 2006, 29~48면.
임치균, 「대장편소설의 수신서적 성격 연구」, 『한국문화연구』 13집, 이화여자대학교 한국문화연구원, 2007, 83~108면.
장시광, 「소현성록 여성반동인물의 행위 양상과 그 의미」, 『여성문학연구』 11집, 한국여성문학학회, 2004, 347~373면.
장시광, 「소현성록 연작의 여성수난담과 그 의미」, 『우리문학연구』 28집, 우리문학회, 2009, 131~165면.
鄭湘憙, 「소현성록 쟁총담이 서사구성 방식 연구」, 서강대학교 대학원 석사학위논문, 2009, 1~90면.
정선희, 「소현성록 연작의 남성 인물 고찰」, 『한국고전연구』 12집, 한국고전연구학회, 2005, 37~68면.
정창권, 「소현성록의 여성주의적 성격과 의의-장편 규방소설의 형성과 관련하여-」, 『고소설연구』 4집, 1998, 293~328면.
조광국, 「소현성록의 벌열 성향에 관한 고찰」, 『온지논총』 7집, 온지학회, 2001, 87~113면.
조혜란, 「소현성록 연작의 서술과 서사적 지향에 대한 연구」, 『한국고전연구』 13집, 한국고전연구학회, 2006, 91~129면.
조혜란, 「소현성록의 보여주기 서술과 그 의미」, 『한국고전연구』 17집, 한국고전연구학회, 2008, 217~264면.
조혜란, 「소현성록에 나타난 가문의식의 이면-반복 서술을 중심으로-」, 『고소설연구』 27집, 한국고소설학회, 2009, 74~107면.
지연숙, 「소현성록의 공간 구성과 역사 인식」, 『한국고전연구』 13집, 한국고전연구학회, 2006, 49~89면.
한길연, 「대하소설의 요약 모티프 연구-미혼단과 개용단을 중심으로-」, 『고소설연구』 25집, 한국고소설학회, 2008, 301~330면.
한길연, 「대하소설의 환상성의 특징과 의미」, 『고전문학과 교육』 20집, 한국고전문학교육학회, 2010, 469~513면.

출생담을 통한 〈장백전〉과 〈유문성전〉의 내용 비교 연구

1. 시작하기

이 글은 왕조교체가 일어나는 영웅소설들[1] 중에서 〈장백전〉과 〈유문성전〉의 내용을 비교해 보는데 목적을 두고 있다. 이들 작품은 旣刊의 연구에서 영웅소설로 얼마간 논의가 진행되었던 것들이다. 이 중에서 〈장백전〉은 작품 내용의 세부적인 성격에 중심을 두고 '체세개혁형 영웅소설'[2]로 분류된 바 있고, '장백전 유형'[3]이라는 하나의 독립된 유형으로 설정되기도 하였다.

필자는 이들 작품이 가지는 공통적인 성격에 중점을 두어 '왕조교체

---

1) 왕조교체가 일어나는 작품으로는 이 글에서 다루고 있는 〈장백전〉, 〈유문성전〉 외에도 〈옥주호연〉, 〈음양삼태성〉, 〈현수문전〉 등이 더 있으나, 필자는 이 중에서 두 작품만 우선적으로 다루고 나머지 작품들은 지면을 달리하여 논의하고자 한다.
2) 임성래, 『영웅소설의 유형 연구』, 태학사, 1990, 39~44면.
3) 서대석, 『군담소설의 구조와 배경』, 이화여자대학교 출판부, 1985, 108~120면.

형 영웅소설'4)이라는 명칭을 사용하기로 하고, 출생담을 통해 왕조교체가 이루어지기까지의 전체적인 내용을 비교하는 것에 중점을 두고자 한다. 이러한 논의를 통해 장백이나 유문성이 天子가 되지를 못하고 세력이 열세에 있던 주원장이 建國主가 되는 과정을 보다 논리적으로 설명하고자 한다.5) 왜냐하면 既刊의 논의가 왕조교체의 주체가 되는 이유를 단순히 天命의 유무로만 설명을 하였는데, 이는 매우 지엽적이고 구체적이지 못하며 그 과정이 생략되어 있다고 보기 때문이다. 그리고 이러한 논의와 아울러 이 글에서 논의 대상으로 제시된 작품들이 기존 체제를

---

4) <홍길동전>에서 '적서차별'과 같은 문제는 현 왕조 체제 내에서 개혁의 대상이 된다고 할 수 있으므로 '체제개혁형'이라는 용어가 온당하다고 생각한다. 그러나 이 글에서 다루고 있는 작품들은, 단순히 이러한 체제 개혁에 그치는 것이 아니라, 체제 개혁이라는 부분적인 개혁으로는 안 될 정도로 국가가 문란해진 상태이다. 그래서 天意에 따라 새로운 왕조가 들어서야 한다는 것이 지배적인 논리로 작용하고 있다. 이런 점에서 '왕조교체'라는 용어가 좀 더 적극적인 개혁 성향을 가진 의미라고 할 수 있다. '체제 개혁'이 잘못된 왕조의 부분적인 개혁의 성격을 가진다면, '왕조 교체'는 왕조의 전면적인 변혁의 의미가 강하다고 할 수 있는 것이다.

5) 선행 연구에서는 장백이나 유문성이 힘의 우위에 있으면서도 天子가 되지 못하고 세력이 열세에 있던 주원장이 天子가 되는 것은 天命이 그에게 있기 때문이라고 보았다. 그러나 그 과정을 보다 구체적으로 드러내지는 못하였다. 이를 대략적으로 몇 가지만 살펴보면 다음과 같다.

김경숙, 「장백전 연구」, <목원어문학> 제11집, 목원대학교 국어교육과, 1992, 49~76면.

김용기, 「장백전에 나타난 천관념 고찰-인물의 운명과 천명의 실현을 중심으로-」, <어문논집> 제33집, 중앙어문학회, 2005, 51~78면.

류호민, 「유문성전 연구」, 한국교원대학교 대학원 석사학위논문, 2003, 1~84면.

박대복·이명현, 「유문성전에 나타난 갈등과 해결 원리-天定과 天命을 중심으로-」, <인문학 연구> 33집, 중앙대 인문과학연구소, 2000, 5~21면.

박일용, 「전기적 애정모티프의 영웅소설적 형상화 방식 연구-유문성전과 유생전을 중심으로」, <인문과학> 3집, 홍익대학교 인문과학연구소, 1995, 5~21면.

심재숙, 「장백전과 연의소설 '당진연의'의 관계를 통해 본 영웅소설 형성의 한 양상」, <어문논집> 32집, 안암어문학회, 1993, 261~284면.

정상진, 「장백전과 유문성전의 구조와 두 가지 문제」, <한국고전소설연구>, 삼지원, 2000, 293~323면.

최명자, 「장백전 연구」, 학국교원대학교 교육대학원, 2000, 1~156면.

수호하는 경향에서 탈피하여 역성혁명을 그리고 있다는 문제성에 주목
하여 이들 작품 내에서 왕조 교체가 이루어지는 原因과 方式도 함께 논
의의 대상으로 삼아 두 작품의 差別性을 드러내고자 한다.

2. 인물 출생담과 서사전개의 비교

인물 출생담은 여러 유형의 고소설에서 폭넓게 발견되는 화소이다. 특
히 영웅소설에서는 영웅의 비범성을 강조하기 위해 관습적으로 출생담
을 활용하기도 한다. 이것은 신화나 영웅설화에서 인물의 출생담과 전체
서사가 유기적인 관련을 맺으며 진행되었던 서사적 전통과 관련이 있다.
그래서 비교적 이른 시기에 창작된 것으로 보이는 〈최고운전〉이나
〈홍길동전〉, 〈구운몽〉, 〈숙향전〉, 〈금방울전〉 등에서도 인물의 출
생담은 전체 서사에서 아주 중요한 기능을 하고 있다.[6]

이 글에서 다루고 있는 두 작품도 인물의 출생담이 나타나고 있는데,
전체 서사와의 관계가 상당히 유기적이다. 이들 작품은 대개 18세기 중
반 이후에 양산된 것으로 추측되는데[7] 아직까지 인물의 출생담과 전체
서사와의 긴밀성이 깨뜨려지지 않았다는 점이 확인된다.[8] 〈장백전〉이

---

6) 신화, 영웅설화, 고소설의 출생담과 서사와의 상관성은 필자가 旣刊의 논의에서 이미 밝
   힌 바가 있다(김용기, 「인물 출생담을 통한 서사문학의 변모양상 연구」, 중앙대학교 대학
   원 박사학위논문, 2007).

7) 〈장백전〉은 小田幾五郎(1754~1831)이 쓴 『象胥紀聞』下, '雜聞'條에 그 題名이 보인다.
   이 책은 1794년에 씌어진 것으로 알려져 있는데, 이로 볼 때 〈장백전〉의 창작 시기는
   18세기 후반을 그 하한선으로 잡을 수 있다(小田幾五郎 著, 栗田英二 譯註, 『象胥紀聞』,
   이회, 2005, 9면, 186면 참조). 그리고 서대석은 〈유문성전〉이 〈장백전〉보다 후대에 나
   온 것으로 보고 있는데(서대석, 전게서, 108면), 이를 인정한다면 두 작품 모두 18세기 중
   반 이후의 작품으로 볼 수 있다.

나 <유문성전>에서 인물 출생담의 기능이 약화되지 않았다는 것은 그 시사하는 바가 크다. 出生譚이 天命의 주체를 논리적으로 해명해 주는 단서로 활용되기 때문이다. 따라서 이 두 작품에서 인물 출생담은 간과될 수 없으며, 전체 서사를 독해하는 중요한 기준이 된다고 본다. 이하에서는 이들 작품의 출생담과 전체 서사와의 관계를 정리하여 이를 확인해 보기로 한다.

1) 〈장백전〉의 출생담과 서사전개

이 글에서 다루고 있는 두 작품 중에서 출생담과 전체 서사와의 유기적인 관계가 더 긴밀한 것은 <장백전>이다. 이 작품의 중심인물이라고 할 수 있는 장백과 장소저, 주원장 삼인은 모두 천상에서 상제께 득죄하고 적강한 인물들이다. 인물 출생담은 이들의 갈등이 해결되는 과정과 王朝交替가 天命의 주체에 의해 이루어지는 이유를 논리적으로 보여주는 기능을 하고 있다. <장백전>의 주요 인물들의 출생담을 재구성하여 정리하면 다음과 같다.

(A) 〈張伯의 出生譚〉

〈祈子致誠〉
① 장환이 無子함을 슬퍼하여 훗길이나 닦으려고 평생에 남 구제하기를 좋아하다.

---

8) 물론 인물의 출생담이 인물의 성격과 전체 서사를 통어할 수 있느냐의 문제가 고소설의 절대적인 시기를 판가름할 수 있는 요소라고 단정 지을 수는 없다고 본다. 다만 전대의 신화나 영웅설화, 그리고 비교적 이른 시기의 고소설에서 발견되는 출생담과 인물의 성격, 그리고 전체 서사와의 유기성을 고려했을 때 그 흐름을 추정할 수 있는 근거는 될 수 있다고 본다.

② 금릉땅에서 벗을 보고 돌아오다가 한 女僧이 권선을 올리며 시주 하라 하여, 공이 황금 일백 냥을 적고 정성으로 발원하다.

③ 집으로 돌아와 황금 일백 냥을 내어 주니, 女僧이 상공의 은덕으로 퇴락한 절을 중수하여 부처가 풍우를 면하게 되었으니 세존이 감동하면 소원을 이룰 수 있으리라 하다.

④ 최씨 부인은 貴子 발원을 당부하고 예단을 더 주다.

〈張伯의 胎夢과 出生〉

⑤ 부인의 꿈에 女僧이 구슬을 주며, 이것은 天上 柳星인데 上帝께 得罪하여 인간에 내치심을 당하였는데 금강산 부처의 지시로 오게 되었다 하고 귀하게 길러 後嗣를 이으라고 하다.

⑥ 부인이 그 구슬을 받아 보니 瑞氣와 광채 눈을 쏘고, 다시 보니 구슬이 아니라 옥동자이며 장승상에게 夢事를 이르니 장승상 또한 같은 꿈을 꾸었다 하다.

⑦ 그 달부터 잉태하여 10달이 되니, 향내 진동하며 일개 옥동을 생산하며, 이름을 張伯이라 하다.

〈張伯의 非凡性과 天命〉

⑧ 張伯이 나이 칠세가 됨에 기이한 풍채는 선풍도골이요, 표표한 거동은 천지를 기울일 만하며 만고 영웅이며, 글을 가르침에 하나를 들으면 열을 통하다.[9]

⑨ 張伯이 짐승의 밥이 되어 죽고자 하나 猛虎 열둘이 옹위하여 다른 짐승을 금하다.

⑩ 張伯이 나무에서 떨어져 죽고자 하나 철관도사의 명을 받은 목동이 받아서 구하다.

⑪ 하늘이 張伯을 보낸 것은 朱元璋을 위한 것이며, 장백은 안남국 왕이 되게 하였다.[10]

---

9) 〈張伯傳〉, 仁川大學民族文化硏究所 編, 『舊活字本古小說全集』 12, 仁川大學民族文化硏究所 資料叢書刊行委員會, 1983, 85~86면. 이하에서는 작품명과 이 자료집의 페이지만을 밝히기로 한다.

앞의 예문은 <장백전>에서 실질적인 주인공이라고 할 수 있는 장백의 出生譚11)을 재구성하여 정리한 것이다. 그는 天子가 되지도 못하고 그러한 天命을 받지도 못하였지만 서사전개의 중심이 되는 인물이다. 전체 서사를 이끌어가는 실질적인 인물이면서 元 天子로부터 玉璽와 항서를 받아12) 힘과 명분상의 우위를 점하는 인물이기도 하다.

그런데 이러한 그가 왕조교체의 실질적인 주인공이라 할 수 있는 天子가 되지 못하는 이유를 위 출생담은 분명하게 보여주고 있다. 예문 ①~⑤에서 알 수 있는 바와 같이 장백은 그의 부모가 無子하여 슬퍼하다가 女僧에게 시주하고 금강산 부처의 지시로 자식을 점지받아 출생하는 인물이다. 그의 전생 신분은 天上 柳星이며 上帝께 得罪하여 인간 세상으로 내침을 당한 것으로 되어 있다. 그리고 예문 ⑧~⑪에 제시된 바와 같이 그는 비범한 인물이면서 하늘로부터는 朱元璋을 도운 후 안남국 왕이 되라는 명을 받은 인물이다.

이러한 장백의 출생담에서 알 수 있는 바와 같이, 장백은 그의 능력이 아무리 뛰어나고 수많은 활약을 하여 공을 세웠다 하더라도 그 모든 것은 朱元璋을 돕는 범위를 벗어나지 못한다. 그가 하늘로부터 부여받은 운명은 天子가 될 주원장을 돕는 조력자이면서 안남국왕이기 때문이다.

---

10) <張伯傳>, 85~142면.

11) '出生譚'의 본질적 의미는 인물의 출생과 관련된 기자치성이나 태몽, 그리고 인물의 탄생과 관련된 것이라고 할 수 있다. 그러나 이 글에서는 출생담이 인물의 전체 서사와 유기적인 관련을 맺고 있다는 점에 주목하여 좀 더 광의의 개념으로 활용하고자 한다. 이럴 경우 '인물담'이라고 할 수도 있으나, 인물담은 출생담과 전체 서사가 유기적이지 않아도 된다는 점에서 필자가 사용하는 '출생담'의 의미와 변별되는 부분이 있다. 그리고 <장백전>이나 <유문성전>의 경우에는 작품 문면 곳곳에 주요 인물들의 전생이 나타나고 있고, 이 전생담이 출생담과 함께 전체 서사에 관여하고 있기 때문에 이를 포괄적으로 다루고자 하는 필자의 의도가 '출생담'이라는 용어에 반영된 것이다.

12) 텬자ㅣ 형셰 급홈을 보시고 훌일 업셔 눈물을 흘니며 옥새를 밧들고 항셔를 써 장원수끠 올니거늘 원슈ㅣ 옥시와 항셔를 밧고.(<張伯傳>, 136면.)

그래서 작품 후반부에 가면 장백은 인간적인 慾望과 天命 사이에서 葛藤하기도 한다.13) 天子가 될 수 있는 힘과 능력이 있으며 元 天子로부터 받은 항서와 玉璽라는 명분도 있으니 그의 이러한 욕망은 당연한 것일 수 있다. 하지만 이러한 그의 인간적인 욕망을 잠재우는 것은 예문 ⑪에 제시된 스승 철관도사의 말과 그의 누이 장소저를 만나 朱元璋이 그의 매형임을 알게 된 이후이다.14) 스승의 말대로 天命이 자신에게 없고 또 그 천명의 주인이 자신의 매형이기 때문에 이를 부정할 수 없었던 것이다.

이상에서 볼 수 있는 바와 같이 장백의 비범성의 동인이 되는 것은 그의 신이한 출생담이며, 그가 모든 조건이 구비되었음에도 불구하고 天子가 되지 못하는 이유를 해명해 주는 것도 그의 출생담임을 알 수 있다. 장백의 출생담을 중심으로 하여 이를 간략하게 정리하면 다음과 같이 할 수 있다.

天上 柳星 → 上帝께 得罪하여 人世로 謫降 → 인간 세상 장환의 아들 → 선풍도골이며 만고 영웅 → 철관도사로부터 술법을 배움 → 元 天子로부디 항서와 玉璽를 받음 → 王朝交替의 主體가 되고자 함 → 天子가 될 수 없음 → 하늘이 張伯을 낸 이유는 朱元璋을 위한 것임 → 天命과 慾望 사이에서 葛藤함 → 스승의 말과 누이 장소저를 통해 天意에 승복함 → 안남국왕이 됨.

---

13) 쇼지 임의 텬하를 뎡후얏거눌 엇지 무단히 남을 주리잇가 도시 왈 다 하날이 임의 뎡하신 빈니 너는 삼가 텬명을 거역지 말고 주원장을 차자 도으라(〈張伯傳〉, 142면).

14) 동생 장백을 다시 만나보고자 후야 뎌셩스에 가 발원후다가 뜻밧게 텬자를 맛나 몸이 영귀하게 되었더니 …(중략)… 장원수ㅣ 전후 수말을 드름에 이는 곳 분명한 져져라 …(중략)… 쟝원수ㅣ 우름을 긋치고 왈 바라옵건디 져져는 심회를 뎡후시고 진중으로 도라가샤이다 하고 진중으로 도라와 텰관도스의 말숨과 갓치 텬명을 좃차 일변 디연을 비설후며 즉시 빅운단을 불너 이졍에게 글월을 전후야 이 일을 통하고 명황제를 뫼셔오라 후니(〈張伯傳〉, 142~143면).

인물 출생담에 의해 왕조교체의 주인공이 드러나고 또 실현되는 양상은 다음에 제시하는 朱元璋과 장소저의 경우에서도 재차 확인된다.

(B) 〈朱元璋의 出生譚〉

〈朱元璋의 前生과 謫降〉

① 부친이 적선하기를 일삼다가 朱元璋을 낳다.

①-1. 朱元璋은 원래 天上 心星이다.

② 광한전 설연시에 月宮姮娥와 눈주어 본 죄로 上帝께 得罪하여 謫降하였다.

〈朱元璋의 非凡性과 天命〉

③ 평생에 큰 뜻을 품었으며 조그마한 동국에서 심기를 펴지 못할 줄 알고 중원으로 구경 가다.

④ 朱元璋은 龍의 기상에 범의 거동을 하며 天子의 기상이 있다.

⑤ 朱元璋의 스승이 주원장의 왼손을 펴보니 손바닥 가운데 주홍으로 '明天子 朱元璋'이라고 씌어 있다.

⑥ 천황묘 神靈이 大明 太祖 朱元璋이 묘중에 있어서 들어가지 못하다.

⑦ 오방 신장이 大明 太祖의 姓은 朱氏이고 이름은 元璋이며, 上帝가 명하여 천군을 거느리고 大明 太祖를 호위하라 했다고 하다.

⑧ 上帝가 朱元璋을 大明 太祖 되게 하였다.[15]

위 예문 (B)는 작품 전면에서 산견되는 주원장의 출생담을 재구성해 본 것이다. 앞서 제시된 張伯의 출생담에서 나타났던 기자치성이나 태몽과 같은 상세한 출생의 과정이 생략되어 있기는 하지만, 주원장의 前生과 非凡性 그리고 그에게 부여된 天命의 내용을 충분하게 전달해 주고 있다.

---

15) 〈張伯傳〉, 90~125면.

예문 ①-1, ②에서 볼 수 있는 바와 같이 주원장은 전생에서 天上 心星이며, 上帝께 득죄하여 인간 세상으로 적강한 인물이다. 그리고 주원장이 본격적으로 등장하는 부분부터 작품 끝까지 시종 강조되고 있는 것은 그가 天子의 기상이 있다는 점과 大明 天子가 될 天命을 부여받았다는 직·간접적인 암시이다. 실제로 작품 문면에서도 주원장의 이러한 면을 구체적으로 부각시키고 있다. 이는 張伯이 세 아내의 도움으로 얻은 창두 삼천을 바탕으로 활약하기 시작[16]하는 것과는 달리 朱元璋은 기병하기까지의 과정이 아주 구체적인 것으로 나타난다. 이를 간단히 정리해 보면 다음과 같다.

유기의 꿈에 천황묘 신령이 안으로 들어가지 못하고 있어서 물어보니 大明 天子가 묘중에 있어서 들어가지 못한다고 하다. → 유기가 안으로 들어가 주원장을 보니 천자의 기상이 있다. → 유기가 자신을 소개하니, 주원장이 자신의 꿈에 신령이 나타나 大明 승상이 밖에 와서 기다린다고 하였다 하다. → 유기가 장자 유현에게 자신의 뜻을 알리고 자신이 기병할 때라고 하며 헌 옷으로 갈아입고 계양 땅에서 주원장과 함께 빌어먹다. → 전국에 흉년이 들었으나 계양 땅은 풍성하여 사방 걸인이 모여들다. → 유기와 주원장이 걸인을 모아 움막을 짓고 얻어온 음식을 모아서 같이 나누어 먹다. → 유기가 가산을 정리하여 군기와 복색을 준비하고 동류 360명을 모아 잔치를 배설하고 불덩어리를 그릇에 담고 불라고 하여 차례로 돌리다. → 불그릇이 유분셩 차례로 오니, 유문경이 그릇을 내려놓고 유기를 향하여 명령대로 하겠다고 하고, 유기가 그 뜻을 묻자 유문경은 불을 불면 일어나니 지금 주원장이 기병하겠다는 뜻을 알겠다고 하다. → 주원장과 유기가 백마를 잡아 360여 걸인이 하늘에 제사하고 맹세하다. → 유기와 유문경 등이 군기를 도적하여 계양산 어귀로 옮겨 360명을 무장시키고 진법을 연습하다.[17]

---

16) 장성의 숨부인이게 소식을 통호되 창두 숨쳔을 연쥬로 보내라 호다(〈張伯傳〉, 110면).

이상에서 알 수 있는 바와 같이, 주원장의 출생담에서 특히 강조되고 있는 것은 그가 大明의 天子가 될 것이라는 신이한 장면들의 반복적 제시이다. 그리고 왕조교체를 하기까지의 과정도 아주 구체적으로 제시되고 있다. 그가 장백과의 치열한 대결에서 시종 열세에 있으면서도 王朝交替의 주인공이 될 수 있었던 근거는 출생담에서 제시된 天命이며, 이러한 천명을 더욱 설득력 있게 보여준 것은 주원장이 人心을 모아 기병하는 구체적인 과정이다. 이상을 주원장의 출생담을 중심으로 간략하게 정리해 보면 다음과 같이 할 수 있다.

天上 心星 → 上帝께 得罪하여 人世로 謫降 → 天子의 기상이 있으며 손바닥에 '明天子 朱元璋'이라 씌어 있음 → 오방 신장이 大明 太祖의 이름은 朱元璋이라 함 → 上帝가 명하여 大明 太祖를 호위하라고 함 → 유기 등과 함께 기병하여 元 天子를 치고자 함 → 玉璽도 없고 힘도 張伯에 비해 열세임 → 上帝가 朱元璋을 天子가 되게 함 → 張伯이 天意를 따르고 朱元璋이 天子가 됨.

이러한 점은 주원장의 출생담뿐만 아니라 그와 갈등 관계에 있던 장백의 출생담에서도 나타난 바 있으며, 이를 한 층 더 공고하게 해 주는 것이 장백의 누이 장소저의 출생담이다. 장소저는 장백의 누이이면서 大明 천자 주원장의 아내이기도 하다. 그녀의 출생담에서도 주원장이 천자가 될 것이라는 점이 강조되고 있는데 이를 잠시 살펴보면 다음과 같다.

(C) 〈張小姐 出生譚〉

〈張小姐의 前生과 胎夢 및 出生〉

① 장환이 대대 名門巨族으로 소년 등과하여 忠孝겸비하고 도덕이 있

---

17) <張伯傳>, 121~123면.

으며 공검정직하나 부인 최씨로 더불어 40여년에 一點血肉이 없다.

①-1. 장소저는 본디 天上 月宮姮娥이며, 광한전 설연시에 심성과 눈 주어 본 죄로 上帝께 得罪하여 적강하였다.

② 최씨 부인의 꿈에, 月宮仙女가 계화 한 가지를 부인의 품 속에 넣고 이 꽃을 어여삐 여기라고 하다.

③ 그 달부터 胎氣가 있어 10달 만에 일개 玉女를 낳다.

〈張小姐의 非凡性과 天命〉

④ 容貌와 才質이 奇異하고 窈窕한 淑德을 겸비하다.

⑤ 上帝가 심성을 大明 태조 되게 하고 장소저는 皇后 되게 하였다.[18]

위 예문은 작품 문면에 산재해 있는 장소저의 출생담을 재구성한 것이다. 여기서 강조되고 있는 것은 그녀가 天上 월궁항아라는 점 외에도 그녀의 배우자인 心星이 天子가 된다는 것과 장소저가 황후가 된다는 점이다. 이러한 장소저의 출생담은 그녀를 부각시키려는 의미도 있지만 王朝交替의 주인공이 朱元璋이라는 점을 강조하는 역할을 하고 있다.

이상에서 알 수 있는 바와 같이 <장백전>의 전체 서사는 장백과 주원장의 갈등이 중심을 이루고 있으며 그 사이에 장소저가 중요한 역할을 하는 것을 볼 수 있다. 이러한 갈등은 元 天子와의 관계에서 발생하는 왕조교체와의 갈등보다 더 큰 비중을 차지하고 있다. 그리고 전체 서사는 원나라의 運數가 다하여 새로운 大明이 설 때가 되었다는 天時와 그 천시의 주인공인 天命의 주체를 두고 장백과 주원장이 대결하는 것이 주된 흐름이다. 인물 출생담은 이를 분명하게 목도할 수 있게 다면적으로 드러내 주고 있다.

---

18) <張伯傳>, 85~90면.

2) 〈유문성전〉의 출생담과 서사전개

<유문성전>도 왕조교체가 일어나고 있고 天命의 주체가 누구이냐를 두고 갈등이 일어난다는 점에서 <장백전>과 흡사한 면이 있다. 그래서 이 작품을 <장백전>의 변이형으로 바라볼 수도 있으나 인물 출생담을 중심으로 전체 서사를 재구성해 보면 그 差別性이 인정되는 작품이다. 먼저 인물 출생담과 전체 서사와의 유기적인 관계를 정리해 보면 다음과 같다.

(A) 〈李春英의 出生譚〉

〈李春英의 前生과 胎夢 및 出生〉

① 원나라 이경운이 대대 명문거족이며 소년 등과하여 벼슬이 이부상서이나 슬하에 一點血肉이 없다.[19]

①-1. 이춘영은 본래 天上 月宮姮娥의 총녀이며 心星이었는데, 天上 文星과 눈주어 희롱한 죄로 인간에 적강하였다.[20]

② 이경운이 一夢을 얻으니, 하늘에서 선녀가 구름을 타고 내려와, 이경운이 자식이 없어 매양 한탄하므로 일개 옥녀를 점지하니 남자 아님을 한탄하지 말고 귀히 기르면 만종록을 받들어 영화 일국에 진동하리라 하다.

③ 이상서가 이 말을 듣고 천상을 바라보니 心星이 앞에 내려지고 이를 부인 임씨에게 드려 받으려 할 때에 꿈을 깨다.

④ 그 달부터 태기 있어 십 삭이 차니 집안에 채운이 영롱하고 향내 진동하더니 부인이 일개 옥녀를 탄생하다.

---

19) <柳文成傳>, 東國大學校韓國學硏究所 編, 『活字本古典小說全集』 第五卷, 亞細亞文化社, 1976, 291면. 이하에서는 작품명과 이 자료집의 페이지만을 밝히기로 한다.
20) <柳文成傳>, 321면.

〈李春英의 非凡性〉

⑤ 비록 강보유아이나 얼굴이 백옥 같고 울음소리 쟁연하며, 요요한 태도와 덕행이 있고 부모에 대한 효행이 임사에 비길만하다.[21]

〈李春英의 厄運과 天命〉

⑥ 前生에 지은 죄가 많아 초년 고생이 심하다.

⑦ 두 명의 天子로 인해 혼사에 장애를 겪고, 간신 달목의 횡포로 인해 자결하다.

⑧ 옥경에서 유승상이 上帝께 주달하여 유문성과 이춘영의 평생원을 풀게 하고 죽었던 이춘영이 환생하다.

⑨ 일광도사가 자신에게서 술법과 기이한 재주를 배우고 세상에 나아가 공을 세우라고 하다.

⑩ 이춘영은 초분 고생을 지낸 후에 중분부터 액을 면하고 좋은 운수가 돌아오게 마련되다.

⑪ 心星은 후비성이며 이춘영의 主星이다.

⑫ 남복을 입고 유문성을 도와 대공을 이루고, 창업지인을 찾아 天時를 어기지 말아야 하다.

⑬ 유문성과 함께 이춘영이 많은 전공을 세우니, 天子가 된 주원장이 유문성을 언왕에 봉하고 이춘영을 왕비로 봉하다.

⑭ 이춘영의 나이 100세에 이르렀을 때에 선관선녀가 내려와 모시러 오다.

⑮ 이춘영은 천상 사람으로 죄를 짓고 인간에 謫降하였다가 上帝 명이 있어 돌아가다.[22]

위의 예문은 〈유문성전〉의 여주인공 이춘영의 출생담이다. 예문 ①-1과 ⑥, ⑦에서 알 수 있는 바와 같이 이춘영의 출생담에서 강조되고

---

21) 〈柳文成傳〉, 291면.
22) 〈柳文成傳〉, 316~363면.

있는 것은 그녀의 天上 得罪와 이로 인한 人世의 厄運이다. 그 액운은 天子의 勒婚과 간신 달목의 횡포로 인한 婚事障碍로 나타나며 이춘영이 자결하는 것으로 종결된다.

이러한 그녀가 시아버지인 유승상이 上帝께 주달하여 인간 세상으로 다시 還生하여 유문성과 결연에 성공하게 된다. 이렇게 그녀의 액운이 다한 후에는 ⑧~⑮에 나타난 바와 같이 天上秩序에 의해 부여된 삶을 살게 된다. 이춘영의 이러한 現世의 삶에서 중요한 것은 그녀가 술법을 배운 후에 세상에 나아가 공을 세우는 것과 관련이 있으며, 그 공의 내용은 유문성을 도와 대공을 세우는 것이고, 최종적으로 창업지인을 찾아 天時를 어기지 않아야 하는 점이다.

이춘영의 이러한 행위는 여성영웅의 모습 그 자체라고 할 수 있다. 그런데 특이한 점은 그러한 여성영웅 이춘영의 행위 전모가 남성영웅 유문성을 도우는 것이며, 궁극적으로 創業을 하게 되는 주원장을 돕는 것으로 귀결된다는 점이다. 이는 일반적인 영웅소설에서 주인공이 기존 왕조의 天子를 위해 출전하여 공을 세우는 것과는 현격한 차이를 보인다. 뿐만 아니라 혼사장애로 표면화 된 액운을 극복하고 애정을 성취하여 입공하는 전 과정이 王朝交替라는 큰 흐름 속에 편입된다는 점에서 다른 작품과 변별되는 특징이 있다. 이상을 간략하게 정리하여 제시하면 다음과 같이 할 수 있다.

天上 心星 → 上帝께 得罪하여 人世에 謫降 → 인간 세상 이경운의 무남독녀로 출생 → 전생 죄로 인하여 초년 고생이 심함 → 天子의 늑혼과 간신 달목의 횡포로 婚事障碍 후 자살 → 天上 유승상이 上帝에게 주달하여 還生 후 애정성취 → 일광도사에게 무예를 배움 → 남복으로 개착하고 유문성을 도와 立功함 → 創業之人을 찾아 天時를 어기지 말아야

함→ 天子가 된 朱元璋이 王妃로 봉함→ 선관선녀가 天上으로 다시 인도함.

이와 같은 서사적 흐름은 남주인공 유문성과 거의 동일하다. 유문성의 출생담을 통해 이를 확인해 보면 다음과 같다.

(B) 〈柳文成의 出生譚〉

〈柳文成의 前生과 謫降〉

① 유문성은 원래 천상 文星이다.

② 천상 心星과 눈주어 본 죄로 上帝께 得罪하여 인간세상으로 謫降하였다.[23]

〈柳文成의 厄運과 天命〉

③ 前生에 지은 죄가 많아 초년 고생이 심하다.

④ 두 명의 天子로 인해 혼사장애를 겪고, 간신 달목의 횡포로 인해 약혼녀 이춘영이 죽다.

⑤ 옥경에서 유승상이 上帝께 주달하여 유문성과 이춘영의 평생원을 풀게 하고 죽었던 이춘영이 환생하여 결연을 성취하다.

⑥ 일광도사가 자신에게서 술법과 기이한 재주를 배우고 세상에 나아가 공을 세우라고 하다.

⑦ 창업지인 주씨를 찾아 도와야 하며 天數를 어길 수 없다.

⑧ 연화강 용왕의 아들이 上帝의 명을 받아 수궁 용마와 청룡초운갑과 칠성대검을 주며 天數 임박하였으니 남방으로 가라고 하다.

⑨ 일광도사가 주원장이 창업지인이라고 하고 유문성에게 그를 도우라고 하다.

⑩ 일광도사가 유문성에게 주원장은 하늘이 정하였으며 승위 할 運數가 임박하였다고 하다.

---

23) 〈柳文成傳〉, 320~321면.

⑪ 유문성의 주성은 장성이며 장성은 왕의 직성이라는 유기의 말을 듣고 일광도사의 말을 떠올리며 天意에 승복하다.

⑫ 天命을 받아 天子가 된 주원장이 유문성을 연왕에 봉하다.

⑬ 유문성의 나이 100세에 이르렀을 때에 선관선녀가 내려와 모시러 오다.

⑭ 유문성은 천상 사람으로 죄를 짓고 인간에 謫降하였다가 上帝의 명으로 돌아가다.24)

위 예문은 유문성의 출생담을 재구성한 것이다. 그의 출생담은 여주인공 이춘영에 비해 구체적으로 제시되어 있지 않고 일부는 작품 문면에서 산견되고 있는데, 이를 서사의 흐름에 맞게 다시 정리해 본 것이다. 이춘영에게 나타나는 태몽과 출생 장면을 제외하면 그녀의 인물 서사와 거의 일치한다고 할 수 있다. <유문성전>의 이러한 면은 <장백전>과 아주 다르며, 남녀 주인공의 兩性 英雄化가 그려지고 있는 영웅소설들과 많이 닮아 있다.

예문 ②~④는 이춘영의 출생담 ⑥~⑨와 일치된다. 남주인공 유문성의 서사에서 더 강화된 것이 있다면, 예문 ⑧에서 볼 수 있는 바와 같이 上帝의 명을 받은 연화강 용왕의 아들로부터 용궁 神物을 받는 것이 다르다. 그리고 힘의 균형이 완전히 유문성 쪽으로 기울어진 그 즈음에 예문 ⑪과 같이 스승과 적장 유기로부터 天命이 주원장에게 있다는 말을 다시 듣고 이로 인해 天意를 따르는 점이 이춘영과 다르다. 이 부분은 <장백전>의 장백과 유사한 면이 있으나, 장백과 같이 욕망과 천명 사이에서 치열한 갈등은 하지 않으며 좀 더 자연스럽게 순리에 따르는 것으로 나타난다.

---

24) <柳文成傳>, 316~363면.

이를 통해서 볼 때, <유문성전>에는 유문성과 주원장의 대결에서 중재 역할을 하는 인물이 스승과 유기이며, 이들의 논리적인 설득의 영향이 크다고 할 수 있다. 그러나 <장백전>에서는 스승 철관도사의 말이 절대적이면서도 장백의 마음을 돌려놓는 결정적 계기 역할을 하는 것은 누이 장소저였다는 점에서 차이가 있다. 이상을 간략히 정리하면 다음과 같이 할 수 있다.

天上 心星 → 上帝께 得罪하여 人世에 謫降 → 前生 죄로 인하여 초년 고생이 심함 → 天子의 늑혼과 간신 달목의 횡포로 혼사장애 후 배우자 자살 → 부친 유승상이 天上에서 上帝에게 주달하여 배우자 환생 후 애정성취 → 일광도사에게 무예를 배움 → 이춘영과 함께 立功함 → 창업지인을 찾아 天時를 어기지 말아야 함 → 유기와 스승 일광도사가 유문성을 설득함 → 유문성이 天意에 승복하니 天子가 된 주원장이 그를 연왕으로 봉함 → 선관선녀가 天上으로 다시 인도함.

이와 같은 이춘영과 유문성의 인물 서사는 다음에 제시할 朱元璋의 創業으로 귀결되는 특징을 보이고 있다. 주원장의 출생담을 재구성해 보면 다음과 같다.

(C) 〈朱元璋의 出生譚〉

〈朱元璋의 出生〉

① 朱元璋은 天出之人이다.(324~325)

〈朱元璋의 非凡性과 天命〉

② 어려서부터 뜻이 활달하며, 병서를 힘쓰고 말 타기와 칼 쓰기를 좋아하여, 전주 북해 상등봉에 들어가 觀音道士에게 술법을 배우다.(324~325면)

③ 문무서와 제자백가서를 통지하였으며, 조실부모하고 혈혈단신으로
   발해관에 이르다.(329면)
④ 天數를 알고 남방에 나가 인심을 수습하여 영웅을 모아 반적을 치
   려 하니 따르는 사람이 수십만이며, 이정과 유기를 만나 사방 걸
   인을 모집하여 군대를 편집하고 황성으로 향하다.(324~325면)
⑤ 유기가 주원장의 상을 보니 이마에 三台星과 가슴에 七星이 은은
   히 박혀 있으며 등에 이십팔수와 배에 33천과 좌우협에 팔괘가 천
   위를 응하여 은은히 박혀 있는 것을 보고 天子의 상이라고 하다.
   (329면)
⑥ 유기가 주원장은 화성과 금성을 겸비하였으며 자미성이 주야 조림
   하고 각성이 시위하니 창업할 天子의 기상이라고 하다.(342면)
⑦ 유문성이 유기의 말을 듣고 일광도사의 말을 떠올리며 天意에 승
   복하니 주원장이 대위에 오르고 국호를 大明이라고 하다.(344, 357
   ~358면)

위의 주원장 출생담에서 특징적인 것은 예문 ⑤에 나타난 바와 같이
간략하지만 象徵的인 神聖性이 강하다는 점이다. 그래서 출생담은 간략
하면서도 전체적인 서사는 그를 중심으로 귀결된다. 이것은 예문 ①의
天出之人과 관련이 있다. 이춘영과 유문성이 天上 心星과 文星으로 있다
가 上帝께 득죄하여 적강하였다는 것보다는 구체적이지 않지만 상징적
으로 그 신성성이 유지되고 있는 것이다. 또 이춘영이나 유문성의 경우
에는 초월계의 개입이 직접적으로 나타나고 또 수행해야 할 행위가 그
초월계에 의해 지시되고 있음에 비해 주원장은 그러한 것이 거의 나타
나지 않는다. 예문 ④와 같이 주원장 스스로 天數를 알고 인심을 수습하
여 걸인을 모집하거나 그의 모사인 유기가 주원장이 天子의 상이라는
점이 강조되고 있다. 이러한 면은 예문 ②~④에서 주원장의 비범성과

개인적인 노력이 강조되어 있는 것으로 나타나고 있다.

이와 같은 흐름 때문에 유문성이나 이춘영이 초월계와 소통하면서도 주원장과의 관계에서는 그를 중심으로 하여 새로운 관계가 설정되는 것이다. 그리하여 왕조교체를 두고 가장 첨예한 갈등 관계를 형성하던 유문성마저도 스스로 天意가 주원장에게 있다며 승복하면서 大明이 건국되는데 이바지하고 왕조교체가 원만하게 마무리 된다. 이상을 간략히 요약하면 다음과 같이 할 수 있다.

> 주원장은 天出之人이다. → 어려서부터 뜻이 활달하고 관음도사에게 술법을 배움→ 조실부모하고 혈혈단신으로 발해관에 이름→ 天數를 알고 남방에 나가 인심을 수습함→ 이정과 유기를 만나 사방 걸인을 모집하여 기병함→ 유기가 주원장을 天子의 상이라고 함→ 유문성이 유기와 일광도사의 말을 듣고 天意에 승복함→ 주원장이 大明을 건국함

이와 같이 주원장은 <유문성전>에서 주변에 머무는 듯하면서도 전체 서사에서는 그가 중심이 되고 있음을 알 수 있다. 이러한 흐름은 王朝交替에서두 그대로 확인된다. 그는 왕조교체의 주체가 되는 인물이기는 하지만, 그가 직접 元 天子를 내몰지는 않는다. 이점은 유문성도 마찬가지이다. 그 이유는 간신 달목이 簒逆하여 어린 황세를 내쫓고 국호를 고치며25) 자칭 황제라 칭하고 정사를 폐하면서 풍류와 음탕을 일삼는26) 것

---

25) 달목이 더희흐야 이날 밤의 빅관을 지휘흐고 무사 수빅 명을 불러 이 뜻을 이루고 바로 궐내의 드러가 좌긔흐고 신황졔를 닉쳐 왈 텬명이 임히 진한지라 인력으로 엇지 흐리오 흐고 무사를 명흐야 황졔를 외긱관에 닉치고 바로 용상의 좌졍흐니 조졍 빅관이 옥새를 밧치고 일졔히 만셰를 부르니 그 위셰 엄슉흐고 호령이 엄숙흐더라 달 황졔 시로 등극흐미 국호를 곳치고 대사현흐라 흐더라(<柳文成傳>, 324면).
26) 이째 찬역 달목이 즈칭 황졔라 흐고 의긔양양흐야 정사를 전폐흐고 풍류만 일슴으며 음탕이 즈심흐야 각박훈 형벌이 상셜갓흐니 빅셩이 엇지 견디며 죠졍이 엇지 평안흐리오

으로 나타나기 때문이다. 주원장과 유문성은 그러한 역적을 치고 大明을 건국하는 명분을 가지게 되는 것이다. 따라서 주원장은 왕조교체를 이루는 그 순간까지도 주변적 상황의 조응에 힘입는 바가 크다. 하지만 이러한 모든 과정은 이춘영과 유문성의 출생담에서 그 개연성을 마련하고 있기 때문에 논리적으로는 문제시 되지 않는다.

이상에서 알 수 있는 바와 같이 <유문성전>의 전반부는 이춘영과 유문성의 액운을 중심으로 전개되는 듯하지만, 이러한 서사는 상징적인 신성성이 강조된 주원장의 창업을 중심으로 귀결됨을 알 수 있다. 그리고 왕조교체의 형식도 주원장이나 유문성이 기존 왕조를 무너뜨리는 것이 아니라 奸臣에 의해서 簒奪된 것을 되찾으면서 새로운 왕조가 건국되는 형식을 띠고 있다. 이러한 서사전개는 일견 납득되기 어려운 면이 있으나, 그 이전에 남녀 주인공의 출생담에서 충분한 개연성을 마련하고 있기에 논리적으로 전혀 문제가 없는 것으로 볼 수 있다.

3. 왕조교체의 원인과 방식

이미 논의한 바와 같이 <장백전>과 <유문성전>에서 서사의 중심이면서 종착점이 되는 것은 왕조의 교체이다. 역성혁명이 일어나면서 왕조교체의 주체도 같다는 점에서 두 작품은 어느 정도 공통되는 점을 具有하고 있다. 하지만 王朝交替를 다루었다고 해서 그 교체의 原因과 方式이 동일할 수는 없다.27) 이는 '조선'이라는 유교적 질서가 공고한 상황

(<柳文成傳>, 345면).
27) 이러한 점은 이 글에서 직접 다루고 있지 않은 <음양삼태성>이나 <현수문전>의 경우

에서 역성혁명이라는 문제를 다루었다는 문제성에서는 동질성을 가지지만 그 질적인 면에서는 차별성이 존재한다는 의미이다. 그리고 이러한 차이는 작가가 추구했던 의식의 차이와도 관련이 있지 않나 생각된다. '왕조교체'라는 작가의 지향점은 같으면서도 그 방법에 있어서는 적극적인 면과 소극적인 면이 분명 존재하고 있는 것이다. 이하에서는 이러한 면을 실제 문면을 통해서 살펴보고자 한다.

1) 〈장백전〉에 나타난 왕조교체의 원인과 방식

<장백전>에서 왕조교체가 이루어져야 하는 원인은 크게 세 가지 점에서 찾을 수 있다. 하나는 天上에서 정한 運命論的인 관점이고, 다른 하나는 현실세계에서 나타나는 元 天子의 不德이라는 윤리적인 면이다. 그리고 그 사이에 인간적인 판단이 개입될 수 있다. 전자는 天數나 天時, 혹은 天命과 관련되어 나타나고 있으며, 후자는 天數가 다했음을 구체적으로 보여주는 실질적인 의미가 강하다. 세 번째는 앞서 제시된 두 가지를 확산시키는 기능을 한다고 할 수 있다. 이와 관련된 구절을 구체적으로 제시하면 다음과 같다.

(A) 초월계에 의한 왕조교체의 당위성

① 아황/여영 : 上帝께서 心星을 大明 태조 되게 하였다.(90면)[28]

도 마찬가지다. 특히 <현수문전>의 경우에는 작품 전체에서 10회 이상의 다양한 찬역이 실패와 성공을 거듭하고 일어나며 이 과정에서 '송나라→여진→원나라'로 이어지는 3개국의 왕조교체가 나타난다.

28) 괄호 속의 숫자는 <장백전>의 원문 페이지를 제시한 것이다. 일일이 각주를 다는 것은 너무 번거로운 일이고 또 지면 할애에도 도움이 되지 않아 앞부분과 다른 형식으로 해당 원문의 페이지를 제시하였다.

② 철관도사 :

* 元나라 운수가 다하고 大明이 창업할 때가 되었다.(94면)
* 중국은 주씨가 치국할 것이니 天時를 어기지 말라.(95면)
* 천하는 주씨의 천하이며 하늘이 장백을 보낸 것은 주씨를 위함
  이며, 天命에 항거하지 말고 주씨를 찾아 옥새를 바치고 안남국
  을 다스리라고 하다.(142면)

③ 오방신장 : 大明 태조의 성은 주씨이고 이름은 원장이며, 上帝께서
명하여 대명 태조를 호위하라고 하다.(107면)

④ 천황묘 신령 : 천황묘 신령이 대명 천자가 묘중에 들어서 들어가지
못한다고 하기에 유기가 들어가 보니 주원장이 天子의 기상이 있
다.(121면)

⑤ 주원장 : 스승 중이 주원장의 손을 펴보니 손바닥 가운데 주홍으로
'明天子 朱元璋'이라고 새겨져 있다.(125면)

(B) 왕조교체의 현실적 이유

① 元나라 天子는 대명전에 전좌하고 대연을 배설하고 백관과 더불어
주야 풍악으로 즐기며 정사를 폐하고 지내다.(125면)

(C) 개인적 판단에 의한 왕조교체의 이유

① 장백 :

* 동산에 올라가 天文을 보니 원나라 運數가 다하다.(105면)[29]
* 천기를 살펴보니 元나라 운수가 쇠하고 대명이 흥할 때이며, 중
  원에 들어온 것은 진인을 살펴 없으면 자신이 스스로 취하고,
  만일 있으면 남방을 웅거하고자 하다.(106면)

---

29) 장백은 스승으로부터 수학하여 천문지리에 능통한 인물이라고 할 수 있다. 그러한 그가
천문을 보고 원나라의 운수가 다하였다고 말하는 것은 온전히 개인적 차원의 문제는 아
니라고 할 수 있다. 天文으로 제시된 초월계의 뜻을 읽은 것이므로 이는 초월계에 의한
왕조교체의 징조라고 할 수 있는 것이다. 하지만, 현실계의 인간의 상황에 따라 그 해석
을 자의적으로 할 여지도 있기 때문에 이 글에서 초월적 존재에 의한 것이 아닌 경우는
개인적 판단에 의한 왕조교체의 이유로 설정하기로 한다.

* 자신이 임의로 천하를 정하였는데 어찌 남을 주라고 하느냐고
  하니, 철관도사가 이것은 모두 하늘이 이미 정하신 바이니 天命
  을 어기지 말고 주원장을 도우라고 하다.(142면)
* 장백이 성 안으로 들어가 무도한 元나라 天子를 안돈하고자 하
  는 뜻을 백성들에게 알리고 창고를 열어 백성들을 주며, 성 안
  백성 삼만을 조발하여 매일 조련하다.(113면)
② 권행 : 권행이 이연행을 보내고 고산대사의 말을 생각하고, 또 이
  름 없는 도적이 계양으로부터 파릉, 호서 등 80여 성을 함락하였
  다는 말을 듣고 원나라 運數가 다하였음을 알고 이연행을 찾아 장
  백과 만나 뜻을 같이 하다.(134면)
③ 이정 : 장백의 장수 이정이 元 天子의 무도함을 꾸짖고, 원나라의
  운수가 다하고 天數가 자신들에게로 돌아왔다고 하다.(126면)

위 예문 (A)의 내용은 元나라 운수가 다하고 大明이 건국할 때가 되었
다는 天意를 전달하고 있는 내용들이다. 이를 통해서 보면 새로운 왕조
로의 교체는 하늘의 뜻인 것으로 나타난다. 이는 국가의 흥망마저도 하
늘에 의해 정해진 대로 이루어진다는 관점으로, 天命이 초월적으로 결정
된다는 논리에 기반하고 있다는 점에서 定命을 중시하는 사고의 한 유
형이라고 할 수 있다.[30)]

예문 (B)와 (C)는 현실적인 맥락과 운명론적인 사고가 섞어 있는데, 이
중에서 현실적인 맥락에서 왕조교체의 이유를 제시하고 있는 항목들을
한 가지로 압축하면 바로 통치자의 德性의 유무라고 할 수 있다. 이를
(A)와 연결시켜 이해하면, 德이 있는 자가 天命의 주체가 될 수 있다는
논리가 성립된다. 이 논리에 의하면 天命을 집행하는 天子는 하늘이 지

---

30) 정재민, 「한국 운명설화에 나타난 운명관 연구」, 서울대학교대학원 박사학위논문, 1998,
   143면.

정하는 이상적인 인물로서 명분과 힘을 동시에 지닌 자가 천명을 받은 자라고 할 수 있는데,31) 그 중에서 가장 큰 명분과 힘이 바로 德이라는 것이다. 하늘이 지상에서의 그 대리자를 선택하기도 하고 바꾸기도 하는 근거에 대해서 통치자들은 '덕으로 천명에 配合한다'고 주장한다. 이에 의하면 기존의 통치자는 자신의 덕을 닦지 않아 천명에 부합하지 못했다는 것을 의미하며, 새롭게 건국하는 자는 그에 합당한 인물이라는 것이다. 즉 하늘에서 인간에게 드리워진 것이 天命이며, 인간에게서 하늘로 지향되는 것이 德인 것이다.32)

따라서 <장백전>에는 元나라가 망하고 明나라가 건국될 수밖에 없는 원인을 天意로 제시하고 있으며 보다 실증적이고 구체적인 근거로 元 天子의 不德을 제시하고 있는 것이다. 그리고 새로운 建國主가 되는 주원장은 그러한 덕성을 지닌 인물이라는 점을 아주 상세하게 제시하고 있다. 이는 이미 제시된 주원장의 출생담에서 확인된 바 있다. 주원장의 이러한 면은 왕조교체의 주체가 되기 위해 대결하고 있는 장백보다도 훨씬 더 핍진되게 나타나고 있어서 설득력이 있다.

그렇다면 <장백전>에서 이렇게 획득된 왕조교체의 정당성은 어떠한 방식으로 실현되는 것일까? 이는 왕조교체의 주체가 되려고 하는 장백과 주원장 각각의 경우를 예로 들어서 확인해 볼 수 있다.

(D) 장백 중심의 왕조교체

① 장백은 자신이 천하를 소탕하고 천자가 되고자 하는데, 안남국 제

---

31) 신태수, 「임진록 천명관의 성격과 기능」, <영남어문학> 제19집, 영남어문학회, 1991, 197면.
32) 금장태, 『한국유교의 이해』, 민족문화사, 35면 및 이명현(2004), 「고전소설에 나타난 천관념 연구」, 1985, 30~35면 참조함.

후가 되라고 하니 그 일을 알지 못하겠다고 하다.(95면)
② 천기를 살펴보니 원나라 운수가 쇠하고 大明이 흥할 때이며, 중원
   에 들어온 것은 진인을 살펴 없으면 자신이 스스로 취하고, 만일
   있으면 남방을 웅거하고자 하다.(106면)
③ 元 天子는 형세가 급함을 알고 옥새와 항서를 장백에게 바치며, 장
   백은 원 천자에게 그대가 황음무도하여 백성이 도탄에 들고 天命
   을 받아 그대를 친다고 하다.(136면)

위 예문을 통해서 알 수 있는 것은, 장백이 본인 임의로 天子가 되겠
다는 생각을 가지고 행동하고 있다는 사실이다. 예문 ①, ②는 장백 개
인의 의지대로 왕조교체의 주체가 되려는 것이며, 예문 ③은 그러한 행
위의 결과라고 생각된다. 元 天子가 하늘로부터 버림을 받아야 한다는
명분은 이미 (A)~(C)에서 제시된 바 있으므로 장백이 元 天子로부터 항
서와 옥새를 받는 것은 별반 이상할 것이 없는 자연스러운 왕조교체의
수순이다. 元 天子에게 항서와 玉璽를 받았으니 그가 일차적으로는 왕조
교체를 한 것처럼 보인다. 그러나 장백에게는 天命이 없으므로 임의로
天子가 될 수 없다. 그래서 그 주도권은 天命이 있는 주원장에게로 넘어
가게 된다.

(E) 주원장 중심의 왕조교체
① 부처의 누 귀를 잡고 자신이 이제 大明國 황제가 될까 제후가 될
   까 알려 달라고 하다.(118~119면)
② 적수 단신으로 중원에 들어와 천하를 엿보고 있으며, 자신은 거짓
   으로 걸인에 참여하였는데 이는 구복을 위함이 아니고 人心을 살
   펴 天時를 기다림이라고 하다.(119면)
③ 주원장의 제장들이 주원장에게 존호를 올리고, 주원장은 세 번 사
   양하다가 황제에 오르며 나라 이름을 大明이라고 하다.(139면)

④ 장백이 자신의 천하가 아닌고로 天命을 순종하고자 玉璽를 전한다
고 하니, 주원장이 사양하다가 옥새를 받다.(144면)
⑤ 장백이 손수 옥새를 황제께 드리고 천하는 정한 임자가 있으며 이
제 천기를 살펴보니 運數가 大明에 돌아왔다고 하다.(144면)

위에서 왕조교체의 주도권이 장백에게서 주원장에게로 넘어갔다고 했
다. 그러나 정확하게 표현하면 애초에 천명의 주체가 주원장이었으므로
원래의 주인을 찾아간 것이라고 하는 것이 더 온당하다고 할 수 있다.
하지만 주원장이 자타가 공인하는 황제의 자리에 오르기까지는 그 또한
임의로 천자가 되고자 하는 태도를 보인다. 하지만 이는 장백의 경우와
는 다르게 해석되어야 할 듯하다. 왜냐하면 장백은 그 자신에게 천의가
없음을 알고도 왕조교체의 주체가 되려고 한 것이지만, 주원장은 작품
서두에서부터 줄곧 天命의 주체로 각인되어 있었고, 그의 손바닥에는
'명천자 주원장'이라는 신표까지 있기 때문이다. 그래서 위 예문의 ①~
③은 그의 자의적인 행위라기보다는 天意에 근거한 행동으로 볼 수 있
다. 그렇기 때문에 예문 ④, ⑤는 자연스러운 흐름이 된다. 장백이 천명
에 순응하고자 옥새를 바칠 때에 주원장이 이에 응하는 것은 이제 天命
의 주인이 자신임을 드러내면서 元에서 大明으로의 왕조교체가 마무리
된다는 점을 확인시키는 것이라고 할 수 있다.

2) 〈유문성전〉에 나타난 왕조교체의 원인과 방식

〈유문성전〉에서도 왕조교체가 이루어져야 하는 원인을 〈장백전〉과
같은 방법으로 설정할 수 있다. 하지만 그것이 실제 문면에서 나타나는
양상은 많이 다르다. 이를 구체적으로 제시하면 다음과 같다.

(A) 초월계에 의한 왕조교체의 당위성

① 일광도사 :
* 창업지인을 찾아 天時를 어지 말라.(321면)
* 유문성에게 天數를 어기지 못하니 주씨를 도우라고 하다.(321면)
* 주원장은 하늘이 정하였으며 승위 할 運數가 임박하였다.(339면)

② 연화강 용왕의 아들 : 유문성에게 용궁 신물을 주면서 天數 임박하였으니 남경으로 향하라고 하다.(323면)

(B) 왕조교체의 현실적 이유

① 인군이 탐재호색하여 정령이 문란하고 법강이 해이하여 탐관오리가 박탈민재하다.(329면)
② 백성들이 하늘을 부르짖어 나라를 원망하고 한재 태심하여 사방에 흉년이 들어 도적이 벌떼처럼 일어나다.(329면)
③ 각처에서 영걸들이 일어나 창생을 구제하고자 하다.(329면)

(C) 개인적 판단에 의한 왕조교체의 이유

① 주원장 :
* 주태공이 天數를 알다.(324면)
* 창업 대위수 주씨가 天命을 받았다고 하다.(330면)
② 유기 : 天數를 위하여 생민을 건지려 한다.(342면)

위 예문과 같이 〈유문성전〉에 나타나는 왕조교체의 원인도 크게 3가지 방향에서 설정할 수 있다. 이 중에서 가장 불가역적 원인은 천상계의 질서에 의해 부여된 天數나 天時, 天命에 의한 왕조의 교체이다. 이는 초월계 인물이라 할 수 있는 일광도사의 말을 통해서 확인되고 있다. 예문 (A)에 제시된 일광도사의 말을 보면 일관되게 강조하고 있는 것이 바로 천상적 질서에 의한 定命的 논리이다. 예문 (B)는 이러한 主宰的 성격을 가지는 하늘이 인간의 행위를 판단할 수 있는 근거로 작용하고 있다. 기존 천자에게서 새로운 천자로 天命이 옮아갈 수밖에 없는 현실적 이유를 현 천자의 不德에서 찾고 있는 것이다. 예문 (C)는 어느 정도 초월계의 의지가 반영되어 있는 말이기는 하지만, 현실계의 인간들에 의한 왕조교체의 이유이다. 이는 앞서 논의한 바와 같이 초월계에 의해 제시되었던 天命의 당위성을 확산시키는 역할을 하고 있는 것으로 볼 수 있다.

이러한 논리에 의해 실현되는 <유문성전>의 왕조교체는 <장백전>과는 조금 다른 방식으로 실현된다. 그 일차적인 원인은 전반부의 내용이 天子의 늑혼과 간신 달목에 의한 이춘영과 유문성의 혼사장애가 중심을 이루고 있기 때문이다. 두 번째는 不德한 元 天子를 내치고 일차적인 왕조교체를 이루는 인물이 유문성이나 주원장이 아닌 간신 달목이라는 점이다. 간신 달목의 簒逆으로 이루어진 왕조교체는 이어서 유문성과 주원장의 협력에 의해 다시 온당하게 교체된다. 그래서 <유문성전>에서는 간신 달목을 중심으로 한 왕조교체와 유문성과 주원장에 의한 왕조교체로 대별하여 살펴 볼 수 있다.

(D) 간신 달목 중심의 왕조교체.

① 元 天子가 혼사 문제로 이상서와 유상서를 핍박하다.(296면)

② 天子가 죽고 어린 太子가 즉위하여 간신 달목과 함께 이상서를 재차 핍박하다.(298~299면)

③ 달목이 簒逆하여 어린 황제를 내치고 국호를 고치고 대사면하다.(324면)

④ 簒逆 달목이 자칭 皇帝라 하고 정사를 폐하고 풍류와 음탕을 일삼다.(345면)

앞의 예문 ③, ④에서 알 수 있는 바와 같이 元 天子는 자신의 신하인 간신 달목에 의해 나라가 멸망하는 운명을 겪는다. 간단하게는 간신의 단순 찬역에 의해 왕조교체가 이루어진 것으로 보인다. 하지만 〈장백전〉에서 하늘이 지상에서의 그 대리자를 선택하기도 하고 바꾸기도 하는 것이 德性의 여부였다는 점을 상기한다면 이는 그리 단순한 문제가 아니다. '덕으로 天命에 配合한다'는 논리에 의하면 元 天子는 덕을 닦아 천명에 부합해야 하는 조건을 충족하지 못한 상태이다. 예문 ①, ②가 이를 말해 주고 있으며, 작품 문면에서는 늑혼으로 상징화되어 나타나고 있다. 다만 그 왕조교체의 주체가 덕이 있는 사람이 아닌 간신 달목이라는 점이 아이러니일 뿐이다. 하지만 그러한 달목은 유문성에 의해 처참한 말로를 맞이하기 때문에,[33] 하늘에서 인간에게 드리워진 것이 天命이며 인간에게서 하늘로 지향되는 것이 德이라는 논리는 여전히 유효한 것이 된다. 天命이 없고 德이 없는 자가 일시적으로 왕조교체를 이룬다 해도 이는 지속될 수 없는 것이다.

(E) 유문성과 주원장 중심의 왕조교체

〈유문성〉

① 유문성이 天命을 받아 여저을 친다고 하다.(328면)

② 유문성이 백성을 위무하고 인심을 수습하여 황성으로 향하다.(328
~329면)

③ 유문성이 주원장과 대결하다.(332~337면)

④ 일광도사가 유문성의 꿈에 나타나 주원장은 하늘이 정하였으며 승위 할 運數 임박하였으니 싸우지 말고 화친하라고 하다.(339면)

⑤ 유문성이 스승과 유기의 말을 듣고 天意에 승복하고, 제장들에게

---

33) 〈柳文成傳〉, 357면.

天時가 주원장에게 있음을 알리다.(344면)
⑥ 유문성과 주원장 등이 결의형제를 맺다.(344~345면)
⑦ 유문성이 簒逆 天子 달목을 사로잡아 능지처참하다.(357면)

〈주원장〉
① 주태공이 天數를 알고 남방에 나가 인심을 수습하여 영웅을 모아 반적을 치려하니 따르는 사람이 수십 만이다.(324~325면)
② 주원장이 조실부모하고 혈혈단신으로 발해관에 이르다.(329면)
③ 유기가 주원장의 상을 보니 天子의 상이며, 사방 걸인을 모집하여 군대를 편집하여 황성으로 향하다.(330면)
④ 주원장이 기주자사에게, 창업 대원수 주씨가 天命을 받아 무도한 元 天子를 토죄하고자 한다고 하다.(330면)
⑤ 주원장이 유문성과 대결하다.(332~337면)
⑥ 유문성이 天意에 승복하며 주원장이 대위에 올라 국호를 大明이라고 하다.(344, 357~358면)

위 예문에서 밑줄 친 〈유문성〉의 ⑥, ⑦번과 〈주원장〉의 ⑥번은 그들이 결의형제를 맺어 협력적 관계에서 簒逆 天子 달목과 대결하여 王朝 交替를 이루는 대목이다. 처음에는 〈유문성〉의 예문 ①~③에서 제시한 바와 같이 유문성은 독자적으로 왕조교체의 주역이 되고자 한다. 그래서 자신에게 부여되지도 않은 天命을 거론하며 역적을 치겠다고 한다. 하지만 〈유문성〉 ④, ⑤에서 천명이 주원장에게 있다는 스승 일광도사의 말과 유기의 말을 듣고 天意를 따른다. 그리고 이후에는 주원장과 형제지의를 맺고 그와 협력하여 찬역 천자 달목을 쳐서 왕조교체를 이루는 주역이 된다.

이에 비해 주원장은 자타가 인정하는 天命의 주체이며, 그러한 天數를 알고 행위하는 인물이다. 그래서 유문성에 비해 세력이 열세임에도 불구하고 시종 서사의 중심이 되고 최종적으로 大明을 건국하게 되는 인물이다. 주원장은 주변에서 그를 천자의 기상이 있는 것으로 인정하며, 천자가 되기 위해 주체적으로 움직이고 있기도 하다. <주원장>의 예문 ①~④는 그러한 주원장의 모습을 조명하고 있는 것들이다. 그래서 초월계나 주변의 인물들이 그가 천명의 주체라고 주장하는 것들이 왜곡되지 않고 전달될 수 있다. <유문성전>의 이러한 면모는 <장백전>에서 장백과 주원장이 치열한 갈등을 겪고 난 후에 장백이 天意를 따르는 것과 많이 다른데, 그것은 아마도 <유문성전>의 전반부가 가진 특징 때문이라고 생각된다.

4. 마무리

이 글은 <장백전>과 <유문성전>을 왕조교체형 영웅소설이라고 하고, 출생담을 통해 왕조교체가 이루어지기까지의 과정을 비교해보았다. 두 작품 모두 출생담과 전체 서사가 유기적인 관련을 맺고 진행되고 있음이 확인되지만 양자 간에는 뚜렷한 차이점도 확인되었다.

<장백전>은 왕조교체의 주체가 누구인가를 두고 장백과 주원장이 갈등하는 양상을 보여주고 있는데, 이들의 갈등을 해결하고 王朝交替가 天命의 주체에 의해 이루어지는 과정을 논리적으로 보여주는 것은 이들의 출생담이었다. <유문성전>의 전체 서사는 전반에서 이춘영과 유문성의 액운을 중심으로 진행되다가 이춘영의 환생 후 두 사람의 애정이 성취된 이후에는 전형적인 남녀 영웅담으로 전개되는데, 최종적으로는 상징적 신성성이 강조된 주원장을 중심으로 서사가 귀결되고 있다. 그리고

왕조교체의 방식도 주원장이나 유문성이 기존 왕조를 무너뜨리는 것이 아니라 간신에 의해서 찬탈된 것을 되찾으면서 새로운 왕조가 건국되는 형식을 띠고 있다.

다음은 두 작품에 나타난 왕조교체의 원인과 방식에 대해서 논의해 보았다. <장백전>에서 왕조교체가 이루어져야 하는 원인은 크게 세 가지 점에서 찾을 수 있다. 하나는 천상에서 정한 운명론적인 관점이고, 다른 하나는 현실세계에서 나타나는 元 天子의 不德이라는 윤리적인 면이며, 그 사이에 인간적인 판단이 개입될 수 있다. 그리고 이렇게 성립된 왕조교체의 정당성은 크게 두 가지 방식으로 진행된다. 하나는 장백 중심의 왕조교체이고 다른 하나는 주원장 중심의 왕조교체인데, 최종적으로는 모든 조건이 열세에 있었지만 천명이 있는 주원장 중심으로 왕조교체가 마무리 된다.

<유문성전>에 나타나는 왕조교체의 원인도 <장백전>과 같이 3가지 방향에서 설정할 수 있었다. 그러나 <유문성전>의 왕조교체는 <장백전>과는 조금 다른 방식으로 실현된다. 그 일차적인 원인은 전반부가 남녀 주인공의 애정담이 중심을 이루고 있기 때문이며, 두 번째는 不德한 元 天子를 내치고 일차적인 왕조교체를 이루는 인물이 유문성이나 주원장이 아닌 간신 달목이라는 점이다. 그래서 이 작품에서는 달목 중심의 왕조교체와 유문성과 주원장 중심의 왕조교체로 대별하여 논의하였다.

참고문헌

「張伯傳」, 仁川大學民族文化硏究所 編, 『舊活字本古小說全集』 12, 仁川大學民族文化硏究所 資料叢書刊行委員會, 1983.

「柳文成傳」, 東國大學校韓國學硏究所 編, 『活字本古典小說全集』 第五卷, 亞細亞文化社, 1976.

小田幾五郎 著, 栗田英二 譯註(2005), 『象胥紀聞』, 이회, 9면, 186면.

금장태, 『한국유교의 이해』, 민족문화사, 1985, 35면 참조.

김경숙, 「<장백전> 연구」, <목원어문학> 제11집, 목원대학교 국어교육과, 1992, 49~76면.

김용기, 「장백전에 나타난 천관념 고찰―인물의 운명과 천명의 실현을 중심으로―」, <어문논집> 제33집, 중앙어문학회, 2005, 51~78면.

______, 「인물 출생담을 통한 서사문학의 변모양상 연구」, 중앙대학교 대학원 박사학위논문, 2007.

류호민, 「유문성전 연구」, 한국교원대학교 대학원 석사학위논문, 2003, 1~84면.

박대복·이명현, 「유문성전에 나타난 갈등과 해결 원리―天定과 天命을 중심으로―」, <인문학 연구> 33집, 중앙대 인문과학연구소, 2000, 5~21면.

박일용, 「전기적 애정모티프의 영웅소설적 형상화 방식 연구―유문성전과 유생전을 중심으로」, <인문과학> 3집, 홍익대학교 인문과학연구소, 1995, 5~21면.

서대석, 『군담소설의 구조와 배경』, 이화여자대학교 출판부, 1985, 108~120면, 108면.

신태수, 「임진복 전명관의 성격과 기능」, <영남어문학> 제19집, 영남어문학회, 1991, 197면.

심재숙, 「장백전과 연의소설 '당진연의'의 관계를 통해 본 영웅소설 형성의 한 양상」, <어문논십> 32십, 안암어문학회, 1993, 261~284면.

이명현, 「고전소설에 나타난 천관념 연구」, 2004, 30~35면.

임성래, 『영웅소설의 유형 연구』, 태학사, 1990, 39~44면.

정상진, 「장백전과 유문성전의 구조와 두 가지 문제」, 『한국고전소설연구』, 삼지원, 2000, 293~323면.

정재민, 「한국 운명설화에 나타난 운명관 연구」, 서울대학교대학원 박사학위논문, 1998, 143면.

최명자, 「장백전 연구」, 한국교원대학교 교육대학원, 2000, 1~156면.

• • •

왕조교체형 영웅소설의 왕조교체 방식 연구

〈음양삼태성〉과 〈현수문전〉을 중심으로

1. 시작하기

이 글은 王朝交替型 영웅소설로 분류할 수 있는 〈장백전〉, 〈유문성전〉, 〈음양삼태성〉, 〈현수문전〉 중에서 〈음양삼태성〉과 〈현수문전〉의 왕조교체 방식을 비교하는 데 목적을 두고 있다. 선행 연구에서 〈장백전〉은 작품 내용의 세부적인 성격에 중심을 두고 '체제개혁형 영웅소설'[1]로 분류된 바 있고, '장백전 유형'[2]이라는 하나의 독립된 유형으로 설정하여 〈유문성전〉을 이와 동일한 유형으로 보기도 하였다.[3] 그리고 〈음양삼태성〉[4]이나 〈현수문전〉[5]의 경우에는 개별적으로 얼마

---

[1] 임성래, 『영웅소설의 유형 연구』, 태학사, 1990, 39~44면.

[2] 서대석, 『군담소설의 구조와 배경』, 이화여자대학교 출판부, 1985, 108~120면.

[3] 〈장백전〉과 〈유문성전〉에 대한 연구는 어느 정도 이루어져 있는 상태이다. 그러나 필자는 이들 연구를 참고로 하되, 이 글의 논의와 직접적으로 관련이 없는 경우에는 연구 성과에 대한 세부적인 논의는 생략하기로 한다. 이는 나머지 작품들에 대한 연구사 정리도 마찬가지로 한다.

간의 논의가 있었으나 영웅소설 일반을 다루는 자리에서 단편적으로 다루어 졌다.

이러한 旣刊의 연구를 통해 이들 개별 작품이 가지고 있는 성격이나 영웅소설로서 가지는 특징들은 얼마간 드러났다고 생각된다. 하지만 이 네 작품이 왕조교체형 영웅소설로서 가지는 특징이나 왕조교체 방식에 대한 연구는 없다. 그러다보니 이들 네 작품 각각에 대하여 왕조교체가 일어나고 있다는 단편적인 언급만 있을 뿐, 이들 유형군에 속하는 작품들에 대한 특징적인 성격에 대해서는 심도 있는 연구가 진행되지 못하였다.

이에 필자는 이상의 네 작품들이 具有하고 있는 내용적 특징에 관심을 두되,[6] 그 중에서도 <음양삼태성>과 <현수문전>에 나타난 왕조교

---

4) <음양삼태성>에 대한 단독 연구는 그리 활발하지 않고 이와 이본 관계에 있는 <옥주호연>에 관한 연구가 몇 작품 있는 정도이다. 이 글에서는 작품의 출생담과 작품 제명의 관계를 고려하여 <음양삼태성>을 텍스트로 하였다.

5) <현수문전>은 다양한 이본이 존재하고 또 각 이본의 내용적 편차가 심하거나 결말을 알 수 없는 결본인 경우가 많아 전체적인 성격을 단언하기 어려운 면이 있다. 이 작품의 이러한 특징을 비교적 상세하게 밝힌 것으로는 김종철(1990)의 연구가 있다. 그는 이 작품의 이본들을 계열별로 나누어 각 이본들이 가진 성격과 서사적 특징을 비교하여 정리하였다. 이 논문은 이후 <현수문전>의 연구에 영향을 끼쳤다고 생각된다. 그러나 아직 이 작품에 대한 개별적인 논의는 그리 활발하지 못하다.
김종철, 「현수문전의 분석」, 『인문논총』 제1집, 아주대학교 인문과학연구소, 1990, 41~62면 참조.

6) 왕조교체형으로 분류되는 네 작품을 함께 논의하는 것이 이들 유형군이 가지고 있는 왕조교체 방식의 특징을 드러내기에 용이하다고 생각된다. 그러나 <장백전>과 <유문성전>의 경우에는 필자가 이 두 작품의 내용을 비교하는 연구에서 이미 논의한 바가 있어서 중복되는 면이 있다. 그래서 필자의 선행 연구에서 제시한 주요 모형을 <음양삼태성>과 <현수문전>에 적용하여 논의를 전개하고자 한다. 그리고 <장백전>과 <유문성전>이 지니고 있는 왕조교체 방식의 특징은 논의 전개상 필요할 경우 핵심 내용을 간략하게 언급하는 것으로 대신한다. <장백전>과 <유문성전>에 나타난 왕조교체 방식의 특징과 일반적인 성격은 다음의 논문을 참고할 수 있다.
김용기, 「인물 출생담을 통한 서사문학의 변모양상 연구」, 중앙대학교 대학원 박사학위논문, 2007, 184~194면 참조.

체의 원인과 방식을 중점적으로 살펴보고자 한다. 이러한 연구를 통해 이 두 작품이 왕조교체형 영웅소설로서 가지는 특징들을 드러낼 수 있다고 생각한다. 필자의 이러한 논의는 이 작품들을 새로운 관점에서 讀解하는 데도 기여하는 바가 있을 것이다. 그리고 고소설 전체 총량 중에서 가장 큰 비중을 차지하는 것이 영웅소설이고, 그 영웅소설 중에서 왕조교체가 이루어지는 작품은 몇 작품 되지 않음에도 불구하고 이러한 연구가 없었다는 점에서 이 연구의 필요성을 다시 한 번 절감한다.

2. 남녀의 영웅화 과정과 추대에 의한 왕조교체 : 〈음양 삼태성〉

왕조교체형 영웅소설에서 서사의 중심이면서 종착점이 되는 것은 왕조의 교체이다. 역성혁명을 통해 왕조가 교체된다는 점에서 이 유형군에 속하는 작품들은 어느 정도 공통점을 具有하고 있다. 하지만 왕조교체를 다루었다고 해서 그 과정이나 방식이 동일하지는 않다. 왕조의 교체를 다루었다는 문제성에서는 동질성을 지니지만 세부적인 면에서는 질적인 차이가 존재한다.

특히 본 상에서 논의하고자 하는 〈음양삼태성〉의 경우에는 왕조교체를 이루기까지의 과정이 〈장백전〉이나 〈유문성전〉과는 사뭇 다르다. 이 세 작품의 주인공들이 신이한 출생담을 통해 영웅성을 드러내는 부분은 유사하다고 할 수 있다. 하지만 〈장백전〉이나 〈유문성선〉의 주

김용기, 「출생담을 통한 장백전과 유문성전의 내용 비교 연구」, 『어문연구』 142호, 한국어문교육연구회, 2009, 208~216면 참조.

인공들은 그러한 영웅성을 바탕으로 스스로가 帝位에 대한 욕망을 꿈꾸지만 결국에는 天命의 주체에 의해 왕조교체가 이루어진다. 이에 비해, <음양삼태성>의 경우에는 남녀 주인공의 영웅화 과정을 거쳐 이들이 新 天子를 추대할 뿐 직접적으로 帝位에 대한 욕망은 드러내지 않는다는 차이점이 있다. 그리고 그 사이에 왕조가 교체되어야만 하는 당위성을 '천상·지상·인간적'인 측면에서 다양하게 제시하여 그 정당성을 확보하고 있다. 이하에서는 이러한 면들을 순차적으로 살펴보기로 한다.

1) 남녀 주인공의 공신화 과정과 明主 탐색

<음양삼태성>의 왕조교체는 그 과정이 단계적으로 이루어지고 있다. 그 첫 단계는 신이한 출생담을 통한 남녀 주인공들의 兩性 英雄化이다. 이러한 주인공들의 영웅화는 이들이 功臣이 되기 위한 사전 단계에 해당된다. 먼저 이 작품에 나타난 남녀 주인공의 출생담과 영웅화 과정을 살펴보면 다음과 같다.

(A) 〈三玉의 출생담〉

ⓐ 채문경이 夏禹氏墓에 들어가 재배하고 기자치성하여 일점혈육을 얻어 후사를 끊이지 않게 바라다.

ⓑ 채문경의 꿈에, 金冠玉帶한 선관이 황룡포를 입은 왕자를 옹위하여 오고, 그 왕자가 채문경의 집은 유명한 大賢이며 자손의 향화를 그치지 않게 寶玉 셋을 주면서 門戶를 흥기할 것이라 하다.

ⓒ 부인이 그 달부터 태기가 있고, 만삭에 이르러 한 도사가 將星 셋이 채문경의 집에 비치니 기이한 사람이 태어 날 것이라 하다.

ⓓ 채문경이 삼자를 생하니, 도사가 십 세가 넘으면 어진 스승을 얻어 병법을 가르치되, 관진산 진원도사의 술법을 배우게 하라고 하

다.

ⓔ 장자는 琬이요 자를 白玉이라 하고, 차자는 玩이요 자를 重玉이라
하고, 삼자는 璿이요 자는 繼玉이며, 사주가 신묘년 신묘월 신묘일
신묘시이다.

ⓕ 삼자가 어진 스승을 얻어 수학하여 明主를 만나 충량지신이 되어
祖先 彰德을 더럽히지 않고 문호를 창개하고자 하는 뜻을 품고 관
진산 진원 도사에게 가다.[7]

위 예문은 三玉의 출생담 중에서 이 글의 논의와 관련된 부분만을 간
략하게 정리한 것이다. 이를 보면. 삼옥은 왕조교체의 주체가 아닌 왕조
교체의 주역으로 활약할 것임이 드러난다. 예문 ⓑ를 보면 삼옥의 출생
은 문호의 흥기와 관련이 있으며, 그것은 예문 ⓒ에 나타난 장성과 ⓓ에
나타난 병법 수학 및 진원도사의 술법과 관련이 있다. 초월계에 의해 제
시된 이들의 前程은 그들 스스로의 의지로 구체화되어 나타난다. 예문
ⓕ에 제시된 바와 같이 이들은 明主를 만나 충량지신이 되어 문호를 창
개하고자 하는 뜻을 품고 관진산 진원 도사를 찾아가게 된다.

삼옥 삼형제의 이러한 행위는 明主를 찾아 왕조교체를 이루어 창업공
신이 됨으로써 모두 현실화 된다. 이러한 면은 여주인공들에게서도 그대
로 드러나고 있다. 여주인공 세 자매의 출생담을 보면 다음과 같다.

(B) 〈三珠의 출생담〉

ⓐ 萬金 재산을 가지고 무창 땅에서 興利할 때에, 유원경의 꿈에 부처
가 나타나 금산사 불상을 만드는데 재물을 주어 성사케 하면 큰

---

7) 〈陰陽三台星〉, 東國大 韓國學硏究所編, 『活字本古典小說全集』 第五卷, 亞細亞文化社,
1976, 545~549면. 이하에서는 작품명과 자료집의 페이지만을 밝히기로 한다. 그리고 해
당 원문의 인용 페이지가 연속될 때에는 인용문 옆에 페이지만을 밝히기로 한다.

공덕이 있으리라 하다.

ⓑ 유원경이 금산사를 찾아가 화주에게 금은을 모두 주어 불상을 완
성하게 하니, 제승이 유원경을 시주기에 올리고 무수히 사례하다.

ⓒ 유원경의 꿈에 부처가 나타나, 유원경이 전생 죄가 중하여 금생에
無子였는데, 이번 대시주한 공으로 귀녀 셋을 점지하며, 비록 여자
이지만 문호를 빛내고 부모에게 영화 극진하리라 하다.

ⓓ 그 달부터 잉태하여 10달 만에 삼개 여아를 생산하다.

ⓔ 장녀의 이름은 紫珠라 하고, 차녀는 璧柱라 하고, 삼녀는 明珠라
하며, 사주가 신묘년 신묘월 신묘일 신묘시이다.

ⓕ 삼주가 성주를 만나 무예를 자랑하며 공업을 세워 이름을 빛내고
문호를 빛내고자 하다.[8]

위 예문 (B)는 삼주의 출생담을 간략하게 정리한 것이다. 이를 보면
전체적인 성격이나 서사 방향이 삼옥의 경우와 유사함을 알 수 있다. 예
문 ⓒ에 나타난 바와 같이 삼주가 비록 여자이지만 문호를 빛낸다는 것
이나, 예문 ⓕ에 나타난 바와 같이 聖主를 만나 공업을 세워 이름을 드러
내고 문호를 빛내고자 하는 것은 예문(A)에 나타난 삼옥의 경우와 흡사
하다. 그리고 삼옥과 삼주의 출생담 ⓔ에 제시된 바와 같이 이들은 출생
四柱가 동일하다. 이를 통해 삼옥·삼주 6인이 천정연분임이 암시된다.

이후 이들은 단양 땅에서 만나 결의형제를 맺고 관진산 진원도사를
찾아가 후일 송 태조 조광윤의 고굉지신이 되는 왕정빈과 함께 병서와
무예를 익힌다.[9] 그리고 본격적으로 이들 6인은 天意에 따라 현명지주
를 탐색하고 그를 추대하여 왕조교체를 이루고자 한다. 이를 간략하게
정리하면 다음과 같다.

---

8) <陰陽三台星>, 549~551면.
9) <陰陽三台星>, 560~561면.

(C) 〈天意에 의한 賢明之主의 탐색과 공신화〉

ⓐ 삼옥·삼주 6인이 수학한 지 삼년이 지나자 진원도사가 제자들에게 하산하여 聖主를 도와 이름을 현달하라고 하다.(562면)10)

ⓑ 6인이 眞命之主를 가르쳐 달라고 하니 황화산 지곡도사를 찾아가면 알 수 있을 것이라 하다.(562면)

ⓒ 삼옥·삼주 6인이 황화산 지곡도사를 찾아가니 도사는 절강 호주 땅에 진명지주가 있으며 이름이 趙匡胤이라고 하고, 이 사람을 도와 功名을 이루라 하다.(563면)

ⓓ 宋 太祖 조광윤이 스스로 대원수가 되어 왕정빈 등과 더불어 대사를 도모하고자 하고, 왕정빈은 삼옥·삼주 6인을 천거하다.(564~565면)

ⓔ 삼옥·삼주의 계교로 北漢의 원양성을 함락하고, 이어 전쟁에서 큰 승리를 거두다.(565~569면)

위 예문 (C)는 삼옥·삼주 6인이 明主를 찾아 그의 공신이 되는 과정을 제시한 것이다. 이들이 관진산 진원도사에게 수학한 지 삼 년이 지나자 진원도사는 이들에게 하산하라고 하고, 성주를 도와 이름을 현달하라고 한다. 예문 ⓑ에서는 이들 6인이 진명지주를 가르쳐 달라고 하니 진원도사는 황화산 지곡도사를 찾아가면 알 수 있을 것이라고 한다. 이에 이들은 ⓒ에 제시된 바와 같이 황화산 지곡도사를 찾아가 절강 호주 땅에 진명지주가 있음을 알게 된다. 이를 통해서 볼 때 예문 ⓐ~ⓒ는 삼옥·삼주 6인이 현명한 군주를 찾아 탐색하는 과정에 해당한다고 할 수 있다. 그리고 예문 ⓓ, ⓔ는 三玉·三珠 6인이 왕정빈을 통하여 조광윤에게 천거되고 立功하는 대목이다. 이렇게 하여 이들 6인은 宋 태조 조

---

10) 인용문 옆 괄호 속의 숫자는 텍스트의 페이지를 밝힌 것이다. 이 글에서는 논의 전개의 편의를 위해 여러 개의 인용문을 함께 제시해야 할 경우 일일이 각주를 달지 않고 인용문 옆에 페이지를 제시하는 것으로 대신하기로 한다.

광윤의 창업 공신으로 인정받게 된다.

2) 왕조교체의 '천상·지상·인간적' 차원의 근거

이러한 명주 탐색 및 공신화 과정과 함께 서사 전개에 병행되어 나타
나는 것은 여러 층위에 걸쳐 나타나는 왕조교체의 근거이다. 그 근거는
천상계의 예시와 지상계의 구체적 사건들로 크게 나눌 수 있으며, 이 둘
에 의한 인간적 판단이 병행되어 제시된다. 먼저 천상계에 의해 왕조교
체의 당위성이 제시되는 것을 보면 다음과 같다.

> (D) 〈천상계에 의한 왕조교체의 필연성〉
>
> 〈진원도사〉
> ⓐ 왕정빈에게 宋 천자를 섬겨 자신의 가르침을 헛되게 하지 말라고
> 　 하다.(562면)
>
> 〈황화산 지곡도사〉
> ⓐ 절강 호주 땅에 眞命之主가 있으며 이름이 조광윤이라고 하다.(563면)

위 예문 (D)는 천상계의 의지를 전달하는 것으로 볼 수 있는 진원도
사와 황화산 지곡도사의 말이다. 이들에 의하면 현재의 五季 시절이 지
나고 宋 나라가 건국 되는 것은 자명해 보인다. 이는 진원도사가 왕정빈
에게 宋 천자를 섬기라는 말을 통해 앞으로 송나라가 건국될 것임을 드
러내는 것이나, 지곡도사에 의해 그 왕조교체의 주체가 조광윤이라고 하
는 것을 통해서 알 수 있다. 이러한 초월계의 인물에 의해 전달되는 天
意는 지상계의 구체적 현상을 통해서 뒷받침 되고 있다. 이를 살펴보면

다음과 같다.

(E) 〈지상계에 나타난 왕조교체의 근거〉

ⓐ 五季 이후 천하가 요란하고 백성이 도탄에 들었기로 어진 인군을
바란다고 하다.(570면)

ⓑ 천하가 요란하여 도적이 봉기하고 만민이 도탄에 들었다.(570면)

ⓒ 후주가 암약하여 소인을 가까이 하고 현신을 멀리 하여 충량지신
을 살해하니 정사가 쇠하고 양신이 물러갔다.(570면)

ⓓ 백성이 도탄에 들어도 건질 사람이 없고 후주가 天意를 저버리고
중신을 저버렸다.(570면)

위 예문 (E)는 지상계에 가시적으로 나타나고 있는 현상을 정리한 것
이다. (E)의 ⓐ~ⓓ는 예문 (D)에서 제시한 진명지주가 왜 필요로 하는
가를 구체적으로 인식시켜 주는 기제로 작용한다. 그래서 이제까지 영웅
적 활약을 펼쳤던 인물들은 天意에 의해 드러난 진명지주인 조광윤을 天
子로 인식한다. 이것은 <음양삼태성>에서 인간의 판단에 의한 왕조교
체의 근거가 되고 있다. 이를 잠시 살펴보면 다음과 같다.

(F) 〈인간의 판단에 의한 왕조교체의 근거〉

〈왕정빈 등 諸臣〉

ⓐ 조광윤은 德如堯舜하고 위엄이 천하에 진동하므로 하늘이 내신 天
子이다.(570면)

〈삼옥·삼주〉

ⓐ 조광윤을 보니 太平主의 기상이요 좌우 제장들이 創業勳臣의 상모
가 있다.(565면)

앞의 예문 (F)에 제시된 내용을 보면 삼옥·삼주 6인은 물론이고 왕정빈을 비롯한 주변 창업훈신들이 모두 조광윤을 천자나 태평주의 기상이 있는 것으로 인식하고 있다. 예문 (D)의 진원도사나 황화산 지곡도사에 의해 전달되는 天意는 예문 (E)에 나탄 지상계의 여러 가지 사건들을 통해 구체성을 띠었다. 이렇게 천상계와 지상계에 의해 마련된 왕조교체의 근거로 인해 인간들의 주관적인 판단은 신뢰성을 획득할 수 있게 된다.

3) 주인공의 新 天子 보필과 왕조교체

이상에서 살펴본 바와 같이, <음양삼태성>은 남녀 주인공의 양성 영웅화와 공신화의 과정을 제시한 다음 천상계와 지상계, 그리고 인간의 판단에 의한 왕조교체의 근거를 제시하고 있다. 하지만 왕조교체에 이르기까지의 전체적인 운용 방식은 필자가 이미 논의한 바 있는 <장백전>이나 <유문성전>과 그 양상을 달리하고 있으며, 왕조교체를 이루는 방식에서 결정적인 차이를 보인다.[11] <음양삼태성>에 나타난 왕조교체 방식을 보면 다음과 같다.

> (G) 〈공신의 추대에 의한 왕조교체〉
>
> ⓐ 왕정빈을 비롯한 공신들이 天命을 받아 조광윤에게 寶位에 오르심을 청하다.(569~570면)
> ⓑ 조광윤이 帝位에 오르고 이는 天命이니 인력으로 미치지 못하리라 하다.(570면)

---

11) <장백전>과 <유문성전>의 왕조교체 방식에 대한 내용은 필자가 기간의 논문에서 이미 밝힌 바가 있다.
  김용기, 前揭論文, 2009, 208~216면 참조.

ⓒ 後主가 玉璽를 바치니 송 태조 조광윤이 옥새를 받고 용상에 전좌
　하다.(571면)

　예문 (G)는 공신들에 의해 송 태조 조광윤이 보위에 오르고, 또 후주가 옥새를 바침으로써 왕조교체가 마무리 되는 장면이다. 조광윤은 스스로 대원수가 되어 전장에 나가기는 하지만 왕조교체를 두고 크게 갈등하는 대상은 없다. 그리고 후주와 그 수하 장수들이 잠시 저항하기는 하지만 이는 삼옥·삼주 6인에 의해 쉽게 제압되기 때문에 큰 장애가 되지 않는다. 후주 또한 스스로 옥새를 바치고 있으므로 왕조교체는 비교적 순탄하게 이루어진다고 할 수 있다. 공신의 추대와 큰 저항 없는 이러한 왕조교체는 <장백전>이나 <유문성전>과 다른 부분이다.

　특히 공신의 추대에 의한 왕조교체는 '추대'라는 방식의 차이 이상으로 의미하는 바가 크다. 주인공들이 新 天子를 추대한다는 것은 그들 개인적으로는 帝位에 대한 욕망이 없다는 것을 뜻하기 때문이다. <음양삼태성>의 이러한 면은 <장백전>이나 <유문성전>의 왕조교체 방식과 결정적으로 다른 점이다. <장백전>이나 <유문성전>의 경우에도 주인공이 영웅화 과정과 '천상·지상·인간'에 근거한 왕조교체가 나타난다는 점에서 <음양삼태성>과 유사한 면이 있지만, 이들 작품에서는 주인공들이 帝位에 대한 욕망을 강하게 드러낸다는 점에서 <음양삼태성>과 변별된다. 그리고 <장백전>이나 <유문성전>의 경우에는 왕조교체가 최종적인 목적이 되었던 것에 비해, <음양삼태성>은 왕조교체 이후에도 애초 출생담에서 제시되었던 天定緣分을 맺는 방향으로 서사가 진행되며, 두 가문의 문호를 빛내는 것이 서사의 귀착점이 된다는 점에서 차이가 있다.

3. 반복적인 왕조교체와 父子 二代의 天子 보필 : 〈현수문전〉

앞서 논의한 바와 같이 〈음양삼태성〉은 〈장백전〉과 〈유문성전〉이 가지고 있는 왕조교체형 영웅소설로서의 특징을 어느 정도 가지고 있다. 그러나 왕조교체 방식에서 큰 차이점이 있었다. 이러한 양상은 〈현수문전〉에게도 그대로 적용된다.

〈현수문전〉은 父子 二代에 걸쳐 공신화의 과정을 제시하고 있으며[12] 3개국에 걸쳐 4명의 天子가 등장하고 있고 '송 → 여진 → 몽고' 순으로 왕조가 교체되는 과정을 보여주고 있는 작품이다. 특히 이 작품에는 찬역으로 볼 수 있는 것이 총 12번이나[13] 일어나고 황친의 찬역도 2번이나 나타난다는 점에서 여느 작품에서 쉽게 찾을 수 없는 독창성을 지니고 있다. 그러면서도 이 작품의 서두는 다른 왕조교체형 영웅소설들과 크게 다르지 않다. 하지만 그 시작과 과정은 유사하면서도 최종적인 행위의 결과는 이들과 다르게 나타난다. 본 장에서는 〈현수문전〉이 왕조교체형 영웅소설로서 가지고 있는 공통적인 특징을 먼저 살펴본 다음에 이 작품만이 지니고 있는 특이성을 논의해 보고자 한다.

---

12) 〈玄壽文傳〉의 二代記的 성격에 대해서는 旣刊의 논의에서 이미 언급된 바다.
　　김수봉, 「현수문전의 영웅소설적 위상 연구」, 『한국문학논총』 제14집, 한국문학회, 1993, 185～189면.
　　金炫廷, 「현수문전의 이본 특징과 수용 양상 연구」, 성균관대학교 대학원 석사학위논문, 2004, 12～13면.
13) 남만왕의 찬역 기미가 보이자 현수문이 위유사로 가서 남만왕을 꾸짖는 것까지 합하면 모두 12번의 찬역이 일어나고 있다.

1) 주인공의 공신화 과정과 現 天子 보필

<현수문전>도 앞서 논의한 <음양삼태성>과 마찬가지로 그 시작은 주인공의 영웅화와 공신화를 기본 모형으로 하고 있다. 그런데 이 작품이 <음양삼태성>을 비롯한 다른 왕조교체형 영웅소설들과 다른 점은 그러한 영웅성의 발현이 왕조교체와 곧바로 연결되지 않는다는 점이다. 다른 왕조교체형 영웅소설에서는 주인공의 영웅성 발휘가 본인들의 제위 욕망이나 新 天子를 보필하는 것과 관련이 있다. 그러나 <현수문전>에서 주인공의 영웅화는 現 天子의 보필과 일차적인 관련을 맺는다. 먼저 현수문의 출생담을 출발점으로 하여 영웅화와 공신화의 과정을 살펴보면 다음과 같다.

(A) 〈현수문의 출생담〉

ⓐ 이부상서 현택지가 천축국 오룡산 대평사 금법장중화주에게 적선한 후 부인이 기몽을 얻고 잉태하다.[14]

ⓑ 아이를 생산하던 전일 밤에 현상서가 꿈에 일위 선관이 채운을 타고 내려와 '현상서가 인간에 謫降하여 무후하게 전지하였는데 세존이 玉帝에게 주달하고 귀자를 점지하였으니 귀하게 길러 후사를 이으라'고 하다.(2~3면)

ⓒ 선관이 이 아이는 5세에 부모를 이별하여 厄을 지낸 후에 복록이 무궁하여 세상에 으뜸 팔자 되리라 하고, 그 부인이 옥동을 생산하여 이름을 현수문이라 하다.(3면)

ⓓ 현수문의 나이 5세가 되니 무예를 좋아하여 활쏘기와 칼 쓰기와

---

14) 活字本 <玄壽文傳>, 국립중앙도서관 소장 朝鮮書舘本, 1915, 1~2면. 이하에서는 작품명과 인용문의 페이지만을 밝히기로 한다. 그리고 해당 원문의 인용 페이지가 연속되거나 본문 속에서 산견되는 내용을 제시해야 할 경우에는 인용문 옆에 페이지만을 밝히기로 한다.

말 달리기를 날마다 힘쓰며, 무예를 연습하였다가 난세를 만나면 출전하여 공을 세워 문호를 빛내고자 한다고 하다.(3면)

ⓔ 현수문은 송실 대원수 겸 위왕이 될 운명이다.(10, 19면)

위 예문 (A)는 이 글의 논의와 직접적으로 관련되는 현수문의 출생담을 간략하게 정리한 것이다. 위에 제시한 출생담만 놓고 본다면 이 작품의 중심 내용은 예문 ⓒ, ⓓ, ⓔ에 나타난 바와 같이 현수문의 厄運과 立功을 통한 門戶의 흥기가 중심이다. 실제로 이 작품의 중반부까지의 서서전개는 이와 같은 과정을 거치고 있으며, 이는 현수문의 공신화 과정이라고 할 수 있다. 이 과정에서 나타나는 宋 천자의 부덕과 실정은 제후국들의 반역으로 이어지며 이는 주인공 현수문의 영웅적 활약으로 안정을 되찾는다. 이를 크게 두 부분으로 나누어 살펴보면 다음과 같다.

(B) 1세 宋 天子의 부덕과 현수문의 공신화

(B)-1. 1세 송 천자의 부덕과 失政

〈곽자해〉

ⓐ 송 천자 박덕 불인하다.(5면)

ⓑ 송 천자가 황친국척을 살육하고 叔과 從弟를 알지 못하고 惡事하다.(5면)

ⓒ 송 천자 교만하고 음학무도하여 대신을 모살하고 간신을 신임하며 투현질능하다.(6면)

〈운남왕 조승〉

ⓐ 순천자는 창하고 역천자는 망하며, 송 천자가 개과수덕하면 죽어도 여한이 없다.(8면)

ⓑ 年年이 미녀와 재보를 구하고 사자를 두 번 죽이다.(8면)

ⓒ 숙부인 연왕을 죽이고 그 자제들을 능지처함하였는데 이는 고금에

　　들지 못한 바다.(8면)
　ⓓ 종족을 참하고 환관을 믿으며 궁첩의 무리를 사랑하고 사치를 극
　　진히 하여 종사를 불관이 여기다.(8면)
　ⓔ 조정에 위군충절은 없고 서절구투만 있으니 한심하다.(9면)[15]

　위 예문은 작품 전반부에 나타나는 宋 천자의 부덕과 실정을 드러내는 부분이다. 이것은 운남왕이 찬역한 가장 큰 이유이다. 하지만 아직은 제후국이라 할 수 있는 운남왕이 송나라를 전복하지는 않는다. 운남왕 조승은 그가 올린 표문 마지막 부분에서 '자신이 얻은 남방 16주를 돌려드리니 전과를 사하고 개과하여 태자를 부르고 황후를 경대하며 충량을 임용하고 간당을 물리치고 정사를 닦아 선정치국하기를 바란다'[16]고 하며 스스로 물러나고 있다. 그러나 국가 정세는 쉽게 안정되지 않는다. 이것은 이후에도 계속되는 제후국들의 簒逆으로 나타나고 있는데, 이러한 위기는 현수문의 영웅적인 활약을 통해 극복된다. 그리고 宋 천자는 그 과정에 어느 정도 회과하는 모습을 보인다.

(B)-2. 1세 宋 天子의 위기와 현수문의 입공

　ⓐ 남만왕이 찬역할 뜻을 둔 것을 현수문이 위유사로 가서 꾸짖고 마

---

15) 이 외에도 작품의 전반부에는 宋 天子의 不德과 失政을 드리내는 예들이 디 있다. 이를 본문에서 일일이 제시하는 것은 너무나 번거로운 일이라 생각되어 각주에서 간략하게 제시하고자 한다.
　* 송 황제 탐재포학하는 허물을 버리고 회과 자책하기를 바라다. : 운남왕의 제2자 초룡 (7면)
　* 송 천자가 실덕하여 제후를 공경하지 아니하고 충량을 살해하며 탐재 호색을 즐기다. : 운남장수 범녕(7면)
　* 간신을 가까이 하며 술사를 좋게 여기다. : 운남장수 범녕(7면)
　* 송 천자가 년년이 使를 보내어 제보와 미녀를 구하다. : 운남장수 범녕(7면)
16) 〈玄壽文傳〉, 9면.

　　음의 승복을 받다.(29~30면)

　ⓑ 군읍이 흉황하여 양민이 도적되니 현수문이 순무사로 가서 백성을
　　돌보고 위무하니 백성들이 기뻐하다.(30~31면)

　ⓒ 북토왕이 침범하니 현수문이 출전하여 북토왕을 생금하고 북토지
　　민을 무휼하고 백성을 안무하니 현수문의 덕을 칭송하다.(33~35면)

　ⓓ 석상왕 왕개가 반하여 양평공과 함께 송군을 공격하고, 위기에 처
　　한 天子가 항서를 쓰려고 할 때에 현수문이 구하다.(35~40면)

　ⓔ 서천 인심이 불순하니 현수문이 위무하다.(47면)

　ⓕ 천자가 현수문을 위왕에 봉하고 군국대사를 총찰하게 하다.(59면)

　ⓖ 황친 제남후 조길이 찬역한 것을 현수문이 제압하다.(59~62면)

　ⓗ 진왕과 우골대가 기병하여 황성으로 쳐들어가니 대적할 자가 없어
　　天子가 항복하려 할 때에 위왕 현수문이 구하다.(68~72면)

　ⓘ 전세가 회복 불가능함을 안 진왕이 유양춘을 죽이고 자살하니, 현
　　수문이 승전고를 울리며 돌아오고 천자는 친히 맞이한 후 그 공을
　　포장하여 기린각에 안정하다.(77~78면)

위 예문 (B)-2는 앞서 제시한 예문 (B)-1과 직접적으로 연관되어 있는 부분이라고 생각된다. 1세 宋 천자의 부덕과 실정으로 인해 그에게 위기가 찾아온 것이라고 볼 수 있는데, 이로 인해 주변 제후국들과 황친의 簒逆이 연속적으로 일어나고 있다. 그러나 이러한 반역과 정세의 불안정 때문에 宋 나라가 완전히 망하지는 않는다. 그것은 현수문의 영웅적 활약을 통해 진압이 되고, 또 현수문의 진심어린 위무로 인해 안정을 되찾기 때문이다. 그리고 보다 더 중요한 이유는 1세 宋 천자 스스로의 변화가 있었기 때문이다. 그래서 그는 자신이 죽기 전에 현수문에게 그 아들을 보내 태자를 도우라고 하기도 하고, 현수문이 第二子 현담과 세 명의 인재를 천거하니 기꺼이 수용한다.17) 뿐만 아니라 현수문에게 태자를 도와 사직을 안보하게 하라는 유언을 내리기도 하며, 태자에게는 현수문의

가르침을 받고 그가 추천한 3인과 현수문의 아들 현담의 가르침을 받으라는 유지를 내리고 죽는다.[18]

이상에서 살펴본 바와 같이 현수문의 영웅성은 직접적으로 왕조교체와 관련이 없다. 앞서 논의한 바와 같이 그의 영웅성은 現 天子를 위한 공신화의 과정이며 그를 보필하는 것으로 나타난다. 그 결과 1세 송 천자의 위기는 극복될 수 있었고 아직은 왕조교체의 비운을 맞지 않는다. 그러나 이와 같은 1세 宋 천자의 노력과 유언은 太子가 새로운 天子로 즉위하면서 유지되지 않는다.

2) 반복적인 왕조교체와 '천상·지상·인간적' 차원의 근거

1세 송 천자의 회과와 현수문의 영웅적 활약으로 안정을 되찾았던 송실은, 1세 송 천자의 죽음 이후 다시 위기에 봉착하게 된다. 그것은 2세 송 천자가 부친의 유지를 받들지 않았기 때문이다. 그는 현수문과 현수문이 추천한 3인 및 현수문의 아들 현담의 가르침을 받으라는 부친의 유지를 따르지 않는다. 오히려 2세 송 천자는 간신을 가까이 하고 현신들을 멀리함으로써 스스로 위기를 자초하게 된다. 이로 인해 송 나라는 여진으로 왕조가 교체되는 과정을 겪게 되는데, 이러한 징후는 천상계와 지상계, 그리고 여러 인물들의 개인적인 판단을 통해서 나타나고 있다. 이를 살펴보면 다음과 같다.

---

17) <玄壽文傳>, 79면.
18) <玄壽文傳>, 79~80면.

(C) 宋에서 女眞 중심의 왕조교체

(C)-1. 〈천상계에 의한 왕조교체의 당위성〉

〈진강도사〉

ⓐ 천문을 보니 宋 太子 즉위하고 간신이 弄權하여 혼군이 간신의 말을 듣고 위왕을 박대하니 송실을 보전하지 못할 것이다.(92면)

ⓑ 계양춘이 여진국에 들어가 대공을 세우고 천자의 대위를 얻어 황후가 될 것이다.(93면)

ⓒ 여진왕이 천자가 될 기상이 있다.(93면)

위 예문 (C)-1은 천상계의 인물이라 할 수 있는 진강도사에 의해 송에서 여진으로 왕조교체가 일어날 것임이 드러나는 부분이다. 진강도사는 天文에 의해 나타나는 송실의 몰락을 인지하고 있으며, 이는 여진국의 건국으로 이어질 것임을 말하고 있다. 예문 ⓐ는 진강도사에 의해 천문으로 나타난 천상계의 의지가 드러나는 부분이다. 그리고 예문 ⓑ, ⓒ는 송실에 있던 天意가 여진으로 넘어가게 될 것임을 암시하는 부분이다.

이러한 천상계의 의지를 통해서 볼 때 송실에서 여진으로의 왕조교체는 필연적인 과정이 된다. 그리고 이러한 천상계에 의해 포괄적으로 제시되었던 왕조교체의 근거는 지상계의 사건들을 통해 구체적으로 뒷받침되고 있다. (C)-1의 ⓐ에서 드러나는 송 천자의 부덕은 지상계의 여러 사건들을 통해 구체화 되고 있다. 이를 보면 다음과 같다.

(C)-2. 〈지상계에 나타난 왕조교체의 근거〉

ⓐ 2세 宋 천자가 부친의 유언을 귀담아 듣지 않고 황숙과 간신들에게 속아 나라가 점점 어지러워지다.(80~81면)

ⓑ 현담 등이 2세 宋 천자에게 간하나 천자는 듣지 않고 충신을 파직하고 간신을 가까이하다.(81면)

ⓒ 2세 宋 천자가 전쟁을 일으켜 충신 현수문을 공격하고 그의 아들
   현담을 죽이다.(82~87, 88면)

위 예문 (C)-2는 (C)-1에서 천상계에 의해 제시되었던 왕조교체의 당위성을 뒷받침해 주는 사례에 해당된다. (C)-2의 내용은 그 자체만으로도 문제의 심각성이 감지되는데, 이것이 (C)-1의 내용과 연결될 경우에는 그 정도가 배가된다. 그래서 송실에서 여진으로의 왕조교체는 초현실계의 논리에 의해서 일방적으로 진행되는 과정이 아닌 것이 된다. 즉 천상계에 의해 제시된 당위성이 지상계의 구체적 현상들을 통해 뒷받침됨으로써 어느 정도 개연성을 확보하게 되는 것이다. 그리고 이렇게 확보된 왕조교체의 필연성은 주요인물에 의해 발화됨으로써 현실화된다. 인간의 판단에 의해 제시되는 왕조교체의 이유를 보면 다음과 같다.

(C)-3. 〈인간의 판단에 의한 왕조교체의 이유〉

〈계양춘〉

ⓐ 宋 나라 천자 무도하여 기수 진하다.(94면)

〈현수문〉

ⓐ 宋 천자 무도도하여 걸주를 모방하여 충량을 살해하고 간신을 가
   까이 하여 불인을 자행하였다가 천하를 잃었다.(110면)
ⓑ 宋 천자가 무도할 뿐만 아니라 天意가 女眞에게 돌아가 거역하지
   못하다.(110면)
ⓒ 天子(女眞王)의 기상을 보니 한 때 천자가 될 기상이다.(111면)

위 예문은 송에서 여진으로의 왕조교체와 밀접하게 관련이 있는 계양춘과 현수문의 말이다. 두 인물 모두 왕조교체와 직·간접적으로 관련이

있는 인물이기 때문에 주관적인 판단으로 볼 수도 있다. 하지만 이들에게서 발화된 내용은 주관적인 판단에 의한 것이 아니라 천상계에 의해 제시된 왕조교체의 당위성과 지상계의 구체적인 근거가 바탕이 된 판단이라고 할 수 있다. 계양춘과 현수문의 판단은 그 자체로만 본다면 천상계와 지상계에서 제시된 내용과 큰 변별이 없어 보인다. 하지만 이 두 인물의 판단은 천상계의 의지와 현실계의 구체적인 사건들로 인해 발생된 결과라는 점에서 의미를 지닌다.

천상계의 당위만으로 제시되는 왕조교체의 근거는 현실적으로 막연한 감이 있고, 또 지상계의 구체적 사건들은 이를 해석해 줄 수 있는 상위의 논리가 결여되어 있다. 그런데 계양춘이 天意를 전달하고 있는 진강도사의 말을 듣고 송에서 여진으로의 왕조교체를 인식함으로써 天意는 현실성을 가지게 된다. 또 현수문은 그러한 天意를 읽을 수 있을 뿐만 아니라 그것을 지상계의 구체적 사건들과 연결지어 종합적으로 판단하고 있다. 이로 인해 왕조교체는 필연적인 것으로 귀결된다.

이상에서 살펴본 바와 같이 송에서 여진으로의 왕조교체는 피할 수 없는 운명처럼 되어 있다. 왕조의 교체가 天意에 의한 것으로 되어 있으니 이는 당연한 현상이다. 그러나 <현수문전>의 작가는 그러한 비극의 원인을 외부적인 운명으로만 돌리지 않고 인간의 행위도 함께 중요시하고 있다. 2세 宋 천자가 부친의 유지와 상반되게 충신을 멀리 하고 간신을 가까이 한 것이 그 하나이며, 끝까지 회과하지 않아 현수문의 도움을 받지 못한 것이 그 하나이다. 왜냐하면 현수문은 2세 宋 천자가 자신의 아들 현담을 죽였음에도 선 황제의 유지를 받들어[19] 한 번은 도와주고

---

19) <玄壽文傳>, 96면.

있기 때문이다. 만약 2세 송 천자가 부친의 유지를 잘 받들었다면 서사 전개는 다른 방향으로 전개되었을 수도 있다. 현수문이 여진왕보다 힘에서 우위에 있기 때문에 송 나라를 구해주었을 수도 있기 때문이다. 하지만 현수문이 자신을 구해주었음에도 불구하고 2세 宋 천자는 진심으로 회과하지 않고 간신을 가까이 하다가 재차 위기에 처하게 된다. 이에 현수문은 더 이상 그를 도와주지 않는다. 결국 2세 송 천자는 여진왕의 군대에게 추격을 받다가 충신 육수부가 그를 업고 자하수에 빠져 죽음[20]으로써 宋 나라는 망하고 여진으로 왕조가 교체된다.

그런데 이러한 왕조교체는 곧 이어 女眞에서 蒙古로 다시 교체된다. 특이한 점은 새로운 天子가 된 女眞王의 구체적인 실정이나 부덕의 제시 없이 天意의 순환에 따라 왕조교체가 이루어지고 있다는 점이다. 그리고 이는 여진으로 왕조교체가 이루어졌을 당시에 현수문의 말을 통해 미리 예견되고 있기도 하다. 여진에서 몽고로의 왕조교체 양상을 살펴보면 다음과 같다.

(D) **女眞에서 蒙古 중심의 왕조교체**

(D)-1. **천상계에 의한 왕조교체의 당위성**

〈남정산 엄도사〉

ⓐ 18년 후 여진이 몽고에게 망할 것이다.(116면)

예문 (D)-1은 여진에서 몽고로의 왕조교체가 이루어질 것이라는 남정산 엄도사의 말이다. 그의 이 말을 통해 왕조교체는 필연적인 것으로 암시된다. 이제 막 송에서 여신으로 왕소가 교체되는 시점에서 벌써 18년

---

20) 〈玄壽文傳〉, 102면.

후의 왕조교체를 예시하고 있는 것이다.

이러한 과정은 송에서 여진으로 진행되었던 왕조교체와는 성격이 조금 다르다. '송→여진'으로의 왕조교체에서는 천상계의 의지와 이를 뒷받침할 수 있는 지상계의 구체적인 사건들이 제시되었기 때문에 天意와 통치자의 부덕이 동시에 강조되었다. 이에 비해 '여진→몽고'로의 왕조교체에서는 天意만 나타나고 있어서 그러한 天意의 순환이 강조되고 있다. 이러한 면은 지상계에 나타난 왕조교체의 암시나 인간의 판단에 의한 왕조교체 암시에서 얼마간 확인할 수 있다. 먼저 지상계에 나타난 왕조교체의 암시 양상을 보면 다음과 같다.

　(D)-2. 지상계에 나타난 왕조교체의 암시

　　ⓐ 몽고왕 홀필렬이 중원을 범하고자 주야로 애를 쓰다.(116면)
　　ⓑ 몽고왕 홀필렬이 뜻을 품은 지 여러 해 되었는데 인재를 얻지 못하여 허송세월하고 있다.(118면)

예문 (D)-2는 몽고왕 홀필렬의 帝位에 대한 욕망을 드러내고 있는 부분이다. 이를 통해서 그가 왕조교체의 주체가 되고자 한다는 것을 알 수 있고, 이것은 천상계에 의해 제시되었던 당위성과 결합되어 어느 정도 기정사실화 된다. 그리고 (D)-2의 ⓑ에서 홀필렬이 갈망하는 인재는 이후 현침을 만나는 것으로 해결이 되며, 이를 통해서 건국의 대업을 이루게 된다. 여기에는 天意의 순환이 강조되어 있다. 이를 살펴보면 다음과 같다.

(D)-3. 인간의 판단에 의한 왕조교체의 암시

〈현수문〉

ⓐ 18년 후 女眞이 망하고 元 나라가 설 것이다.(110면)

〈현침〉

ⓐ 여진의 기수가 이미 진함을 짐작하다.(118면)

〈신비회〉

ⓐ 여진의 기수 다하고 元이 설 줄 짐작하다.(119면)

위 예문은 주요 인물들이 여진에서 몽고로 왕조가 교체 될 것임을 판단하는 내용이다. 이러한 인간의 판단은 남정산 엄도사가 전하는 天意가 담보되어 있기 때문에 신뢰성을 획득할 수 있고 그러한 생각이 보다 강화되는 역할을 한다.

이러한 인간의 판단에서도 여진왕의 구체적인 실정이나 부덕은 나타나지 않으며, 왕조교체의 근거로 제시되고 있는 것은 여진의 기수가 다하였다는 天數의 강조이다. 따라서 '여진→몽고'로의 왕조교체는 天意의 순환에 따라 이루어지고 있음을 알 수 있다. 그리고 여기에는 주인공 현수문이 직접 관여되지 않으며 최종적으로 왕조교체를 이루는 국가가 중원지역의 국가가 아닌 소위 오랑캐로 명명되던 몽고라는 점에서 특이성이 발견된다.

3) 父子 二代에 걸친 天子 보필의 차이점과 왕조교체

이상에서 살펴본 바와 같이 <현수문전>은 <음양삼태성>을 비롯한

다른 왕조교체형 영웅소설들과 공통되는 점도 가지면서 왕조교체의 방식에서는 아주 큰 차이점을 드러내고 있다. 그것은 <현수문전>이 二代에 걸친 공신화의 과정을 다루었다는 점과 '송→여진', '여진→몽고'로 이어지는 반복적인 왕조교체를 서사화하였다는 점과 무관하지 않다고 생각된다. 특히 그러한 왕조교체의 과정에서 드러나고 있는 주인공 현수문과 그의 아들 현침의 행위와 그 지향점의 변별성은 이 작품만의 묘미를 풍기게 하는 원인으로 작용하고 있다.

하지만 여기서 중요한 것은 '父子 二代의 서사화' 그 자체보다 '父子 간 행위의 차이'라고 할 수 있다. 현수문이나 그의 아들 현침은 모두 영웅성을 발휘하여 공신이 되었다는 점에서는 차이가 없다. 그러나 두 인물이 공신으로서 가지는 질적인 성격은 동일하지 않다. 주인공 현수문은 현재의 天子인 1세 宋 天子를 보필하고 그 유지를 받드는 것에 비해, 그 아들 현침은 몽고왕 홀필렬의 공신이 되어 그가 新 天子가 되는 것을 보필하는 것이다.

부자 이대에 걸쳐 공신의 역할을 하지만 부친 현수문은 구 왕조라고 할 수 있는 송 천자를 도우면서 왕조교체에는 직접 관여하지 않는다. 이에 비해 그 아들 현침은 신 왕조인 몽고의 공신 역할을 하면서 왕조교체의 주역이 된다는 차이점이 있다. 이 두 사람의 공통점은 자신들이 능력이 있음에도 불구하고 스스로 帝位를 꿈꾸지 않고 제2인자로 만족한다는 점이다. 이와 같이 <현수문전>에 나타난 부자 이대에 걸친 천자 보필의 차이점은 이 작품에 나타나고 있는 왕조교체의 두 가지 양상과 함께 그 특징적인 성격으로 자리매김 될 수 있는 기제가 된다.

4. 왕조교체형 영웅소설의 왕조교체 방식의 특징과 문학적 의미

이상에서 살펴본 바와 같이 왕조교체형 영웅소설에는 왕조교체가 이루어지는 구체적 근거와 방식이 다양하게 존재한다. 하나의 국가가 다른 나라로 교체 될 때에는 그 나름의 이유가 있을 것이다. 이들 왕조교체형 영웅소설에서는 그 근거를 '천상, 지상, 인간'의 관점에서 유기적으로 제시하여 왕조교체의 필연성을 그려내고 있다. 그러나 그 구체적인 운용방식은 각 작품마다 다르게 나타남으로써 개별 작품에 나타난 작가의식은 동일하지 않다고 생각된다.

먼저 왕조교체형 영웅소설의 왕조교체 방식의 특징은 주인공과 왕조교체 주체와의 관계에 따라서 크게 두 가지로 정리할 수 있다. 첫째는 주인공들이 帝位에 대한 욕망을 가지고 있는가의 유무와 왕조교체의 주체가 누구인가에 따라서 나눌 수 있다. 이렇게 나눌 경우 <장백전>과 <유문성전>의 주인공들은 제위에 대한 욕망을 직접적으로 드러내고 있고 서사의 마지막 부분까지 이를 누고 왕조교체의 수체와 갈능한다는 측면에서 하나로 묶을 수 있다. 둘째는 <음양삼태성>과 <현수문전>과 같이 주인공들이 직접적으로 帝位 욕망이 없으면서 天子를 보필하는 유형으로 나눌 수 있다.

그리고 이러한 유형별 특성과 함께 작품 자체의 개별적 특징으로 인해 왕조교체의 방식과 의미는 달라지기도 한다. <장백전>과 <유문성전>의 경우에는 주인공들이 帝位를 노리고 있다는 공통점이 있으면서도 그 갈등 관계의 차이에 따라 왕조교체의 방식이 달라지고 있다. <장백

전>에서는 '장백↔元 天子', '주원장↔원 천자', '장백↔주원장'의
갈등 관계가 형성되고 있고 최종적으로 '장백↔주원장'의 대결 후에 天
命의 주체에 따라 주원장에 의해 왕조교체가 이루어진다. 이에 비해
<유문성전>의 경우에는 '유문성↔원 천자', '주원장↔원 천자', '유문
성↔주원장'의 갈등구조 속에 '유문성↔간신 달목'의 관계가 추가됨으
로써 갈등 양상도 복잡해지고 왕조교체의 양상도 '원 천자→간신 달목
→주원장'으로 교체되는 과정을 거치고 있다.21)

이와는 달리 <음양삼태성>과 <현수문전>의 경우에는 주인공들이
帝位 욕망이 없이 공신화의 과정을 거쳐 天子를 보필하고 있다는 공통
점이 있으면서, 주인공들의 천자 보필의 양상에 따라 왕조교체의 방식과
의미가 확연히 구분된다. <음양삼태성>의 남녀 주인공들은 공신화의
과정을 거쳐 새롭게 천자가 될 진명지주를 보필하여 추대에 의해 왕조
교체를 이루는 주역이 된다. 이에 비해 <현수문전>은 父子 二代에 걸쳐
공신이 되어 천자를 보필하지만 주인공 현수문은 현재의 天子를 보필하
면서 왕조교체에는 직접 관여하지 않으나, 그 아들 현침은 새로운 천자
가 될 몽고왕 홀필렬을 보필하여 왕조교체의 주역이 된다는 차이점이
있다.

각 작품에 나타나는 이러한 왕조교체 방식의 차이는 작가의 의식과도
일정부분 관련이 있으리라 생각된다. 가령 崇明排淸 의식과 관계가 있다
고 판단되는 <장백전>이나 <유문성전>의 경우에는 역사적 사실과 明
에 대한 우호적 시각을 바탕으로 하면서 오랑캐에 대한 적대감을 드러

---

21) <장백전>과 <유문성전>에 나타난 왕조교체 방식의 특징은 필자의 다음 논문을 참고하
   기 바란다.
   김용기, 前揭論文, 2009, 208~216면 참조

내고 있다고 생각된다. 다만 당대의 입장에서 배청의식을 그대로 드러내기에는 정치적으로 문제가 될 소지가 있기 때문에 역사적으로 우리 민족과 적대 관계를 맺었던 오랑캐 국가인 元을 전면에 내세웠다고 생각된다. 그래서 <장백전>이나 <유문성전>에서는 오랑캐 국가에 대한 적개심 때문에 지상계에 나타난 元 천자의 실정이나 부덕이 아주 구체적이고 악의적으로 나타나고 있다.22)

이에 비해 <음양삼태성>의 경우에는 五季 시절에서 宋 나라로 이어지는 왕조교체를 다루고 있는데, 이 경우 後五代 시절은 우리나라와 직접적으로 관련이 없기 때문에 선대 天子에 대한 감정이 상대적으로 덜 악의적이고 왕조교체도 비교적 순탄한 방식인 공신의 추대에 의해 이루어진다.

<현수문전>의 경우에는 위정자의 백성에 대한 노력과 진심어린 회과가 없다면 天意가 순환될 수 있다는 의식이 반영되어 있다고 생각된다. 그렇기 때문에 최종적으로 왕조교체를 이루는 국가를 元으로 설정할 수 있었다고 본다. 이것은 <장백전>이나 <유문성전>이 오랑캐 국가에 대한 직대심을 강하게 드러낸 것과 달리 위정자의 백싱에 대한 행위를 중요시하고 있기 때문에 최종적인 왕조교체 국가가 오랑캐였다는 점을 크게 문제 삼지 않았다고 판단된다. 여기에는 天意가 특정 민족에 한정되는 것이 아니라 통치자의 덕성의 유무에 따라 부여된다는 의식이 반영되어 있다고 추측된다. 하늘이 지상에서의 대리자를 선택하기도 하고 바꾸기도 하는 근거가 바로 통치자의 덕성23)이기 때문이다. 즉 이 작품은

---

22) 김용기, 前揭論文, 2009, 209~214면 참조.
23) 이 글에서 사용된 통치자의 덕성의 유무와 天命의 관계에 대해서는 다음의 논문을 참고로 하였다.
　　신태수, 「임진록 천명관의 성격과 기능」, <영남어문학> 제19집, 영남어문학회, 1991,

대외적인 민족에 대한 적개심보다 대내적인 통치자의 행위를 우선시 하고 있는 것으로 볼 수 있다는 것이다.

이러한 점에서 왕조교체형 영웅소설에 나타난 왕조의 교체는 단순한 정권의 교체나 국가의 흥망을 드러내는 것에 머무르지 않는다. 여기에는 보다 본질적인 변혁을 바라는 작가 혹은 민중들의 열망이 반영되어 있다고 본다. 실제 작품에서 이것은 도탄에 빠진 백성들과 이로 인해 발생하는 역성혁명을 통해 드러나고 있으며, 이러한 변혁의 궁극적인 지향점은 백성들을 중심에 둔 통치행위에 대한 갈망이라고 할 수 있다.

5. 마무리

필자는 왕조교체형 영웅소설 중에서 <음양삼태성>과 <현수문전>에 대한 왕조교체 방식의 특징에 대해서 살펴보았다. 이 두 작품은 왕조교체형 영웅소설들이 공통적으로 具有하고 있는 특징들을 모두 가지고 있으면서도 왕조교체의 방식에서는 질적인 차이를 보이고 있었다. 이하에서는 지금까지 논의한 것을 요약하여 결론으로 삼고자 한다.

먼저 <음양삼태성>은 필자가 旣刊에 이미 논의한 바 있는 <장백전>이나 <음양삼태성>과 같이 왕조교체의 근거를 '천상·지상·인간적' 차원에서 근거를 제시하고 있다는 점에서 어느 정도 공통점이 발견된다. 하지만 이 <음양삼태성>은 이들 작품과 달리 天意에 따라 공신의 추대

197면.
금장태, 『한국유교의 이해』, 민족문화사, 1985, 35면 및 이명현, 「고전소설에 나타난 천관념 연구」, 중앙대학교 박사학위논문, 2004, 30~35면 참조

에 의해 왕조교체가 이루어진다는 점과 주인공들이 帝位에 대한 욕망이 없이 새로운 천자를 보필하여 왕조교체를 이룬다는 점에서 큰 차이점이 발견된다.

<현수문전> 역시 '천상·지상·인간적' 차원에서 왕조교체의 근거를 제시하고 있다는 점에서 공통점이 발견된다. 하지만 이 작품은 다른 작품들과 달리 왕조교체가 반복적으로 제시된다는 점이 하나의 차이점으로 드러났다. 그리고 주인공은 공신화의 과정을 거쳐 현재의 천자를 보필하고 새로운 왕조교체에는 직접 관여하지 않은 것에 비하여, 그 아들 현침은 공신화의 과정을 거쳐 새로운 천자를 보필하여 왕조교체의 주역이 되었다는 점은 이 작품만의 특징이라고 할 수 있다.

그 결과 왕조교체형 영웅소설의 왕조교체 방식의 특징은, 주인공과 왕조교체 주체와의 관계에 따라서 크게 두 가지로 정리할 수 있었다. 하나는 주인공들이 帝位에 대한 욕망을 가지고 있는가의 유무와 왕조교체의 주체가 누구인가에 따라서 나누는 경우이다. 이럴 경우 <장백전>과 <유문성전>의 주인공들은 주인공들이 제위에 대한 욕망을 직접적으로 드러내면서 왕조교체의 주체와 갈등한다는 특징이 있었다. 다른 하나는 <음양삼태성>과 <현수문전>과 같이 주인공들이 직접적으로 帝位 욕망이 없으면서 천자를 보필하는 유형으로 변별할 수 있었다. 그리고 이들 네 작품은 다시 개별 작품의 서사적 특징에 따라서 독특한 점도 발견되었다.

이러한 왕조교체 방식의 차이는 작가의식과도 일정 부분 관련이 있다고 보았는데, <장백전>이나 <유문성전>의 경우에는 숭명배청의식이 강하게 작용하고 있는 것으로 보았고, <음양삼태성>이나 <현수문전>의 경우에는 그러한 대외적 적대감이 상대적으로 누그러진 작품으로 보았다. 특히 <현수문전>의 경우에는 대외적인 민족에 대한 적개심보다 대내적인 통치자의 덕성과 행위를 우선시하고 있는 것으로 판단하였다. 그리고 이러한 왕조교체형 영웅소설에 나타난 왕조의 교체는 단순히 정권의 교체나 국가의 흥망을 드러내는 소재가 아니라 보다 본질적인 변혁을 바라는 작가 혹은 민중들의 열망이 반영되어 있는 것으로 보았다.

참고문헌

<柳文成傳>, 東國大學校韓國學硏究所　編, 『活字本古典小說全集』 第五卷, 亞細亞文化社, 1976.

<陰陽三台星>, 東國大　韓國學硏究所編, 『活字本古典小說全集』 第五卷, 亞細亞文化社, 1976.

<張伯傳>, 仁川大學民族文化硏究所　編, 『舊活字本古小說全集』 12, 仁川大學民族文化硏究所 資料叢書刊行委員會, 1983.

<玄壽文傳>, 국립중앙도서관 소장 朝鮮書舘本, 1915.

금장태, 『한국유교의 이해』, 민족문화사, 1985, 35면.

김수봉, 「현수문전의 영웅소설적 위상 연구」, 『한국문학논총』 제14집, 한국문학회, 1993, 185~189면, 177~196면.

김용기, 「인물 출생담을 통한 서사문학의 변모양상 연구」, 중앙대학교 대학원 박사학위논문, 2007, 184~194면.

김용기, 「출생담을 통한 장백전과 유문성전의 내용 비교 연구」, 『어문연구』 142호, 한국어문교육연구회, 2009, 208~216면 참조.

김종철, 「현수문전의 분석」, 『인문논총』 제1집, 아주대학교 인문과학연구소, 1990, 41~62면 참조.

김현정, 「현수문전의 이본 특징과 수용 양상 연구」, 성균관대학교 대학원 석사학위논문, 2004, 12~13면.

서대석, 『군담소설의 구조와 배경』, 이화여자대학교 출판부, 1985, 108~120면.

신태수, 「임진록 천명관의 성격과 기능」, <영남어문학> 제19집, 영남어문학회, 1991, 197면.

이명현, 「고전소설에 나타난 천관념 연구」, 중앙대학교 박사학위논문, 2004, 30~35면

임성래, 『영웅소설의 유형 연구』, 태학사, 1990, 39~44면.

정재민, 「한국 운명설화에 나타난 운명관 연구」, 서울대학교대학원 박사학위논문, 1998, 143면.

경판 24장본과 완판 71장본 〈심청전〉의 출생담 비교 연구
출생담에 의한 주제 구현양상을 중심으로

1. 시작하기

〈심청전〉은 수많은 사람들에게 사랑을 받는 우리의 고전소설이다. 많은 사람들에게 관심을 받은 만큼 이 작품에 대한 旣刊의 연구도 상당히 축적되어 있는 상태이다. 특히 〈심청전〉의 이본이나 구조, 그리고 주제에 대한 연구는 다른 고소설의 연구 성과에 뒤지지 않을 만큼 진척되었다고 생각된다.

그런데 이 작품은 많은 이본들이 존재할 뿐만 아니라 그 이본들 간의 내용과 구성이 상당히 이질적인 것으로 나타난다. 이러한 현상은 〈심청전〉이 적층문학으로서의 성격을 가짐으로 인해 가지게 된 내용의 풍부성과 그 과정에서 발생한 구조적인 틀의 변형 때문일 것이다. 이는 〈심청전〉의 주제를 '孝'로 보면서 또 한편으로는 이와는 다른 주제를 설정할 수 있는 근거로 작용하기도 하였다.[1] 특히 판소리의 영향을 많이 받은 完板本의 경우에는 京板本에 비해 그 내용과 구성의 편차가 무척 심한 편이어서 주제나 구조적 측면에서 경판본과 동일한 잣대로 논하기가 쉽지 않다. 두 이본들이 가지고 있는 이러한 이질성으로 인해 <심청전>의 主題와 構造를 어느 하나로 고정시켜 이해하는 것은 무리가 아닐 수 없다.

필자는 <심청전>의 이러한 복잡한 문제를 비교적 쉽게 해결할 수 있는 것이 인물의 出生譚과 '孝'라고 생각한다. <심청전>의 出生譚은 구조적 측면에서, 孝는 주제적 측면에서 작품의 비교를 가능하게 하는 재료가 되는 것이다. 이 두 가지는 거의 대부분의 이본에서 공통적으로 발견될 뿐만 아니라 심청의 성격을 보다 분명하게 드러내면서 <심청전>의 본질을 적나라하게 보여주는 기제가 된다. 뿐만 아니라 出生譚과 孝를 통해 작품의 서사 전개 양상을 파악하게 되면, 여러 이본들 간에 존

---

1) 旣刊의 논의에서 <심청전>의 주제를 '孝'로 보지 않은 연구물들이 상당히 존재하는 것이 사실이다. 그러나 이들의 논의는 <심청전>에서 가장 큰 비중을 차지하고 중요하게 전달되는 '효'를 잠시 접어두고, 보다 다양한 각도에서 이 작품의 주제를 보려고 한 시도들이라고 생각된다. 우리가 문학작품을 바라보는 관점은 어느 하나로 고정되어 있는 것이 아니기 때문이다. 그러다보니 <심청전>의 주제에 대한 생각들도 다양하게 제시되었다. 하지만 가장 본질적인 주제의식은 가장 보편적인 인식과 근거에서 찾아져야 할 것이다. 이런 점에서 <심청전>은 '孝'를 떼어 놓을 수 없다고 생각된다. 다음은 孝를 포함한 <심청전>의 다양한 주제를 논의한 대표적인 연구들 중 일부이다.
조동일, 「심청전에 나타난 비장과 골계」, 『계명논총』 7집, 계명대학교, 1971.
정하영, 「沈淸傳 主題 再考」, 백영 정병욱 선생 환갑기념논총 간행위원회 편, 『백영 정병욱 선생 환갑기념논총』, 신구문화사, 1982, 86면.
최래옥, 「심청전의 총체적 분석」, 『한국학논집』 5집, 한양대학교 한국학연구소, 1984, 167~181면.
성현경, 『한국 옛 소설론』, 새문사, 1995, 293면.
장덕순, 『국문학통론』, 成山 張德順 先生 著作集 1, 박이정, 1995, 209~222면.
최동현, 「심청전의 주제에 관하여-여성주의적 관점에서-」, 『국어문학』 31집, 국어문학회, 1996, 52~69면.
장석규, 『심청전의 구조와 의미』, 박이정, 1998, 261~276면.
김영수, 『필사본 심청전 연구』, 민속원, 2001, 198~278면.

재하는 내용적 다기성을 하나의 구조와 主題 俱現이라는 맥락에서 정리할 수 있다는 장점이 있다.

따라서 이 글에서는 경판 24장본과 완판 71장본[2] 〈심청전〉의 出生譚과 孝를 통해 〈심청전〉의 핵심 주제가 '犧牲孝'[3]이며 이를 構造的으로 완결시켜주는 기제가 되는 것이 인물의 '出生譚'이라는 점을 밝히는 데 목적을 두고자 한다. 이러한 연구는 〈심청전〉의 여러 이본들이 상당히 이질적인 내용을 담고 있는 듯하지만, 사실은 핵심 주제와 구조적 맥락은 크게 손상시키지 않았음을 구체적으로 확인해 볼 수 있는 기회가 되리라고 생각한다. 아울러 각각의 판본들이 出生譚을 구조화 하는 방식이 다름으로 인해 전체적인 서사의 방향과 의미상의 이질성을 가져오는 계기가 되었음을 살펴볼 수도 있을 것이다.

---

2) 〈심청전〉은 한문본인 〈잡극심청왕후전〉과 개화기의 구활자본을 대표하는 〈강상련〉을 제외하면, 크게 京板本과 完板本 두 계열로 나눌 수 있다고 본다. 이 중에서 京板 24장본은 문장체 이본을 대표한다고 할 수 있으며, 完板 71장본은 판소리계 이본을 대표한다고 할 수 있다(정하영 역주, 『심청전』, 고려대학교 민족문화연구소, 1995, 11~13면 참조). 이러한 이유와 함께, 필자가 이 두 가지의 판본을 텍스트로 선정한 것은 크게 두 가지 이유 때문이다. 첫째, 京板 24장본의 경우에는 판소리의 영향이 거의 없이 出生譚과 그 이후의 서사구조가 아주 유기적인데 비해, 完板 71장본의 경우에는 판소리의 영향을 강하게 받아 내용이 풍부하고 변형이 심하면서도 出生譚을 통해 서사 전개 양상의 관계가 논리적으로 설명될 수 있기 때문이다. 둘째, 두 판본 모두 出生譚과 孝行을 공통석으로 다루면서도 형식과 내용이 뚜렷하게 차이가 나되, 궁극적으로 전달하려는 주제의식은 유사하게 발견되는 면이 있기 때문이다. 그리고 편의상 이하에서는 '경판본'과 '완판본'으로 약칭하기로 한다.

3) 〈심청전〉에서 심청의 '孝'와 '犧牲孝'를 따로 구분할 필요가 없을 지도 모르겠다. 하지만 심청의 부친에 대한 행위 전반을 '孝'라고 할 때, '犧牲孝'는 그 '孝'의 극점에 위치한다는 차이가 있다. 그리고 경판 24장본에서는 심청의 전생 죄업에 대하여 '孝誠을 드러내는 것으로써 갚으라'는 옥황상제의 설명이 제시되고 있는데, 그 '孝誠'의 정점이 되는 것이 바로 '犧牲孝'인 것이다. 또 경판 24장본과 완판 71장본에서 심청의 초월계로의 이동과 재생을 가능하게 했던 결정적인 행위는 '犧牲孝'였으며, 경판24장본에서 심청이 전생 죄업을 사면 받게 되는 기제가 되었던 것도 바로 '犧牲孝'이다. 따라서 필자는 〈심청전〉의 주제를 포괄적인 의미의 '孝'개념으로 설명하되, '犧牲孝'의 의미에 대하여 좀 더 특별한 의미를 부여하였다.

2. 〈심청전〉의 출생담과 서사적 특징

〈심청전〉의 출생담은 신화나 고소설에서 흔히 나타나는 출생담과 유사하다. 비현실계에서 현실계로, 행과 불행, 밝음과 어둠이 서로 교차되는 순환 양상을 보인다.[4] 이렇게 본다면 〈심청전〉의 출생담은 별반 새로울 것이 없다. 하지만 〈심청전〉의 출생담은 천상계와 현실계 그리고 수궁계와 인간계를 연결하는 필수 요소이면서, 그 과정이 심청의 得罪와 孝, 그리고 苦難의 관계를 유기적으로 설명해준다는 점에서 특징적이라 할 수 있다. 본 절에서는 경판본과 완판본의 출생담을 정리하고 이들 판본의 출생담이 어떤 특징과 차이를 가지고 있는지 살펴보기로 한다.

1) 출생담을 통해서 본 〈심청전〉

(1) 京板 24張本의 出生譚

京板本은 크게 超越界의 前生譚과 現世의 出生譚[5]으로 이루어져 있다. 심청의 출생을 중심으로 본다면 전생에서 현세의 출생담으로 진행되는 것이 순서이지만, 경판본에서는 전생담이 현실계에서 나타나지 않는다.

---

4) 박은숙, 「심청전 構造의의 合理性과 救援의 의미」, 『청람어문학』 7집, 청람어문학회, 1992, 190면.

5) 京板本은 초월계의 전생담과 현실계의 출생담으로 이원화 되어 있고, 完板本은 이러한 성격이 철저하지 않다. 그래서 일견 출생담이라는 개념을 일률적으로 적용하기 어렵다고 볼 수도 있다. 그러나 필자는 이 두 판본의 출생담이 가진 형식과 내용의 차이를 드러내는데 주된 관심이 있으므로 이를 크게 문제 삼지 않았다. 다만 京板本은 초월계의 전생담과 현실계의 출생담의 관계, 그리고 전체 서사의 유기성에 비중을 두고자 하며, 完板本은 이러한 성격을 드러냄과 아울러 출생담 중에서 인간의 행위적 측면을 강조하고자 한다. 즉 두 판본의 출생담의 형식과 내용이 다른 점은 이 글에서 부각시키고자 하는 중요한 한 부분이다.

심청의 전생에 대한 구체적 사연은 그녀가 현실계에서 출생하여 고난을 겪은 후에 犧牲孝의 형식으로 가게 되는 死後의 龍宮에서 드러나게 된다. 심청의 前生譚과 出生譚[6]을 제시하면 다음과 같다.

(A) 〈沈淸의 前生譚〉

① 沈淸은 전생에 초간왕의 딸 奎星이다.

② 瑤池의 서왕모 잔치에서 술을 맡게 되었는데, 奎星이 老君星과 사사로운 정이 있어 술을 많이 먹여서 잔치에 술이 부족하게 되었다.

③ 도솔천이 玉皇上帝에게 請罪하니, 玉皇上帝가 이는 도솔천의 잘못이 아니라 술을 맡아 보는 시녀의 잘못이라고 하고, 중한 벌을 내리라고 하다.

④ 老君星을 인간 세상에 내쳐 40년을 병없이 지내다가 奎星과 父女간이 되어 孝誠을 나타내도록 하라고 하다.

⑤ 老君星은 인간 세상 심현이 되어 謫降하고, 40년 만에 奎星을 내려보내 그 딸이 되게 하다.

⑥ 술을 훔쳐 먹은 죄로 老君星에게는 먹을 복을 점지하지 아니하여 13년을 빌어먹게 하고, 또 눈을 멀게 하여 奎星이 빌어 먹이는 것을 받아먹어 天上得罪한 벌을 받게 정하다.[7]

---

6) 완판 71장본에서는 심청의 출생담 속에 그녀의 전생담이 포함되어 있어서 용어 사용에 장애를 받지 않으나, 경판 24장본에서는 심청의 전생담과 출생담이 구분되어 있어서 용어 선택에 곤란함이 있다. 그러나 경판 24장본의 경우에도 초월계 중심의 전생담과 현실계 중심의 출생담이 유기적으로 연결되어 있으므로, 통칭하여 '출생담'이라는 용어를 사용할 수 있다고 본다. 다만 논의의 편의를 위해 경우에 따라서는 '전생담'과 '출생담'을 구분하기로 한다. 특별한 설명이 없다면 '출생담'이라는 용어 속에는 '전생담'을 포함하고 있는 의미로 사용하고자 한다.

7) 국립중앙도서관 京板 24張本 〈沈淸傳〉, 翰臨書林, 1920, 23~24면. 이 글에서 사용하는 경판본의 텍스트는 국립도서관에 소장되어 있는 이 판본으로 하며, 이하에서는 판본과 작품명 및 페이지만 밝히기로 한다.

(B) 〈沈淸의 出生譚〉

〈家系〉

⑦ 심현이 본래 名門巨族이었으나 그에게 이르러서는 벼슬에 뜻을 두
   지 아니하여 당대의 이름난 선비가 되었고, 부인 정씨는 높은 가
   문의 딸로서 타고난 자질이 넉넉하고 용모가 아름다웠다.

〈胎夢과 出生〉

⑧ 심현이 名門巨族이나 부인 정씨와 혼인한 지 10여 년 동안에 슬하
   에 一點血肉이 없어 매양 슬퍼하다.

⑨ 부인이 신비한 胎夢을 꾸고 나서, 그 달부터 태기가 있어 열 달 만
   에 딸을 낳았다.

⑩ 부부가 아들이 아닌 것을 아쉬워했으나 아이의 비범함을 보고 사
   랑하였으며, 이름을 淸이라고 하고 자를 夢仙이라 하다.

〈沈淸의 非凡性〉

⑪ 심청이 세 살이 되니 용모가 아름답고 재주가 뛰어나며 孝誠이 지
   극하여 이웃 친척들의 칭찬이 자자하다.[8]

위 예문은 심청에 대한 초월계에서의 전생담과 현실계에서의 출생담
을 제시한 것이다. 시간적 인과적 순서로 본다면 심청의 전생담이 먼저
이지만, 서사 진행상의 순서로 본다면 (B)의 출생담이 먼저 제시된다. 여
기서 특징적인 것은 현실계 중심의 출생담에서는 심청의 인물 성격이
크게 부각되지 않고, 초월계 중심의 전생담에서 심청의 성격이 신성한
존재로 부각된다는 점이다.

(B)에 나타난 심청의 출생담을 보면 여느 인물의 출생과 별반 차이 나
는 것이 없는 아주 평범한 출생과정을 드러내고 있음을 알 수 있다. 지

---

8) 京板 24張本 〈沈淸傳〉, 1면.

극히 평범하게 출생한 심청이 현실의 삶에서 효행이 지극하므로, 사람들에게 착한 심청의 고난은 안타깝게 인식될 수밖에 없다. 특히 심청이 공양미 300석에 팔려 인단소에 빠져 죽게 되는 상황에서는 富貴와 貧賤이 고르지 못함을 안타까워한다.9)

그런데 이렇게 지극히 평범한 심청의 출생담이 그녀의 전생담과 유기적인 관계를 형성하게 되면 문제가 달라진다. (A)의 <심청의 전생담> ④와 ⑤는 (B)의 <胎夢과 出生> ⑧, ⑨번과 대응되게 조직되어 있다. (A)에서 전생 老君星이 술을 훔쳐 먹은 죄로 인간 세상에 내쳐져서 40년을 병없이 지내다가 奎星과 父女之間이 되도록 하게 하였다는 것이나, 老君星이 인간 세상에 심현이 되어 謫降하고, 40년 만에 奎星을 내려 보내 그 딸이 되게 하였다는 내용은, (B)의 <태몽과 출생>에서 그대로 실현되고 있는 것이다.

또 심현이 명문거족이지만 정씨 부인과 혼인한 지 10여 년 동안 슬하에 일점혈육이 없다가 신비한 태몽을 꾸고 나서 심청을 낳는다는 내용은 심청의 전생담이 현실화 되는 과정인 것이다. 또 심청이 현실에서 겪는 고난도, 전생담 ④번에 나타난 바와 같이 老君星과 奎星이 무녀지간이 되어 孝誠을 나타내도록 하라는 내용과 연결됨으로써 전생담과 현실계의 사건들이 유기적인 관련성을 가지게 된다. 그래서 (A)가 (B)를 보완해주는 구조를 취하고 있기 때문에 (B)의 간략함이나 非神聖性은 크게 문제되지 않는다.

하지만 이러한 심청의 전생담과 출생담이 가지는 유기성은 서두에서는 나타나지 않는다. 심청이 인단소에 빠져 仙女로부터 듣게 되는 운명

---

9) 京板 24張本 <沈淸傳>, 14면.

의 天定性이 드러나면서부터 현실계의 심청이 겪는 고난의 성격이 해명되기 시작하는 것이다. 특히 전생의 부친인 東海 龍王에게 불려가 그로부터 듣게 되는 전생담은 이전까지 가지게 되었던 의심과 안타까움에 대한 인식을 납득시키는 기제로 작용한다. 그래서 심청의 前生 得罪와 이로 인해 謫降하여 겪게 되는 현실계에서의 苦難은 因果關係를 형성하고 있음이 밝혀진다. 이는 예문 (A), (B)의 관계를 통해 쉽게 확인할 수 있다.

예문 (A)에 나타난 바와 같이 현실계에서 부녀지간인 심현과 심청은, 전생에서는 연인관계였다. 전생에 심청은 奎星이었고 심현은 老君星이었다. 奎星이 사사로운 정이 있는 老君星에게 잔치에 쓸 술을 많이 먹여서 술이 부족하게 되는 현상을 초래하여 玉皇上帝에게 죄를 짓게 된다. 여기에서 특징적인 것은 得罪하게 된 대상이 한 사람이 아닌 남녀 모두이며, 이들이 현실계에서 父女之間으로 맺어져 속죄의 과정을 거친다는 점이다. 즉 서사전개상으로는 沈淸의 苦難과 孝行이 중심인 것처럼 나타나지만, 사실은 父親 심현도 그러한 심청과 함께 시련을 겪으면서 죗값을 치루고 있는 인물인 것이다. 부친 심현과 딸 심청 모두 天上 得罪로 인한 속죄의 과정을 거치고 있음에도 불구하고 우리가 심청에게만 관심을 두는 것은, 전체적인 서사의 흐름이 그녀를 중심으로 진행되고 있고 심청의 고난이 강하게 나타나고 있기 때문이다. 그것은 天上에서 죄를 지을 때 奎星의 죄가 크고 老君星의 죄가 가볍기 때문에 玉皇上帝가 그렇게 정하였기 때문이다. 그래서 심현과 심청 모두 속죄의 과정이라 할 수 있는 시련을 겪으면서도 그 정도가 심한 심청이를 중심으로 서사가 진행되는 것이다.

이상을 통해서 볼 때, 현실계의 출생담은 지극히 평범하지만 심청과 심현의 고난은 이유 있는 행위가 된다. 현실계에서의 심청과 심현의 삶은 전생담과의 관계망을 통해 전생의 因緣과 得罪에 의한 결과물임을 확인할 수 있다. 특히 초월계 중심의 전생담은 그 구체적인 양상을 보여주면서 전체 서사의 추동력이 되는 역할을 하고 있다. 현실계 중심의 출생담이 전생의 죄업에 대한 속죄의 과정으로 가는 의미를 지닌다면, 초월계 중심의 전생담은 이 작품 전체 서사의 중심이 되는 인물의 성격과 고난의 원인을 해명해주는 기능을 한다. 그리고 孝誠이 지극한 심청이 이후 인간계로 재생하여 효행에 대한 보상이라 할 수 있는 부귀영화를 누리게 되는 기제가 되는 것도 전생담이다. 따라서 경판본 <심청전>에서 인과관계를 형성하고 있는 심청의 前生과 現世는 그녀의 出生譚을 통해 서사 전체의 구조적 틀을 형성하며, 심청의 孝行은 그러한 틀을 메우고 운용하는 핵심 내용이 됨을 알 수 있다.

(2) 完板 71張本의 出生譚

위에서 살펴본 바와 같이 京板本에서는 현실계 중심의 出生譚보다 초월계 중심의 前生譚이 서사의 중심 역할을 하고 있다. 현실계의 심현과 심청의 고난을 드러내기 위해 초월계 중심의 전생담이 중요하게 활용되고 있는 것이다. 이러한 면은 完板本에서 그 양상이 많이 다르게 나타난다. 먼저 완판본의 출생담을 요약하여 정리하면 다음과 같다.

(A) 〈沈淸의 前生譚〉
　① 심청은 전생에 서왕모의 딸이었다.
　② 반도 복숭아 진상하러 가는 길에 옥진비자를 만나 둘이 희롱하다
　　가 시간을 어겨 上帝께 득죄하여 인간 세상에 적강하였다.[10]

(B) 〈沈淸의 出生譚〉

〈家系〉

① 沈학규는 명문 자손이었으나, 집안 형편이 기울어지고 스무 살이
   못 되어 맹인이 되었다.

② 兩班의 후예로 행실이 淸廉하고 志操가 곧아서 사람들이 모두 君子
   라고 했다.

③ 아내 곽씨는 어질고 지혜로워서 任姒 같은 德行과 莊姜 같은 아름
   다움과 木蘭 같은 절개를 가졌다.

④ 곽씨 부인은 몸소 품을 팔고 삯바느질을 했으며, 봄 가을 올리는
   제사와 앞 못 보는 가장의 지성 공경이 언제나 한결 같으니, 주위
   사람들의 칭송이 자자하다.[11]

〈祈子致誠〉

① 심학규와 곽씨 부인이 나이 40이 이르도록 一點血肉이 없어 祖宗
   香火를 끊게 되다.

② 심학규가 곽씨 부인에게, 名山大刹에 신공을 드려 다행이 눈먼 자
   식이라도 남녀 간에 낳으면 평생 한을 풀 것이니 지성으로 빌어보
   라고 하다.

③ 곽씨 부인이 '不孝三千 無後爲大'이니 지성으로 신공하겠다고 하
   고, 품을 팔아 모든 재물 온갖 공을 다 들이며, 명산대찰 영신당
   고뫼 叢祀 성황사, 諸佛菩薩과 미륵님께 찾아다니며 나한불공 제
   석불공, 신중마지 노구마지 탁의시주 창호시주, 조왕 성주 지신제
   를 극진히 드리다.

---

10) 完板 71장본에서는 전생담과 출생담이 확연히 구분되어 있지 않고 현실계의 출생담 속
    에 심청의 전생담이 부분적으로 언급된다. 심청의 전생담을 이렇게 구분한 것은 필자의
    논의의 편의를 위한 것이다.

11) 정하영 역주, 前揭書, 75~77면. 이 글의 텍스트는 完板 71장본 〈沈淸傳〉을 譯註한 본
    서로 하며, 이하에서 판본과 작품명 및 페이지만을 밝히기로 한다.

〈胎夢과 出生〉

④ 갑자년 사월 초파일 곽씨 부인의 꿈에, 상서로운 구름이 공중에 어리고 무지개가 영롱한 가운데 어떤 仙女가 학을 타고 하늘에서 내려오다.

⑤ 仙女가 부인에게, 자신은 서왕모의 딸이었는데, 반도 복숭아 진상하러 가는 길에 옥진비자를 만나 둘이 희롱하다가 시간을 어겨 上帝께 죄를 지어 인간에 내치매 갈 바를 모르고 있었는데, 태행산 노군과 후토부인 제불보살, 석가여래님이 부인 댁으로 가라 하기에 왔다고 하다.

⑥ 심학규와 곽씨 부인의 꿈이 서로 같았으며, 그 달부터 태기가 있다.

⑦ 열 달 후 해산기가 있어서, 심봉사가 짚 한 줌을 깨끗이 추려 깔고 정화수 한 사발을 떠놓고 삼신 제왕님께 빌다.

⑧ 아이를 낳을 때 방안에 향내가 가득하고, 오색 무지개가 둘렀으며, 낳고 보니 딸이었다.

⑨ 심봉사가 삼십삼천 도솔천 제석님께 빌되, 무남독녀 딸이지만 동방삭의 명을 주어, 태임의 덕행이며 대순 증삼 효행이며 기량 처의 절행이며, 반희의 재질이며, 복은 석숭의 복을 점지하며, 가이 없는 복을 주어 외 붓듯 달 붓듯 잔병 없이 일취월장하게 해달라고 하다.

⑩ 아이의 이름을 심청이라 하고, 곽씨 부인은 산후병으로 죽다.

〈沈淸의 非凡性〉

⑪ 심청은 친지 귀신이 도와주고 또 여러 부처와 보살이 도와주이 잔병 없이 자라다.

⑫ 예닐곱 살이 되니 얼굴이 아름답고 행동이 민첩하며, 효행이 뛰어나고 소견이 탁월하며 인자함이 기린이다.12)

---

12) 完板 71장본 〈沈淸傳〉, 77~97면.

앞의 예문은 완판본에 나타난 심청의 출생담을 정리해 본 것이다. 완판본에서는 초월계 중심의 전생담과 현실계 중심의 출생담이 따로 이원화 되어 있지 않고, 현실계의 출생담 속에 전생담이 부분적으로 수용되어 있는 형식을 취한다. 이러한 것을 필자가 논의의 편의를 위해 임의로 (A)의 전생담과 (B)의 출생담으로 나누어 본 것이다.

이를 통해서 분명하게 알 수 있는 것은 심청이 전생에 天上 仙女였다는 점과 玉皇上帝에게 得罪하여 인간 세상으로 謫降하였다는 점이다. 작품에서는 이를 심청의 胎夢譚을 통해 구체적으로 드러내고 있다. 그래서 심청이 現實에서 孝行의 형식을 취하여 겪고 있는 苦難은 天上 得罪에 대한 贖罪의 과정이라는 추리를 가능하게 한다. 그러나 이것은 어디까지나 원인과 결과를 따져서 추리한 것일 뿐, 서사 문면에서는 이를 직접적으로 언급하고 있지 않다. 오히려 심청 부모의 家系를 통해 심청의 효행이 부모에게서 물려받은 것처럼 교묘하게 전달되고 있다. 심청이 행하는 모든 孝行의 성격들은 家系에서 제시되고 있는 그의 부모에게서 똑 같이 발견되고 있는 것이다.

심청의 前生과 現實의 상황을 논리적인 인과관계로 추리할 경우에는 분명 그녀의 현실적 고난은 천상 득죄로 인해 인간세상으로 적강하여 겪게 되는 속죄로서의 성격을 가진다고 볼 수 있다. 그러면서 한편으로는 孝女라는 심청의 인물 성격은 그녀의 부모로부터 물려받은 것처럼 되어 있다. 孝行의 형식을 취하고 있는 인물의 현실적 고난은 天上 得罪에 대한 속죄과정이라고 할 수 있고, 심청의 성격이 효성이 지극한 인물 성격을 가지게 된 것은 그녀의 父母로 인한 것으로 讀解되고 있는 것이다.

이러한 점에서 完板本에서 심청의 出生譚은 인물의 전생 신분과 적강 사연을 밝히면서 심청의 苦難이 이유 없는 것이 되지 않게 하는 기능을 한다고 할 수 있다. 그러면서 또 한편으로는 심청의 인물 성격이 그의 부모로부터 물려받은 것이며 부모의 정성에 의해 획득된 것처럼 형상화되어 있다. 그래서 완판본에서는 심청의 전생담을 따로 독립시키지 않고 그녀의 태몽담 속에 포함시키고 있다. 이러한 서사적 결구를 위해 심청 부모의 家系와 祈子致誠, 그리고 심청의 출생 후에 그 부모들이 행하는 精誠이 강조되어 있는 것이다. 따라서 완판본 <심청전>의 큰 서사적 틀은 심청의 전생 득죄와 현실적 고난으로 이루어져 있으면서도, 이를 실제 문면에서 풀어나가는 방식은 현실계에서의 부모의 성격과 행위의 인과관계를 통해 심청의 성격이 형성되는 것으로 그려져 있다는 점을 알 수 있다.

이상에서 살펴본 바와 같이 경판본과 완판본 <심청전>에서 인물의 성격과 전체 서사의 결구는 모두 인물의 출생담을 통해서 드러나고 있음을 확인할 수 있다. 다만 京板本에서는 현실계에서 나타나는 출생담보다 동해 용왕에게서 듣게 되는 前生譚이 보다 큰 비중을 차지하고 있고, 完板本에서는 현실계의 가계와 출생과정이 상세하게 제시되고 중요하게 다루어지고 있다는 점이 다르다. 그리고 이 과정에서 심청의 전생 득죄와 현실의 고난이 인과적으로 작용하여 서사적 틀을 움직이는 원동력이 되고 있다. 또 京板本에서는 전생담을 통해 심청의 현실적 고난의 원인과 인물 성격이 드러남에 비해, 完板本에서는 출생담 속에 심청의 전생담이 삽입되어 있으면서 현실적 고난과 인물의 성격이 드러난다. 여기에 더하여 완판본에서는 현실계의 출생담에 제시되는 부모의 가계와 행위가 심청의 효행과 인물 성격을 가늠하게 해주기도 함을 알 수 있다. 이러한 점에서 <심청전>의 인물 성격과 주제와 근본 구조는 사실 하나라고 볼 수 있으나, 出生譚의 변형으로 인해 전체 서사구조에 변화가 일어나게 되어 양 이본간의 성격이 전혀 다른 것처럼 인식되었다고 생각한다.

2) 〈심청전〉의 주제와 서사적 특징

(1) 경판 24장본의 출생담과 주제 구현 양상

앞서 논의한 바와 같이 京板本에서는 전생담을 통해 심청의 천상 득죄와 이로 인한 현실세계로의 적강 과정이 잘 나타나 있다. 심청의 현실적 고난에 대한 원인이 초월계 중심의 전생담에서 확인되고 있는 것이다. 이러한 심청의 전생담과 출생담에 근거하여 심청의 고난을 파악하여 작품의 주제를 설정할 경우에는 '孝의 實踐'이라는 주제가 설정될 수 있다.

京板本에 제시된 '(A)심청의 전생담'과 '(B)심청의 출생담'의 관계와, '현실계에서 겪는 심현과 심청의 고난의 성격'을 종합해 보면, 심청이 인간세상에서 행하는 '孝行'이라는 고난은 전생에서 옥황상제가 '孝誠'을 드러내도록 하라는 명령에 의한 것임이 확인된다. 전생에 심청이 天上 得罪한 것에 대한 형벌은 인간세상으로의 謫降으로 나타나고, 그 구체적인 속죄의 과정이 '孝誠'을 드러내는 것이다. 京板本 〈심청전〉에서 '孝行'은 전생과 현세를 이어주고 또 수궁이라는 초월계로까지 연결되어, 죽은 심청이 赦免을 받아 再生하는 과정으로 확장되는 기능을 한다. 먼저 심청의 赦免 과정을 보면 다음과 같다.

〈沈清의 赦免 過程〉

① 前生의 罪科로 인해 이승에서 苦生하도록 정해 놓았지만 玉皇上帝께서는 그래도 노여움을 풀지 아니하다.

② 釋迦世尊이 玉皇上帝께 老君星과 奎星이 前生의 罪를 모두 갚았을

것이라고 하다.

③ 釋迦世尊이, 자신의 제자를 보내어 奎星의 마음을 시험해 본 결과
그 부녀의 살아가는 모습이 지성스러우므로 전생 죄만 다스리고
이승의 孝誠을 돌보지 아니함이 공정한 처사가 아니라고 하다.

④ 玉皇上帝가 그 말씀을 듣고 남두성으로 하여금 복록을 점지하게
하고, 북두성으로 하여금 壽命과 자손을 점지하라고 하다.

⑤ 남두성이, 奎星은 본래 동해 용왕의 딸로서 인간 세상에 귀양 가서
효성이 지극하매 민간의 아낙 되기가 불가하다고 하고, 유리국 황
후가 되어 평생 즐거움을 누리게 점지하다.

⑥ 북두성이, 老君星으로 하여금 公侯가 되게 하여 유미낙하성을 만나
아들딸을 낳아 복록이 당대에 으뜸이 되게 하고, 수명은 75세에
다시 옛 벼슬로 돌아오게 하며, 奎星은 세 아들과 두 딸을 두고 73
세에 다시 東海로 돌아오게 점지하다.[13]

위 예문은 심청이 인단소에 빠져 죽은 후, 玉皇上帝가 그녀를 사면하
는 과정을 전생의 부친이었던 동해 龍王으로부터 듣는 내용이다. 앞서
제시된 京板本의 前生譚을 보면 심청은 인간세상에서 '孝誠'을 나타내도
록 정해졌고, 실제로 현실에서 그녀는 孝를 實踐하는 인물로 그려져 있
다. 그리고 그 孝의 마지막 단계로 심청은 자신의 목숨을 버려야만 하는
극단적인 '犧牲孝'를 구현하게 된다. 애초에 前生譚에서 정해진 孝行의
실천을 현실계에서 贖罪的 성격을 가진 犧牲孝를 통해 마무리하고 있는
것이다.

이러한 심청의 犧牲孝는 현실계에서는 비극적인 사건으로 인식되지만,
이로 인해 그녀는 용궁이라는 초월계에서 전생 부친이었던 용왕과 상봉
하게 되고 전생의 일을 모두 알게 된다. 뿐만 아니라 심청의 효성이 석

---

13) 京板 24張本 〈沈淸傳〉, 23~25면.

가세존과 옥황상제에게 인정을 받아 다시 현실계로 재생할 수 있는 기제가 되기도 한다. 위 예문은 이를 구체적으로 보여주고 있다. 아직 노여움이 풀리지 않은 옥황상제에게 석가세존이 奎星의 사면을 청하는 근거는 바로 천상에서 정한 대로 '孝를 實踐'하였기 때문이다. 그래서 석가세존은 老君星과 奎星이 전생의 죄를 모두 갚았을 것이라고 한다. 또 자신의 제자를 보내어 규성의 마음을 시험해 본 결과 그 살아가는 모습이 지성스러우므로 전생의 죄만 다스리고 이승의 孝誠을 돌보지 아니하는 것은 공정한 처사가 아니라고 하고 있다.

석가세존의 말을 들은 玉皇上帝는 奎星의 죄를 용서함은 물론 인간세상에서 무궁한 복록을 누리도록 한다. 심청이 지극한 孝行을 통해 전생의 죄를 赦免 받음은 물론, 인간세상으로 다시 환생하였다가 무궁한 복록을 누린 후 다시 존재 本源地라 할 수 있는 초월계로 돌아가게 되는 것이다.

이렇게 본다면 京板本 <심청전>에서 孝의 實踐은 단순히 소재적 차원에 머무르지 않고 작품 전체를 소통시키는 매개이면서 포괄적 主題가 된다. 즉 京板本 <심청전>의 孝行은 이 작품의 주제이면서 구조적 틀을 운용하는 핵심 내용이 되기도 하는 것이다. 이 孝行으로 인해 前生과 現世와 死後를 하나로 연결시킴은 물론 다시 再生할 수 있게 되기 때문이다. 물론 孝行을 통한 '前生-現生-死後-2차 現生'을 가능하게 한 것은 심청의 前生譚과 出生譚이다. 따라서 京板本 <심청전>은 초월계 중심의 전생담과 현실계 중심의 출생담이 유기적으로 연결되면서 그 소통의 매개가 되는 것이 孝의 實踐임을 알 수 있다. 그래서 이 작품의 主題인 현실의 '孝行'은 出生譚을 통해 前生 得罪에 대한 贖罪의 성격으로 나타나지만, 독자들에게는 작품 전체를 통어하는 핵심 主題로서의 의미로 다가간다고 할 수 있다.

(2) 완판 71장본의 출생담과 주제 구현 양상

앞서 논의한 京板本의 경우에는 전생담과 현세의 출생담, 그리고 인간 세상의 삶과 초월계인 용궁으로의 과정이 유기적인 관계로 조직되어 있었다. 그래서 작품 전체의 서사적 방향도 孝의 實踐이라는 일관된 흐름 속에서 주제가 파악되었다.

하지만 본 절에서 논의하게 될 完板本의 경우에는 이 작품의 주제가 되는 심청의 孝行을 두 가지 성격으로 바라볼 수 있게 하는 여지가 있다. 심청의 출생담에 포함되어 나타나는 전생담의 내용을 바탕으로 추리하여 그녀의 효행의 성격을 정하는 경우와, 현실적 상황 맥락 속에서 파악되는 경우가 그것이다. 먼저 앞서 제시된 完板本 〈심청전〉의 出生譚을 몇 개의 단락으로 재구성하면 다음과 같이 할 수 있다.

    (A) 〈沈淸의 前生譚〉

    ① 심청의 존재 본원은 天上 仙女이다.
    ② 반도 복숭아 진상하러 가는 길에 옥진비자를 만나 노닥거리다가 시간을 어겨 上帝께 得罪하고 인간 세상으로 謫降하여 심청이로 태어나다.

    (B) 〈沈淸의 苦難〉

    ③ 어머니가 산후병으로 일찍 죽어 동냥질과 바느질로 앞을 못 보는 아버지를 봉양해야 했다.
    ④ 심봉사가 몽운사 화주승에게 시주하기로 한 공양미 300석을 구하기 위해 자신의 목숨을 버려야 했다.

(C) 〈沈淸의 行爲에 대한 評價〉

⑤ 사람들은 이러한 심청이를 孝女라고 칭송하였다.

위 예문은 심청의 前生譚과 현실계에서의 고난, 그리고 그러한 고난에 대한 인간세상 사람들의 평가를 정리한 것이다. 심청은 분명 天上에서 得罪하여 謫降한 인물이고 그 결과 現實界에서 苦難을 겪는 것으로 추리할 수 있다. 그런데 그 고난의 방식이 孝行으로 드러나고 있기 때문에 사람들은 그녀를 孝女라고 칭송하고 있는 것이다.

사실 京板本과 달리 完板本에서는 그녀가 玉皇上帝께 득죄하여 적강하였다는 사실만을 전달할 뿐, 현실에서의 고난이 天上 得罪에 대한 속죄의 과정이라는 언급은 어디에도 나타나지 않는다. 다만 〈심청전〉의 출생담과 서사와의 관계가 '仙女-謫降-苦難-孝行'이라고 하는 因果關係를 지닌다14)는 점만은 부인할 수 없다. 이것은 예문 (A)~(C)로 진행되는 서사전개 양상을 통해 구체적으로 확인된다. 이렇게 본다면 현실계에서의 심청의 孝行은 전생에 지은 죄에 대한 속죄적 성격을 가진 고난이며, 그 고난의 형식이 '孝行'으로 나타나고 있는 것으로 볼 수 있다.

그런데 완판본 〈심청전〉의 경우에는 심청의 孝가 가지는 성격을 다르게 바라볼 수 있는 여지를 함께 제공하고 있다. 그것은 심청의 孝行이 生來的으로 가지게 된 業報가 아니라, 부모의 德性과 至極精誠에 대한 초월계의 감응인 것처럼 나타나고 있는 것을 통해서 확인할 수 있다. 이러한 관점에서 문면에 나타난 심청의 出生譚과 인물 성격을 재구성하여 보면 다음과 같이 할 수 있다.

---

14) 김용기, 「人物 出生譚을 통한 敍事文學의 變貌樣相 硏究」, 中央大學校 大學院 博士學位論文, 2007, 228면.

(A) 〈沈淸의 家系〉

① 심학규가 앞을 보지 못하지만, 양반의 후예로 행실이 청렴하고 지조가 곧아서 사람들이 군자라고 했다.
② 아내 곽씨 부인은 어질고 지혜로워서 任姒 같은 德行과 莊姜 같은 아름다움과 木蘭 같은 절개를 가졌다.

(B) 〈祈子致誠과 出生〉

③ 나이 40이 넘도록 일점혈육이 없어, 명산대찰, 제불보살, 미륵님께 지성으로 빌다.
④ 곽씨 부인의 꿈에 上帝에게 득죄하여 謫降한 仙女가 갈 바를 몰랐는데, 제불보살과 석가여래의 지시로 곽씨 부인에게 인도되다.
⑤ 곽씨 부인이 그 달부터 태기가 있고 10달 후 딸을 낳다.

(C) 〈父母의 祈願〉

⑥ 심봉사가 삼십삼천 도솔천 제석님께 태임의 덕행과 대순 증삼의 효행을 지니게 해 달라고 빌다.

(D) 〈人物의 性格〉

⑦ 심청이가 예닐곱 살이 되자 효행이 뛰어나고 소견이 탁월하며 인자함이 기린이나.

  위 예문을 보면 심청의 孝行은 부모가 지닌 德行을 이어 받은 것으로 볼 수 있는 여지가 있다. 그리고 이러한 부모가 至極精誠으로 祈子한 것에 대한 초월계의 감응으로 태어난 인물이, 부친의 간절한 祈願에 의해 孝行이 뛰어나고 인자한 인물로 자라게 된 것이다. 祈子致誠의 대상과 자식 점지의 주체가 같은 것이나, 부모의 간절한 기원의 내용과 자식의 성격이 일치하는 것은 이러한 과정을 설명하기에 충분하다. 예문 ③~⑤

의 과정이나, 예문 ⑥~⑦의 인과적 관계가 이를 증명하고 있다. 심청의 인물 서사는 그녀의 出生譚에 제시된 요소 하나하나와 잘 대응되며, 인물의 성격을 뒷받침하는 주요한 기제가 되는 것이다. 심청의 孝行이 가지는 이러한 성격 때문에 그녀의 사후에 등장하는 초월적 존재들은 그녀를 특별하게 대우하게 된다. 이를 정리해 보면 다음과 같다.

〈沈淸의 死後 龍宮에서의 禮遇와 生活〉

① 심청이가 인당수에 빠져 죽으니 玉皇上帝가 인당수 용왕 및 사해용왕과 지부왕에게 명하여, 효녀 심청이가 내일 그곳으로 갈 것이 몸에 물 한 점 묻지 않게 하고, 만일 모시기를 실수하면 사해용왕은 천벌을 주고 지부왕은 파문을 내릴 것이니, 수정궁으로 모셔 3년 받들고 단장하여 세상으로 돌려보내라고 하다.

② 옥황상제의 명이 내리니, 사해용왕과 지부왕이 두려워하여 바다의 장군과 군사들을 모아 심청이 물로 뛰어들기를 기다리고, 선녀들이 받들어 가마에 올리다.

③ 심청이 비천한 인간의 몸으로 용궁의 가마를 탈 수 없다고 하자, 선녀들이 옥황상제의 분부가 지엄하고, 또 만일 타지 아니하면 자신들이 용왕의 죄를 면치 못하리라 하다.

④ 천상 신선과 선녀들이 심청을 보려고 늘어서다.

⑤ 심청이 옥황상제의 명으로 수궁에 머무니, 사해용왕이 다 각기 시녀를 보내어 아침 저녁으로 문안하고, 번갈아 당번을 서서 문안하고 호위하며, 사흘마다 작은 잔치, 닷새마다 큰 잔치를 베풀다.[15]

위 예문은 심청이 인당수에 빠진 후 玉皇上帝의 명으로 행해지는 용궁의 모습이다. 이를 보면 天上에서 得罪한 罪人에 대한 예우가 아님을 알 수 있다. 앞서 살펴본 바 있는 京板本에서는 천상 득죄로 인하여 적

---

15) 完板 71張本 〈沈淸傳〉, 152~156면.

강한 심청에게 옥황상제는 노여움을 풀지 않고 있었는데, 이를 석가세존이 심청의 효행을 근거로 하여 사면을 청하였다. 이렇게 볼 때 完板本에서 심청에 대한 옥황상제의 태도는 상당히 호의적임을 알 수 있다. 이것은 심청의 효행이 단순히 천상 득죄로 인한 속죄적 고난이라는 의미에 머무르지 않음을 보여준다고 할 수 있다. 앞서 제시한 (A)~(D)의 내용과 위 예문을 종합하여 고려해 볼 때, 옥황상제의 심청에 대한 우호적인 태도와 극진한 예우는 謫降한 선녀에 대한 예우에 더하여, 순수하고 고귀한 人間精神을 실천하는 인물에 대한 환대와 보상이라고 할 수 있다.

 따라서 完板本 〈심청전〉에 나타난 심청의 孝行은 어떠한 관점에서 바라보는 가에 따라 그 성격을 달리 나타난다고 볼 수 있다. 심청의 出生譚을 천상과 현세의 지속적인 과정으로 보았을 때, 즉 심청의 존재 본원인 천상계에서부터 시작하여 그녀의 적강과 고난, 孝行으로 재구성하여 볼 때에는 심청의 孝行은 전생 죄업에 대한 贖罪의 성격을 지닌다고 볼 수 있다. 하지만 심청의 家系를 중심으로 부모의 祈子致誠과 胎夢 및 出生의 과정을 순수하게 바라볼 경우, 심청의 孝行은 부모의 덕성과 지극정성의 영향을 받은 것으로 볼 수 있나.[16] 심청의 犧牲孝에 대한 옥황상제의 극진한 예우가 이를 간접적으로 증명하고 있다. 그래서 前者는 심청의 행위가 지닌 본질적 속성의 관점에서 파악되는 主題라고 할 수

---

16) 경판24장본과 달리 완판 71장본에서 심청의 인물 성격이 이렇게 중층적으로 해석되는 것은, 완판본이 판소리와 밀접한 관련을 가지면서 획득된 적층문학적 성격과 관련이 있는 것으로 볼 수 있다. 애초에 가지고 있던 심청의 인물 성격에 새로운 내용들이 첨가되면서 심청의 효행이 다기적으로 해석될 수 있는 여지를 남겼다고 본다. 그런데 이러한 심청이 인물 성격과 효행의 성격에 대한 정확한 의미 설정은, 경판 24장본과 완판 71장본이라는 두 작품만의 대비를 통해서 드러날 수 있는 것이 아니다. 보다 많은 이본들의 내용을 분석하여 심청의 인물 성격과 효행의 성격을 분석할 때 그 의미가 보다 분명해질 수 있다고 생각한다. 이 글은 이러한 문제점을 분명히 안고 있으므로 차후 추가적인 보완이 필요하다고 본다.

있고, 後者는 현세의 出生譚을 바탕으로 심청의 행위가 지닌 본질적 속성을 인간의 정성과 순수한 정신의 산물로 변형하여 바라볼 수 있게 하는 主題라고 할 수 있다.

3. 마무리

이상에서 경판 24장본과 완판 71장본에 나타난 <심청전>의 출생담과 서사적 특징을 살펴보았다. 이 작품이 우리 서사문학에서 보편적으로 발견되는 출생담을 가지고 있다는 점에서는 공통적이지만, 작품에서 작용하는 기능은 그들 작품과 얼마간의 차이가 있다. 이 글에서 진행된 경판본과 완판본 <심청전>의 출생담 비교는 이들 판본간의 비교이면서 <심청전>만이 가진 독특한 출생담을 드러내는 것이기도 하다. 이하에서는 지금까지 논의된 내용들을 요약하는 것으로 결론을 대신하고자 한다.

먼저 2장 1절에서는 경판 24장본과 완판 71장본 <심청전>의 출생담을 비교해 보았다. 경판 24장본 <심청전>은 초월계의 전생담과 현실계의 출생담으로 이원화 되어 있다. 현실계의 출생담은 지극히 평범하지만 이후의 서사 전개 양상은, 전생담과의 관계망을 통해 심청과 심현의 관계가 전생의 因緣에 의한 것임을 확인시켜 준다. 그리고 초월계 중심의 전생담은 그 구체적인 양상을 보여주면서 전체 서사의 추동력이 되는 역할을 하고 있다. 현실계 중심의 출생담이 전생의 죄업에 대한 속죄의 과정으로 가는 의미를 지닌다면, 초월계 중심의 전생담은 이 작품 전체 서사의 중심이 되는 인물의 성격과 고난의 원인을 해명해주는 기능을 한다. 그리고 효성이 지극한 심청이 이후 인간계로 재생하여 부귀영화를 누리게 되는 기제가 되기도 하였다.

그런데 완판본에서는 이와 양상이 다르게 나타났다. 완판본의 전생담은 인물의 전생 신분과 적강 사연을 밝히면서 심청의 고난이 이유 없는 것이 되지 않게 하는 기능을 하고, 그러면서 한편으로는 심청의 인물 성격이 그의 부모로부터 물려받은 것이며 부모의 정성에 의해 획득된 것처럼 형상화되어 있었다. 그래서 완판본에서는 심청의 전생담을 따로 독립시키지 않고 그녀의 태몽담 속에 포함시키고 있었다. 이러한 서사적 결구를 위해 완판본에서는 심청 부모의 家系와 祈子致誠, 그리고 심청의 출생 후에 그 부모들이 행하는 精誠이 강조되어 있었다.

2절에서는 출생담을 통해 〈심청전〉의 주제와 서사적 특징을 살펴보았다. 경판본에서는 효의 실천이 단순히 소재적 차원에 머무르지 않고 작품 전체를 소통시키는 매개이면서 포괄적 주제가 되는 것으로 보았다. 즉 경판본 〈심청전〉의 효행은 이 작품의 주제이면서 구조적 틀을 운용하는 핵심 내용이 되는 것으로 보았다. 이 효행으로 인해 전생과 현세와 사후를 하나로 연결시킴은 물론 재생할 수 있게 되기 때문이다. 물론 효행을 통한 '전생-현생-사후-2차 현생'을 가능하게 한 것은 심청의 전생담과 출생담이었다. 그래서 이 작품의 主題인 현실의 '孝行'은, 出生譚을 통해 前生 得罪에 대한 贖罪의 성격으로 나타나지만, 독자들에게는 작품 전체를 지배하는 핵심 주제로서의 의미로 다가간다고 보았다.

완판본에서는 이 작품의 주제가 되는 심청의 효행을 두 가지 성격으로 바라볼 수 있는 소지가 있다고 보았다. 먼저 심청의 출생담과 서사와의 관계는 '선녀-적강-고난-효행'의 인과관계를 지닌다. 이렇게 볼 때 심청의 효행은 전생 죄업에 대한 속죄의 성격을 지닌다고 보았다. 하지만 심청의 家系를 중심으로 부모의 祈子致誠과 胎夢 및 出生의 과정을 순수하게 바라볼 경우, 심청의 효행은 부모의 덕성과 지극정성의 영향을 받은 것으로 볼 수 있다는 점을 드러내었다. 전자는 심청의 행위가 지닌 본질적 속성의 관점에서 파악되는 주제라고 보았고, 후자는 현세의 出生譚을 바탕으로 심청의 행위가 지닌 본질적 속성을 인간의 정성과 순수한 정신의 산물로 변형하여 바라볼 수 있게 하는 주제라고 보았다.

참고문헌

국립중앙도서관 京板 24張本 <沈淸傳>, 翰臨書林, 1920.

정하영 역주, 『심청전』, 고려대학교 민족문화연구소, 1995.

김영수, 『필사본 심청전 연구』, 민속원, 2001, 198~278면.

김용기, 「人物 出生譚을 통한 敍事文學의 變貌樣相 硏究」, 中央大學校 大學院 博士學位論文, 2007, 228면.

박은숙, 「심청전 構造의의 合理性과 救援의 의미」, 『청람어문학』 7집, 청람어문학회, 1992, 190면.

성현경, 『한국 옛 소설론』, 새문사, 1995, 293면.

장덕순, 『국문학통론』, 成山 張德順 先生 著作集 1, 박이정, 1995, 209~222면.

장석규, 『심청전의 구조와 의미』, 박이정, 1998, 261~276면.

정하영, 「沈淸傳 主題 再考」, 백영 정병욱 선생 환갑기념논총 간행위원회 편, 『백영 정병욱 선생 환갑기념논총』, 신구문화사, 1982, 86면.

조동일, 「심청전에 나타난 비장과 골계」, 『계명논총』 7집, 계명대학교, 1971.

최동현, 「심청전의 주제에 관하여－여성주의적 관점에서－」, 『국어문학』 31집, 국어문학회, 1996, 52~69면.

최래옥, 「심청전의 총체적 분석」, 『한국학논집』 5집, 한양대학교 한국학연구소, 1984, 167~181면.

여성영웅의 서사적 전통과 고소설에서의 수용과 변모

1. 시작하기

이 글은 여성영웅의 능력 발휘와 자아성취라는 내적인 자족성에 의해 '여성영웅'의 범위를 넓혀서 새롭게 바라보고자 시도되었다.[1] 선행 연구에서 여성영웅은 다양한 접근 방식으로 논의되었다. 설화와 고소설 속 여성영웅의 관계를 시대사적인 흐름 속에서 파악[2]한 연구도 있고, 여성

---

[1] 여성이 주인공인 고소설의 경우 대개 '자아성취라는 내적인 자족성'을 가지고 있다고 할 수 있다. 그러나 필자가 관심을 가지는 것은 그러한 고소설 속 여성들의 비범한 능력 발휘와 자아성취가 '남성'이나 '남성영웅'의 권역에서 독립되어 존재할 수 있다는 자족성에 주목하기 위함이다. 이는 단순히 '자아성취라는 내적인 자족성'을 가진 인물을 모두 '여성영웅'으로 본다는 의미가 아니라, 남성성이나 남성영웅과 같이 대립되는 개념 없이도, 여성 인물 그 자체의 의지와 능력과 행위의 결과만으로 '여성의 영웅성'을 판단할 수 있다는 점을 드러내기 위한 것임을 밝혀 둔다. 이럴 경우 '여성영웅'의 범위가 너무 방대해진다는 단점이 있으나, 이는 기존에 설정된 여성영웅의 개념에 이와 같은 의미를 첨가하거나 덧씌우는 것이기에 큰 문제는 발생하지 않으리라고 본다.
[2] 김열규, 『한국민속과 문학연구』, 일조각, 1971, 47~48면.
정명기, 「여호걸계 소설의 형성과정 연구」, 연세대학교대학원 석사학위논문, 1980, 1~

영웅의 성격적인 특징에 따른 분류3)나 여성영웅의 일대기 구조의 완결성의 정도,4) 여성의식의 실현양상5)과 여성의 자아실현 의지에 주목한 연구,6) 여성영웅소설의 서사구성 원리로서 에피소드에 주목한 연구7) 등은 모두 여성영웅이나 여성영웅소설에 대한 서로 다른 관점과 접근방법을 드러낸 것들이다. 하지만 여성영웅소설의 장르적 정체성과 유형화를 위한 내적 절서에 대한 해명은 아직도 진행 중에 있고, 앞으로도 더 많은 논의가 이루어져야 한다.

필자는 이러한 선행 연구에서 정의되거나 분류된 '여성영웅'에, 추가로 女性의 意志와 志向性 및 潛在的 能力이 반영되어 재검토될 필요가 있다고 본다. 왜냐하면 女化爲男이나 出將入相과 같은 공통적 모티프의 추출만으로는 여성영웅의 범위를 너무 제한하게 되고, 또 이럴 경우 그 범위는 대개 조선후기 고소설에 나타난 여성영웅들로 범위가 좁아지게 되기 때문이다. 이렇게 될 경우 영웅성을 가진 역사상의 많은 여성들이

137면.

여세주, 「여장군등장의 고소설 연구」, 영남대학교대학원 석사학위논문, 1981, 1~134면.

민찬, 「여성영웅소설의 출현과 후대적 변모」, 서울대학교대학원 석사학위논문, 1986, 1~133면.

임병회, 「여성영웅소설의 유형과 변모양상」, 고려대학교대학원 석사학위논문, 1989, 1~112면.

강화수, 「여성영웅소설의 존재양상과 소설사적 의의」, 경성대학교대학원 박사학위논문, 2004, 1~219면.

3) 전용문, 「여성영웅소설의 계통적 연구」, 충남대학교대학원 박사학위논문, 1988, 1~87면.

4) 박상란, 「여성영웅소설의 갈래와 구조적 특징」, 『한국어문학연구』 27집, 동악어문학회, 1992, 175~251면.

5) 정병헌·이유경, 『한국의 여성영웅소설』, 태학사, 2000, 265면 참조.

6) 강진옥, 「이형경전(이학사전) 연구」, 『고소설연구』 2집, 한국고소설학회, 1996.

차옥덕, 『백년 전의 경고-방한림전과 여성주의』, 아세아문화사, 2000.

이유경, 「여성영웅 형상의 신화적 원형과 서사문학사적 의미」, 숙명여자대학교대학원 박사학위논문, 2006, 82~121면.

7) 전이정, 「여성영웅소설연구-서사 단위와 구성원리를 중심으로」, 서울시립대학교대학원 박사학위논문, 2009, 1~197면.

논의의 초점에서 소외될 가능성이 있다. 따라서 필자는 역사적 문헌에 드러나는 뛰어난 역량과 기지를 발휘한 여성들을 소개하여 조선후기 고소설에 나타난 여성영웅들의 모습이 오랜 전통을 가지고 있는 인물 유형이었음을 드러내고, 고소설 속에서 산견되는 여러 여성영웅 인물들을 탐색하는데 활용하고자 한다.8)

　그런데 종래의 '여성영웅'은 '남성성'이나 '남성영웅'과의 관계성을 염두에 두고 설정되었다는 점에서 여성영웅의 독립성이나 자족성이 폄하된 감이 있다. 그리고 '영웅'이라는 개념을 너무나 큰 범주에서 고차원적으로 설정하여 역사적 문헌에서 발견되는 단편적인 여성영웅들을 표면화시키는데 주저함이 있었던 것도 사실이다. 서대석은 영웅의 개념을 설정하면서, 탁월한 능력은 영웅의 필요조건이기는 해도 충분조건은 되지 못한다고 하고, 영웅은 개인적 가치보다 집단의 가치를 우선하여 실현하는 인물이며, 국난을 평정한다든지 민족의 고난을 해결하는 등, 집단에 대한 공헌을 이룩한 인물9)을 영웅이라고 하였다. 그의 영웅 개념에서는 개인적인 비범성보다는 집단적 가치가 우선시되고 있는 것이

---

8) 이 글에서 다루고 있는 여성영웅의 경우, '잠재적 여성영웅'으로 명명한 여성영웅은 대개 史料에 나타나는 인물이고, '실현적 여성영웅'은 소설에 나타나는 인물들이다. 이는 자칫 설화에서 고소설로의 진화가 곧 잠재적 여성영웅에서 실현적 여성영웅으로 전개되는 것으로 오해할 수 있다. 하지만 필자의 의도는 조선후기 고소설에 나타난 실현적 여성영웅들은, 전대의 史料에 나타난 여성영웅들의 성격과 시대적 요구가 절충되어 나타난 현상으로 보고자 한 것이며, 여성영웅의 인물 형상이 어느 한 시대에 급작스럽게 창출된 것이 아니라 오랜 역사적 연원이 있음을 드러내고자 한 것이다. 그러다보니 據事直書에 입각하여 역사를 기술한 기록과 허구적 창작을 하는 소설의 글쓰기 방식에 대해서는 심각하게 고민하지 않았다. 이는 글쓰기 방식이나 이로 인한 차이를 드러내고자 한 것이 아니라, 허구적 창작물인 여성영웅소설이 인물성격의 연원을 역사적 기록에서 찾아 발굴하기 위함이다. 이는 역사적 기록에 남아 있는 특별한 능력을 가지고 있는 여성들의 모습들이 조선시대 허구적 창작물로 형상화되는데 일조하였음을 강조하고자 한 것이다.
9) 서대석, 「영웅소설의 전개와 변모」, 성오 소재영 교수 환력기념논총간행위원회, 『고소설사의 제문제』, 집문당, 1993, 331면 참조.

다. 이는 우리 고소설에 나타나는 '여성영웅'의 개념을 규정함에 있어 어긋남이 없고, 또 영웅이라고 한다면 공익의 실현이 전제되어야 한다는 점에서 온당한 설명이다.

그러나 여성의 지략이나 적극성과 같은 능력이 발휘됨에 있어, 그것이 국가적이거나 민족적인 공익을 여성 스스로의 노력과 능력을 통하여 직접적으로 실현하지는 못하였지만, 그 과정에서 보여준 여성의 능력이나 행위가 '영웅적'인 것에 준할 경우 '영웅성이 잠재되어 있는 것'으로 보고자 하는 것이 필자의 생각이다. 이를 필자는 '잠재적 여성영웅'10)이라고 명명하고자 한다. 이러한 '잠재적 여성영웅'은 '남성성'이나 '남성영웅'과 비교되지 않고 독립되어 사용될 수 있으며, 전적으로 여성의 능력과 행위와 의지의 지향성에 의해 '영웅성'이 인정된다는 내적 자족성을 획득하게 된다.

이와는 달리 자신의 능력과 노력에 의해 주체적으로 능력을 발휘하여 立功하는 여성도 있다. 이 경우는 여자 주인공이 자신의 자아를 구체적으로 성취한 것으로 보아 '실현적 여성영웅'11)으로 상정하고자 한다.12)

---

10) 필자가 사용하는 '잠재적 여성영웅'은 영웅성이 잠재되어 있으나 적극적으로 표면화되지 않은 경우, 특정 인물이나 사건에 의해 영웅성이 발휘되었으나 대리자(남편, 남성)를 통하거나 그들에게 영향을 준 경우를 포함하는 개념이다. 이렇게 되면 우리의 설화문학에서 단편적으로 발견되는, 지혜를 발휘하거나 주체적인 행동을 하여 특별한 결과를 얻어낸 여성들은 '잠재적 여성영웅'의 범주에 들게 되며, 후대 고소설에서 부분적으로 비범성을 나타나는 인물들도 이 범주에서 논의가 가능하다. 즉 여성영웅의 범위를 시대·사회사적인 맥락을 고려하여 그 범위를 넓힐 수 있다.

11) '실현적 여성영웅'은 '잠재적 여성영웅'이 자신의 능력을 구체적으로 발휘하지 못하거나, 아니면 남성(남편)을 통하여 대리 실현하는 것에서 나아가 여성 스스로의 노력과 행위에 의해 立功하는 여성영웅들을 말한다. 先行硏究에서는 이러한 여성영웅들을 '여성우위형 여성영웅'이나 '여성 주도형 여성영웅'과 같은 유형으로 분류하여 다루었다. 이 경우도 역시 그 이면에 '남성' 혹은 '남성영웅'이 전제되어 있거나 비교의 대상으로 설정되어 있기 때문에 여성영웅의 행위가 독립적이거나 자족성이 결여된 듯한 인상을 준다. 이에 필자는 여성영웅이 자신의 능력을 대사회적으로 발휘하는 것을 여성의 자아성취의 개념

'실현적 여성영웅'은 대리자를 통하거나 우회적으로 영웅성이 표출되지 않고 여성영웅 스스로의 행위에 의해 구체적으로 실현된다. 이러한 '실현적 여성영웅'은 역사 문헌보다는 조선시대 고소설에서 쉽게 목도되며, 가장 이른 시기의 여성영웅소설인 <설저전>이나 가장 늦은 시기의 여성영웅소설이라 할 수 있는 <방한림전> 같은 작품에서 온전하게 드러나고 있다. 그리고 그 사이에 존재하는 수많은 여성영웅소설이나 고소설 작품 중에는 '잠재적 여성영웅'도 있고, '실현적 여성영웅'도 함께 공존하고 있다. 역사 문헌 속에서 산견되던 '잠재적 여성영웅'이 조선후기까지 지속되고 변모되고 있는 것이다.

2. 여성영웅의 서사적 전통과 실례

우리 역사 자료를 검토해 보면 남성 못지않게 적극적이면서 뛰어난 역량을 발휘한 여성들이 존재했다. 그러나 이들은 남성 중심의 시각에 묻혀 제외되거나 축소되는 면이 없지 않다. 하지만 이들이 보인 성격적인 특징은 부의식적이든 의도적이든 후대 여성영웅 소설에 영향을 주었다고 생각한다. 다만 이들 전대의 여성영웅들이 후대에 영향을 주었다고

으로 보고자하며, 그 자아성취가 이루어지는 과정과 결과에 주목하여 '실현적 여성영웅' 이라고 명명하고자 한다.

12) 이와 같이 필자가 여성영웅을 '잠재적 여성영웅'과 '실현적 여성영웅'으로 나눈 것은 논의의 편의를 위한 것일 뿐, 여성영웅이 유형을 새롭게 분류하는 그 자체에 목적이 있는 것이 아니다. 다만 여성영웅의 개념을 武勇이나 出將入相과 같은 너무 특별한 행위로만 한정하는 것에서 벗어나, 좀 더 큰 틀에서 여성영웅의 대상을 설정하고 조선후기 고소설 에 나타난 여성영웅들의 잠재적 가능성은 전대의 역사적 史料에서 발견할 수 있다는 점을 밝히기 위한 것이다.

할 때, 그것은 단선적인 방향으로 전개되어 직접적으로 수용되었다는 의미는 아니라는 점에서 주의를 요한다. 이들 전대의 여성영웅들이 가진 특정한 성격들은 후대 여성영웅들의 일부 성격에서 확인되는 것으로 보아 이러한 서사적 전통이 오래 전부터 있어왔다는 점을 의미하는 것이다.

1) 소서노의 두 가지 영웅적 성격

우리 서사문학에서 비교적 이른 시기에 확인되는 여성영웅의 모습은, 고구려 시조인 주몽의 正妃이자 백제의 비류와 온조의 어머니인 召西奴(B.C. 66년~B.C. 6년)이다. 소서노는 고구려와 백제 건국의 핵심적인 인물이면서도 실제 역사에서는 그 기록이 상세하지 않다. ‘召西奴’라는 이름을 직접적으로 거론하고 있는 사서로는 김부식의 『삼국사기』 권23, 「백제본기」 ‘시조 온조왕’조이다. 그 내용을 간략하게 소개하면 다음과 같다.

① 백제의 시조 온조왕의 어머니 召西奴는 졸본 사람 延陁勃의 딸로 처음에 우태에게 시집와서 아들 둘을 낳았는데, 맏이가 비류이고, 그 다음이 온조이다.

② 그녀는 우태가 죽자 졸본에서 홀로 살았는데, 뒤에 朱蒙이 부여에서 용납되지 못해 전한 건소 2년(기원전 37년) 봄 2월에 남쪽으로 탈출해 졸본에 이르러 도읍을 세우고 국호를 高句麗라고 하였으며, 召西奴를 맞이해 왕비로 삼았다.

③ 나라의 기틀을 열어 왕조를 창건하는 데에 자못 내조가 있었으므로 주몽이 그녀를 총애함이 특히 두터웠고, 비류 등을 대하는 것도 자기 아들인 양 하였다.

④ 비류가 아우 온조에게 이르기를, ‘처음에 대왕께서 부여에서의 환란을 피해 도망하여 이곳까지 왔을 때, 우리 어머니가 집안의 재

물을 쏟아부어 나라의 창업을 도와 이루었으니, 어머니의 수고로
움과 공로가 많았던 것이다'고 했다.13)

위 인용문은 '소서노'라는 구체적인 이름이 나타나는 부분을 요약하
여 정리한 것이다. 이 외 『삼국사기』 「고구려본기」나 『삼국유사』 「고구
려」조, 그리고 이규보의 『동명왕편』 등에는 나타나지 않는 내용이다. 다
만 『삼국사기』 「고구려본기」에서는, '주몽이 졸본부여에 이르렀을 때 그
곳의 왕에게 아들이 없었는데, 왕이 주몽을 보고 보통 사람이 아닌 것을
알아 자기 딸을 아내로 삼게 했으며, 그 왕이 죽자 주몽이 왕위를 이었
다'14)고 하여 소서노의 실체를 간접적으로나마 추측할 수 있을 뿐이다.

이러한 인용문에 근거하여 소서노를 바라볼 경우, 그녀는 평범한 여인
은 아니었던 듯하다. 朱蒙이 高句麗를 창건하는데 자못 內助가 있었다는
것은 그의 비범성을 압축한 말로 볼 수 있기 때문이다. 하지만 이 인용
문을 충실하게 따를 경우 그녀의 영웅성은 완전히 표면화된 것이 아니
다. 그녀는 영웅성을 잠재적으로 가지고 있으면서 주몽을 내조한 여성으
로 독해된다. 이런 점에서 수서노는 '잠재적 여성영웅'으로 볼 수 있다.

그런데 이와 달리 일제시대 丹齋 申采浩 선생의 『소선상고사』에서는
소서노에 대해 비교저 상세하게 인급하고 있는데, 이 기록에 근거하여
추정한다면 그녀의 잠재적인 영웅성이 어느 정도 실현된 것으로 볼 수
있다. 申采浩는 주몽이 고구려를 건국할 때에 소서노가 했던 역할을 비
교적 상세하게 소개하고 있으며, 이후 백제의 '女大王'으로 인정하고 있

---

13) 김부식, 『삼국사기』 권 제23, 「백제본기」 제1, '시조 온조왕'조. 이강래 역, 『삼국사기Ⅱ』,
한길사, 2003, 485~487면 참조. 이 글에서 인용한 『삼국사기』 번역문은 이를 참고하였
음을 밝힌다.
14) 김부식, 『삼국사기』 권 제13, 「고구려본기」 제1, '시조 동명성왕'조. 이강래, 상게서, 307면.

다.15) 특히 그의 기록에서 눈에 띄는 것은 소서노를 백제 건국주로, 즉 女帝로 보고 있다는 점이다. 이를 잠시 살펴보면 다음과 같다.

① 고구려 시조 鄒牟(或作朱蒙)는 천생의 용력과 射藝를 가지고 <u>과부 召西奴의 재산을 據하여</u> 雄傑을 초치하며, 교묘히 王儉 이래의 신화를 이용하여 天卵에서 降生했다 자칭하여 고구려를 건국하였다.16)

② (주몽)이 卒本扶餘에 이르니, 당지의 <u>召西奴란 미인이 부호 延陀勃의 女로서 父의 재산을 상속하여 解夫婁王의 庶孫 優台의 처가 되어 沸流·溫祚 2子를 낳고, 優台가 죽음으로 寡居하여 時年이 37세라, 鄒牟를 보고 서로 사랑하여 결혼하니, 鄒牟가 이에 그 재산을 據하여</u> 명장 扶芬奴 등을 延納하여 민심을 수람하여 基案을 경영할 새, 紇升骨의 山上에 建都하여 국호를 '가우리'라 하여 이두자로 '高句麗'라 쓰니, '가우리'는 '中京' 혹 '中國'이란 뜻이리라.17)

③ <u>그(백제) 시조는 召西奴 女大王이니 河北慰禮城에 都하고, 그 崩 후에 비류·온조 二子가 분립하여 一은 彌鄒忽 又一은 河南慰禮忽에 都하여,</u> 비류는 망하고 온조가 王하였거늘, 本紀에는 召西奴를 쑥 빼고, 그 篇首에 비류·온조의 미추홀과 하남위례홀의 분립을 記하고, 온조의 13년에 하남위례홀에 都함을 記하였으니, 그러면 온조가 河南慰禮忽에서 河南慰禮忽로 천도함이니 어찌 笑話가 아니냐.18)

위 인용문은 신채호의 『조선상고사』에서 '소서노'에 관한 기록 중 일부를 정리해 본 것이다. 인용문 ①만 보면 소서노는 주몽에게 물질적인

---

15) 申采浩 著, 李萬烈 註釋, 『註釋 朝鮮上古史 上』, 丹齋 申采浩先生 記念事業會, 1994, 167~180면 참조.
16) 申采浩, 上揭書, 167~168면.
17) 申采浩, 上揭書, 171면.
18) 申采浩, 上揭書, 173면.

공력만 제공한 것으로 보인다. 그러나 ②를 보면 그러한 물질적 제공과 함께 소서노의 적극적 성격이 보인다. 전 남편 우태가 죽은 후 이어 주몽을 보고 사랑하여 결혼하고, 그를 도와 고구려를 건국하는 데 기여하고 있는 것이다. 이에 비해 ③은 소서노가 백제의 女大王이었으며, 하북 위례성에 도읍을 정하였다고 하여 구체적으로 그녀가 영웅적인 과업을 실현하였음을 보여주고 있다.

이러한 사실에 견주어 볼 때 소서노는 '잠재적 여성영웅'이면서 동시에 '실현적 여성영웅'으로의 성격을 가지고 있는 것으로 볼 수 있다. 신채호의 위와 같은 논지는 소서노가 가진 '실현적 여성영웅성'으로서의 성격과 부합한다고 할 수 있으며, 소서노가 대방을 거쳐 백제를 세운 '於羅瑕'였다[19]고 한 차옥덕의 견해 또한 소서노가 '실현적 여성영웅'이었음을 뒷받침하는 것이라고 할 수 있다.

2) 평강공주의 잠재적 여성영웅성

召西奴가 주몽의 창업을 노왔다는 '잠재적 영웅성'과 스스로 백제를 건국하여 그녀의 영웅성을 구체적으로 실현하였다는 '실현적 여성영웅'이라는 두 가지 성격을 가졌다면, 평강공주는 전자에 좀 더 가까운 인물이라고 할 수 있다. 지금까지 평강공주의 성격에 대해서는 여성우위적 여성영웅으로 본 견해와 내조형 여성영웅으로 본 견해가 상충되어 있으나, 필자는 평강공주의 경우 내조형 여성영웅에 더 가깝다고 생각한다.[20] 그러나 이 경우도 남성을 전제에 둔 성격 규정이기에 이 글에서는

---

19) 車玉德, 「召西奴에 대한 기본 자료 검토」, 『동아시아고대학』 제5집, 동아시아고대학회, 2002, 36~40면 참조.

시각을 조금 달리 하여, 그녀를 '잠재적 여성영웅'으로 보고 논의하려고
한다. 논의의 편의를 위해 그녀와 관련된 서사를 간략히 정리해 보면 다
음과 같다.

〈A〉 平岡公主 敍事

① 평강공주는 고구려 평강왕의 딸인데, 어려서 울기를 좋아하니 왕
이 '바보 온달에게 시집 보내겠다'고 희롱하다.

② 평강왕은 공주가 장성하자 상부 고씨에게 시집보내려 하고, 공주
는 어릴적 부왕이 한 말에 대한 신의를 근거로 부왕의 뜻을 거역
하다.

③ 평강왕이 노하여 함께 살 수 없다고 하며, 가고 싶은 곳으로 가라
고 하니, 공주는 온달을 찾아가 온달 모자를 설득하여 함께 살다.

④ 공주가 궁궐에서 가지고 온 보물 팔찌를 팔아 전답과 가재도구를
마련하고, 온달에게 비루먹은 국마를 사오게 하여 잘 먹이니 튼튼
해지다.

⑤ (공주가 온달을 교육하다?)[21]

⑤-1. …[온달 서사]…

⑥ 온달의 장례를 치르려는데 관이 움직이 않아, 공주가 가서 관을
어루만지며 "삶과 죽음은 결정되었습니다. 아아! 돌아가십시오."라
고 하자 관이 움직이다.

〈B〉 溫達 敍事

① 온달이 국중 사냥대회에서 가장 뛰어난 능력을 보이니, 왕이 이름
을 묻고는 놀라고, 후주의 무제가 침략했을 때 출전하여 큰 공을

---

20) 필자는 평강공주의 성격에 대해 '지략적 내조형 여성영웅'이라고 논의한 바 있다. 김용
기, 「온달전의 인물 서사와 정서에 대한 탐색」, 『고전문학과 교육』 20집, 한국고전문학
교육학회, 2010, 135~162면.

21) 이 부분은 본문에서 분명하게 제시되지 않기에 단언할 수 없다. 다만 그녀가 온달을 도
와 立功하게 하였다는 서사과정에 비추어 볼 때 크게 무리가 없는 추리라고 판단된다.

세우니 왕이 사위로 인정하고 대형 벼슬을 주다.
② 양강왕이 새로 즉위하자 온달이 신라에게 빼앗긴 고구려의 고토를
되찾겠다고 자원 출전하여 아단성 아래서 싸우다가 화살에 맞아
전사하다.22)
③ …<A> ⑥…

위 인용문은 평강공주와 관련된 내용을 두 부분으로 나누어 본 것이
다. 이를 보면 평강공주는 그 자체로 독립된 서사를 가지면서도 그녀의
영웅성은 온달을 통해 구체적으로 드러난다. 예문 '<A>①~⑥'을 보면
평강공주의 기질적인 특성과 智略的인 면이 잘 드러난다. 예문 '<A>
①~⑤'는 '내복에 산다'형의 설화와 통할 수 있는 부분으로, 평강공주
의 주체적인 성격과 결부 지을 수 있으며, 예문 '<A>-④'의 擇馬 행위
에서는 그녀의 지략적인 면이 발견된다. 이런 점에서 평강공주는 어느
정도의 영웅적 성격이 잠재되어 있다고 할 수 있다.

그러나 이러한 잠재적 영웅성이 그녀 스스로의 행위에 의해 뚜렷한
결과를 창출하지는 못하기 때문에 그녀는 최종적으로 독립된 성과를 실
현시켰다고 보기는 어렵다. 그것은 그녀의 주체적 성격이나 지략이 온달
을 내조하여 立功하는 것으로 귀결되기 때문이다. 예문 '<B>①'은 바로
평강공주의 내조와 智略의 최종 결과물이라 할 수 있다. 온달의 立功에
는 분명 평강공주의 도움이 있었지만, 그러한 노력을 통해 立功을 이룬
주체는 온달이다. 따라서 평강공주는 영웅성을 잠재적으로 가지고 있지
만 그것을 스스로 실현시키지는 않았기 때문에 '실현적 여성영웅'이라기
보다는 '잠재적 여성영웅'에 가깝다.

---

22) 金富軾, 『三國史記』卷第四十五 列傳 第五 溫達. 이 글의 번역문은, '이강래 역, 『삼국사
기Ⅱ』, 한길사, 2003, 819~822'를 참고로 하였다.

3) 고국천왕비 우씨와 동천왕모 후녀의 잠재적 여성영웅성[23)]

平岡公主와 유사한 성격의 여성영웅으로는 故國川王妃 于氏가 있다. 이를 구체적으로 살펴보기 위해 그녀와 관련된 서사를 요약하여 제시하면 다음과 같다.

〈A〉 고국천왕비 우씨의 잠재적 여성영웅성

① 于氏는 원래 故國川王妃인데, 고국천왕이 죽었을 때에 왕후 于氏가 왕의 죽음을 발설하지 않고 왕의 아우 發岐의 집으로 가서 말하기를 "왕에게 후사가 없으니 그대가 마땅히 그를 이어야 하겠습니다"하니, 발기는 "하늘이 정해둔 운명은 그 돌아갈 바가 있는 것이 가벼이 논의할 수 없는 것이며, 부인네가 밤에 다니는 것이 예의가 아니다"고 꾸짖다.

② 왕후가 창피해서 다시 延優의 집으로 가니, 연우가 맞이하여 잔치를 베풀고, 우씨는 발기를 찾아갔다가 들었던 이야기를 하다.

③ 延優가 예의를 극진히 하여 친히 칼을 잡고 고기를 베다가 손가락을 다치니, 왕후 우씨가 치마 끈을 풀어서 연우의 다친 손가락을 감싸주고, 돌아가려 할 때에 延優에게 궁궐까지 바래다 달라고 하니, 延優가 그 말대로 하자 왕후가 그의 손을 잡고 궁궐로 들어가다.

④ 다음날 왕후가 거짓으로 선왕의 유명이라고 꾸며서 신하들로 하여금 延優를 옹립해 왕으로 삼게 하였는데, 그가 바로 山上王이다.

---

23) 故國川王妃 于氏와 東川王母 后女의 이야기는 모두 山上王과 관련되기에 별도의 항으로 나누지 않고 동일 항목에서 다루기로 한다. 다만 논의의 편의를 위해 우씨와 후녀의 서사는 각각 분리하기로 한다. 기존에 우씨와 후녀를 女性英雄의 입장에서 논의한 연구자로는 朴大福이 있다. 그는 우씨를 여성우위형 영웅으로, 그리고 후녀를 음조형 여성영웅의 관점에서 논의한 바가 있다. 필자는 이 두 인물 모두 '잠재적 여성영웅'으로 보고 있다는 점에서 朴大福의 입론과 근본적으로 차이가 있으나, 그가 애초에 이 두 인물을 여성영웅으로 보고 접근한 연구자적 태도는 신선하다고 할 수 있다(박대복, 「女性英雄小說의 두 淵源―『三國史記』「山上王本紀」의 于氏와 后女를 중심으로―」, 한국어문교육연구회 제177회 전국학술대회 발표요지집, 2009. 12. 12, 192~212면 참조).

⑤ 왕은 본래 우씨 덕으로 왕위에 올랐으므로 다시 장가들지 않고 우
씨를 왕후로 삼았다.[24]

위 인용문을 통해서 볼 때 于氏는 '건전한 영웅'보다는 '간사스러운 여성'에 가깝다. 자기 남편이 죽었음에도 불구하고 그를 治喪하기보다는 다음 후계자를 세우는데 관심을 가지고 있기 때문이다. 왕실의 핵심 인물로서 이후의 혼란을 피하기 위해 후계자를 세우는 것이 급선무일 수도 있겠지만, 인간적인 면에서는 그리 달갑게 느껴지지 않는 것이 사실이다. 특히 고국천왕의 아우 發岐를 찾아가 질책을 받았음에도 불구하고 뉘우치지 않고 곧바로 延優를 다시 찾아가 일을 도모한 것은 于氏의 행동을 긍정적으로 받아들일 수 없게 한다.

그런데 바로 정상적이지 않은 이러한 于氏의 행동에서 그녀의 비범성을 엿볼 수 있다. 영웅은 亂世에 난다는 말과 같이 于氏의 행동은 평범한 상황에서 정상적으로 취한 행동이 아니라, 긴급한 상황에서 임기응변에 의해 자신의 안위와 왕실의 안돈이라는 두 마리 토끼를 잡고 있다. 이는 인용문 ②~④의 상황을 통해 어느 정도 짐작할 수 있나. 위 인용문을 통해서 볼 때 東川王의 사후 후계자 계승과 관련하여 發岐와 于氏의 입장은 서로 상충하고 있는 것으로 보인다. 동천왕의 사후 于氏가 발기를 찾아 갔을 때, 발기는 아직 동천왕이 죽은 것을 모르고 있는 상태에서, '하늘이 정해둔 운명은 그 돌아갈 바가 있는 것'이라고 하며 자신이 응당 그 후계자가 될 것임을 확신하고 있는 듯하다. 이에 비해 于氏는 왕위 계승자 문제가 자신의 안위와 직결되는 문제로 인식하였기 때

---

24) 김부식 저, 『삼국사기』 권 제13, 「고구려본기」 제4 山上王 원년. 이강래 역, 『삼국사기 I』, 한길사, 2003, 348~351면 참조.

문에 인용문 ②, ③과 같이 延優를 찾아가 다시 일을 도모하게 되고, 최종적으로 그를 옹립하여 왕이 되게 함은 물론, 자신이 山上王의 왕비가 됨으로써 자신의 입지를 굳히게 된다.

이와 같이 于氏가 긴박한 상황에서 發岐와 延優를 연속적으로 찾아가 대사를 주도하여 延優를 옹립해 왕이 되게 하고 자신이 왕비가 되는 과정은, 그녀가 기질적으로 영웅성을 가지고 있다는 것을 의미한다. 다만 그 영웅성이 公益的 목적으로 실현되지 않고 個人的인 목적으로 사용되었다는 점에서 영웅성이 폄하될 수 있으며, 왕을 옹립하기는 하였지만 그 자신이 왕이 되거나 가시적인 결과물을 얻지는 못하였다는 점에서 '잠재적 여성영웅'이라고 할 수 있다.

이러한 于氏와 기본적인 성격에 있어서는 차이가 있지만, 전체적인 성격 면에서는 '잠재적 여성영웅'의 면모를 갖추고 있는 여성으로 東川王母 后女가 있다. 그녀는 于氏에 의해 옹립된 山上王의 小后인데, 그녀는 신이한 출생담을 가지고 있고, 또 동천왕 또한 신이한 출생담을 가지고 있는 인물이다. 이러한 后女가 山上王을 만나 東川王을 낳기까지의 과정에서 보여준 행위 전모는 그녀를 잠재적 여성영웅으로 볼 수 있는 여지를 마련하고 있다. 구체적인 논의를 위해 그녀와 관련된 서사를 간략하게 정리하면 다음과 같다.

〈B〉 東川王母 后女의 잠재적 女性英雄性

① 산산왕이 아들이 없어 산천에 기도하니, 꿈에 하늘이 왕에게 이르기를, "내가 너의 小后로 하여금 아들을 낳게 할 것이니 걱정하지 말라"고 하다.

② 산상왕 재위 12년 11월에 郊祀에 쓸 돼지가 달아났는데, 담당자가 쫓아가서 酒桶村까지 이르렀으나 돼지가 날뛰어 잡을 수가 없다.

③ 스무 살쯤 되는 아름다운 여자가 얼굴에 미소를 띠고 나와 잡은 다음에야 돼지를 찾아올 수 있었는데, 왕이 이 말을 기이하게 여겨 그 여자를 찾아가 정을 통하고자 하다.

④ 왕이 방에 들어가 그녀를 불러 동침하려 하니, 여자가 '대왕의 명을 거절할 수 없으나 만약 총애를 입아 아들이 생기게 된다면 버림받지 않기를 바란다'고 하니 왕이 허락하다.

⑤ 왕이 주통촌의 여자에게 갔던 것을 안 왕후가 알고 질투하여 병사를 보내 죽이려 하자, 여자는 男服을 하고 달아나고, 병사들이 쫓아가 잡아서 해치려고 하니, 지금 자신의 뱃속에는 아이가 있으니 이는 왕이 주신 혈육이라고 하자 죽이지 못하다.

⑥ 왕이 그녀의 집으로 가서 '네가 지금 임신한 것이 누구의 아이냐'고 묻자 여자는 대왕께서 주신 혈육이라고 하니, 왕이 위로하고 돌아와 왕후에게 알리니 왕후가 끝내 감히 그녀를 죽이지 못하고 주통촌의 여자가 아들을 낳다.

⑦ 왕이 기뻐하여 말하기를 '이 아이는 하늘이 내게 주신 후사로다'고 하고, 교사에 쓸 돼지 사건으로 인해 그 어머니를 총애할 수 있었다 하여 그 아이의 이름을 郊彘라 하고 그 어머니를 小后로 삼았다.

⑦-1. 처음 소후의 어머니가 임태히여 아지 출산히시 않있을 내 무낭이 점을 쳐 말하기를 '바드시 왕후를 낳을 것이다'고 하배 그 어머니가 기뻐하더니, 딸을 낳게 되자 后女라고 이름하였디

⑧ 왕이 '교체'를 왕태자로 삼았다.[25]

위 인용문은 山上王의 郊祀 돼지와 東川王의 出生과 관련된 后女의 英雄譚이다. 크게 화려한 무용담이나 지략은 존재하지 않지만, 東川王의 신이한 출생담의 중심인물이 后女이며 그녀에 의해 동천왕이 등극한다는 서사 전모는 여성영웅담의 초기적 모형으로서 손색이 없다. 인용문

---

25) 김부식 저, 『삼국사기』 권 제13, 「고구려본기」 제4 山上王 7년~17년條 참조.

①과 ⑦-1을 연관지어보면 동천왕의 출생에서 가장 중요하게 부각되는 인물이 바로 后女라는 것을 알 수 있다. 山上王이 후사가 없어 山川에 기도하였을 때, 하늘이 小后로 하여금 아들을 낳게 할 것이라는 말은 인용문 ⑦-1과 연결된다. 小后의 어머니가 잉태하여 출산하지 않았을 때 무당이 점을 쳐서 말하기를 '반드시 왕후를 낳을 것'이라고 한 것은 東川王과 后女의 신이한 출생담이 긴밀하게 관련되어 있다는 것을 뜻하며, 그 핵심적 인물이 后女라는 것을 의미한다. 그리고 인용문 ③~⑦까지의 서사는 미천한 인물인 后女가 山上王과 연결된 후 잉태하여 아들을 낳아 小后가 되기까지의 과정을 보여주고 있는 대목이다.

인용문 ③~⑤에 나타난 바와 같이 郊祀에 쓸 돼지가 달아나 담당자들이 잡지 못하는 것을 后女가 잡았으며, 이를 기이하게 여긴 왕이 그녀를 찾아가 정을 통하였고, 또 그녀가 잉태한 것을 안 왕후가 군사를 보내 죽이려 하였을 때 男服으로 개착하고 도망하는 과정 속에 나타난 후녀의 행위 전모는 단편적인 여성영웅의 모습이다. 그리고 后女는 자신을 죽이려는 병사에게 자신의 뱃속에 있는 아이가 왕이 주신 혈육이라고 하여 위기를 모면하고, 왕으로부터 인정을 받음은 물론 왕이 왕후를 설득하여 后女는 생명을 보전하고 이후 아들을 낳으니 그가 태자가 된다.

이와 같이 后女 역시 스스로 시련의 과정을 거쳐 위대한 과업을 성취하는 여성영웅은 아니다. 하지만 두 가지 신이한 출생담의 핵심 인물이면서, 미천한 여성이 왕과의 신이한 만남과 시련을 거쳐 동천왕을 낳기까지의 과정에서 보여준 행위 전모는 그녀를 비범한 인물로 볼 수 있게 하며, 그녀에게 '잠재적 영웅성'이 있다는 것을 의미한다고 하겠다.

4) 신혜왕후 류씨, 장화왕후 오씨의 잠재적 여성영웅성

신혜왕후 류씨와 장화왕후 오씨는 고려 태조 왕건의 아내들이다. 이들 역시 직접적으로는 대업을 이루지 않았지만, 태조와의 관계에서 보여준 슬기로움과 당찬 행동은 비범한 여인의 행위로 인정될 만하다. 이해를 돕기 위해 이들의 서사를 정리하면 다음과 같다.

〈A〉 神惠王后 柳氏

① 신혜왕후 류씨는 삼중대광 류천궁의 딸이며, 천궁의 집은 큰 부자여서 고을 사람들이 長者 집이라 부르다.

② 태조가 궁예의 부하로서 장군이 되어 정주를 지나가다가 늙은 버드나무 밑에서 말을 쉬게 하고 있을 때 그녀의 덕성스러운 얼굴을 보고 마음에 두고 그 집을 찾아가 유숙하였으며, 장자는 그 처녀로 하여금 모시고 자게 하다.

③ 그 뒤 서로 소식이 끊어지자 그 처녀가 貞節을 지키고자 머리를 깎고 女僧이 되니, 태조가 이 소식을 듣고 불러다가 부인으로 삼다.

④ 궁예 말년에 洪儒·裵玄慶·申崇謙·卜智謙 등이 태조의 집으로 와서 廢立에 대하여 의논히느데, 왕후는 그들의 의도를 알아차리고 나왔다가 다시 북편 창문으로 해서 기민히 휘장 속으로 늘고, 태조가 왕으로 추대되는 것에 난색을 표하니 왕후가 휘장 속에서 나와 자신의 뜻을 밝히고 손수 갑옷을 가져다가 남편에게 입혀주었으며, 여러 상군들은 그를 옹위하고 나가 그가 드디어 왕위에 올랐다.

⑤ 국가대사를 좋은 계책으로 보좌했으며, 부인으로서 총애와 우대를 받아왔었다.[26]

---

26) 정인지 외, 『高麗史』 권제88 「列傳」 제1 后妃1, 太祖 神惠王后 柳氏條. 고전연구실 옮김, 『신편 高麗史』 8, 「列傳1」, 신서원, 2001, 15~17면 참고.

앞의 인용문 <A>는 신혜왕후와 태조의 만남에서 드러나는 비범성과 그녀의 뛰어난 예지력과 결단력으로 태조를 왕위에 오를 수 있게 하는 대목과 관련되는 내용들이다. 인용문 ②와 ③은 그녀의 인간적인 성품이라 할 수 있는데, 전자는 타인의 눈에 비친 왕후의 덕성이며, 후자는 자신의 정절을 지키기 위해 女僧이 되었다가 태조의 부름을 받아 왕비가 되는 대목이다. 이 두 가지는 왕후의 인품이 평범하지 않음을 드러내면서 태조로 하여금 그녀를 선택할 수 있게 한 결정적인 계기가 된 사건이다.

이와 달리 인용문 ④는 왕후의 기지와 결단력으로 태조를 왕위에 오를 수 있게 하는 부분이다. 전반부가 태조의 선택을 받는 수동적인 입장에 있다면, 후반부는 그녀의 機智와 적극적인 행동을 통해 태조의 결단을 돕는 여성으로 나타난다. 특히 인용문 ④에 나타난 왕후의 말과 행동은 평범한 여성들이 행하기 어려운 당찬 언행이라고 할 수 있다. 그래서 그녀에 대한 평가 또한 '국가대사를 좋은 계책으로 보좌했으며 부인으로서 총애와 우대를 받았다'고 하고 있다. 이런 점에서 볼 때 신혜왕후 류씨 역시 智勇을 갖춘 '잠재적 여성영웅'이라 할 수 있다.

이러한 면은 다음의 장화왕후 오씨의 경우에도 유사하게 발견된다. 논의의 편의를 위해 장화왕후 오씨의 서사를 정리하면 다음과 같다.

〈B〉 **莊和王后 吳氏**

① 장화왕후 오씨는 나주 사람이며, 조부는 吳富伅이고 부친은 多憐君이며 대대로 목포에서 살았다.

② 일찍이 왕후의 꿈에 포구에서 용이 와서 뱃속으로 들어가므로 놀라 꿈을 꾸었으며, 얼마 후 태조가 수군장군으로서 나주를 진수할 때에 배를 목포에 정박시키고 시냇물 위를 바라보니 오색구름이

떠 있었다.

③ 태조가 가서 보니 왕후가 빨래하고 있었으므로 태조가 그를 불러 이성관계를 맺었는데, 그녀의 가문이 한미한 탓으로 임신시키지 않으려고 피임방법을 취하여 정액을 자리에 배설하자, 왕후는 즉시 그것을 흡수했으므로 드디어 임신이 되어 아들을 낳았는데 그가 惠宗이다.

④ 혜종의 낯에 자리무늬가 있어서 그을 '주름살 임금'이라 불렀으며, 항상 잠자리에 물을 부어두었으며, 또 큰 병에 물을 담아 두고 팔을 씻으며 놀기를 즐겼다 하니 참으로 용의 아들이다.

⑤ 혜종의 나이 일곱 살이 되자 태조는 그가 왕위를 계승할 덕성을 가졌음을 알았으나 어머니의 출신이 미천해서 왕위를 계승하지 못할까 염려하고 낡은 옷상자에 석류빛 황포를 덮어 왕후에게 주니, 왕후는 이것을 대광 박술희에게 보였더니 박술희는 태조의 의도를 알아차리고 왕위계승자로서 정할 것을 청하였다.

⑥ 왕후가 죽으니 시호를 장화왕후라 하다.[27]

장화왕후 오씨는 신혜왕후 류씨에 비해 신분적으로 미천한 것으로 나타난다. 그러함에도 불구하고 그녀는 왕후가 되었으며, 그녀의 아들이 훗날 왕위에 오르게 된다. 이러한 과정에서 주도적 역할을 하는 인물은 장화왕후 오씨인데, 그녀는 적극성과 슬기로움, 그리고 신속하고 정확한 판단력을 함께 갖춘 여인으로 등장한다.

인용문 ②는 왕후가 태조를 만날 것임을 암시하는 신이한 꿈인데, 이는 후일 그녀가 왕후가 되어 낳은 혜종의 행위와 긴밀하게 연결되고 있다. 그녀가 龍의 뱃속에 들어가는 꿈을 꾸었고, 후일 태어난 혜종이 물을 가까이 하면서 놀았다는 점과 그가 龍의 아들로 인식되었다는 점은

---

27) 정인지 외, 『高麗史』 권제88 「列傳」 제1 后妃1, 太祖 神惠王后 柳氏條. 고전연구실 옮김, 『신편 高麗史』 8, 「列傳1」, 신서원, 2001, 17~18면 참고.

전후의 아귀가 잘 맞아떨어지는 내용이다. 이러한 서사는 혜종과 왕후가 범상치 않은 인물임을 의미하는데, 이는 왕후의 출신이 미천하여 생길 수 있는 잡음을 이러한 龍夢을 통해 해소하는 역할을 하고 있다. 그리고 이를 뒷받침해 주는 것이 인용문 ②의 오색구름이다. 왕후의 집에 오색구름이 떠 있었고, 이를 본 태조가 찾아가 관계를 맺었다는 서사는 왕후가 비범한 인물임을 드러내는 것이다.

왕후의 이러한 비범성은 인용문 ③에서 구체적으로 드러난다. 태조는 그녀의 신분이 미천하여 임신시키지 않으려고 정액을 자리 바닥에 배설하였는데, 이를 알아차린 왕후가 곧바로 흡수하여 잉태한 후 혜종을 낳은 것이다. 그리고 인용문 ⑤는 출신이 미천한 왕후에게서 태어난 혜종이 왕위를 계승할 덕성을 지녔음에도 불구하고, 그 어미의 출신 때문에 왕위 계승이 순조롭지 않음을 깨달은 태조가 황포를 주자 이를 태조의 측근인 박술희에게 보여 왕위계승자로 만드는 대목이다. 이러한 예화에서 알 수 있는 것은 왕후가 영민하고 슬기로웠으며 결단력이 있는 여자라는 점이다. 그렇기 때문에 한미한 가문의 그녀와 그녀에게서 태어난 혜종을 왕위에 올릴 수 있었던 것이다. 이는 자신의 막힌 운명을 스스로 개척하였다는 점에서 영웅적 행위라고 할 수 있다. 다만 그녀 스스로의 행위에 의해 공적인 과업을 이룩하지는 않았다는 점에서 장화왕후 오씨 역시 '잠재적 여성영웅'으로 볼 수 있다.

이상에서 살펴본 바와 같이 우리의 역사와 서사문학에서는 영웅성을 가지고 있거나 발휘한 여성들이 많이 존재했다. 이들은 정도의 차이는 있으나 대개 영웅성을 적극적이고 직접적으로 발휘하지는 못했지만, 간접적인 방식으로 혹은 대리자를 통해 영웅성을 드러내고 있다는 점에서 '잠재적 여성영웅'이라고 할 수 있다. 이들의 행위를 '실현적 여성영웅'

으로 보기 어려운 것은, 이들이 탁월한 능력을 가지고는 있지만, 그것이 공적이고 집단적인 가치를 우선하여 실현되지 않았고 개인적 차원에 머물렀다는 점과 최종적인 행위의 주체자로서 立功하지 못했다는 점이다. 그래서 이들은 영웅성을 가지고 있되 구체적으로 실현되지 않았다는 점과 행위의 지향점도 자신의 욕망을 우선적으로 표출한 것과 밀접하다는 점에서 영웅성을 잠재적으로 가지고 있는 여성으로 보았다.

3. 잠재적 영웅성의 고소설로의 수용과 변모

앞서 논의한 바와 같이 전대 역사 문헌에 나타난 여성영웅들은 대개 '잠재적 여성영웅'에 가까웠다. 이러한 여성영웅들의 형상은 후대 고소설에서는 아주 다양하게 흡수되고 변모된다고 할 수 있다. 그 첫 번째 변화는 여성영웅을 남성영웅과 함께 서사의 전면에 내세울 수 있었다는 점이다.

1) 〈설저전〉에 나타난 '실현적 여성영웅'의 초기적 모습

역사 문헌에서 탐색된 '잠재적 여성영웅'의 성격이 '실현적 여성영웅'으로 형상화되는 비교적 이른 시기의 작품으로는 〈설저전〉이 있다. 〈설저전〉은 여타 고소설에 비해 많이 알려지지 않은 작품이지만, 한글 필사본 10종과 한문 필사본 1종28)이 전하는 작품으로서 비교적 많은 이

---

28) 崔皓晳, 「〈설저전〉 異本 硏究」, 『우리문학연구』 제13집, 우리문학회, 2000, 53~72면 참조.

본이 존재하며, 특히 여성영웅이 비교적 이른 시기에 나타났음을 구체적으로 알려주는 작품이라는 점에서 의미 있는 작품이다.

이 작품은 제명과 관련하여 <설소저전>, <선계전>, <설저전> 등으로 불려지다가, 권성민이 玉所 權燮(1671~1759)의 문집에 실린 <翻薛卿傳>이 <설계전>을 한역한 것임을 밝히면서[29] 그 실체가 좀 더 구체적으로 드러나게 되었고, 현재는 작품 제명도 <설저전>으로 어느 정도 통일되어 사용되고 있다. 그리고 최호석에 의해 권섭의 <번설경전>이 1724년에 漢譯된 것[30]이라는 것이 밝혀지면서 <설저전>은 그 이전에 창작되었다는 것이 해명되었다. 특히 이 작품은 여성영웅 설월애의 복수와 영웅성이 중심을 이룬다는 점에서 여성영웅서사의 획기적인 전환을 보여주고 있는 작품으로 평가할 수 있다. 이해를 위해 서사 단락을 요약적으로 제시하면 다음과 같다.

> ① 이부시랑 설문백이 나이 30에 남아 없고, 기이한 꿈을 꾸고 딸 월애를 낳았는데, 출민한 용안과 수려한 미목이 크게 미려하여 남아 아님을 한하지 않다.
>
> ② 월애가 3세 때 미부인이 별세하였으며, 오륙 세가 되니 시랑의 좌하를 떠나지 않고, 총아 영민하여 문장과 필법의 기이함과 시서 경발함이 대장부 남자라도 당할 자가 없으니 시랑이 남아 없음을 한하지 아니하며, 소저가 10세가 되니 제사를 받들고 부친을 모시고 가사를 돌보며 시랑은 동서로 재랑을 구하다.
>
> ③ 병부시랑 최훈이 국정을 농단하는 간신이나 설시랑의 정직함을 보고 사귀고자 왔다가 설소저의 자색에 반하여 며느리를 삼고자 청혼하니 설시랑이 거절하다.

---

29) 權性婐,「玉所 權燮의 國文詩歌 研究」, 서울대학교 대학원 석사학위논문, 1992, 33면.
30) 최호석,「<설계전> 연구」,『고소설 연구』제6집, 한국고소설학회, 1998, 287면.

④ 최훈이 설시랑을 미워하는 마음이 골수에 사무쳤으나 어쩌지 못하고, 천자에게 아첨하며 음란방자하게 주색을 일삼으며 지내다가 유생 이현의 처를 겁탈하려 하니 그녀가 혈서를 쓰고 자결하다.

⑤ 이생이 그 장면을 보고 원통해 하니 최훈이 대노하여 죽이려 하고, 이생은 도망하다가 설시랑의 구원을 받다.

⑥ 설시랑이 설소저와 상의하여 상소문을 작성하여 두었는데, 최훈의 처남 됴직사가 와서 발견하여 가져가 최훈을 주니 최훈이 먼저 설시랑을 천자에게 무고하여 북해로 유배보내고, 매파를 보내 설소저에게 구혼하다.

⑦ 설소저가 계교를 내어 미랑에게 자신의 옷을 입혀 소저 행세를 하여 최생을 맞게 하고 자신은 男服을 입고 시녀 여환과 함께 달아나 남역산 청암사에서 기거하다.

⑧ 설소저가 청암사에서 과거 소식을 듣고 참여하여 장원급제하니 천자가 한림 전수와 홍문학사를 제수하고, 설소저는 천자에게 이현의 처 정씨의 일과 설시랑을 무고하여 유배보낸 최훈의 죄상을 자세히 아뢰니, 천자는 최훈을 잡아들여 벼슬을 거두고 설시랑의 작위를 돌려주며, 설학사로 하여금 부친을 모셔오라고 하다.

⑨ 천자가 설학사(설소저)로 하여금 청암공주의 부마로 삼고자 하니, 설학사는 부친을 모셔온 후에 진실을 밝히기로 히다.

⑩ 설학사가 부친과 상봉하여 황성으로 모셔오고, 전후 사정을 지세하게 알게 된 설공은 천자에게 죄를 청하며 자세히 아뢰며, 설학사는 봉서를 통해 자신의 女化爲男하기 전후 사정을 상달하니 천자가 기특하게 여기다.

⑪ 천자가 설소저를 태자 성왕의 비로 봉하고, 최훈을 북해로 원찬하며, 혼례일 날 설왕비를 여중호걸이라 하다.

⑫ 설왕비가 8자 3녀를 낳아 장자 문벽은 세자를 봉하고 우승상 중문의 여를 취하여 여빙을 삼고 차자 문원은 살환의 여를 취하여 설씨 봉사를 하도록 하다.[31]

---

31) 국립중앙도서관 소장본 <셜졔젼>, 1~62면 참고, 이를 김기동이 영인하여 <설소저전>

앞의 예문에서 볼 수 있는 바와 같이 설소저의 영웅성은 잠재적인 가능성에 그치는 것이 아니라 '科擧'라고 하는 구체적이고 공식적인 과정을 통해 실현되고 있다는 점에서 전대의 '잠재적 여성영웅'들과 그 모습을 달리하고 있다. 설소저는 召西奴와 平岡公主, 于氏, 后女 등이 가지고 있던 적극성, 지략, 용의주도함, 출생담의 신이함 및 女化爲男과 같은 요소들을 골고루 가지고 있는 인물이다. 그리고 그러한 영웅적 비범성이 잠재적인 가능성에 그치거나 男性을 통해 대리 실현되는 것이 아니라 본인 스스로의 힘으로 그 자신이 직접 실현하고 있다는 점에서 의의가 있다.

본격적으로 남성영웅소설이 확산되기 시작하는 17세기에서 18세기에 이렇게 주체적인 여성영웅이 존재했다는 사실은 시사하는 바가 크다. 전체적인 서사의 흐름은 무용담을 빼면 남성영웅의 서사와 거의 방불한데, 서사의 핵심적인 줄기는, '[신이한 출생 — 비범성 — 간신의 모해로 인한 부모의 원찬 및 여주인공의 고난 — 과거를 통한 立身 — 부모의 원수 갚음 — 부귀영화]'의 순으로 이루어져 있다. 특이한 것은 이 시기부터 확산되기 시작하는 남성영웅들이 대개 스승으로부터의 수학이나 초월계로부터의 원조를 받아 입공하는 것과 달리, <설저전>의 설소저는 시종일관 본인의 힘으로 성공하고 부모의 원수를 갚는다는 점이다.

인용문 ①~②는 설소저의 출생 및 비범성을 드러낸 부분인데, 여기에는 부모가 '기이한 꿈'을 꾸고 낳았다는 것 외에는 별다른 초월계의 개입은 없으며 그러면서도 설소저는 총민하고 문장과 필법이 대장부 남

이라 하였는데, 권성민이 확인하여 본 결과 이는 <설제전>이라고 밝혔다, 이후 학계에서는 <설저전>으로 통용되고 있다는 점에서 이하 이 글에서는 <설저전>으로 통일하여 사용하기로 한다. 그리고 필요할 경우 이하에서는 작품명과 페이지만을 밝히기로 한다.

자도 따를 수 없는 것으로 나타난다. 그리고 인용문 ⑥은 간신 최훈의 농간에 의한 설공과 설소저의 고난이며, 인용문 ⑦은 그러한 고난을 설소저의 지혜와 적극성으로 인해 극복하는 장면이다. 주인공의 고난과 극복의 과정에서 어떤 超越性이나 주변의 도움도 없이 그녀 스스로 위기를 모면하고 있다. 최훈의 위협으로부터 벗어나기 위한 計巧나 女化爲男하는 행위는 설소저의 그러한 적극성과 실천을 잘 보여주는 대목이다. 또 인용문 ⑧의 科擧를 통한 立身이나 이후의 부귀영화, 부모의 원수 갚음과 같은 행위 역시 그녀 스스로의 노력과 능력에 근거하고 있다는 점에서 전·후대 어떤 여성영웅보다도 주체적인 여성영웅이라고 할 수 있다.

이런 점에 비추어 볼 때 <설저전>은 전대의 '잠재적 여성영웅'의 특징들이 부분적으로 녹아 있으면서 그러한 장점들이 잠재성에 머무르지 않고 현실에서 주인공 스스로의 노력과 행위에 의해 실현되고 있다는 점에서 '실현적 여성영웅'이라고 할 수 있다.

2) <방한림전>에 나타난 '실현적 여성영웅'의 후기적 모습

<설저전>이 실현적 여성영웅의 초기적 모습에 해당한다면, <방한림전>은 후기적 모습에 해당한다고 할 수 있다. 이 작품의 창작시기는 19세기 중반 내지 1900년경으로 추정되고 있다. 남성이 주요 인물로 등장하지 않고 여성만의 세계를 그리고 있으면서 철저하게 남녀 대립을 배제하고 있다는 점에서 <홍계월전> 계열의 후대적 모습으로 파악[32]되기도 한다. 특히 이 작품은 여성영웅소설의 유형화된 관습에서 벗어나 기

---

32) 민찬, 「여성영웅소설의 출현과 후대적 변모」, 서울대학교 대학원 석사학위논문, 1986, 82~86면 참조.

존의 여성영웅소설이 보여주지 못한 다른 가능성들, 이를테면 여성이기
전에 자유의지를 지닌 한 인간으로서 살고자 했던 여성, 변혁의 가능성
을 위해 인물들이 기울인 노력[33]에 관심을 두어야 할 필요가 있다. 왜냐
하면 방관주와 영혜빙이 여성으로서의 굴레를 떨치고 동성으로서 가정
을 이루어 당대 사회의 최고 정점에 있는 천자로부터 인정을 받고, 또
다시 여성으로 환원되지 않고 그들의 삶을 마무리 짓고 있다는 점은 다
른 여성영웅소설에서 볼 수 없는 특징과 의미가 있기 때문이다. 논의의
편의를 위해 서사단락을 정리하여 제시하면 다음과 같다.

① 방효유 부부가 자식이 없다가 늘그막에 한 꿈을 꾸고 딸 방관주를
　낳았다.
② 방관주는 서너 살이 되어 총민함이 출중하니 부모가 사랑하여 아
　들 없음을 한으로 여기지 않았으며, 방관주가 여자 옷을 입지 않
　아도 부모는 구태여 권하지 않고 친척에게는 아들이라고 하다.
③ 방관주가 8살 때 부모가 함께 죽으니 그녀는 立身揚名하여 부모의
　후사를 빛낼 것이라고 하고 병서도 보고 무예도 익히며, 시 짓기와
　글쓰기로 세월을 보내다가 12살에 과거에 응시하여 장원급제하다.
④ 병부상서 겸 태학사 서평후의 딸 영혜빙은 용모와 재질이 뛰어나
　지만 여도를 구차하게 생각하는데, 영 공이 방관주를 사랑하여 구
　혼하다.
⑤ 방관주가 영혜빙과 만나고 영혜빙은 방관주가 남장 여자임을 알아
　본 후, 영웅 같은 여자를 만나 知己가 되어 부부의 의리와 형제의
　정을 맺어 한평생 살고자 하다.
⑥ 방관주와 영혜빙이 혼인하고, 영혜빙이 자신은 방관주가 여자임을
　안다고 하니, 방관주가 영혜빙에게 지난 날을 상세하게 이야기 한

---

33) 김정녀, 「<방한림전>의 두 여성이 선택한 삶과 작품의 지향」, 『반교어문연구』 21집, 반
　교어문학회, 2006, 235~240면 참고.

후, 서로 知己가 되어 한 평생을 살기로 하다.

⑦ 방관주가 형주 변방 고을 안찰사로 갔을 때, 큰 별이 떨어진 자리
에서 옥 같은 아이를 얻어 이는 하늘이 자신에게 준 것이라고 생
각하고, 가슴을 보니 '落星'이라는 두 글자가 씌어 있어서 아이 이
름을 '낙성'이라고 하다.

⑧ 간신이 농단을 부리니 국정이 문란하여 지고 북방의 오랑캐가 반
란을 일으키니 방관주가 자원 출전하여 크게 승리하고, 방관주는
낙성과 김 추밀의 딸을 혼인시키다.

⑨ 방관주에게 현산도사가 찾아와 관상을 보고 난 후 음양을 바꿔 임
금과 천하를 속였으니 벌이 없지 않을 것이라고 하고, 천궁에서
색을 좋아하여 이승에서 금실의 즐거움을 끊게 하였으며, 옥황상
제께서 옛 신하를 만나고자 한다고 하면서 죽을 날을 알려 주다.

⑩ 방관주가 천자에게 자신이 여자임을 밝히고 죄를 청하니, 천자가
놀라면서도 그 공덕을 치하하며 벼슬을 거두지 않으며, 서평후도
사위 방관주의 정체를 알고 놀라다.

⑪ 방관주가 서른아홉에 죽은 후 영혜빙도 목숨이 다하고, 방관주의
제사 때 방관주가 낙성 부부의 꿈에 나타나 자신들의 전생 신분을
말하고, 또 자신들이 여자로서 부부가 될 수밖에 없었던 사연을
말하다.[34]

위 인용문은 <방한림전>의 내용 중 방관주와 영혜빙의 주요 내용과,
방관주가 하늘로부터 얻은 '낙성'에 관한 서사까지 일부 포함하여 정리
한 것이다. 이를 보면 방관주와 영혜빙이 추구하는 남성적 삶은 다른 여
성영웅들의 그것과 많이 다름을 알 수 있다. 일반적인 여성영웅소설에서
는 여주인공이 出將入相이나 부모의 원수를 갚기 위해서, 혹은 불가피한
선택에 의해 女化爲男하여 비범한 능력을 발휘하는 경우가 많다. 그리고

---

34) 나손본 <방훈임전>, 단국대학교 천안캠퍼스 율곡도서관 소장본, 1~74면.

능력 발휘 후 언젠가는 정체가 드러나 여성의 삶을 살아가게 된다. 그러나 <방한림전>의 방관주나 영혜빙은 출세나 부모의 원수를 갚고자 하는 목적의식 때문에 여성적 삶을 거부하는 것이 아니다. 그들은 자신들의 순수한 自我實現을 위해 남성적 삶을 지향하고, 同性婚을 선택한다. 그래서 방관주는 늘 남자 못 됨을 한스러워 하며,[35] 영혜빙은 남자와 결혼하여 여도를 행하는 것을 구차스러워 한다.[36]

이러한 이 두 사람의 만남은 이들이 자연스럽게 동성혼을 하여 知己로서의 삶을 살아가게 하는데 전혀 문제시될 것이 없고 서로 보호하고 존중해야할 대상으로 남게 된다. 이는 방관주와 영혜빙의 知己 관계가, 대등한 인간관계를 추구하려는 의지를 반영[37]한 것으로 볼 수 있는 근거가 될 수도 있다. 또 시종일관 이러한 여성성과 영웅성이 남성에 의해 훼손되거나 예속되지 않고 자신의 의지와 욕망을 유지하는 것으로 나타난다는 점에서 <방한림전>은 여성영웅성이 가장 완벽하고 철저하게 실현되고 있는 작품으로 독해될 수 있다. <방한림전>의 이와 같은 성격에 대해, 차옥덕은 유교적 규범의 제도화와 정착화가 여성차별의 기회와 공간과 활동 등의 제한으로 여성을 옭죄어 왔으며, <방한림전>은 이러한 사상적 기반이나 삶 속에서의 여성차별과 갈등이 여성주의적 인식을 지닌 작자에 의해 소설이라는 형태로 나타난 것[38]이라고 한 바 있다. 그의 이러한 견해는 이 작품이 여성영웅성을 가장 완벽하게 실현하였다는 필

---

35) <방훈임전>, 24~25면 참고. 이 외에도 방관주는 서사의 전면에서 남성적 삶을 지향하고 남자 가장으로 행위하고자 하는 것이 곳곳에 보인다.
36) <방훈임전>, 12면.
37) 강진옥, 「이형경전(이학사전) 연구」, 『고소설연구』 2, 한국고소설학회, 1996, 119면 참고.
38) 차옥덕, 「방한림전의 여성주의적 시각 연구」, 성신여대 박사학위논문, 1999. 차옥덕은 이후 이 논문을 단행본으로 출간하여 내용을 더 보완하였는데, 이 글에서는 그의 단행본을 참고로 하였다. 차옥덕, 『백년 전의 경고-방한림전과 여성주의』, 2000, 21면.

자의 논지와도 부합되는 바가 있다.

이렇게 완벽한 여성영웅성과 여성의식을 구현하기 위해 <방한림전>의 작가는 이들의 능력이나 입공에 그 어떤 초월적 장치나 주변의 원조를 끌어들이지 않는다. 인용문 ①~②에서 알 수 있는 바와 같이 한 꿈을 꾸고 태어났으며 총민함이 남다르다는 것 외에는 다른 여성영웅소설의 출생담에서 나타나는 초월적 인물의 현몽에 의한 암시나 '신이한 태몽' 같은 것은 나타나지 않는다. 그리고 능력의 획득에 있어서도 道人을 통한 수학이나 超越界의 인물로부터 받은 神物 등에 의지하지 않고 철저한 자기 수련과 교육을 통해 능력이 획득되며, 인용문 ⑧과 같이 전장에서의 승리도 본인의 능력과 지략에 의해 승리하는 것으로 나타난다.

이러한 <방한림전>의 방관주가 보여주는 여성영웅성의 실현에 대해, 방관주는 남성 콤플렉스를 표출한 인물이며, 오히려 당대 여성이 처한 현실에 대한 문제의식을 지닌 인물은 영혜빙이라고 하여 두 인물의 성격을 다른 층위에서 논의39)한 경우도 있지만 이는 방관주가 출생에서부터 성장과정 및 입공과 죽음에 이르기까지에서 보여주는 그의 남장여자로서의 노력과 결과를 너무나 과소평가한 것이라고 생각된다. 앞서 잠시 언급한 바와 같이 방관주가 남자 못됨을 한스러워 하는 장면이 있기는 하지만, 이는 남성 콤플렉스가 아니라 사회적 현실 때문에 자신의 능력을 여자로서는 보여주지 못하는 것에 대한 한탄 정도에 불과하다. 이 작품 어디에도 방관주가 남성 콤플렉스를 가지고 있다는 점은 발견되지 않는다. 그렇게 해석되어서도 곤란하다. 여성영웅의 자아실현을 그린 여성주의적 시각의 작품이, 남성콤플렉스를 형상화했다는 논리는 모순이

---

39) 장시광, 「<방한림전>에 나타난 동성결혼의 의미」, 『국문학 연구』 제6집, 국문학회, 2001, 253~276.

기 때문이다. 만약 그렇게 해석할 경우, 이 작품은 여성영웅성을 구현하면서 그것이 결국은 남성 콤플렉스에 기인하고 있다는 것으로 귀결됨으로써 작가의 원래 의도에서 너무 멀어진 것이 되고 만다. 이보다는 '이 작품의 작가가 여성도 동등한 공적 자아실현을 위한 준비로써 교육과 科擧 참여라는 적극적 사회화가 필요하며 기존의 결혼 제도에 얽매이지 않아야 한다는 주장을 男裝 모티프와 동성 결혼이라는 소재를 통해 보여주었다'[40]는 견해가 더 적절하다.

따라서 이 작품은 가장 늦은 시기에 여성의 영웅성이 사회제도나 저항에 의해 해체되거나 훼손되지 않고 완벽하게 구현된 '실현적 여성영웅'으로 보는데 전혀 문제가 없다. 특히 여성영웅의 비범성과 立功이 초월계의 원조나 남성과 주변의 도움 없이 스스로의 힘으로 주체적으로 실현되고 있다는 점에서 <방한림전>이 조선후기 여성영웅소설사에 끼치는 영향은 적지 않다고 생각된다.[41]

4. '잠재적 여성영웅' 전통의 지속과 변모

위에서 논의한 바와 같이 '실현적 여성영웅'의 모습은 가장 이른 시기의 여성영웅소설인 <설저전>[42]과 가장 늦은 시기의 여성영웅소설인

---

40) 차옥덕, 前揭書, 22면 참조.
41) 이 외에도 실현적 여성영웅이 출현하는 작품들이 더 많이 있다. <박씨전>, <백학선전>, <음양삼태성>, <이대봉전>, <홍계월전>, <전관산전> 등이 이에 해당되며, 장편소설 중에서는 <옥루몽>의 강남홍 같은 여성이 실현적 여성영웅의 범주에서 논의될 수 있다고 본다. 다만 이 글에서는 가장 이른 시기의 <설저전>과 가장 늦은 시기의 <방한림전>을 논의의 대상으로 삼은 만큼 이들에 대한 자세한 논의는 지면을 달리하여 차후 보완하기로 한다.

<방한림전>에서 구체적으로 확인된다. 그렇다면 고소설에서는 '실현적 여성영웅'만 존재하는 것인가? 우리의 많은 고소설에서는 전대의 역사 문헌에서 확인되는 '잠재적 여성영웅'과 같은 인물들이 여전히 존재한다. 우리가 흔히 '내조형 여성영웅'이라고 지칭하는 인물들은 대개 '잠재적 여성영웅'에 가까울 것이다. 이 글에서는 이러한 유형에 해당되는 작품으로 <금방울전>을 논의의 대상으로 하기로 하고, 그 외에는 본격적인 여성영웅소설은 아니지만, 가정소설이나 가문소설에서 잠재적 여성영웅의 성격에 가까운 인물들을 논의의 대상으로 삼아 간략하게 다루고자 한다.

1) 〈금방울전〉의 영웅성의 성격

<금방울전>은 관점에 따라 '여성우위형 여성영웅'이나 '내조형 여성영웅'으로 이해될 수 있는 성격이 있다. 그러나 금방울이 비범한 능력은 있지만 그것은 사람이 아닌 '금방울'로 행한 것이라는 점에서 '잠재적 영웅'에 해당된다고 할 수 있다. 억울하게 죽었던 전생 龍女가 자신의 소원내로 解冤을 통하여 미진한 인연을 이루었다43)는 점에서는 '자기

---

42) 단순한 추정에 의하면 <설저전>보다 앞선 시기의 작품으로 <금방울전>이 있다. 조동일은 이 작품이 난생화소를 가지고 있다는 점에서는 <홍길동전>보다 고형을 보여주고 있고, 주인공이 신화적 능력을 지니고 태어났다는 점에서는 <홍길동전>과 동열에 설 수 있으나 지상계와 천상계의 이원성이 설정되어 있는 점에서는 <홍길동> 이후의 작품으로 볼 수 있다고 하여 그 대략적인 연대를 17세기 중후반으로 추측하고 있다. 그러나 <설저전>은 내용에 근거한 추정이 아닌 보다 구체적인 창작연도를 추정할 수 있는 작품이라는 점에서 이러한 표현을 사용하였다(조동일, 『한국소설의 이론』, 지식산업사, 1994, 343~344면 참조).

43) 김용기는 <금방울전>에 倫理와 天定에 의한 解冤이 나타난다는 점에 주목한 바 있다(김용기, 「인물 출생담을 통한 서사문학의 변모양상 연구」, 중앙대학교 대학원 박사학위논문, 2007, 126~136면 참조).

성취'를 했다고 볼 수 있지만, 그것이 여성영웅성을 실현했다고 보기는 어렵다. 논의의 편의를 위해 <금방울전>의 서사 단락을 정리해 보면 다음과 같다.

① 금방울은 전생 남해 龍女이며, 동해 龍子의 배필인데, 친영 도중에 남성 진주 요괴를 만나 龍子는 장원의 부인 입 속으로 피하여 살았으나, 용녀는 억울하게 죽임을 당하다.

② 龍女의 원혼이 상제께 발원하니, 옥황상제가 금광으로 하여금 보응케 하여 미진한 인연을 이을 수 있도록 하다.

③ 龍子는 장원의 아들 海龍으로 태어났으나 난리에 부모를 잃고 장삼에게 구원되다.

④ 막씨의 꿈에 선관이 내려와 옥황상제의 명으로 龍女를 점지한다고 하고, 대면시킨 후 16년 후에 얼굴을 볼 수 있을 것이라 한 후 備女에게 다섯 가지 보배를 주다.

⑤ 막씨가 죽은 남편 김삼랑의 혼과 동침하여 잉태하고 열 달 후 사람이 아닌 금방울을 낳다.

⑥ 금방울이 어머니 막씨와 전생의 남편인 海龍을 陰助하고, 여러 번의 위기에서 해룡을 구하다.

⑦ 금선 공주가 금돼지에게 납치되었는데, 금방울과 해룡의 도움으로 구조되고, 해룡은 그 공으로 거기장군이 되었다가 부마가 되다.

⑧ 해룡이 전장에 나가 위기에 처하자 금방울이 구해주고, 이후 해룡이 전쟁에서 이겨 큰 공을 세워 좌승상 위국공이 되다.

⑨ 선관이 금방울을 사람으로 변신하게 하여 막씨와 장공 부인과 대면하게 하고, 다섯 가지 보배를 회수해 가다.

⑩ 해룡이 부친과 해후하고 금방울과도 만나 결연하다.44)

---

44) 대영박물관 소장 28장본 <금령전>, 박용식 역주, 『연강학술도서 한국고전문학전집 16 <금방울전>외』, 고려대학교 민족문화연구소, 1995, 15~85면 참고. 이 글에서는 박용식 교수가 역주한 이 자료를 텍스트로 하며, 본문에서 사용하는 작품명은 번역하여 <금방울전>으로 하기로 한다.

앞의 인용문은 <금방울전> 중에서 해룡과 금방울의 전생담과 현세에서의 행위를 간략하게 정리한 것이다. 위 인용문에서 알 수 있는 바와 같이 이 작품의 영웅담이 본격적으로 진행되는 부분 중에서 인용문 ⑥~⑧은 금방울의 비범한 능력 발휘가 중심이 되고 있고, 인용문 ⑧의 일부에서는 해룡의 활약이 두드러진다. 이 글에서는 금방울을 중심으로 정리하였기 때문에 해룡의 영웅담이 많이 축소되어 있지만 실제 서사에서는 많은 비중을 차지하고 있다. 이런 점에서 <금방울전>은 男女 兩性의 영웅성이 서사화 되었다[45]고 할 수 있다.

그런데 임성래는 이 작품이 능력본위형 영웅소설이라고 하고 남주인공만이 주어진 고난을 극복하고 여주인공은 소극적으로 자신에게 주어진 고난을 수용만 한다[46]고 하여, 금방울의 역할을 비교적 낮게 평가하고 있다. 이는 금방울의 대사회적 활약이 미미하고 공적인 영역에서의 활약은 남주인공 해룡에게서만 확인되기 때문에 나온 평가이다. 그래서 금방울은 자신의 영웅성을 완전히 실현한 영웅이라기보다는 '잠재적 여성영웅'에 가깝다. 특히 인용문 ⑥~⑧까지 금방울이 보인 비범성은 사림이 아닌 '금방울'이라는 조사연석인 사물에 의해 이루어지고 있고, 인용문 ⑨와 같이 사람으로 환신한 후에는 별다른 능력을 발휘하지 못한다는 점에서 그러한 성격이 농후하다. 그리고 그의 영웅적 행위는 海龍의 立功을 시원하고 있다는 점과 해룡의 영웅성 발휘 이후에는 더 이상의 능력발휘가 나타나지 않는다는 점에서 금방울은 '잠재적 여성영웅'이

---

45) 金均泓은 <금방울전>이 兩性 英雄의 일내기 구소를 가지고 있다고 하고 일대기의 병립과 연결, 그리고 양성 영웅의 일대기가 지닌 구조적 개방성에 주목하여 논의한 바 있다. 김균홍, 「<금방울전>의 구조와 의미」, 경북대학교 대학원 석사학위논문, 2004, 5~29 참조.

46) 임성래, 『영웅소설의 유형 연구』, 태학사, 1990, 51면.

라고 할 수 있다.

2) 조선후기 고소설 일반에서 발견되는 잠재적 여성영웅성[47]

'잠재적 여성영웅'의 모습은 <금방울전>뿐만 아니라 17~19세기 고소설 작품 곳곳에서 발견된다. 가장 먼저 확인할 수 있는 인물로는 <소현성록>의 '팽환'이다.[48] 그녀는 소현성과 힘겨루기, 활쏘기 시합을 하는 女將軍型의 인물이다. 현재까지 밝혀진 것으로 볼 때 고소설 작품에 가장 이른 시기에 여장군 성격의 여성영웅이 등장하고 있는 셈이다. 특히 그녀는 일반 여염의 아낙이 아니고 운남왕의 왕후로 등장하고 있다는 점에서 특징적이다. 그러나 팽환은 그녀의 영웅성이 구체적으로 실현되지 못하고 힘과 재주가 있는 여성으로서 비극적인 죽음으로 끝나는 인물이라는 점에서 '잠재적 여성영웅'이라고 할 수 있다.

다음으로는 <창선감의록>에 등장하는 진채경의 영웅성에 주목할 필요가 있다. 진채경은 진제독의 딸이다. 당대의 권력자 엄숭 밑에서 세도를 누리고 있는 조문화는 진채경이 아름답다는 말을 듣고 자기 자식을 위해 진공에게 구혼하였다가 거절당하자 계략을 꾸며 그를 잡아들인다. 그리고 오부인의 종형 오낭중을 시켜 자신의 말을 들으면 살려준다는 말을 전하니 진채경은 아버지를 위해 자신을 희생하고자 한다. 이에 조문화의 청을 받아들이고자 하니 진 제독은 만류를 하면서도 진채경이

---

47) 고소설 일반에서 나타나는 잠재적 여성영웅에 대한 논의는 지면 관계상 구체적인 서사 단락 제시없이 일반적인 진술에 의한 설명으로 대신하고자 한다.

48) 이대본 <소현성록> 11권 45~52면. 이 부분에서 '팽환'이 등장하여 소운성과 능력 대결을 펼쳐 패하고, 이후 소운성을 흠모하여 유혹하다가 소현성의 칼에 죽임을 당하는 비극적인 인물로 등장한다.

어릴 때부터 담략이 남달랐다고 하고, 기이한 꾀로 절의를 보전할 수 있을 것이라고 믿는다. 그리고 딸의 계책을 듣고 탄성을 발하는데, 진채경은 부모를 먼저 피신시킨 후 시간을 끌다가 男裝을 하고 회남으로 떠나는[49] 인물이다.

이러한 내용에 견주어 본다면 진채경은 지략적인 여성영웅의 한 단면을 보여주고 있다고 생각된다. 다만 그녀의 이러한 영웅성이 일시적이고, 또 공적인 영역에서 발휘되지 않았다는 점에서 '여성영웅'으로서의 가능성을 보여주고 있다고 하겠다. 서두에서 논의한 바 있는 서대석의 영웅 개념에서 보면, 진채경은 영웅과 거리가 먼 인물일 수도 있다. 서대석은 개인이나 가정의 문제인 애정이나 효를 실현하는 인물은 영웅이 아니라고[50]한 생각과 근접하는 인물이기 때문이다. 그러나 필자는 여성영웅의 立功에 대한 크기나 질적인 평가보다는 여성영웅이 어떤 결과를 얻기 위해 수행하는 능력과 행위, 태도와 의지적인 면에 주목하여 진채경과 같은 인물의 행동을 여성영웅의 한 단면으로 보고자 하는 것이다. 바로 이러한 속성이 여성영웅을 이루게 하는 자족적인 질료가 된다고 생각하기 때문이다.

<월영낭자전>의 월영 또한 '여성영웅'으로서의 가능성을 배태하고 있는 인물이나. 그녀는 상투적이기는 하지만 신이한 출생담을 가지고 태어난다는 점에서 평범한 인물은 아니다. 그러나 그녀의 영웅성이 발휘되는 부분은 신이한 출생담에 의지하여 나타나는 것이 아니라, 현실적인 지략과 담대함으로 제시된다. 월영은 부모가 俱沒 후 소주 자사 위현의

---

49) 이래종 역주 『연강학술도서 한국고전문학전집 32 <창선감의록>』, 고려대학교 민족문화연구원, 2003, 122~128면.
50) 서대석, 前揭論文, 331면 참조.

음란한 태도에 당당하게 대응하고, 위 자사가 그녀를 차지하기 위해 정혼자 최희성이 보낸 것처럼 거짓 편지를 써서 유인하여도 슬기롭게 상황을 파악하고 위기를 모면한다.51) 또 이러한 회유와 계략이 통하지 않게 되자 위현은 자객을 보내 강제로 겁탈하고자 하는데, 월영은 역시 이와 같은 상황을 예측하고 노복들을 피신시킨 후 기다렸다가 비수로 자객 삼인을 베기도 하는 비범성을 보인다.52) 그리고 위 자사의 간계와 위협에서 벗어나기 위해 자결한 것으로 꾸미고 치밀하게 준비한 거짓 초상을 치룬 다음 男服을 개착하고 정처 없는 길을 떠나는53) 장면은 월영의 영웅성이 십분 발휘된 장면이다. 그런데 이러한 월영의 태도는 이후 소극적인 여염의 여인으로 바뀌고 가정적인 존재로 예속됨으로써 더 이상의 영웅성은 발휘되지 않는다. 이런 점에서 <월영낭자전>의 월영도 여성영웅으로서의 잠재성은 있으나 그것이 대사회적으로 실현되지 못하였다는 점에서 '잠재적 여성영웅'의 일면을 보여주고 있다고 하겠다.

이상에서 고소설에 나타난 여성영웅의 두 가지 양상을 살펴보았다. 고소설에 나타난 여성영웅의 성격이나 모습은 전대의 여성영웅설화의 전통이 그대로 수용된 것이 아니며, 특정 시기의 산물은 더더욱 아니다. '잠재적 여성영웅'의 모습과 '실현적 여성영웅'의 모습이 오랜 시간 산통의 과정을 거치면서 남성영웅에 비견할 만한 성격이나 방향으로 '共進化'했다고 생각된다. 그래서 어떤 작품에서는 철저하게 여성영웅의 능력이 실현되는 서사를 진행시키기도 하고, 어떤 작품에서는 여주인공의 영웅성을 본격적으로 실현하지는 않았지만, 그 속에서 나름대로 '잠재적

---

51) 東國大學校 韓國學硏究所 編, <月英娘子傳>, 『活字本 古典小說全集』 第四卷, 亞細亞文化社, 1976, 603~604면.
52) <月英娘子傳>, 606면.
53) <月英娘子傳>, 607~608면.

여성영웅’의 모습을 보여주기도 한다. 이러한 여성영웅의 모습은 문학적 전통의 계승과 변모의 한 측면이면서, 동시에 문학적 재미와 흥미를 배가시키는 요소로 작용했다고 본다. 그리고 조선후기에 ‘잠재적 여성영웅’과 ‘실현적 여성영웅’이 공존하는 현상은, ‘여성영웅’이 어떤 특정시대의 산물이 아니라, 오랜 서사적 관습과 전통의 지속과 변모의 한 양상임을 인식시켜준다고 하겠다. 이러한 서사적 관습과 전통에 시대·사회적인 요구가 결합되어서 다양한 여성영웅들의 모습이 창출된다고 생각한다.

5. 마무리

우리 서사문학에서 여성영웅의 성격이나 모습은 다양하게 존재한다. 여성영웅이 그 자체로 자족적인 의미를 가지고 있는 경우도 있고, 당대 사회의 변화와 요구를 수용하여 문학 향유층의 정서를 담아내는 경우도 있다. 즉 ‘여성영웅’이 개념은 여성의 능력과 행위 및 의지라고 하는 내적 요인에 중짐을 둘 수도 있고 사회적 맥락에서 살펴볼 수도 있다. 여성영웅을 ‘여성우위’니 ‘내조형 여성영웅’, ‘음조형 여성영웅’이라고 하는 기존의 개념들은 남싱과의 관계성이나 상황적 요인을 고려한 용어이다. 그러나 ‘여성영웅’의 경우 그러한 사회적 맥락에서 파악되는 개념이나 성격 규정보다는, 사회적인 제약이 있었던 상황 속에서 여성 자신의 내적인 동기와 경험 및 능력을 실현하고자 시도했던 태도나 동기를 포함하는 방향에서 재검토 될 필요가 있다. 이하에서는 논의된 내용을 간략하게 정리하는 것으로 결론을 대신하고자 한다.

먼저 2장에서는 여성영웅의 서사적 전통의 실례로,『삼국사기』「백제본기」 시조 온조왕조와 신채호의『조선상고사』에서 확인되는 召西奴의 두 가지 영웅적 성격을 살펴보았다. 召西奴는 '잠재적 여성영웅'과 '실현적 여성영웅'의 두 가지 성격을 함께 가지고 있었으며, 의식적이든 무의식적이든 이러한 여성영웅의 성격이 후대에서 수용되었다고 보았다. 그리고 평강공주의 경우에는 그녀의 지략이나 주체성이 온달을 통해 대리적으로 실현되고 있고, 그녀 자체가 영웅적 입공을 실현하지는 않다는 점에서 '잠재적 여성영웅'으로 상정하였다. 故國川王妃 우씨와 東川王母后女, 神惠王后 柳氏, 莊化王后 吳氏 역시 비범한 능력이 잠재되어 있으나, 그 능력을 본인들이 직접 사용하여 공익적인 가치를 구체적으로 실현하지는 않았다는 점에서 '잠재적 여성영웅'으로 보았다.

3장에서는 이러한 잠재적 여성영웅이 고소설에서는 '실현적 여성영웅'으로 나타난 예를 가장 이른 시기의 여성영웅소설인 <설저전>과 가장 늦은 시기의 작품이라 할 수 있는 <방한림전>을 통해 살펴보았다. 이 두 작품에 나타난 여성영웅들은 처음부터 끝까지 여성의 영웅성이 훼손되거나 폄하되지 않고 일관성을 유지하고 있으며, 특히 초월계나 주변의 도움 없이 자력으로 능력을 배양하고 立功한다는 점에서 '실현적 여성영웅'이라 보았다.

4장에서는 조선후기에 여성영웅소설이 다량으로 양산되고, 또 일반 고소설 작품이 대량으로 유통되면서 '실현적 여성영웅'이 지배적인 현상으로 자리하지만, 여전히 전대부터 이어져 왔던 '잠재적 여성영웅'이 함께 공존하고 있다는 점을 <금방울전>과 <소현성록>, <창선감의록>, <월영낭자전>을 통해 간단히 살펴보았다.

필자의 이러한 시도는 잠재된 여성의 비범한 능력과 그 능력의 실현,

즉 자아성취에 주목해 보자는 것이 목적이었다. 하지만 역사 문헌과 고소설에 나타나는 여성영웅을 이 좁은 지면에서 다 다룬다는 것 자체가 무리이고 또 한계가 있다는 점을 인정할 수밖에 없다. 이런 점에서 이 글은 여성영웅에 대한 새로운 개념 규정을 시도했지만 단편적인 차원에 머물렀으며, 이러한 부족한 부분은 필자와 다른 연구자들이 共有하는 문제로 남겨 두고자 한다.

참고문헌

1. 자료

고전연구실 옮김, 『신편 高麗史』 8, 「列傳1」, 신서원, 2001.

국립중앙도서관 소장본 <셜졔젼>.

김부식, 『삼국사기』.

나손본 <방훈임젼>, 단국대학교 천안캠퍼스 율곡도서관 소장본.

대영박물관 소장 28장본 <금령전>.

東國大學校 韓國學研究所 編, <月英娘子傳>, 『活字本 古典小說全集』 第四卷, 亞細亞文
　　　　化社, 1976.

박용식 역주, 『연강학술도서 한국고전문학전집 16 <금방울전>외』, 고려대학교 민족
　　　　문화연구소, 1995.

申采浩 著, 李萬烈 註釋, 『註釋 朝鮮上古史 上』, 丹齋 申采浩先生 記念事業會, 1994.

이강래 역, 『삼국사기Ⅱ』, 한길사, 2003.

이대본 <소현성록> 11권.

이래종 역주, 『연강학술도서 한국고전문학전집 32 <창선감의록>』, 고려대학교 민족
　　　　문화연구원, 2003.

정인지 외, 『高麗史』 권제88 「列傳」 제1

2. 논저

강진옥, 「이형경전(이학사전) 연구」, 『고소설연구』 2집, 한국고소설학회, 1996.

강화수, 「여성영웅소설의 존재양상과 소설사적 의의」, 경성대학교대학원 박사학위논
　　　　문, 2004, 39면.

權性昊, 「玉所 權燮의 國文詩歌 研究」, 서울대학교 대학원 석사학위논문, 1992, 33면.

김균홍, 「<금방울전>의 구조와 의미」, 경북대학교 대학원 석사학위논문, 2004, 5~29면.

김대숙, 「女人發福 說話의 研究」, 이화여자대학교 대학원 박사학위논문, 1988, 131면.

김열규, 『한국민속과 문학연구』, 일조각, 1971(제4판 1998), 47~48면.

김용기, 「인물 출생담을 통한 서사문학의 변모양상 연구」, 중앙대학교 대학원 박사학
　　　　위논문, 2007, 126~136면.

김용기, 「온달전의 인물 서사와 정서에 대한 탐색」, 『고전문학과 교육』 20집, 한국고

전문학교육학회, 2010, 135~162면.

김정녀, 「<방한림전>의 두 여성이 선택한 삶과 작품의 지향」, 『반교어문연구』 21집,
　　　반교어문학회, 2006, 235~240면.

민　찬, 「여성영웅소설의 출현과 후대적 변모」, 서울대학교 대학원 석사학위논문, 1986,
　　　82~86면.

박대복, 「女性英雄小說의 두 淵源－『三國史記』「山上王本紀」의 于氏와 后女를 중심으
　　　로－」, 한국어문교육연구회 제177회 전국학술대회 발표요지집, 2009. 12. 12,
　　　192~212면.

박상란, 「여성영웅소설의 갈래와 구조적 특징」, 『한국어문학연구』 27집, 동악어문학회,
　　　1992, 175~251면.

서대석, 「영웅소설의 전개와 변모」, 성오 소재영 교수 환력기념논총간행위원회, 『고소
　　　설사의 제문제』, 집문당, 1993, 331면.

여세주, 「여장군등장의 고소설 연구」, 영남대학교대학원 석사학위논문, 1981, 1~134면.

윤경수, 「온달전의 현대적 고찰－온달과 평강공주의 인간상을 중심으로－」, 『淵民學志』,
　　　제1집, 연민학회, 1993, 18면.

이유경, 「여성영웅 형상의 신화적 원형과 서사문학사적 의미」, 숙명여자대학교대학원
　　　박사학위논문, 2006, 82~121면.

임병희, 「여성영웅소설의 유형과 변모양상」, 고려대학교대학원 석사학위논문, 1989,
　　　1~112면.

임성래, 『영웅소설의 유형 연구』, 태학사, 1990, 51면.

장시광, 「<방한림전>에 나타난 동성결혼의 의미」, 『국문학 연구』 제6집, 국문학회,
　　　2001, 253~276면.

전용문, 「여성영웅소설의 계통적 연구」, 충남대학교대하원 박사학위논문, 1988, 1~
　　　87면.

전이징, 「여성영웅소설연구－서사 단위와 구성원리를 중심으로」, 서울시립대학교대학
　　　원 박사하위논문, 2009, 1~197면.

정명기, 「여호걸계 소설의 형성과정 연구」, 연세대학교 대학원 석사하위논문, 1980,
　　　11~40면.

정병헌, 「배우자 선택 이야기(擇夫譚)의 유형적 성격」, 『亞細亞 女性 研究』 35집, 숙명
　　　여대 亞細亞女性問題研究所, 1996, 13, 17~23면.

정병헌·이유경, 『한국의 여성영웅소설』, 태학사, 2000, 265면.

조동일, 『한국소설의 이론』, 지식산업사, 1994, 343~344면.

조은희, 「고전 여성영웅소설의 여성주의적 연구」, 대구대학교 대학원 박사학위논문,
　　　2005, 29~31면.

차옥덕, 「방한림전의 여성주의적 시각 연구」, 성신여대 박사학위논문, 1999.

차옥덕, 『백년 전의 경고-방한림전과 여성주의』, 2000, 21면.
車玉德, 「召西奴에 대한 기본 자료 검토」, 『동아시아고대학』 제5집, 동아시아고대학회,
    2002, 36~40면.
최호석, 「<설제전> 연구」, 『고소설 연구』 제6집, 한국고소설학회, 1998, 287면.
崔皓晳, 「<설저전> 異本 研究」, 『우리문학연구』 제13집, 우리문학회, 2000, 53~72면.

. . .

출생담을 통한 여성영웅의 성격 변모 연구

1. 시작하기

이 글은 인물 출생담을 통하여 여성영웅의 성격 변모를 살펴보는데 목적을 두고 있다. 여성영웅에 대한 旣刊의 연구에서는 여성영웅의 성격과 유형적 분류, 또는 여성영웅소설의 변화과정을 논의한 글들[1]이 쉽게 확인된다. 필자는 이들 선행연구를 십분 인정하면서도 이와는 좀 더 다

---

1) 여성영웅과 관련한 연구물들을 개략적으로 소개하면 다음과 같다.

성현경, 「女傑小說과 薛仁貴傳-그 著作年代와 輸入年代·收容과 變容-」, 『국어국문학』 62·63호, 국어국문학회, 1983.

정명기, 「여호결계 소설의 형성과정」, 延世大學校 大學院 碩士學位論文, 1980.

閔燦, 「女性英雄小說의 出現과 後代的 變貌」, 서울大學校 大學院 碩士學位論文, 1986.

田溶文, 「女性英雄小說의 系統的 研究」, 충남대학교대학원 박사학위논문, 1988.

林秉熙, 「女性英雄小說의 類型과 變貌樣相」, 高麗大學校 大學院 碩士學位論文, 1989.

朴明姬, 「고소설의 女性中心的 視覺研究」, 이화여자대학교대학원 박사학위논문, 1990.

조은희, 「고전 여성영웅소설의 여성주의적 연구」, 大邱大學校 大學院 博士學位論文, 2005.

李有卿, 「여성영웅 형상의 신화적 원형과 서사문학사적 의미」, 淑明女子大學敎 大學院 博士學位論文, 2006.

른 시각에서 여성영웅의 성격을 탐색해 보고자 한다.

　인물 출생담은 신화에서부터 시작되어 영웅설화와 남성영웅소설에서 지속적으로 발견되고 있다. 물론 후대로 갈수록 그 기능이나 성격이 약화되는 것은 사실이지만, 출생담의 약화조차도 여성영웅소설에서는 여성의 영웅성을 강화하는 데 기여하고 있다. 일반적으로 남성영웅소설에서 남성영웅의 정체성이나 비범한 행위의 바탕이 되는 것은 인물의 출생담이며 서사의 중심 또한 출생담이 나타나는 남성 위주로 진행된다. 여성영웅이 본격적으로 등장하는 시기에는 남녀 주인공의 출생담이 병립적으로 나타난다. 그리고 비교적 후대에 양산된 여성영웅소설에서는 이 출생담이 특이하게 사용되기도 한다. 여성영웅소설 중에서도 일부 작품에서는 남주인공에 비해 여주인공의 출생담의 비중이 축소되거나 약화된 것이 오히려 여성의 영웅성을 부각시키는 경우도 있는 것이다. 따라서 인물 출생담을 통해 여성영웅의 성격적 변모를 살펴보는 일은, 당대의 문학적 관습이 여성에게로 확장되는 과정을 목도하는 경험이 될 수 있다.

　이러한 출생담을 통해 여성영웅의 성격을 드러내었던 문학적 관습은, 단순히 기존의 창작방식을 답습하는데 머무르지 않는다. 이것은 인물의 성격을 창출하는 방식은 계승하되, 이를 여성인물에게 적용하여 시대가 요구하는 새로운 인간형을 창조하는 것과 밀접한 관련을 가진다.

2. 여성영웅의 변모와 출생담

　여성영웅의 성격 변모를 탐색하는 방법은 다양하게 있을 수 있다. '영웅의 일대기'라는 서사적 틀을 통해 살펴 볼 수도 있을 것이며, 남성영웅소설과의 대비를 통해 알아볼 수도 있다. 대개의 영웅소설들이 저자와 저작연대를 정확히 알 수 없는 상태에서 이와 같은 방식의 연구는 나름대로의 논리를 획득할 수 있다. 그러나 필자는 인물 출생담이라는 좀 더 세부적인 화소를 통해 여성영웅의 성격을 알아보려고 한다.[2)]

1) 출생담의 확대와 여성영웅

영웅소설에서 인물의 출생담은 대개 남성영웅의 전유물이었다. 그런데 <금방울전>이나 <백학선전>에는 남녀의 出生譚이 함께 나타나고 있어서 출생담이 여성영웅에게로 확대되었음을 확인할 수 있다. 이들 작품에서는 여성이 주도적이고 그 능력에 있어서도 우위에 있다. 그래서 이들 작품이 여성우위형의 작품으로 讀解될 소지도 있다. 그러나 이 두 작품에서 여성영웅의 능력은 전적으로 초월성에 의해서 실현되기 때문에 남성영웅의 능력에 비해 폄하되어 있다. 여성영웅에게로 출생담이 확대되기는 하였지만 여성의 영웅성은 어느 정도 축소되었다고 본다.

(1) 여성영웅의 출생담과 영웅성

필자가 먼저 주목한 작품은 <금방울전>이다. 이 작품은 출생담이 여주인공에게 나타나기 시작하는 초기 작품으로 볼 수 있다. 특히 여주인공이 사람이 아닌 '금방울'의 형상으로 출생한다는 점에서 신화의 卵生

---

2) 주인공의 영웅성은 출생담의 유무뿐만 아니라 초월계와의 관계, 스승의 능력, 신분 하락 및 상승과 같은 제반 요인들이 함께 분석되어야 할 것이다. 다만 이 중에서 주인공의 비범한 출생담이 전체 서사에서 미치는 영향이 지대하기 때문에 이를 집중적으로 조명하고자 하는 것이다.

話素가 재현되고 있는 것으로 볼 수 있다. 난생과 유사한 화소를 유지하고 있다는 점에서 <홍길동전>보다 오히려 古型을 보여주고 있고, 주인공이 신화적 능력을 지니고 태어났다는 점에서는 <홍길동전>과 同列에 설 수 있으나, 지상계와 천상계의 이원성이 설정되어 있다는 점에서는 <홍길동전> 이후의 작품으로 볼 수 있다[3]는 견해가 제시된 바 있다. 이렇게 본다면 이 작품은 17세기 중·후반에 창작된 것으로 볼 수 있다. 특히 이 작품의 신이한 출생담이 인물의 자율성을 뒷받침하지 못하고 天定 실현의 동인으로 작용하면서 유교 윤리규범의 실천에 기여한다는 점에서 <홍길동전>보다 후대의 작품으로 보는 것이 온당할 듯하다.[4]

이 작품에서 주목되는 점은 여주인공에게도 출생담이 존재하여 남녀 주인공의 출생담이 병립적으로 나타난다는 점이다. 초기 남성영웅소설에서는 대개 남자 주인공의 출생담만 나타나는 것이 일반적이나 이 작품에서는 남녀 출생담이 함께 병립하고 있는 것이다. 전 시기의 영웅서사물들이 인물의 출생담을 통해 남주인공의 성격을 형성시켰던 것과 마찬가지로, 이 작품의 남녀 주인공들 또한 출생담으로 인해 인물의 성격과 비범성이 획득된다고 할 수 있다.[5] <금방울전>에 나타난 남녀 주인공의 전생담과 출생담을 제시하면 다음과 같다.

---

3) 조동일, 『한국소설의 이론』, 지식산업사, 1995, 343~344면.
4) 김용기, 「人物 出生譚을 통한 敍事文學의 變貌樣相 研究」, 中央大學校 大學院 博士學位論文, 2007, 120면.
5) 필자가 출생담과 영웅성의 관계를 남녀 주인공으로 나누어서 살피는 이유는, 전대의 영웅서사물에서 남주인공의 비범한 행위의 근거가 되었던 것이 출생담이었는데, 이것이 여성영웅에게로 확대되어 여성의 영웅성 실현에 기여하고 있다는 점을 보다 분명하게 대비하기 위함이다.

(A) 〈海龍의 出生譚〉

〈海龍의 前生譚〉

① 동해 용왕의 셋째 아들이 龍女를 親迎하여 오다가, 요괴를 만나 용녀는 죽고 자신은 아직 어려 신통력을 부릴 수 없어 더 이상 달아날 곳이 없다고 하다.

② 龍子가 장 처사 부인의 입 속으로 들어가 피신을 하게 해주면 후세에 은혜를 갚겠다고 하다.

③ 부인이 입을 벌리자 龍子가 붉은 기운이 되어 입 속으로 들어가다.[6]

〈胎夢과 出生〉

④ 장 처사가 嗣續 없음을 매양 슬퍼하다가 一夢을 얻다.

⑤ 구름 속에서 청룡이 내려와 선비로 변하여 자식을 구해준 은혜에 감사하다.

⑥ 요괴에게 죽은 龍子와 龍女의 冤魂이 玉帝에게 발원하여 옥황상제가 금광으로 하여금 보응하게 하였다고 하다.

⑦ 용자를 인세에 보내어 미진한 인연을 다하게 하고 금광에게 청하여 장 처사의 집에 정하게 하였다고 하다.

⑧ 그 달부터 태기 있어 10달 만에 옥동자를 생산하니 남전산에서 보던 仙童과 같다.

〈人物의 非凡性〉

⑨ 용모 웅위하고 기질이 준일하며, 등에 붉은 사마귀 칠성으로 응하였나.[7]

(B) 〈금방울의 出生譚〉

〈금방울의 前生譚〉

① 남해 용왕의 딸이 동해 용왕의 아들의 며느리가 되어 親迎하여 가

---

6) 京板 28장본 大英博物館本 〈金鈴傳〉, 國學資料院, 『古小說板刻本全集』4, 1994, 49면. 이하에서는 판본과 작품명 및 자료집의 페이지만을 제시하기로 한다.
7) 京板 28장본 大英博物館本 〈金鈴傳〉, 49~50면.

는 길에 요괴를 만나다.

② 용자와 용녀가 힘을 합쳐 싸우다가 용녀는 힘이 다하여 죽다.

〈胎夢과 出生〉

③ 막씨가 一夢을 얻으니, 몸이 공중으로 올라 천상계에 이르다.

④ 한 노인이 玉帝의 명을 전하는데, 막씨의 節介와 효행을 옥제께서 아시고 자식을 점지하라고 했다는 말을 전하다.

⑤ 막씨의 남편은 죽었으며, 남해 용녀와 동해 용자가 초년 冤死하여 옥제에게 發願하였는데, 용자는 좋은 곳에 구처하였으나 용녀는 거처를 정하지 못하여 막씨에게 주며, 16년 후에 얼굴을 볼 수 있다고 하다.

⑥ 용녀와 막씨가 대면하고, 4명의 仙官으로부터 신화적 능력을 부여받다.

⑦ 여러 仙官이 막씨의 포상을 논의하고, 황의선관은 잘못하면 이름 없는 자식이 될 수 있으므로 하늘의 뜻을 세상과 모녀가 알게 하리라 하다.

⑧ 막씨가 亡夫와 정을 통하여 잉태하고, 아이를 낳다.

〈人物의 非凡性〉

⑨ 태어난 아이가 사람이 아닌 금방울이다.[8]

위 예문 (A)~(B)는 남녀주인공의 전생담과 출생담[9]을 제시한 것이다. 이를 보면 남녀 주인공이 용궁이라는 초월계에서 인간계로 환생하게 되는 과정과 사연이 잘 나타나 있다. 이들은 전생에서 억울한 죽음을 당하

---

8) 京板 28장본 大英博物館本 〈金鈴傳〉, 50~51면.

9) 〈금방울전〉의 남녀 주인공은 초월계 중심의 전생담과 현실계 중심의 출생담이 함께 나타난다. 필자는 '전생담'과 '출생담'을 구분하여 사용할 것이나, 특별한 설명이 없다면 '출생담'이라는 용어 속에는 '전생담'을 포함하고 있는 의미로 사용하고자 한다. 이는 이후 작품에서도 동일하게 적용한다.

였다. 이를 옥황상제에게 발원하여 미진했던 인연을 현실계에서 다시 잇게 되는 것으로 나타난다. 이렇게 본다면 남녀 주인공의 출생은 冤死에 대한 解冤의 성격을 가진다고 하겠다.

여기서 특징적인 것은 인물의 출생담이 남녀 주인공에게 모두 나타나면서도 그 형식이 전혀 다르다는 점이다. 남녀 주인공의 출생담이 형식상으로는 대등하게 제시됨으로 인해 남성과 여성의 竝立的 英雄化 過程을 그리고 있는 것처럼 보인다.

그런데 해룡의 출생담과 금방울의 출생담을 하나하나 분석해 보면 꼭 그렇지만은 않다는 것을 알 수 있다. 인물의 출생담이 여주인공에게로 확대되어 나타난다는 점에서는 분명 획기적인 현상이라 할 수 있다. 그러나 여기에는 여전히 남녀 인물에 대한 차별적 형상화가 존재한다. 해룡의 전생담이나 출생담을 보면 그는 정상적인 부부 관계에서 출생하게 되며, 신화적 징표가 존재한다. 요괴의 공격에서도 죽지 않고 장 처사 부인의 품속으로 피신하여 환생하는 형식을 취하고 있다. 그리고 유교 윤리규범과 같은 사회적 제약도 따르지 않으면서 장 처사 부부가 생명을 구해준 깃에 대한 보은의 형식으로 남주인공 해룡이 출생하게 된다.

이에 비해 금방울은 부친 김삼랑이 호협방탕하여 부인 막씨를 버리고 떠나 비명횡사하는 인물로 설정이 되며, 막씨가 亡夫의 혼령과 관계하여 출생하게 되는 인물이다. 남주인공에 비해 결손이 심한 가정적 배경을 가진 인물이 여주인공으로 설정되어 있다. 또 그의 출생은 모친 막씨의 효행과 절개라는 유교 윤리규범에 기인하고 있어서 사회 제도적으로도 자유롭지 못한 인물이다. 뿐만 아니라 전생에서도 남주인공과 달리 요괴의 공격에 죽음을 맞이하여 현실계에서 재생하는 인물로 설정되고 있다.

이와 같은 차별적 인식에 의해 형상화 되는 여주인공의 모습은 정상이 아니다. '금방울'이 신이한 능력을 바탕으로 자신의 어머니인 막씨, 남편인 해룡, 시아버지 장 처사 등을 돕고 있는 것이다. 하지만 그것은 인간이 아닌 '금방울'이라는 초자연적 존재에 의한 것이 된다. 그래서 작품 서두에서부터 줄곧 여주인공이 우위에 있는 듯한 관점에 서 있으면서도 한편으로는 전도될 수 없는 남성과 여성의 능력에 대한 편견이 존재하고 있다. 그것은 금방울이 여인의 모습으로 還身한 이후에는 별다른 신화적 능력을 발휘하지 못하는 것을 통해 확인된다. 이는 남주인공 해룡이 신화적 출생과 신화적 징표가 있으면서도 별다른 활약을 펼치지 못하거나, 시종일관 금방울의 구출을 받았으면서도 후반부에서는 자력으로 무공을 세우는 것과 큰 차이를 보인다.

이것은 해룡이 신화적 징표가 있으나 신화적 능력이 없고, 금방울은 신화적 징표는 약하나 신화적 자질을 가지고 있다[10]는 점을 다시 생각해보게 한다. 신화적 징표가 있으나 신화적 능력이 없던 남주인공 해룡은 작품 후반부에서 자력으로 무공을 세워 대원수가 되어 국난을 타개하는 것으로 나타난다. 무능했던 남주인공은 별다른 수학이나 능력부여의 과정이 없이도 비범한 능력을 발휘하는 인물로 전환되며 사회적 영달도 이룬다.

이에 비해 여주인공 금방울은 애초에 4명의 天上仙官으로부터 신화적 능력을 부여받아서 초월적 능력을 발휘한다. 그런데 남주인공이 자력으로 立功하는 시기에 여성영웅은 仙官으로부터 신화적 능력을 회수 당하여 더 이상 초월적 능력을 발휘하지 못한다. 그리하여 평범한 일상의 인물이 되어 家庭內的인 존재로 축소되고 만다.

---

10) 朴湧植, 「金鈴傳」, 金鎭世 編, 『韓國古典小說作品論』, 集文堂, 1990, 454면.

이러한 현상은 여성영웅에 대한 남성적 시각이 강하게 작용한 결과라고 생각된다. 따라서 <금방울전>은 출생담이 여성영웅에게로 확대되어 여주인공의 비범성과 활약상을 그리는데 기여하였지만, 그 출생담의 형식이 奇異한 방식으로 설정됨으로 인해 여성영웅의 성격이 불구적인 것이 되었다. 여주인공의 능력도 인간의 모습이 아닌 금방울의 모습으로 발휘되게 함으로써 여성영웅의 성격을 애써 축소하려는 의도가 엿보인다.

(2) 여성영웅의 출생담과 영웅성의 비약

<금방울전>의 여주인공은 초월적 능력 발휘에서 일상의 인물로 변화한다. 이에 비해 <백학선전>의 여주인공은 일상의 인물에서 초월적 능력의 발휘라는 영웅성의 비약이 나타난다. 여주인공의 이러한 성격 때문에 <백학선전>은 영웅소설로서의 면모를 제대로 갖추지 못한 작품[11]이며, 애정이 부각되어 여주인공의 영웅적인 모습이 현저히 약화되어 있는 작품[12]으로 평가되기도 하였다. <백학선전>에 대한 이러한 평가는 이 작품에 대한 폄하가 결코 아니라고 생각한다. 이 작품이 여성영웅소설로서의 본격적인 면모를 보여주지 못하였다는 것은, 여주인공의 능력 발휘가 너무나 비약적이어서 나타난 결과라고 생각된다. 먼저 남녀 주인공이 출생담을 제시하면 다음과 같다.

(A) 〈劉伯魯의 出生譚〉

〈祈子致誠〉
① 유태종은 충신의 자손으로 공후장상이 대대로 끊이지 아니하고 위인이 仁厚恭儉하며, 벼슬이 吏部尙書에 이르다.

---

11) 閔燦, 前揭論文, 7~8면.
12) 閔燦, 前揭論文, 24면.

② 슬하에 자식이 없어 靑雲을 하직하고 고향에 돌아와 밭 갈기와 고기 낚기를 일삼고 갈건도복으로 명산 풍경을 심방하러 다니다가, 부인 진씨에게 祖先香火를 끊게 되어 조상을 뵐 면목이 없다고 탄식하다.

③ 日月星辰에게 정성을 드리자고 하고, 후원 깊은 곳에 단을 모으고 부인과 함께 밤마다 기도하다.

〈胎夢과 出生〉

④ 부인의 꿈에 서쪽 땅으로부터 五雲이 일어나며 옥동자가 白鶴을 타고 내려오다.

⑤ 옥동자가 자신은 上界 동자인데, 죄를 얻어 갈 바를 몰라 주저하다가 북두칠성이 인도하여 이곳으로 왔다고 하며 부인의 품으로 들다.

⑥ 그 달부터 태기가 있고 10달 후에 선녀 한 쌍이 하늘에서 내려와, 이 아이의 배필은 西南 땅에 사는 曹氏이니 인연을 잃지 말라고 하다.

⑦ 선녀가 옥호에 향수를 기울여 아이를 씻기고 간 데가 없다.

〈人物의 非凡性〉

⑧ 상서가 아이의 이름을 伯魯라고 하고, 백로의 나이 십 세가 되자 얼굴과 풍채가 뛰어나다.

⑨ 驍勇絶人하며 효성이 지극하다.[13]

(B) 〈曹銀河의 出生譚〉

〈祈子致誠〉

① 曹成努는 세대 명문거족으로 才學이 유명하여 벼슬이 尙書에 이르다.

② 부인 筍氏로 더불어 해로하되 슬하에 골육이 없어 슬퍼하다.

③ 순씨 부인이 조공에게, 嗣續이 없으면 조상에 큰 죄이며, 不孝三千

---

13) 〈白鶴扇傳〉, 翰林書林本, 1920, 1~2면. 이 글의 텍스트는 국립중앙도서관에 소장되어 있는 한림서림본으로 하며, 이하에서는 작품명과 페이지만을 밝히기로 한다.

에 無後가 爲大이니 어진 숙녀를 택하여 자손을 보라고 하다.
④ 조공이 寺刹道觀에 정성을 드려보자 하고, 도관을 찾아 禱祝하다.

〈胎夢과 出生〉
⑤ 순씨 부인의 꿈에, 五雲이 남방으로부터 일어나며 풍악소리가 들리고, 여러 선녀가 금덩을 옹위하여 이르다.
⑥ 선녀가 자신들은 上帝의 시녀들인데, 칠월칠석에 은하수에 오작교를 그릇 놓은 죄로 인간에 내치심에 日月星辰이 이리로 지시하여 이르렀다 하다.
⑦ 선녀들이 이 낭자의 배필은 남경 땅 劉氏이니 天定配偶를 잃지 말라고 하며, 낭자가 방중으로 들어가다.
⑧ 그 달부터 잉태하여 10달이 되니, 방중에 향기 자욱하며, 부인이 순산할 때에 선녀 한 쌍이 내려와 아이를 받아 누이고 향수에 씻긴 후 간데 없다.

〈人物의 非凡性〉
⑨ 아이의 이름을 銀河라 하고, 아이가 십 세에 이르자 姿態와 才質이 기이하다.14)

위 예문(A)와 (B)는 남주인공 유백로와 여주인공 조은하의 출생담을 요약한 것이다. 이를 보면 남녀 주인공의 출생담이 거의 일대일로 대응됨을 알 수 있다. 뿐만 아니라 유백로와 조은하는 천상 상제께 득죄하고 인간 세상으로 謫降하였으며 天定緣分이 있는 것으로 제시된다. 남녀 주인공의 이러한 병립적 출생담은 남녀 양성 영웅화로 이어지게 된다. 다만 그 영웅화의 과정이나 비범한 능력의 발휘는 양자 간에 분명한 차이가 존재한다. 이를 간략하게 정리하면 다음과 같다.

---

14) <白鶴扇傳>, 3~4면.

(가) **유백로의 비범한 능력획득과 발휘**

① 유백로가 남서운이라는 고명한 선생에게 학문을 배우겠다는 결심
   을 부친께 고하다.
② 남서운에게 수학한 지 3년에 문장이 거룩하다.
③ 과거에 장원급제하고 한림학사가 되다.
④ 가달이 침범해와 병부상서 겸 정남대장군이 되어 자원출전하다.
⑤ 가달에게 크게 패하고 포로가 되나 세상 사람들이 간신 최국량의
   농간 때문임을 알다.

(나) **조은하의 비범한 능력 획득과 발휘**

① 부모를 잃고 백학선의 임자를 찾아 가다가 일위 노인을 만나다.
② 노인이 준 환약 두 알을 먹고 배우지 아니한 兵法과 劍術을 알게
   되고, 勇力이 출중해지다.
③ 천자에게 표를 올려 자신이 유원수의 처라 하고 자원출전 할 뜻을
   밝히다.
④ 조은하가 가달과 결전하다가 白鶴扇을 부치니 神將이 내려와 돕고,
   가달이 항복하다.
⑤ 조은하가 유백로를 구하다.

위 예문을 통해서 볼 때, 표면적으로는 여주인공 조은하의 비범성과
영웅성이 부각되어 있는 것처럼 보인다. 하지만 그 성격을 세밀하게 분
석해 보면 그렇지 않음을 알 수 있다. 남성영웅 유백로는 스승에게 修學
하여 비범성을 획득하게 되고 '科擧'라는 公的인 과정을 거쳐 천자의 인
정을 받게 된다. 다만 이어 출전하게 된 전쟁에서는 간신의 농간으로 인
해 패하여 포로가 됨으로써 영웅성이 퇴색되고 만다.

이에 비해 여성영웅 조은하는 부모가 구몰한 후, 백학선의 주인을 찾
아 경사로 가던 도중에 우연히 만나게 된 노인으로부터 神異한 능력을

부여받는다. 조은하는 특별한 수학이나 노력이 없이 노인이 준 환약 두 알을 먹고 병법과 검술에 능하게 되며 용력이 배가된다. 그리고 천자에게 자신의 능력을 확인시킨 후 출전한 전쟁에서는 白鶴扇이라는 용궁 신물을 사용하여 가달에게 항복을 받고 천정연분인 유백로를 구하게 된다.

남주인공이 스승을 통한 수학의 과정을 통해 문장을 이루고 과거에 급제하는, 즉 스스로의 노력에 의해 비범성을 드러내고 있다면, 여주인공은 어느 순간 우연히 만난 노인으로부터 얻은 환약을 통해 비범성을 획득하게 되고, 그 능력의 발휘도 神物인 백학선을 통해 이루어진다는 점에서 그 영웅성이 많이 폄하되고 있다.15) 남녀 주인공 모두 출생담은 대등하게 그려지면서도 서사 전개상에서 그 능력이 발휘되는 양상은 전혀 다른 것이다. <백학선전>의 여주인공이 가지는 이러한 성격은 <금방울전> 여주인공의 영웅성이 축소되었던 것 것과 별반 다른 것이 아니다. 두 작품 모두 여성의 영웅성이 축소되었다는 점에서는 공통점이 있는 것이다.

2) 병립적 출생담과 남녀 영웅화

본 장에서 논의하게 될 작품들은 남녀 출생담이 병립적이면서 여주인공의 영웅화가 본격적으로 진행되는 경우들이다. 이들 작품에 등장하는 여성영웅들은 '사회'라고 하는 공적영역에서 남성영웅과 대등하게 자웅

---

15) 물론 조은하가 노인으로부터 환약을 얻어먹어서 신이한 능력을 가지게 될 수 있는 그 자체가 그녀의 비범성을 의미하는 것으로 볼 수도 있다. 하지만, '여성영웅'이라는 관점에서 보았을 때, 여성이 자신의 노력과 능력으로 획득한 영웅성은 아니기 때문에 다소 폄하될 소지가 있는 것이 사실이다. 남주인공 유백로의 경우와 대비했을 때 그러한 성격이 더욱 짙어 보인다.

을 겨루게 된다. 하지만 그 겨룸은 서로를 이기기 위한 것이 아니다. 이들 작품은 여주인공들의 영웅성을 남성영웅과 같은 위계에서 다루고자 하는 의도가 일차적 목적으로 작용하고 있기 때문에 출생담이나 영웅화의 과정 모두 병립적으로 나타난다.

(1) 출생담과 영웅성의 균형

고소설사에서 조선후기의 특징은, 충효와 가문의식이 여성을 중심으로 한 여성영웅에게로 급격하게 확대되어 나타난다는 점이다. 출생담에서부터 죽음에 이르기까지 남성과 동등한 입장에서 애정과 위업을 이루는 여성영웅들이 다량으로 출현하게 되는 것이다. <음양옥지환>은 이를 설명하기에 아주 적합한 재료이다. 이 작품은 남녀의 출생담과 立功과정이 병립적으로 제시되면서 남성영웅의 전유물이었던 충효의 실현과 가문의 번성이 여성영웅을 통해서 실현되고 있다. 먼저 남녀 주인공의 출생담을 정리해 보면 다음과 같다.

(A) 〈李國樑의 出生譚〉

〈祈子致誠〉

① 이목이 나이 사십이 되도록 슬하에 일점혈육이 없어 슬퍼하다.

② 名山大刹을 찾아 정성을 무수히 드리며, 불쌍한 사람을 구제한 일이 많으나 효험이 없다.

③ 한 여승이 '金山寺 七寶庵 化主'라고 하면서, 퇴락한 불당을 重修하고자 한다고 하다.

④ 이목이 황금 백 냥과 채단 백 필을 시주하니, 여승이 소원을 기록하여 불전에 祝願하겠다고 하다.

⑤ 이목이 병신자식이라도 있으면 後嗣가 없는 막대한 죄명을 면코자 한다고 하다.

⑥ 여승이 이목의 인덕으로 無子하지 않을 것이라 하며 석가세존께
축원하여 귀자를 점지케 하겠다고 하자, 부인은 머리에 꽂았던 金
釵를 빼어 주다.

〈胎夢과 出生〉

⑦ 부인의 꿈에 일위 동자가 공중으로 내려와 재배하고, 자신은 文昌
星君인데 玉帝께 得罪하여 왔다고 하다.

⑧ 동자가 볕 '陽'字가 쓰인 指環을 주며, 옥제의 陰陽玉指環으로 그늘
'陰'字 쓰인 지환은 月宮仙娥가 가지고 있으니 잘 간직하였다가 후
일 佳緣을 찾아 이루어 달라고 하다.

⑨ 말을 마지치고 문득 변하여 큰 별이 되어 부인의 품속으로 달려들다.

⑩ 그 달부터 태기 있어 10 달이 되자, 무지개와 祥瑞의 구름이 가득
한 가운데 부인이 일개 옥동을 生하다.

〈人物의 非凡性〉

⑪ 아이는 봉의 눈과 제비 턱과 미간에 山川精氣를 띠었고 소리 웅장
하여 쇠북을 울리는 것 같다. 이름을 國樑이라 하다.

⑫ 국량이 점점 자라매 玉骨仙風이요 聞一知十이다.

⑬ 국량의 나이 육세에 이르니 聰明穎悟하여 모를 것이 없고, 詩書와
百家를 無不通知하고, 孫吳兵書와 六韜三略을 좋아하고, 산에 올리
말 달리기와 활쏘기를 익히다.[16]

(B) 〈花秀英이 出生譚〉

〈胎夢과 出生〉

① 우씨 부인의 꿈에, 한 仙女가 彩雲을 타고 공중으로 내려오다.

② 자신은 玉帝의 명을 받아 人間에 나오며, 이 指環은 한 쌍인데, 볕
'陽'字 쓴 것은 文昌星이 가지고 謫降하였으니 후일 이 指環으로

---

16) ＜陰陽玉指環＞, 東國大 韓國學硏究所編, 『活字本古典小說全集』 第五卷, 亞細亞文化社,
1976, 601~604면. 이하에서는 작품명과 자료집의 페이지만을 밝히기로 한다.

天緣을 찾아 정하라고 하다.
③ 말을 마치고 부인의 품속으로 달려들어 놀라 깨니 침변에 그늘 '陰'字가 쓰인 玉指環이 놓여 있다.
④ 그 달부터 잉태하여 10달이 차니, 祥雲이 집을 두르고 부인의 침실에 異香이 진동하더니 일개 여아를 生하다.

〈人物의 非凡性〉
⑤ 아이가 점점 자라, 姙姒의 德과 莊康의 색을 겸비하다.[17]

위 예문은 남녀 주인공인 이국량과 화수영의 출생담을 정리한 것이다. 남성에게만 있는 기자치성을 제외하면 남녀 주인공의 출생담은 일대일로 대응된다고 할 수 있다. 특히 남녀의 태몽에서 이들이 천상 仙官의 謫降이라는 점과 "陰, 陽 玉指環으로 신물을 삼아 天定을 이루라"는 대목은 이들의 미래 서사를 암시한다. 이러한 남녀 주인공의 동질성은 이국량과 화수영이 겪는 고난과 영웅화의 과정이 병립적으로 제시되는 것을 통해 분명하게 확인할 수 있다. 이를 요약하여 제시하면 다음과 같다.

(가) 〈이국량의 출생과 영웅화 과정 및 능력발휘〉
① 어려서 가족과 분리되어 고아가 되다.
② 白雲道士로부터 兵書와 검술을 익히고 飛龍劍을 얻고, 또 短笛 부는 법을 배우고 玉笛을 얻다.
③ 이국량과 방준도가 과거에 급제하다.
④ 토번왕의 침입을 武力과 仁德으로 항복 받다.
⑤ 방준도는 천상 太乙星의 謫降 인물이며, 瑤池 雙星仙娥와 천정연분이다.

---

17) 〈陰陽玉指環〉, 610~611면.

(나) 〈화수영의 출생과 영웅화 과정 및 능력발휘〉

　① 어려서 부모가 득병하여 죽고 고아가 되다.

　② 碧河仙子에게 병서와 검술을 익히고 自轉劍을 얻고, 또 玉如意를 받고 사용법을 익히다.

　③ 화수영은 文武 양과에 급제하고, 춘매 또한 급제하다.

　④ 운남왕의 침입을 무력과 인덕으로 항복 받다.

　⑤ 춘매는 원래 천상 瑤池 雙星仙娥이며, 太乙星과 천정연분이다.

　위 예문은 이국량과 화수영의 고난과 수학 및 영웅화의 과정을 제시한 것이다. 이를 보면 남녀주인공의 영웅화 과정이 정확하게 대응됨을 알 수 있다. 가족과 분리되어 고아가 되거나 스승으로부터 수학하고 神器를 물려받는 장면이 아주 흡사하다. 그리고 동행하는 수하가 동반 급제하고 이들 또한 천정연분인 것도 병립적으로 나타나고 있다. 전체 서사의 방향이 남녀영웅의 대립이 아닌 兩性 英雄化로 진행되기 때문에 이 작품이 초기 여성영웅소설의 성격을 갖추고 있는 것[18]으로 논의되기도 하였다. 남녀영웅의 투쟁과 대립보다는 남녀주인공 각각의 영웅성이 주가 되고 있기 때문이다.[19]

　이와 같이 〈음양옥지환〉의 남녀 병립적 출생담은 전체 서사에서 남녀가 동등하게 영웅화하는 과정으로 진행된다. 이 작품에서 남녀 각각의 영웅성은 그들의 출생담에서 나타났던 天定結緣을 성취시키는 동인으로 작용하기 때문에 우열의 관계가 아닌 남녀 평등의 관계를 형성한다. 이들은 각각의 영역과 삶의 방향에서 자신들의 天定 因緣을 찾아 탐색하

---

18) 閔燦, 前揭論文, 20면.

19) 하지만 필자가 보기에는 초기 여성영웅의 다음 단계의 작품으로 생각된다. 왜냐하면 〈음양옥지환〉에는 여성영웅성의 훼손이 전혀 나타나지 않고 남성과 동등한 대우를 받고 있기 때문이다.

여 최종적으로 애정과 입공에 성공하고 있다. 따라서 <음양옥지환>에 나타난 여성영웅은 남성영웅과 균형을 이루고 있다고 할 수 있다.

(2) 출생담과 영웅성의 남녀 합일

남녀 영웅에 대한 균형적인 시각은 <음양삼태성>에서도 확인된다. 이 작품은 다수의 남성영웅과 여성영웅이 등장함으로써 오히려 <음양옥지환>보다 그 정도가 더욱 노골화된 것으로 볼 수 있다. <음양삼태성>의 남녀 주인공 6인에 대한 출생담을 제시하면 다음과 같다.

(A) 〈三玉의 出生譚〉

〈祈子致誠〉

① 蔡文慶이 집이 裕餘하고 가세 풍족하나 부인 이씨와 화락한 지 10여 년에 일점혈육이 없다.

② 그 부모가 크게 근심하여 名山大川에 정성이 아니 미친 곳이 없다.

③ 채문경이 夏禹氏墓에 들어가 재배하고 기자치성하여 일점혈육을 얻어 후사를 끊이지 않게 바라다.

〈三玉의 胎夢과 出生〉

④ 채문경의 꿈에, 金冠玉帶한 仙官이 黃龍袍를 입은 왕자를 옹위하여 오고, 그 왕자가 채문경의 집은 유명한 大賢이며 자손의 향화를 그치지 않게 寶玉 셋을 주면서 문호를 흥기할 것이라 하다.

⑤ 채문경이 꿈에서 깬 후, 성인께 빌어 보옥 셋을 얻었으니 귀자를 낳으리라 확신하며 실제로 그 달부터 胎氣가 있고, 만삭에 이르러 한 도사가 將星 셋이 채문경의 집에 비치니 기이한 사람이 태어날 것이라 하다.

⑥ 채문경이 삼자를 생하니, 도사가 십 세가 넘으면 어진 스승을 얻어 병법을 가르치되, 관진산 震遠 도사의 술법을 배우게 하라고

하다.

⑦ 장자는 琬이요 자를 白玉이라 하고, 차자는 玩이요 자를 重玉이라 하고, 삼자는 璥이요 자는 繼玉이며, 사주가 辛卯年 辛卯月 辛卯日 辛卯時이다.

〈人物의 非凡性〉

⑧ 삼자가 용모가 준아하고, 풍도가 늠름하여 龍虎의 기상이요, 만사가 비범하여 눈에 보는 바를 모를 것이 없고, 귀에 듣는 바를 명심불망하며 시에 능통하고 가르치지 않은 무예 가장 정숙하니 千古英雄이다.

⑨ 삼자가 어진 스승을 얻어 수학하여 明主를 만나 忠良之臣이 되어 祖先 彰德을 더럽히지 않고 문호를 創開하고자 하는 뜻을 품고 관진산 진원 도사에게 가다.[20]

(B) 〈三珠의 出生譚〉

〈祈子致誠〉

① 柳元卿이 가산이 유여하고 一點血肉이 없어 주야 한탄하다.
② 萬金 재산을 가지고 무창 땅에서 興利할 때에, 유원경의 꿈에 부처가 나타나 금산사 불상을 만드는데 재물을 주어 성사케 하면 큰 공덕이 있으리라 하다.
③ 유원경이 금산사를 찾아가 화주에게 금은을 모두 주어 불상을 완성하게 하니, 제승이 유원경을 시주기에 올리고 무수히 사례하다.

〈三珠의 胎夢과 出生〉

④ 유원경의 꿈에 부처가 나타나, 유원경이 전생 죄가 중하여 금생에 無子였는데, 이번 대시주한 공으로 귀녀 셋을 점지하며, 비록 여자이시만 문호를 빛내고 부모에게 영화 극진하리라 하다.

---

20) 〈陰陽三台星〉, 東國大 韓國學研究所編, 『活字本古典小說全集』 第五卷, 亞細亞文化社, 1976, 545~549면. 이하에서는 작품명과 자료집의 페이지만을 밝히기로 한다.

⑤ 유원경이 꿇어 앉아 바라보니, 하나는 파랗고, 하나는 붉고, 하나는 희며 다 광채 炫煌하며, 부처가 채운을 타고 가니 꽃비 내리고 향취 웅비하다.

⑥ 그 달부터 잉태하여 10달 만에 삼개 여아를 생산하다.

⑦ 장녀의 이름은 紫珠라 하고, 차녀는 壁柱라 하고, 삼녀는 明珠라 하며, 사주가 辛卯年 辛卯月 辛卯日 辛卯時이다.

〈人物의 非凡性〉

⑧ 삼녀의 용모가 비상하고 絶世佳人이요 傾國之色이며, 한판에 박은 듯하여 타인은 형제를 분간치 못하다.

⑨ 칠팔 세에 시서를 무불통지하고, 慷慨之心을 품어 활쏘기와 칼 쓰기를 익히며, 돌을 모아 陣勢를 벌리고 말 달리기를 익히다.[21]

위 예문은 <음양삼태성>의 남주인공 3형제인 백옥, 중옥, 계옥과 여주인공 3자매인 자주, 벽주, 명주에 대한 출생담이다. 이들 三玉과 三珠는 생년월일이 같은 것으로 나타난다. 병립적인 출생담과 함께 출생 시간이 동일한 것은 이들의 천정연분을 강조함과 아울러 둘이면서 하나가 되는 과정을 강조하기 위한 전략으로 보인다. 三玉의 '玉'과 三珠의 '珠'를 합쳐서 풀이해 보면 '옥구슬'이 되는 관계를 연상하게 하는 것이다.[22] 실제로 이들 三玉・三珠 6인의 행위는 하나로 통일되어 있는 것처럼 보인다. <음양삼태성>에서는 남녀 주인공의 영웅화가 일원화된 모습을 보임으로써 남녀라고 하는 '陰陽'이 합일된 세계를 보여준다. 이를 잠시 살펴보면 다음과 같다.

---

21) <陰陽三台星>, 549~551면.
22) 실제로 이 작품의 이본이라 할 수 있는 <玉珠好緣>도 바로 이들 6인의 이러한 관계를 고려한 題名이 아닌가 생각된다.

(C) 〈三玉·三珠의 영웅화 및 애정실현 과정〉

① 三珠가 弓馬之才와 병서를 공부하니 大怒하고, 三珠 자매는 부모 슬하를 떠나 賢明之主를 도와 공명을 이뤄 금의환향하고자 하다.

② 三珠가 남복으로 개착하여 떠나 단양 땅에서 三玉 형제와 만나 통성명하고 생년일시가 같음을 알고 結義兄弟를 맺다.

③ 三玉·三珠 6인이 관진산 진원도사를 찾아가 제자가 되고 왕정빈과 더불어 병서와 무예를 익히다.

④ 삼년 후 진원도사가 6명의 제자에게 하산하여 성주를 도와 이름을 현달하라고 하고, 6인이 眞命之主를 가르쳐 달라고 하여 황화산 지곡 도사를 찾아가면 알 수 있을 것이라 하다.

⑤ 三玉·三珠 6인이 황화산 지곡도사를 찾아가니 도사는 절강 호주 땅에 진명지주가 있으며 이름이 趙匡胤이라고 하고, 이 사람을 도와 공명을 이루리라 하다.

⑥ 宋太祖 조광윤이 스스로 대원수가 되어 왕정빈 등과 더불어 대사를 도모하고자 하고, 왕정빈은 三玉·三珠 6인을 천거하며, 6인이 조광윤을 보니 太平主의 기상이요 創業勳臣의 상모가 있음을 알다.

⑦ 三玉·三珠의 계교로 北漢의 원양성을 함락하고, 이어 전쟁에서 큰 승리를 거두다.

⑧ 왕정빈 등이 조광윤은 하늘이 내신 天子라 하고, 五季 이후 전하가 요란하고 백성이 두탄에 들었기로 이진 인군을 바란다고 하면서 조광윤에게 寶位에 오르라고 하다.

⑨ 조광윤이 帝位에 오르고 後主가 玉璽를 바치다.

⑩ 天子가 三玉·三珠에게 벼슬을 내리고 三珠에게는 별도로 작호를 내리다.

⑪ 天子와 三玉이 三珠의 정체를 알게 되며, 天子가 중매하여 結緣하다.

위 예문은 三玉·三珠 6인이 우연히 만나 같은 스승 밑에서 수학하고 또 새로운 創業主가 되는 조광윤을 도운 후 결연하는 장면을 순차적으로 제시한 것이다. 三玉·三珠의 陰陽 합일은 새로운 王朝의 交替[23]를 이끌어내는 과정이면서 그들의 영웅화와 애정실현으로 귀결되고 있다. <음양삼태성>에서는 옥과 구슬이라는 상징적 결합장치를 통하여 음양의 조화를 이루어 남성영웅과 여성영웅이 협력적인 관계임을 보여주고 있다. 남녀주인공의 출생담은 병립적이고 이원적이지만, 이들의 영웅화 과정은 일원화 되어 있는 것이다.

(3) 출생담과 영웅성의 남녀 균열

<이대봉전>도 앞서 논의한 작품들과 마찬가지로 남녀 주인공의 출생담이 병립적이다. 그래서 남녀 주인공의 고난이나 영웅화 과정도 병립적으로 나타난다. 그러나 이 작품에서는 남녀의 영웅화 과정에서 일정부분 그 우열이 감지된다. 이 작품의 남녀 출생담을 제시하면 다음과 같다.

(A) 〈이대봉의 出生譚〉

〈胎夢과 出生〉

① 모란동 이부상서 이익이 부귀영영화가 비할 데 없으나 연광 30에 一點血肉이 없다.

② 이익의 꿈에 한 도승이 나타나, 자신은 금화산 백운암에 있는데 암자가 퇴락하여 부처님이 풍우를 피하지 못하여 다시 수성하고자 하나 빈한하여 절을 중수하지 못하여 권선을 가지고 이익에게 왔다고 하다.

③ 이익이 일점혈육이 없는 신세를 한탄하며 불전에 시주하여 후생길이나 닦으리라 하고 황금 오백 냥과 백미 300백석과 황촉 500쌍, 백지 500권을 권선에 기록하다.

---

23) 필자가 寡聞한 탓인지는 모르겠으나 우리 고소설사에서 여성영웅이 왕조의 교체에 직접적으로 참여하는 경우는 <음양삼태성-옥주호연>이 유일하지 않나 생각된다.

④ 이익이 꿈에서 깬 후 곳간을 열어보니 꿈속에서 권선에 기록한 대로 재물이 없어지다.

⑤ 부인 양씨가 태기가 있고 십 삭이 되니 부인의 꿈속에 鳳凰이 내려와 추봉은 장미동 장한림 댁으로 향하고 웅봉은 부인의 품에 안기며 혼미 중에 해복하여 옥동을 낳아 이름을 대봉이라고 하다.

〈人物의 非凡性〉

⑥ 이대봉이 연광 십 세가 되니 얼굴이 준수하고 풍채 화려하여 시서 백가를 무불통지하다.[24]

(B) 〈장애황의 出生譚〉

〈胎夢과 出生〉

① 장미동 장한림이 일찍 청운에 올라 벼슬이 조정에 제일이나 일점 혈육이 없어 매양 서러워하다.

② 부인 소씨의 꿈에 봉황이 하늘로부터 내려와 鳳은 모란동 이시랑 댁으로 가고 凰은 소씨 품에 안기다.

③ 그 달부터 태기가 있어 십 삭 만에 일개 여아를 탄생하다고, 이름을 애황이라 하다.

④ 장한림이 모란동 이시랑 댁을 찾아가 물으니 사내아이를 슈산히였고 두 아이의 출생시간이 같아 두 자식의 혼사를 약속하다

〈人物의 非凡性〉

⑤ 장애황의 나이 16세가 되니 화용월태외 여공 재질이 금세에 무쌍이다.[25]

위 예문은 남주인공 이대봉과 여주인공 장애황[26]의 출생담을 정리한

---

24) <이대봉전>, 博文書館本, 1920, 1~3면. 이 글의 텍스트는 국립중앙도서관 소장 박문서관본으로 하며, 이하에서는 작품명과 페이지만을 밝히기로 한다.
25) <이대봉전>, 2~7면.
26) 필자가 텍스트로 한 博文書館本에는 여주인공의 이름이 장애봉과 장애황이 함께 사용되

것이다. 남주인공의 태몽이 나타나게 되는 과정이 좀 더 상세하기는 하지만, 전체적으로 남녀 주인공의 출생담은 거의 같은 비중으로 나타나고 있는 것으로 볼 수 있다. 그러나 이 작품은 남녀 주인공의 영웅화에 있어서는 약간의 균열이 발견된다. 이대봉과 장애황의 고난과 영웅화 과정을 살펴보면 다음과 같다.

(가) 〈이대봉의 영웅화 과정〉

① 이대봉이 간신 왕희의 모해로 시련을 겪다.
② 뱃사공들에게 물에 던져진 후 서해용왕이 보낸 동자에게 구출되고, 胎夢에 나타났던 금화산 백운암 노승에게 의탁하여 수학하게 되다.
③ 북흉노가 중원을 침범하니 스승이 7년 수학한 이대봉에게 떠나라고 하다.
④ 이대봉이 농서땅에서 옛 한나라 장수 귀신에게 갑주를 받으며, 화용도에서 관운장의 영혼을 만나 청룡도를 받고 사직을 보호하라는 말을 듣다.
⑤ 황제가 흉노의 공격을 견디지 못하고 玉璽를 목에 걸고 항복하려 할 때에 이대봉이 천자를 구하다.
⑥ 이대봉이 초국왕에 봉해지다.

(나) 〈장애황의 英雄化 過程〉

① 장애봉이 왕희와 그의 아들 석연의 집요한 청혼으로 고초를 겪다.
② 장소저가 시비 난향의 희생으로 왕희의 화를 면하고 남복으로 개착한 후 희운으로 개명하여 최어사 부인에게 의탁하다.
③ 장소저가 최어사 댁에서 독학으로 병서와 제자백가서를 익혀 3년

고 있다. 전반부에서는 장애봉으로 사용되다가 후반부에서는 장애황으로 명명된다. 그런데 胎夢에 나타난 鳳凰을 염두에 둔다면 장애황이 적절한 성명이라고 판단되어 이 글에서는 장애황으로 통일하여 사용하기로 한다.

만에 신출귀몰한 능력을 지니게 되고, 과거에 장원으로 급제하다.
④ 남선우가 침략하였을 때 자원 출전하여 現夢한 노인의 도움으로
   적장의 계략에 대처하고 크게 승리하다.
⑤ 장소저가 승전 첩서를 올린 후 교지국으로 도망간 남선우를 잡아
   항복을 받다.
⑥ 장소저가 초국왕비에 봉해지다.

위 예문은 남녀 주인공들의 영웅화 과정을 간략하게 정리한 것이다. 이들은 뚜렷한 과업을 성취하기 전까지 전혀 만남을 이루지 않는다. 작품 말미에 가서 두 인물의 共敵이라 할 수 있는 왕희를 징치하는 대목에 가서야 최초의 만남을 이룬다. 이들은 애초 출생담에서 天定에 의해 맺어진 인물인 것처럼 암시되고 父親들에 의해 혼약이 이루어지지만 정작 만남은 없었던 인물들이다. 두 인물이 각각의 독립된 과정을 통해 立功한 후에야 그 인연이 현실화 되고 있는 것이다.

남녀 주인공의 차이점은 남성영웅인 이대봉이 제도권 밖에서 능력을 발휘하고 있는 것에 비해, 여성영웅은 科擧와 신하된 도리의 수행을 통해 立功하게 된다. 남성영웅 이대봉이 스승을 통해 7년 수학을 하고 뛰어난 능력을 발휘하는 것에 비해, 여성영웅 장애봉은 3년간의 독학을 통해 비범성을 획득하고 있다. 출생담과 영웅화의 과정이 병립적으로 제시되면서도 여성영웅이 우위에 있는 듯한 암시를 주어 여성영웅에 대한 우호적인 시각을 발견할 수 있다. 그러므로 이 작품은 남성영웅과 여성영웅에 대한 균형적인 시각이 존재하면서도, 점차 여성영웅 우위로 가는 변화의 조짐이 미묘하게 포착된다고 할 수 있다.

3) 출생담의 변모와 여성영웅성의 강화

출생담에 의해 여주인공의 영웅성이 실현되는 양상은 <홍계월전>에서 상당한 변화를 보인다. 이 작품에서는 남성의 영웅성이 축소되고 여성의 영웅성이 강하게 부각된다. 여성의 영웅성이 강하게 부각되는 방식은, 남주인공의 출생담을 생략하고 여주인공의 출생담을 비범하게 그리는 것으로 나타난다. 이는 남주인공에게만 나타나거나 남녀 주인공에게 병립적으로 나타났던 출생담이 여성영웅에게만 나타나게 되는 것으로 변모된 것이다.

(1) 여주인공 중심의 출생담과 여성영웅 우위

여성영웅성이 축소되어 있거나 남녀영웅성이 균형적 시각을 이루고 있는 경우에는 남녀 주인공의 대립이나 갈등이 거의 나타나지 않는다. 그 이유는 출생담이 여성영웅에게로 확대되면서 남성영웅에 비견할 만한 여성영웅을 부각시키는데 일차적인 목적이 있었기 때문이다. 이러한 현상이 심화되면서 여성영웅이 남성영웅보다 우위에 있는 작품들을 양산하는 결과로 이어지지 않았나 생각된다. <홍계월전>은 그러한 성격을 지닌 대표적 작품이다. 남성영웅 중심의 영웅 서사물에서 중요하게 활용되었던 인물 출생담이 여성영웅에게만 집중됨으로써 여성의 영웅성이 강화된 것이다. <홍계월전>의 인물 출생담을 제시하면 다음과 같다.

〈洪桂月의 出生譚〉

  (A) 〈胎夢과 出生〉
  ① 吏部侍郎 洪武가 세대 명문거족이나 슬하에 일점혈육이 없어 부인
     양씨와 더불어 한탄하다.

② 양씨 부인의 꿈에 선녀가 내려와, 자신은 上帝의 시녀이며 상제께 得罪하고 인간에 내치시매 갈 바를 모르다가, 세존이 부인 댁으로 지시하여 왔다고 하다.

③ 부인이 홍시랑을 청하여 몽사를 이르고, 그 달부터 태기가 있어 10달이 지나 집안에 향취 진동하며 부인이 여자 아이를 출산하다.

(B) 〈人物의 非凡性〉

④ 선녀가 하늘로부터 내려와 옥병을 기울여 아기를 누이고, 아기를 잘 길러 후복을 받으라고 하며, 오래지 않아 뵐 날이 있을 것이라 하다.

⑤ 양씨 부인이 홍시랑을 청하여 아이를 뵈니, 얼굴이 도화 같고 향 내 진동하며 월궁항아이나 남자 아님을 한탄하고 이름을 桂月이라 하다.

⑥ 홍계월이 점점 자라매 얼굴이 화려하고 영민하며, 남복을 입혀 글을 가르치니 一覽輒記하다.[27]

위 예문은 홍계월의 출생담을 정리해 본 것이다. 이 작품의 남성영웅이라 할 수 있는 보국에게는 출생담이 존재하지 않는다. 그래서 전체 서사의 중심은 홍계월을 중심으로 이루어지며 보국은 남주인공이면서 주변적 존재로 머무르게 된다. 남주인공인 보국의 명예가 실추되는 만큼 상대적으로 홍계월의 능력은 더욱 부각된다. 실제로 이 작품은 전반부이 홍계월이 고난을 겪는 장면을 제외하면 홍계월과 보국의 능력에 대한 비교서사라고 할 수 있을 정도로 여성영웅과 남성영웅을 저울질하고 있다. 이를 간단히 표로 정리하여 비교해 보면 다음과 같다.

---

27) 〈洪桂月傳〉, 太學書館本, 1916, 1~3면. 이 글의 태학서관에서 간행된 활자본을 텍스트로 한다.

	비교 내용	여보국	홍계월
1	한 스승에게서 글을 배움	홍계월보다 열등함	여보국보다 월등함
2	用兵之計와 각종 술법과 검술	홍계월보다 열등함	여보국보다 월등함
3	풍운조화지술	일 년을 배워도 통하지 못함	삼 삭 안에 배움
4	과거	부장원 급제	장원급제
5	천자가 계급을 내림	대사마중군대장	대원수
6	전쟁 능력	두 번이나 위기에 처하여 홍계월의 구출을 받음	두 번이나 여보국을 위기에서 구출함

이러한 비교 우위 때문에, 天子의 중매로 두 인물이 결연하였을 때에도 홍계월은 쉽사리 남성성에 정복당하지 않는다. 오히려 결혼 직전에는 보국에게 망종군례를 요구하며, 그의 애첩 영춘을 군법을 세운다는 명목으로 목을 베기도 한다. 또 결혼 후에 동반 출전한 전장에서도 보국을 중군으로 부리며 그를 온갖 재주로 희롱한다. 끝까지 여성영웅이 우위에 서 있는 것이다.

이러한 현상은 남성영웅 소설이 남주인공을 극단적으로 비범하게 형상화하고 여주인공을 주변적인 존재로 머물게 했던 것과 정반대의 현상이라고 할 수 있다. 남성영웅소설이 남주인공의 출생담을 중심으로 하여 남성의 영웅성을 강화하였다면, <홍계월전>은 여주인공의 출생담을 드러내면서 여성의 영웅성을 강화하고 있는 것이다.

(2) 남주인공 중심의 출생담과 여성영웅 우위

전대의 서사문학에서 인물의 비범성을 드러내는 중요한 공식 중의 하나는 인물의 출생담이었다. 하지만 이러한 출생담은 후기로 오면서 점점 쇠퇴하는 것이 일반적이다. 그러나 여성의 영웅성은 더 강하게 부각되는 양상을 보인다. 남주인공의 출생담만 나타나고 여주인공의 비범한 출생담은 생략되거나 미약하게 나타나면서 여성의 영웅성은 오히려 강하게 부각되는 경우가 있는 것이다. 이러한 여성영웅은 남녀 주인공 모두 출생담이 없으면서 여성 주도의 성향을 보이는 작품들[28]보다도 여성의식이 강하게 반영된 것으로 보인다.

이와 같이 남성영웅의 출생담은 구체적으로 제시되고 여성영웅의 출생담은 간접적으로 나타나면서도 여성영웅이 우위에 있는 작품으로는 <전관산전>[29]이 있다. 여성영웅의 출생담이 간접적으로 간략하게 제시되면서도 남성영웅을 능가하는 이러한 유형은 여성의 영웅성을 더욱 강조한 작품이라고 생각된다. <전관산전>의 출생담을 정리해 보면 다음과 같다.

(A) 〈全寬算의 出生譚〉

〈祈子致誠〉

① 금강산 아래 학동촌에 사는 전광월의 벼슬이 참판이나 일점혈육이 없다.

② 전광월의 꿈에 한 도승이 나타나 북편 산 중봉에 석불을 받들면 부처의 노술로 자식을 얻을 수 있다고 하다.

③ 선광월이 아내와 의논하여 절터를 널리 닦고 수만 냥을 내어 절을

---

28) 남녀 주인공 모두 출생담이 나타나지 않으면서 여성우위의 성향을 보여주고 있는 작품들노 있다. <이학사전>이나 <박씨전> 같은 작품은 그 좋은 예라 할 수 있다. 이들 작품은 남녀 주인공 모두 출생담을 활용하지 않으면서 여성영웅성이 부각된 경우이다. 이는 기존의 영웅서사물들이 출생담을 통해 영웅의 비범성을 드러내었던 문학적 관습을 어느 정도 변형시킨 경우라고 추측된다. 남성의 출생담이 없음은 물론 여성의 출생담도 없이 여성 우위적 성향을 드러낼 수 있다는 것은 여성영웅성에 대한 인식이 상당히 강하게 반영된 경우라고 생각되기 때문이다.

29) <全寬算傳>이 여성영웅소설인가에 대해서는 좀 더 고민이 필요하다고 생각된다. 다만 작품 후반부에서 그녀가 조선의 사신으로 명나라에 가서 펼치는 道術이나 業績은 여성영웅의 모습과 흡사한 면이 있다고 생각되어 이 글에서는 정소저를 여성영웅의 성격을 가지고 있는 것으로 논의하기로 한다.

짓고 佛養畓을 장만하여 중을 많이 살리다.

〈胎夢과 出生〉

④ 전광월의 꿈에 한 중이 찾아와 자신은 뒷산 중봉의 石佛이며, 전광월 덕분에 풍우를 피하고 절 살림이 넉넉하게 되었으니 평생소원을 말하면 들어주겠다고 하다.

⑤ 전광월이 나이 40에 일점혈육이 없으니 자식 하나 점지하여 달라고 하다.

⑥ 노승이 부귀공명은 구하는 대로 줄 수 있으나 자식은 팔자소관이므로 불가하다고 하다.

⑦ 전광월이 병든 자식이라도 하나 점지하여 달라고 하나 노승이 역시 불가하다고 하고, 전광월은 죽을 자식이라도 하나 점지하여 달라고 하다.

⑧ 노승이 정 소원이 그러하면 그렇게 하리라 하고, 죽을 날을 적어주다.

⑨ 부인 김씨와 몽사를 이야기 하고, 그 달부터 태기가 있으며 10달 후에 부인의 몸이 곤하여지며 집안에 향내가 진동한 가운데 기남자를 탄생하다.

〈人物의 非凡性〉

⑩ 아이의 이름을 관산이라 하고, 아이가 점점 자라 총명과 지혜가 범인과 같지 아니하다.

⑪ 5, 6세가 되어 시서백가를 무불통지하니 이적선과 두목지를 압도할 정도이다.

⑫ 얼굴이 관옥 같고 풍채는 두목지이다.[30]

---

30) 秦東赫, 「全寬算傳」, 『어문논집』 27집, 안암어문학회, 1987, 467~468면. 이 글의 텍스트는 진동혁 교수가 〈전관산전〉의 원문을 소개한 논문집에 실린 자료로 하였다. 이하에서는 작품명과 페이지만을 밝히기로 한다.

(B) 〈鄭小姐의 出生譚〉

① 정소저는 원래 玉皇上帝의 서녀였다.
② 옥황상제에게 득죄하여 인간 세상으로 謫降하였다.

〈人物의 非凡性〉
③ 天文地理와 陰陽順四時를 알다.[31]

위 예문 (A)와 (B)는 남주인공 전관산과 여주인공 정소저의 출생담을 정리한 것이다. 남녀 주인공 출생담의 비중만 두고 본다면, 서사 전개상에서 능력의 우위를 보여야 할 인물은 바로 전관산이다. 그러나 이 작품에서는 問卜하는 판수에 의해 출생담이 간접적으로 나타나는 정소저가 능력의 우위를 보이고 있다.[32] 출생담에서는 전관산의 문장이 출중한 것으로 나타나지만, 정작 그가 과거에 급제할 수 있었던 것은 정소저가 미리 써준 답안을 통해서이다. 또 출생담에 나타난 바와 같이 그는 초월계에 의해 죽을 날이 정해져 있는 인물인데, 문복하는 판수가 서울 정승상댁 정소저와 내외가 되어야 살 수 있다는 말을 듣고 그녀를 찾아 목숨을 애걸하기노 한다. 이러한 전관산이 측은하게 생각된 정소저는 神異한 술법으로써 그의 운명의 지침을 돌려놓아 살려준다. 심지어는 전관산이 과거에 급제한 후 정승상댁에 올 때에는 얼굴에 연지를 찍고 오라고 하기도 한다.[33] 이러한 모습은 남성성이 여성성에 희롱당하고 있는 듯한 느

---

31) 〈全寬算傳〉, 469면.
32) 출생담을 가지고 전관산과 정소저의 우열을 가릴 경우에 한 가지 참고 할 수 있는 것은, 인물의 本源地에 대한 문제이다. 전관산은 상세한 출생담을 가지고 있으나 부처에게 시주하여 죽을 운명으로 태어난 인물이며, 그 본원지에 대한 구체적 설명이 없다. 이에 비해 정소저는 직접적이거나 상세한 출생담은 없지만 서사 전개상에서 玉皇上帝의 서녀라는 신분이 제시되어 있다. 즉 그녀가 비범한 능력을 발휘할 수 있었던 것은 바로 그녀의 본원지가 천상이며 옥제의 서녀라는 신분에 근거한 것으로 보인다.

낌을 준다.

남주인공과 여주인공의 능력의 우위가 결정 나는 또 다른 사건은, 바로 명나라 天子가 잃어버린 玉璽를 찾는 데서 나타난다. 명나라 천자는 일 년이 지나도 옥새를 찾지 못하자 각국에 사신을 보내어 옥새를 찾는 자에게 큰 상을 내리라 한다. 조선에도 사신이 오게 되니 王은 옥새를 찾을 사람을 천거하라고 한다. 그러나 아무도 자원하는 사람이 없다. 이때 정소저가 자신에게 옥새를 찾을 방도가 있다고 하나, 전관산은 천하 사람이 하지 못하는 것을 어찌 閨中 여자가 할 수 있겠는가 하고 무시한다. 이에 정소저는 전관산에게 간곡하게 부탁하여 왕에게 자신의 뜻을 전해 달라고 한다. 전관산이 그 뜻을 왕에게 전하니 임금은 정소저를 들게 하여 조선의 재주를 빛내라고 한다. 그래서 정소저는 중국으로 건너가 천자와 황후에게 그 씩씩한 기상을 높이 평가 받고, 오방신장을 청하여 玉璽를 가져간 놈을 잡아들이라고 하여 그 연유를 치죄한다. 그 결과 번왕이 찬역할 뜻이 있어서 옥새를 도적하였음을 알아낸다. 그리고 옥새를 둔 곳을 알아내어 神將을 시켜 옥새를 찾아오게 하여 천자에게 바친다.

이상에서 살펴본 바와 같이 상세한 출생담을 가지고 있는 것은 남주인공 전관산이지만, 실제 비범한 능력을 발휘하는 것은 여주인공 정소저임을 알 수 있다. 이러한 현상은 출생담을 통해 인물의 비범성을 드러내었던 서사적 관습은 지속시키면서 여성의 우월성을 드러내는 방식은 변모시킨 경우라고 생각된다. 이런 점에서 여주인공의 本源地가 天上이라는 암시만 주면서 상세한 출생담의 직접적 제시 없이 남성영웅보다 뛰

---

33) 필경 금번 과거의 참방할거신니 참방 후의 유과 초로 우리 집의 들어 올 거신니 혹 타인인가 의혹할거신니 왼편 볼의 연지을 찌거 표을 호오면 의심 읍실가 호나니다. <全寬算傳>, 472~473면.

어난 능력을 발휘하고 있는 이 작품은 비교적 후대의 작품이라고 추측된다.[34] 따라서 <홍계월전>과 같이 여주인공의 출생담을 제시하여 여성영웅의 우월성을 드러내는 것이나, <전관산전>과 같이 여성영웅의 출생담의 비중은 낮추고 본원지에 대한 상징성은 지속시키면서 여성영웅의 비범성이 나타나는 작품은, 출생담이 쇠퇴하는 시기에 여성의 영웅성은 더욱 강화된 작품들이라고 생각한다.

지금까지 논의된 내용들을 간략하게 표로 정리하면 다음과 같다.

유 형	출생담의 유무		서사의 중심
남성영웅소설[35]	남주인공 → 출생담이 있음(일반적) 여주인공 → 출생담이 없거나 미약함.		남성영웅 중심의 서사가 진행됨
여성영웅소설	1	남녀 병립적 출생담(I)	출생담이 여성영웅에게 확대되며 여성이 서사의 중심(여성의 영웅화)
	2	남녀 병립적 출생담(II)	남녀 영웅에 대한 다양한 시각 (남녀 영웅화)
	3 ①	남주인공 → 출생담(×) 여주인공 → 출생담(○	여성영웅 중심으로 서사가 진행됨(여성우위)
	3 ②	남주인공 → 출생담(○) 여주인공 → 출생담(△)	여성영웅 중심으로 서사가 진행됨(여성영웅성 정점)

이상에서 논의된 내용들과 위 도표를 통해서 볼 때, 인물 출생담은 크게 네 가지 방향에서 활용되었음을 알 수 있다. 첫째는 남성영웅소설이나 3-①과 같이 남녀영웅 중 어느 하나를 특별하게 부각시키는 경우이

---

34) 실제로 <전관산전>을 처음으로 학계에 소개하였던 秦東赫 교수도 국어학자 洪筍杓 교수의 연구를 토대로 이 작품이 18세기부터 19세기 사이에 창작된 작품으로 추정하였고, 趙祥祐도 이 작품의 표기상의 특징과 음운상의 특징을 고려할 때, 19세기 정도의 작품으로 추정하고 있다(秦東赫, 前揭論文, 465면 및 趙祥祐, 「전관산전 연구」, 단국대학교 대학원 석사학위논문, 1995, 4~6면 참조).

35) 남성영웅소설의 출생담에 대한 부분은 이 글의 직접적인 논의 대상이 아니라 본문 중에 부분적으로 언급된 내용을 축약하여 정리한 것이다.

다. 이 경우에는 출생담이 강조된 남주인공이나 여주인공 어느 하나가 서사의 중심이 된다. 둘째는 여성영웅소설 중에서 남녀 병렬적 출생담(Ⅰ)과 같이 출생담이 여주인공에게로 확대되지만 여성영웅성이 축소된 경우이다. 이 경우는 여성영웅이 서사의 중심 역할을 하기는 하지만 여성의 영웅성이 축소되어 나타난다. 셋째는 남녀 병렬적 출생담(Ⅱ)와 같이 남성과 여성의 영웅성이 비교적 대등하게 제시되면서 점진적으로 여성우위적 성향을 보이는 경우이다. 넷째는 3-②와 같이 남주인공의 출생담은 있고 여주인공은 출생담이 약화되어 있지만 여성이 서사의 중심 역할을 하는 경우이다.

이상을 통해서 볼 때 인물 출생담은 남성영웅소설보다 여성영웅소설에서 다양한 방법으로 활용되었음을 알 수 있다. 즉 출생담은 여성영웅의 변모와 여성의식의 성장과 밀접하게 관련됨을 알 수 있는 것이다.

3. 마무리

필자는 인물 출생담을 통해 여성영웅의 성격 변모를 살펴보고자 하였다. 인물 출생담이 후대로 갈수록 약화되는 것은 사실이지만, 영웅소설에서 출생담이 여주인공에게로 확장된다는 것은 여성의 영웅화와 관련이 깊다. <금방울전>이나 <백학선전> 같은 작품은 출생담이 여주인공에게로 확대되면서 본격적으로 여성의 영웅화에 기여한 작품들이다. 그러나 이들 작품에서는 여성의 영웅성이 애써 축소된 흔적이 엿보인다. 그러나 <음양옥지환>, <음양삼태성>, <이대봉전>과 같은 작품들에게서는 출생담뿐만 아니라 영웅성을 발휘하는 양상에 있어서도 여성에 대한 차별적 인식은 존재하지 않았다. 오히려 <이대봉전>과 같은 작품에서 여성 우위적 시각으로 가는 변모의 조짐이 보이기도 한다.

남녀 영웅에 대한 대등한 인식과 변화의 조짐을 보이는 것과 또 다른 유형으로는 여성 우위적 시각을 가지는 작품들이다. 그런데 이러한 유형의 작품은 두 가지로 나타난다. 하나는 남주인공의 출생담이 없이 여주인공의 신이한 출생담만을 제시하여 여성 주도의 서사를 전개시키는 경우이다. 이에 해당하는 작품으로는 <홍계월전>이 있다. 다른 하나는 남주인공의 출생담을 그대로 두고, 여주인공의 출생담의 비중은 낮추고 신분의 본원지를 상징적으로 제시하여 여성 우위의 서사를 전개시키는 경우이다. 이에 해당하는 작품으로는 <전관산전>이 있다. 전자는 초기 남성영웅소설들이 남주인공의 출생담을 제시하여 남성 주도의 서사를 전개시켰던 것을 여주인공에게 적용한 경우라고 할 수 있다. 그리고 후자는 출생담이 인물의 비범성을 드러내는 기제로 활용되는 문학적 관습을 이용하여, 그러한 비범한 출생담을 가진 남주인공보다 출생담의 비중은 낮추었으나 상징성은 그대로 살려 여주인공의 영웅성을 강화시킨 경우라고 할 수 있다. 여주인공이 신이한 출생담을 가지고 있고 남주인공은 출생담이 없으면서 남주인공이 비범한 영웅성을 발휘하는 작품은 찾기 힘들다는 것이 이를 반증한다.

따라서 출생담은 남녀 각각의 비범한 영웅성을 드러내는 중요한 기제로 활용되었다는 점을 알 수 있다. 그리고 여기에 더하여 그러한 출생담이 여성영웅에게서는 특별한 경우로도 활용되었다는 점에서 그 의미와 기능을 고정시켜서는 안 된다고 생각한다.

참고문헌

京板 28장본 大英博物館本 <金鈴傳>, 國學資料院 編, 『古小說板刻本全集』 4, 1994.
<陰陽三台星>, 東國大 韓國學硏究所編, 『活字本古典小說全集』 第五卷, 亞細亞文化社,
        1976.
<陰陽玉指環>, 東國大 韓國學硏究所編, 『活字本古典小說全集』 第五卷, 亞細亞文化社,
        1976.
<白鶴扇傳>, 翰林書林本, 1920.
<李大鳳傳>, 博文書館本, 1920.
<全寬算傳>, 秦東赫 敎授 所藏本.
<洪桂月傳>, 太學書館本, 1916.
김용기, 「人物 出生譚을 통한 敍事文學의 變貌樣相 硏究」, 中央大學校 大學院 博士學位
        論文, 2007, 120면.
朴湧植, 「金鈴傳」, 金鎭世 編, 『韓國古典小說作品論』, 集文堂, 1990, 454면.
閔 燦, 「女性英雄小說의 出現과 後代的 變貌」, 서울大學校 大學院 碩士學位論文, 1986.
        7~8면, 24면.
박명희, 「고소설의 여성중심적 시각연구」, 이화여자대학교대학원 박사학위논문, 1990.
성현경, 「女傑小說과 薛仁貴傳-그 著作年代와 輸入年代·收容과 變容-」, 『국어국문
        학』 62·63호, 국어국문학회, 1983.
李有卿, 「여성영웅 형상의 신화적 원형과 서사문학사적 의미」, 淑明女子大學敎 大學院
        博士學位論文, 2006.
林秉熙, 「女性英雄小說의 類型과 變貌樣相」, 高麗大學校 大學院 碩士學位論文, 1989.
田溶文, 「女性英雄小說의 系統的 硏究」, 충남대학교대학원 박사학위논문, 1988.
정명기, 「여호걸계 소설의 형성과정」, 延世大學校 大學院 碩士學位論文, 1980.
조동일, 『한국소설의 이론』, 지식산업사, 1995, 343~344면.
趙祥祐, 「전관산전 연구」, 단국대학교 대학원 석사학위논문, 1995, 4~6면.
조은희, 「고전 여성영웅소설의 여성주의적 연구」, 大邱大學校 大學院 博士學位論文,
        2005.
秦東赫, 「全寬算傳」, 『어문논집』 27집, 안암어문학회, 1987, 465면, 467~468면.

ㅂ

ㅅ

ㅊ